At Last Comes Love
by Mary Balogh

春の予感は突然に

メアリ・バログ
山本やよい[訳]

ライムブックス

Translated from the English
AT LAST COMES LOVE
by Mary Balogh

The original edition has:

First published in the United States by Bantam Dell

Japanese translation published by arrangement with
Maria Carvainis Agency, Inc
through The English Agency (Japan) Ltd.

春の予感は突然に

主要登場人物

マーガレット（メグ）・ハクスタブル……ハクスタブル家の長女
ダンカン（シェリー）・ペネソーン……シェリングフォード伯爵
クレイヴァーブルック侯爵……ダンカンの祖父
ノーマン・ペネソーン……ダンカンのまたいとこ。クレイヴァーブルック侯爵の弟の孫
キャロライン・ペネソーン……ダンカンの元婚約者。ノーマンの妻
ローラ・ターナー……ダンカンのかつての駆け落ち相手
トビアス（トビー）……ローラの息子
ランドルフ・ターナー……ローラの夫
クリスピン・デュー……陸軍少佐
レディ・カーリング……ダンカンの母親
ヴァネッサ（ネシー）・ハクスタブル……ハクスタブル家の次女。モアランド公爵夫人
キャサリン（ケイト）・ハクスタブル……ハクスタブル家の三女。モントフォード男爵夫人
スティーヴン・ハクスタブル……ハクスタブル家の長男。マートン伯爵
コンスタンティン（コン）・ハクスタブル……先々代マートン伯爵の長男（非嫡出子）

1

五年も姿を消したのちにロンドンに戻ってきたシェリングフォード伯爵ダンカン・ペネソーンは、グローヴナー広場のクレイヴァーブルック邸へは直行せず、母親のレディ・カーリングが住むカーゾン通りの屋敷にしぶしぶ身を寄せることにした。母親の再婚相手であるサー・グレアムはダンカンを歓迎する様子ではなかったが、妻を熱愛しているため、この連れ子に門前払いを食わせるようなことはしなかった。

とは言え、ダンカンはできるだけ早くクレイヴァーブルック邸を訪ねなくてはならなかった。ようやく故郷に戻る準備を始めたそのとき、いきなり、ひとことの説明もなしに、荘園の地代が入らなくなってしまったのだ。故郷というのはウォリックシャーにあるウッドバイン・パークで、ダンカンはそこで生まれ育ち、十五年前に父親が亡くなって以来、そこから充分な収入を得ていた。

ダンカンは一人で故郷に戻ろうとしているのではなかった。この五年間、彼に仕えてさまざまな役割りをこなしてくれたハリス夫婦も一緒に行く予定だった。屋敷の園丁頭のポストが空いているので、ハリスをそこに据えるつもりだった。そして何より重要なこととして、四歳のトビーももちろん一緒に連れていく。ウッドバインに移ったら、両親を亡くした孫息子をハリス夫婦がひきとったという形にすればいい。ダンカンからわくわくする話をたくさん聞かされてきたその屋敷で暮らせることになって、トビーは大はしゃぎだった。少年時代をそこですごしたダンカンの記憶は、すべて幸福に満ちていた。

ところが、突然、計画に狂いが生じたため、ダンカンはトビーの世話をハリス夫婦に頼んでノースヨークシャーのハロゲートという町に残し、惨事を回避すべく、急遽ロンドンに出なくてはならなくなった。

地代に関する通知がきたのは一回きりで、その正式な書状はダンカンの祖父の秘書によるくっきりした字で書かれていた。ただし、便箋のいちばん下に祖父の署名があった。老齢のせいで震えがひどく、クモの巣みたいに細い筆跡ながらも、祖父の字であることは間違いなかった。また、不吉なことに、ウッドバイン・パークの荘園管理人からの連絡がばったりとだえてしまった。

どこへ手紙を出せばダンカンに届くかは、誰もがすでに知っていた。ローラの死によって、秘密を守る必要がなくなったからだ。ローラの死という不幸な出来事を関係者に知らせるのが自分の義務だと、ダンカンは考えたのだった。

汚してしまった体面を多少なりとも挽回できた矢先に、祖父が荘園の地代をダンカンからとりあげようと決めたことが、どうにも納得できなかった。クレイヴァーブルック侯爵の唯一の孫息子にして唯一の直系卑属の彼こそが、侯爵家の相続人であるという事実からすれば、よけい納得できなかった。

しかし、納得できてもできなくても、収入の道を絶たれ、彼を頼りにする者たちを――ついでに言うなら、彼自身をも――養っていく手段のないまま、無一文で放りだされてしまった。もっとも、ハリス夫婦のことはそれほど心配していない。優秀な召使いはつねに引く手あまただ。また、彼自身のことも心配していない。まだまだ若くて健康だ。しかし、トビーのことだけは心配だった。どうして心配せずにいられよう？

そんなわけで、こうしてあわててロンドンに飛んできたのだった。断じて行きたくなかったはずの場所に。しかも、社交シーズンの真っ最中に。残された手段はそれしかなかった。祖父に送った返信は無視され、貴重な時間が失われていた。そこで、じかに説明を要求するため、心ならずもロンドンにくることとなった。いや、〝懇願するため〟と言うべきか。クレイヴァーブルック侯爵に何かを要求しようなどという者はどこにもいない。侯爵は心優しき性格で知られている人物ではない。

ダンカンの母親からも、安心できる言葉は聞けなかった。地代が入ってこなくなったことも、ダンカンから聞くまでまったく知らなかったようだ。

「考えてみれば」屋敷に到着した翌日の午前中、母の部屋に顔を出したダンカンに、母親は言った。いや、正確にいうなら、早めの午後と言うべきか。なにしろ、午前中は母が好む時間帯の上位にはきていない。「五年前に地代をとりあげられずにすんだことが、そもそも不思議だわ。いまになってとりあげるぐらいならね。あのときは当然そうなるものと、みんなほっとしたの。お義父さまにお願いに上がろうと思ったほどが覚悟したのよ。思いとどまってくださるよう、お義父さまにお願いに上がろうと思ったほど。でも、そんなことをすれば、かえって怒らせてしまい、藪蛇《やぶへび》になりそうな気がしたの。ひょっとすると、ウッドバインの地代がずっとあなたのふところに入っていたことを、お義父さまはご存じなかったんじゃないかしら。ヘティ、そんなに乱暴にしないで——髪が一本残らず抜けてしまうじゃない」

母親のメイドは髪のもつれをほどこうとして、力いっぱいブラシをかけていた。しかし、ダンカンの祖父は記憶力の悪さで知られている人物ではない。金銭的なことがからんだ場合はとくに。

「グレアムに言われたわ。あなたをここに居候させるとしても、せいぜい一週間だって」化粧着《ペニョワール》の流れるようなひだの形を整えて、自分の姿が最高に美しく見えるようにしながら、母親は息子に注意を戻してつけくわえた。「ゆうべ、あなたが着いたあとで、グレアムがそう言ったの。でも、心配しなくていいのよ。グレアムはいつだってわたしの言いなりですもの」

「ぼくのためにそこまでする必要はありませんよ、お母さん」ダンカンはきっぱりと言った。「こちらに長居するつもりはないから。おじいさまと話をして、なんらかの取り決めをするまでのことです。おじいさまもまさか、ぼくを冷たく放りだすつもりはないでしょう」

しかし、現実にそうなりそうで、ダンカンは大いに危惧している——それどころか、すでにその方向へ向かっている。どうやら、母親も彼と同じ意見のようだ。

「大丈夫なほうに賭けるとしても、わたしだったら、せいぜい十ギニーにとどめておくわ」頬紅の壺に手を伸ばしながら、母親は言った。「あちらは頑固で偏屈な老人ですもの。いまはもうわたしの舅《しゅうと》じゃないし、〝大好きです〟なんて顔をする必要もなくなって、こんなうれしいことはないわ。ねえ、その頬紅のブラシをとってちょうだい。いえ、それじゃなくて、もうひとつのほう。ヘティ、あなたが髪を結ってるあいだ、お化粧道具はすべてわたしの手の届くところに並べておくよう、何度も注意しなかった？　あなた、きっと、わたしの手が足首に届くほど長いと思ってるのね。それじゃ、とんでもなく不格好だわ」

ダンカンは母親に正しいほうのブラシを渡してから部屋を出た。いきなりクレイヴァーブルック邸に押しかけるべきか、それとも、拝謁《はいえつ》を願いでる手紙を書くべきか、迷いつづけていた――祖父を訪ねるときは、いつもこの問題に悩まされる。いきなり押しかければ、祖父に仕える忠義者の執事に追い返される屈辱を味わうことになりかねない。フォーブズがいまも執事の座にとどまっているなら、という条件つきだが。祖父に劣らぬ年齢のはず。その一方、手紙を書いた場合は、祖父の秘書がありがたくも注意を向けてくれる前に、古びて黄色くなってしまうかもしれない。

どちらにすればいい？

しかも、事態は切迫していて、ダンカンはパニックを起こしそうだった。ハリス夫婦とトビーをハロゲートの窮屈な二部屋に移らせ、一カ月分の家賃を払ってきた。二カ月分を払うだけの余裕はなかった。そして、早くも一週間がすぎてしまった。

それなのに、心を決めかねたまま、長らくご無沙汰だったロンドンの暮らしに溶けこもうとして丸一日を使ってしまった。目立ってはならないことも、人前に出るのを極力避けなくてはならないことも、本能的にわかっているのだが、世捨て人にでもならないかぎり、貴族社会の連中を生涯避けつづけることはできないとなれば、しれっとした顔で出ていったほうがいいという思いもあった。

〈ホワイツ・クラブ〉へ出かけたところ、彼の会員権はまだ抹消されておらず、ドアを閉ざされることもなかった。かつての友人知人にずいぶん会ったが、知らん顔をする者は一人もいなかった。それどころか、明るく親しげに声をかけてきて、まるで、去年まで、いやいや、先週までダンカンがここに通っていて、大々的なスキャンダルのなかでロンドンと社交界から姿を消したことなど一度もなかったかのようだった。ダンカンを無視した紳士がわずかにいたとしても、珍しいことではない。〈ホワイツ〉にしろ、ほかのどこにしろ、人は出会った相手のすべてに声をかけるわけではない。神聖なるクラブからダンカンをつまみだすよう騒ぎ立てた者は、一人もいなかった。

馬好きな連中の誘いに乗って、タッターソールの馬市場へ馬を見にいき、そのあと競馬場へ出かけた。午後が終わるころには、競馬で少しばかり儲けていた。もっとも、額がささやかすぎて、いまの彼の経済状況を好転させるのはとうてい無理だった。夜はカードパーティに顔を出して、午後の儲けをすってしまい、そのあとようやく、すった額の半分以上をとりもどすことができた。

ベッドに入る前に金を小包にしておき、翌朝、ハロゲートへ送った。トビーの靴下も、半ズボンも、靴も、すでに小さくなっているだろう。ほかにも……ああ、数えあげればきりがない。子供を育てるにはとにかく金がかかる。

二日目、どんな形で祖父を訪ねればいいかという微妙な問題は、彼の手を離れることとなった。朝食の席につくと、皿の横に手紙が置いてあった。すでにすっかりおなじみの、祖父の秘書の筆跡だった。午後一時きっかりにクレイヴァーブルック侯爵に会いにきてほしいという呼びだしであった。ダンカンの母親の話だと、祖父は最近あまり外に出なくなったそうだが、屋敷の外で何が起きているかはきちんと把握しているようだ。孫息子がロンドンに戻ってきたことを耳にしていた。さらには、どこに滞在しているかまで知っていた。

そして、この手紙は招待状というより、どう見ても召喚状だった――〝午後一時きっかりに〟。

ダンカンは念入りに身支度を整えて、ブルーの最高級の生地で仕立てた上着をはおった。身体にぴったり合っていてエレガントだが、流行の先端を行くデザインではない。従者に命じて、粋ではあるがシンプルな形にネッククロスを結ばせた。飾りのない懐中時計の鎖をズボンのポケットからのぞかせ、丹念に磨かれたヘシアン・ブーツ（膝丈で房飾りのついたブーツ）をグレイのズボンの上にはいたが、けばけばしいデザインではなく、黒の地味なものだった。贅沢に暮らしているような印象を与えるのは避けたかった。じっさい、贅沢のできない身分でもある。

「わかっていると思うが、スミス」ダンカンは従者に言った。「今週の給金は渡せない。来週もたぶん無理だろう。そのつぎの週も。ほかに働き口を探してもかまわないぞ。仕事を見つけるには、ロンドンはまさに理想的なところだ」

スミスはこの十一年間、どんなときも忠実にダンカンに仕えてきた男で――こんな貧しい日々は初めてだが――鼻をグスンといわせた。

「よくわかっております、旦那さま。わたしも愚鈍な生まれではありませんので。その気になったときは、お暇《いとま》をいただくつもりです」

いますぐやめる気はないわけだな――ダンカンはそう推測し、スミスの誠意に無言で感謝を捧げた。

部屋を出る前に、鏡に映った自分をむずかしい顔で見つめた。祖父の前に出たとき、贅沢をしているように見られたくない反面、媚びるような態度もとりたくなかった。もちろん、困っているのは事実だが。心ひそかにためいきをつき、スミスの差しだす帽子とステッキを受けとってから、部屋を出て、屋敷をあとにした。

クレイヴァーブルック邸に到着すると、執事のフォーブズがダンカンに目を向けようともせずに、彼の持ちものを預かり、こちらへどうぞと案内した。ダンカンは執事のこわばった背中に向かって眉を上げ、唇をすぼめて、あとに続いた。きのうのうちに強引に押しかけてこなくて、たぶん正解だったのだろう。フォーブズと格闘して地面に押し倒す覚悟がなければ、屋敷に入ることもできなかっただろう。

クレイヴァーブルック侯爵は客間にいた。昔からのお気に入りである背もたれの高い椅子にすわり、けっこう暖かな春の日だというのに、燃えさかる暖炉に張りついている。分厚いベルベットのカーテンが窓の半ばまでひかれて、陽光をほとんど閉めだしている。祖父のリューマチ用軟膏の臭いが室内に重く立ちこめていた。

ダンカンはお辞儀をした。

「おじいさま、お久しぶりです。お元気そうですね」

祖父は無駄なおしゃべりに時間を費やす性格ではなかったので、健康状態を話題にしようとはしなかった。孫息子を歓迎する言葉も、何年ぶりかの再会を喜ぶ言葉もなかった。スキャンダルと不名誉というどす黒い雲に包まれて五年前にロンドンから逃げだしたダンカンが、なぜ舞いもどってきたのかを、問いただすこともなかった。理由はとっくに承知していたからだ。祖父の最初の言葉だけで、それは明らかだった。

「納得できる理由をひとつ挙げてみろ」ふさふさの白い眉をくっつけんばかりにして、祖父は言った。左右の眉の分かれ目を示すのは、眉間にくっきりと刻まれた縦じわだけだ。「ひとつでいい、シェリングフォード。わしはなぜ、おまえの贅沢と放蕩のために金を出しつづけねばならんのだ?」

祖父は銀の握りがついた木製のステッキを節くれだった両手で握りしめていて、不快な思いを強調するために、脚のあいだの床にガツンと叩きつけた。

じつのところ、ダンカンは贅沢に溺れたことも放蕩に耽《ふけ》ったこともほとんどないのだが、それはさておき、納得できる理由を挙げろと言われれば、完璧なものがひとつある。しかし、祖父はトビーのことをまったく知らないし、ダンカンとしては今後も知らせないつもりでいる。祖父だけでなく、ほかの人々にも。

「ぼくがたった一人の孫息子だから？」ダンカンは試しに言ってみた。そして、それだけでは充分でなかった場合のために、さらにつけくわえた（充分でないことは、火を見るよりも明らかだ）。「そして、ローラを亡くして、今後はまっとうに生きていこうと思っているから？」

ローラが死んだのは四カ月前だった。冬の寒さで風邪をひき、そのまま衰弱して息をひきとった。生きる気力をなくしていたせいだと、ダンカンは見ている。

祖父の渋面《じゅうめん》がさらにひどくなり、ふたたびステッキを床に叩きつけた。

「わしに声の届く場所で、よくもその名前を口にできたものだな」祖父は皮肉たっぷりに言った。「ターナー夫人は五年前に死んだも同然だった、シェリングフォード。正式に結ばれた夫を捨てておまえと駆け落ちするという、口にするもおぞましき暴挙に出たのだから」

それはダンカンの二十五歳の誕生日のことだった。さらに言うなら、彼の婚礼の日でもあった。祭壇の前に花嫁を置き去りにして、彼女の兄嫁にあたる女性を連れて逃げたのだった。その女性がローラ。ロンドンの街を震撼させた何年ぶりかの大スキャンダルだった。今後もこれだけのスキャンダルは生まれないだろう。少なくとも、ダンカンはそう想像していた。ロンドンを離れたため、彼自身がその渦中に身を置くことはなかったのだ。

ダンカンは沈黙を通した。〝暴挙〟という言葉の意味を議論するのにふさわしいときでも場所でもなかったからだ。

「本当は無一文でおまえを放りだすべきだった」祖父はダンカンに言った。ダンカンは椅子を勧められていないことに気がついた。「だが、わしは、ウッドバイン・パークの地代と収益がひきつづきおまえのものになることを黙認してきた。わしから遠く離れた場所で、そして、尊敬に値する立派な人々からも遠く離れた場所で暮らしてほしかったからだ。しかし、相手の女はすでに亡くなり、その死を悼む者はおらず、おまえがどこまで落ちぶれようともうわしの知ったことではない。わしの七十歳の誕生日に、おまえは厳粛に約束した。三十歳の誕生日までに結婚し、三十一歳の誕生日の前に息子を持つと。ところが、おまえは五年前にミス・ターナーを祭壇の前に置き去りにし、六週間前に三十歳になった」

本当にそんな軽はずみな約束をしたのだろうか。たしかに、当時のぼくは無知な青二才だった。地代が急に入ってこなくなった理由は、ここにあったのだろうか。三十歳の誕生日をすぎても独身のままだから？　四カ月前までローラと暮らしていた。しかし、もちろん、結婚はしていない。夫が離婚を頑として拒みつづけたからだ。すると、祖父は、ぼくがこの四カ月のあいだに花嫁を見つけ、遠い昔の約束を守るだけのために結婚することを望んでいたのだろうか。人生など何もわかっていない青二才のした約束なのに。

「三十一歳の誕生日の前に跡継ぎを授かる時間なら、まだ残っていますよ」ダンカンは言った。なんとも愚かな発言で、祖父の反応がそれを裏づけていた。せせら笑ったのだ。耳に優しく響く笑いではなかった。

「それに」ダンカンはさらに続けた。「ぼくの約束について、おじいさまは記憶違いをしておられます。ぼくはたしか、おじいさまの八十歳の誕生日までに結婚すると約束したはずです」

それは……いつ？　来年？　再来年？

「わしの誕生日はいまから十六日後だ」ふたたび眉を不機嫌に寄せて、祖父は言った。「おまえの花嫁はどこにいる、シェリングフォード？」

十六日後？　そんなバカな！

ダンカンは返事を遅らせようとして、大股で部屋を横切って窓辺へ行くと、背中で手を組んで立ち、窓の外の広場をながめた。〝いやいや、たしか、八十五歳の誕生日と言ったような気がします〟などとごまかすわけにいかないだろうか。そもそも、約束した記憶もないというのに。もしかしたら、すべて祖父のでっちあげかもしれない。ぼくを困らせるために。あるいは、孫息子から地代を奪ったことに対してもっともな理由をつけるために。ウッドバイン・パークは正式にはクレイヴァーブルック侯爵の所有物だが、昔からの習わしで侯爵家の代々の跡継ぎに住居として与えられることになっていて、主な収入源ともなっていた。ダンカンは父親の死後、自分が相続人になったことで、ウッドバイン・パークは自分のものだとつねに思ってきた。何年ものあいだ、住んではいなかったのだが。ローラを連れていったことも一度もなかった。

「返事がないようだな」長い沈黙ののちに、嫌みな嘲笑を含んだ声で、侯爵は言った。「わしには息子が一人いたが、その息子は無謀にも二輪馬車レースに参加し、急な曲がり角で競走相手を追い越そうとして四十四歳で亡くなってしまった。そして、その息子には息子が一人いた。おまえだ」

褒め言葉には聞こえなかった。

「そのとおりです」ダンカンはうなずいた。いまから何を言われることやら。

「わしはどこで間違えてしまったのだろう?」祖父はいらだたしげな声でわざとらしく尋ねた。「わしの弟は娘ができる前にまず、元気な息子を五人も作り、その五人が全部で十一人の元気な孫を作った。それぞれの息子のところに、二人以上の孫がいるわけだ。そして、孫の何人かはすでにひ孫を作っている」

「でしたら」話がどの方向へ進むかを察して、ダンカンは言った。「爵位を相続する者がいなくなる危険は、当分のあいだないわけですね。ぼくが急いで息子を作る必要もないということだ」

愚かなことを言ってしまった。もっとも、何を言おうと、たぶん聡明だとは思ってもらえないだろう。

ステッキがふたたび床に打ちつけられた。

「おそらく、爵位はそう遠くない将来に、ノーマンのものとなるだろう」祖父は言った。「わしがこの世を去り、おまえも去ったあとに。おまえ自身が選んだ自堕落な暮らしを続けるなら、父親よりさらに寿命が短くなることだろう。わしはノーマンを実質的な相続人とみなすつもりでいる。八十歳の誕生日に、ウッドバイン・パークをノーマンに与えようと思っている」

ダンカンの背中がこわばった。まるで誰かに殴られたような気がした。ほんの一瞬、目を閉じた。堪忍袋の緒が切れそうだった。ウッドバインと地代をとりあげられただけでも悲劇なのに。まさに大惨事。しかも、それで得をするのが、よりによって、またいとこのノーマンとは……くそ、卑劣なローブローだ。

「ノーマンには妻と二人の息子がいる」祖父がダンカンに言った。「それから、娘も一人いる。あれこそ、おのれの義務を心得た男だ」

はい、仰《おお》せのとおり。

ノーマンの父親も祖父もすでに亡くなっている。爵位継承権はダンカンに次いで二番目。性格のほうはかなり狡猾。ダンカンが婚礼の日にキャロライン・ターナーを捨てたあと、一カ月半たってから彼女と結婚した。子供が三人いて、そのうち二人は息子のようだ。ずいぶん利口に立ちまわって、大伯父にあたる侯爵にとりいってきたわけだ。

ダンカンは窓の外の誰もいない広場に渋面を向けた。いや、誰もいなくはない。メイドが手と膝を突いて、向かいの屋敷の外玄関をこすっている。

あと十六日でウッドバインが実質的に自分のものになることを、ノーマンは知っているのだろうか。

「もし、おじいさまの七十歳の誕生日にした約束を、ぼくのほうで書面にして」ダンカンは言った。「おじいさまがそれを保管しておかれたなら、きっとおわかりいただけたはずです。本当は、ぼくの三十歳の誕生日ではなく、おじいさまの八十歳の誕生日までに結婚する約束だったことが。どちらの誕生日も、もちろん今年ですが」

祖父はふたたびせせら笑った。軽蔑に満ちた笑い声だった。

「で、数分後にここを出たあと、どうするつもりだ、シェリングフォード？　通りで最初に出会った女をつかまえて、結婚の特別許可証をもらうために、その女をひきずっていくのかね？」

まあ、そんなところかな。裕福な紳士となり、土地を所有し、いつの日か輝かしき爵位と巨万の富を受け継ぐべく育てられた身としては、働いて収入を得るための教育や訓練は受けていない。召使いと子供を扶養し、自分自身も食べていくのに充分な額が稼げるような仕事は、とにかく何ひとつできない。

「とんでもない」ダンカンはふりむき、祖父に視線を据えた。「花嫁はすでに決まっています。二人でひそかに婚約もしております。正式な発表はまだですが」

「ほう？」このひとことに軽蔑があふれていた。祖父は眉を上げ、信じられないという顔をした。当然だ。「で、その令嬢は誰だね？」

「極秘にすることを誓わされました。彼女のほうで発表の準備が整うまで」

「ハッ！　なんとも都合のいいことだ！」祖父はふたたび眉を寄せて叫んだ。「真っ赤な嘘に決まっておる。おまえの惨めな人生におけるその他すべてのことと同じく。そんな女性も、婚約も、婚礼の予定もあるはずがない。わしの前からとっとと消えろ」

「でも、本当だったら？」一歩もひかない覚悟で、ダンカンは祖父に尋ねた。もっとも、流砂に足を踏み入れたように感じてはいたが。「本当にそういう令嬢がいて、ぼくと結婚してもいいと言っていたら？　安楽な暮らしを手に入れ、ウッドバイン・パークに住んでそこから入る地代と収益で結婚生活を送り、子供を育てていけるなら、という条件つきで」

祖父は怒りと軽蔑の表情を変えることなく、ダンカンをにらみつけた。

「もしそのような令嬢がいるのなら」吐き捨てるように言った。「そして、もしその令嬢が、誰から見ても、シェリングフォード伯爵にして未来のクレイヴァーブルック侯爵たる男にふさわしい花嫁であるなら、そして、もし新聞で婚約が発表される前日におまえが令嬢をここに連れてくるなら、そして、もしわしの誕生日までに結婚するなら、ウッドバイン・パークはその日のうちにふたたびおまえのものとなるであろう。〝もし〟の数が恐ろしいほど多いがな、シェリングフォード。そのうちひとつでも条件を満たすことができなければ――そうなるに決まっておるが――ウッドバイン・パークはわしの誕生日に、おまえのまたいとこのものになる」

ダンカンは頭を軽く下げた。

祖父はさらに言った。「ノーマンとその妻が引越しに備えて荷造りを続けても、支障をきたすことはおそらくないだろう」

〝続ける〟？ すると、ノーマンはやはり知っているのか。

「やめたほうが賢明だと思いますがね」

「茶菓を運ばせるからゆっくりしていくようにと、おまえに勧めるつもりはない」祖父は軽蔑に満ちた目でダンカンを見据えた。「花嫁を見つけだし――どこへ出しても恥ずかしくない花嫁だぞ――結婚を承知させるのに、いまから十五日のあいだ、一時間も無駄にできないだろうからな」

ダンカンはふたたびお辞儀をした。

「それでは、急ぐ必要があることを、さっそく婚約者に説明しに行くとしましょう」祖父がまたしても嘲笑うのを耳にしながら部屋を出て、そのまま階段をおり、帽子とステッキを受けとった。

とんでもないことになってしまった。

いったいどうやれば、十五日以内に花嫁を見つけだして結婚できるというのだ？ しかも、家柄のいい貴族の上品な令嬢でなくてはならない。それ以下では祖父が承知しないに決まっている。だが、上品な令嬢がダンカンに近づくことはありえない。彼の汚れた過去を知れば、避けようとするに決まっている。ダンカンが戻ってきたという噂が、あっというまにロンドンじゅうに広まるだろう。いまはまだ広まっていないにしても。

そもそも、何よりもまず、ダンカン自身に結婚しようという気がなかった。控えめに言っても重荷になっていた長期間の関係から、最近ようやく解放されたところなのだ。いや、哀れなローラの死を悲しんでいないわけではないが。新たに得た自由を、少なくとも二、三年は一人で楽しみたいと思っている。また、それ以上に重要なことだが、じつはきわめて現実的な理由があって、妻を迎えると厄介なことになりかねない。家のなかに婚外子がいたりしたら、あるいは、庭師の孫息子ということにしても、夫とその子供が強い愛情で結ばれていたら、上品な令嬢には我慢がならないだろう。それに、子供への愛情を隠しとおすことが、この自分にははたしてできるだろうか。

できるわけがない。

しかも、トビーにいくらしつこく教えこんだところで、〝パパ〟のかわりに〝サー〟とか〝伯爵さま〟と呼ぶことを、うっかり忘れることもあるだろう。

ああ、困った！

しかし、とにかく結婚しなくてはならない。ぼくにはウッドバインが必要だ。家庭と故郷が必要だ。もちろん、祖父の不動産と莫大な富はいずれぼくが相続するのだし、そこにはウッドバイン・パークも含まれている。これは限嗣《げんし》相続財産で、相手がノーマンであれ、ほかの誰であれ、贈与の対象とはなりえない。祖父がぼくに財産を相続させまいとするなら、祖父のほうが長生きするしかない。だが、困ったことに、ぼくには祖父が亡くなるまで気長に待つ余裕がないし、祖父の死は何年も先のことになるだろう。ただ、いかなる状況であれ、祖父の死を待ち望む気はない。けっして。

だが、いますぐウッドバインが必要なのだ。

不意に、あの荘園館の主人となったノーマンの姿が浮かんできた。キャロラインが館の奥方。そして、トビーのかわりに屋敷内を走りまわり、庭園ではしゃぐ子供たち。胸の痛む光景だ。ウッドバインはダンカンの家だというのに。

やはり、結婚が彼に残された唯一の方法だった。できれば、二週間たっても彼を逆上させることのない女性を――いや、公正を期すために言うなら、彼のせいで逆上するようなことのない女性を――選びたいところだが、相手を吟味している時間はなかった。出会った相手をすかさずつかまえる時間しかなかった。いや、それすら無理かもしれない。最初に出かけた舞踏会で最初に目にした令嬢に近づいて、結婚してほしいなどと頼むわけにはいかない。そうだろう？　たとえ、こちらが頼みこみ、何か摩訶不思議な理由から向こうがイエスと答えたとしても、そのあとで相手の家族を説得しなくてはならない。

できるわけがない。

だが、失敗は許されない。

若くて世間知らずの令嬢を狙うしかなさそうだ。その両親が、ぼくにつきまとう悪評など気にもせず、未来の侯爵をつかまえたことを大喜びしてくれるといいのだが。平民の娘がいいかもしれない――いや、それでは祖父が承知しないだろう。ならば、零落《れいらく》した良家の娘にしよう。顔もスタイルも十人並みでいい。

広場に足を踏み入れたダンカンは、冷汗が吹きだすのを感じた。

あるいは、誰か……。

いやいや、いまは春。ロンドンは目下、社交シーズン。誰もが結婚相手を探すのに血眼になる季節で、令嬢たちは夫を見つけることだけを目的にこの街にやってくる。そして、このぼくは、悪評を脇へどければ、シェリングフォード伯爵という身分。名目だけの爵位にすぎず、実質的には無意味だとしても。そして、いずれ、本物の価値を持つ侯爵位と家屋敷と財産を相続することになっている。現在の侯爵は八十歳。いや、あと十六日で八十歳になる。

こう考えれば、見込みがなくもない。いささか絶望的なのは事実だが。なにしろ、十五日しかないのだから。しかし、十五日のうちになんとかしなくてはならない。社交シーズンもそろそろ終わろうとしている。誰にも求婚してもらえなくて不安になり、さらには自暴自棄になりかけている令嬢——とその両親——がずいぶんいるに違いない。

ダンカンは大股で広場を出ながら、憂鬱ながらも楽観的な気分になっていることに気づいた。祖父との約束を守ってウッドバイン・パークをとりもどすのだ。どうあっても。自分で計画していたさまざまな事柄のなかに、なんとかして結婚を押しこむしかない。

そう思っただけで、またもや冷汗が出てきた。

社交界ではパーティが目白押しで、よりどりみどりに違いない。そのどれかに出る気になれば、母親が招待状を手に入れてくれるだろう——もしも招待状が必要ならば。ダンカンの記憶だと、自宅でパーティを開く貴婦人の大部分が、一人でも多くの客を呼びたがるものだ。その翌日、大盛況だったことを自慢するために。爵位を持つ紳士を追い返すようなまねはしないはず。たとえ、その紳士が五年前に人妻と駆け落ちしていようとも——ほかの令嬢と結婚するはずだった日に。

どうせ行くなら、舞踏会がいちばんいいだろう。さっそく顔を出そうと決めた。今夜どこかで予定されていたら、まずそこからだ。

十五日以内に貴族の令嬢をつかまえて求婚し、婚約し、結婚に漕ぎつけなくてはならない。もちろん、不可能なことではない。なかなかおもしろい挑戦になりそうだ。

ダンカンはカーゾン通りの屋敷に戻るため、大股で歩きはじめた。運がよければ、母がまだ屋敷にいるだろう。これから二、三日のあいだ、どんな催しを選べばいいか、母に訊けば教えてくれるだろう。

2

マーガレット・ハクスタブルは三十歳になっていた。のんびりしていられる年齢ではない。いまだかつて結婚の経験がなく、独身を通しているとなればとくに。前に一度だけ婚約したことがあった。いや、正確に言うなら、ひそかに結婚の約束をしただけだが。父の死後、妹二人と弟が成人して独り立ちできるようになるまで面倒をみる、という責任をマーガレットが負っていなければ、すぐにでも結婚していただろう。相手はサー・ハンフリー・デューの長男クリスピンで、軍職を購入し、マーガレットを伴って戦地へ赴くつもりでいた。しかし、マーガレットは自分の義務を放りだすのを拒み、彼のほうは夢を捨てるのを拒んだため、結局、彼一人が戦場へ行くことになった。マーガレットが自由の身になったらかならず迎えにくると約束して。

二人は深く愛しあっていた。

ところが、約束のときがくる前に、クリスピンはスペインの女性と結婚してしまった。半島戦争でナポレオン・ボナパルトの軍を相手に戦っていたころのことだ。マーガレットはそれから数年かけて、砕け散ったハートの破片をつなぎあわせ、人生に新たな意味を見いだすべく、ひそかにあがきつづけた。いくら家族を愛していても、それだけでは満たされないことを知った。しかも、家族はもはやマーガレットを必要としなくなっていた。ヴァネッサ（ネシー）はモアランド公爵と結婚し、キャサリン（ケイト）はモントフォード男爵と結婚した。いずれも愛する人と結ばれた。末っ子のスティーヴンはすでに二十二歳、立派に自分の人生を歩んでいる。十七歳のとき、思いがけなくマートン伯爵という称号を継ぐことになり、その後の歳月のなかで、数カ所の領地と莫大な財産を所有する貴族という新たな役割にふさわしい成長をとげてきた。ハンサムで性格がいい。ほかの紳士たちの評判もよく、貴婦人たちのあいだでは大の人気者だ。あと二、三年もすれば、ほぼ間違いなく結婚を考えはじめるだろう。

そのときがきたら、スティーヴンが結婚したら、マーガレットは田舎の本邸ウォレン館の女主人ではいられなくなる。スティーヴンの妻が女主人となる。マーガレットは弟に養ってもらうオールドミスの姉にすぎなくなってしまう。そんな将来を想像すると怖くてたまらず、そのせいもあって、冬のあいだにひとつの決心をするに至った。

結婚しようと決めた。

理由はほかにもあった。三十歳の誕生日を迎えるという人生の節目を、マーガレットは前々から恐れていた。オールドミスでないなどとは、もはや誰にも言えなくなっている。結婚のチャンスが一年ごとに減っていく。母親になれるチャンスも同様だ。

マーガレットは結婚したかった。そして、子供を持ちたかった。昔からその二つを望んでいたが、青春の日々は弟と妹を育てることに追われ、若き情熱はクリスピン・デューに捧げ尽くした。クリスピンは彼女の初恋の人、そして、生涯ただ一人の恋人だった。

そのクリスピンがイングランドに戻っている――妻に先立たれて。目下、両親の住むシュロプシャーのランドル・パークに滞在中だ。マーガレットと息子のひそかな交際のことなどまったく知らなかったレディ・デューから手紙が届き、マーガレットが元気にしているかどうか、すでに結婚したかどうかを、クリスピンが知りたがっていると言ってきた。手紙にはこう書いてあった――子供のころのあなたたちはとても仲良しでしたものね。ランドル・パークに遊びにいらして、しばらく滞在なさってはどうかしら。幼なじみの二人が一人前の大人になり、さまざまな義務から解放されたいまなら、おたがいに対してもっと深い感情を見つけられるかもしれませんよ。あなたが招待に応じてくださるよう、クリスピンも心から願っています。

手紙を読んで、マーガレットは仰天した。かつての隣人であり、いつも善良そのものだったレディ・デューのことは大好きだ。しかし、レディ・デューには話を脚色する癖がある。クリスピンは本当に、わたしが元気にしているかどうか、そして、すでに結婚しているかどうかを尋ねたのかしら。本当に、ランドル・パークに泊まりにきてほしいと言ったのかしら。おたがいに抱いていたかつての気持ちにもう一度火をつけたいと、本当に思っているの？ 奥さまが亡くなったから？ 小さな女の子がいて、その子に母親が必要だから？

レディ・デューの脚色であってくれるよう、マーガレットは強く願った。クリスピンが彼女を裏切ってほかの女と結婚したときは、ひどく傷つき、失望させられた。故郷に戻って手招きすればマーガレットは喜んで自分の腕に飛びこんでくると彼が思いこんでいるのなら、ますます失望させられることになる。

マーガレットは結婚の決意を固めた。ただし、相手はクリスピン・デューではない。たとえ、向こうがふたたび求婚するつもりでいるとしても。戻ってきてくれることを期待し、何年も胸を焦がして待っていたのではないことを、彼にはっきり伝えたかった。

クリスピンと結婚するなんてとんでもない！

誰と結婚するかは、もう決めてある。

この五年のあいだに、アリンガム侯爵から三回求婚された。三回とも断わったが、二人のつきあいが途絶えることはなかった。友情が土台となっていたからだ。おたがいに好意を寄せあっていることはわかっていた。一緒にいるとくつろげた。無理に話題を探す必要はなかった。沈黙が続いても気まずい思いをせずにすむことさえあった。侯爵は立派な風采の紳士で、マーガレットよりたぶん八歳か九歳年上。結婚の経験もある。

マーガレットが侯爵との結婚をためらった理由はただひとつ。彼に恋をしていないからだった。かつてクリスピンに感じたような胸のときめきも、不思議な魅力も、侯爵に対してはいっさい感じることがなく、何年も心に抱きつづけてきたロマンスと情熱へのひそかな憧れを侯爵が満たしてくれることもなかった。しかし、冬のあいだに、自分はひどい愚か者だったと思うようになった。ロマンティックな愛がマーガレットにもたらしたのは心の痛みだけだった。友達のような人と結婚するほうが、はるかに分別のあることだ。

侯爵から求婚されるたびに、マーガレットは断わってきた。しかし、三回目のとき――去年の社交シーズンの終わりごろだったが――初めてためらいを見せ、侯爵もそれに気づいた。マーガレットの手をとって唇に持っていき、今年はもう、強引に迫って困らせるようなまねは慎むことにすると告げた。来年また会おうと約束し、そのときも友達でいられることを願っていると言った。

ふたたび求婚することを侯爵が約束したのも同然だった。マーガレットのほうは、ためらいを見せたことで、つぎはイエスと答えることを約束したのも同然だった。

そして、イエスと答えようと決心した。

三十一歳になる前に結婚できる。決心がついたことで肩の荷がおり、幸せすら感じていた。もはやクリスピン・デューを愛してはいない。愛は何年も前に消えてしまった。しかし、アリンガム侯爵との結婚によって、若き日の恋への最後の未練にきっぱりと終止符を打つことができる。もっと早く侯爵の求婚を受け入れなかったことを、いまのマーガレットは悔やむばかりだった。でも、それでよかったのかもしれない。心の準備をする必要があり、いまようやくその準備が整ったのだ。

そこで、五月の末にロンドンへ向かった。ウォレン館のほうであれこれと用事に追われていたため、ロンドンはいまだ社交シーズンではあるものの、最初の予定より遅くなってしまった。スティーヴンはすでにロンドンへ行っていた。ヴァネッサとエリオットと子供二人も、キャサリンとジャスパーと一人息子も。子供たちも含めて家族みんなに再会できると思うと、それだけで胸がはずんだ。しかし、その高揚感の土台になっていたのは、結婚して家庭を作ることでようやく自分自身の人生が始まるのだという、幸せに満ちた期待感だった。

侯爵との再会が待ちきれなかった。

ロンドンでの最初の二、三日は、家族を訪問し、買物に出かけ、妹たちと散歩をするなかですぎていった。社交的な催しのほうは、まずレディ・ティンデルの屋敷の舞踏会に出るつもりだった。この催しには毎年大人数が出席する。マーガレットは初めての舞踏会を楽しみに待つ少女のような気分だった。何を着ていくか、メイドにどんな髪を結わせるかについても、一時間ごとに考えが変わった。

最高に美しい姿で侯爵の前に立ちたかった。

舞踏会の前日、マーガレットは妹たちと一緒にハイドパークへ散歩に出かけた。上流階級の人々が姿を見せる午後の時間帯で、しとしと降る雨が三日も続いたあとの晴天の日だった。馬車用の道はさまざまな形をした上等の馬車でぎっしり混みあっていた。馬に乗った人々がそのあいだを縫うように進んでいく。散策の人々は、小道の緩慢な混雑のなかをゆっくり歩いていく。誰一人、急ぐ様子はない。目的地に早く着こうとするなら、こんなコースは選ばない。人々が午後から公園にやってくるのは、上流階級の姿をながめ、友人知人と挨拶をかわし、ゴシップに興じるためだ。

「だって」人混みのなかをゆっくりと歩きながら、ヴァネッサが言った。「わたしがこのボンネットにエリオットの財産の半分を注ぎこんだのは、誰もいない裏道をせかせか歩くためじゃないんですもの」

「とってもすてきなボンネットだわ」キャサリンが言った。「メグも、わたしも、ネシーの栄光のお裾分けに預かるだけで満足しなきゃ」

みんなで笑いころげた。

つぎの瞬間、マーガレットは自分の笑みが消え、それと同時に頭の血の半分も消えていくのを感じた。馬に乗った男性が——陸軍士官が仲間と一緒に馬で出かけてきたらしく、全員、真紅の軍服姿で颯爽《さっそう》としている——数メートル向こうで停止し、マーガレットたちをじっと見ていた。最初は驚きの表情だったのが、いかにもうれしそうな顔に変わった。明るい微笑を浮かべて、羽根飾りつきの軍帽をさっとはずすと、こちらに向かってお辞儀をした。

クリスピン・デュー!

「メグ！」クリスピンが叫んだ。「それから、ネシー。それから、小さなケイト？　こんなところで会えるなんて！」

マーガレットが手袋に包まれた指を両脇できつく握りしめ、気を失わないよう必死に耐えているあいだに、彼に気づいた妹たちが歓声を上げた。クリスピンはひらりと馬から降りると、手綱を片手に持ち、混雑をかきわけて大股で近づいてきた。

ああ、どうしてこの危険を考えなかったの？　どうして誰も警告してくれなかったの？

「クリスピン！」ヴァネッサが歓声を上げ、前に出て彼を抱きしめた。ヴァネッサはかつて、彼の弟ヘドリー・デューの妻だった。ヘドリーが肺病で亡くなる日まで。キャサリンが頭を軽く下げ、膝を折ってお辞儀をした。「クリスピン」彼女の声は冷たくて礼儀正しかった。

クリスピンはふたたびマーガレットに視線を向け、両手を差しだした。「メグ」彼の笑みが柔和になった。「ああ、メグ、昔よりさらに美しくなるなんて、どうすればそんなことができるんだ？ いったい何年たったんだろう？」

マーガレットは両手を脇に置いたままでいた

「十二年よ」と答え、つぎの瞬間、そう答えたことを悔やんだ。別れの言葉を交わしたあの午後からどれだけの歳月が流れたのかを、正確に記憶していることが、このひとことで露呈してしまった。あのとき、マーガレットは待つと約束し、彼は戻ってくると約束した。あのとき、二人の熱い思いと悲しみで、空気までが揺らいでいた。マーガレットはあのとき、自分の心臓が破れてしまうに違いないと思った。

クリスピンは昔よりさらにハンサムになっていた。赤味がかった髪の色がやや濃さを増し、色白だった肌には風雪に耐えた歳月が刻まれていた。がっしりしてたくましい雰囲気が加わっていた。右の眉のすぐ上に白い傷跡があり、額を斜めに横切って生え際のなかに消えていた。そのせいで妙に魅力的に見える。

「もうそんなにたったのか」クリスピンは腕を脇に戻しながら言った。ふりむいて仲間の士官たちのほうを見た。人混みに押されながら、彼らも同じように馬を止めて待っていた。

「この三人の美女は、ぼくが子供だったころ、うちの実家の近くに住んでいて、仲のいい遊び相手だったんだ」クリスピンは彼らに向かって言った。「美女たちのお許しがもらえれば、しばらく一緒に歩くことにする。みんな、先に行っててくれ」

〝三人の美女〟。なんてくだらないお世辞かしら。

クリスピンがじっさいに姉妹の許可を求めたわけではないので、彼女たちには断わるすべがなかった。ヴァネッサはかすかに居心地の悪そうな様子を見せ、キャサリンは不機嫌といってもいい表情だった。二人とも、もちろん、秘密の婚約とクリスピンの裏切りのことを知っている。マーガレットはずっと沈黙を守ってきたのだが。

クリスピンが向きを変えて歩きだし、姉妹と礼儀正しい会話を始めたために、マーガレットの心は千々に乱れた。ネシーの再婚のことも、クリスピンはもちろん聞いていて、喜んでいると彼女に言った。きみはヘドリーのすばらしい奥さんだった。もう一度幸せになって当然だよ。ケイトがモントフォード卿と結婚したことも母から聞いて、うれしく思ってたんだ。その紳士にも近々会えるといいのだが。

しかし、四人一緒に長時間歩きつづけるのは無理だった。ほどなく、ヴァネッサとキャサリンは共通の知人に呼び止められ、マーガレットはいつのまにか、クリスピンと二人で並んで歩いていた。

息もうまくできないような気がした。そして、自分の動揺ぶりにうろたえ、困惑していた。

これがクリスピン・デュー、わたしのところに戻ると約束したくせに、スペイン女性と結婚し、娘を一人作った男。わたしが心から愛し、わたしの愛と未来を託した男。

「ねえ、メグ」目に温かな賞賛の色を浮かべて、クリスピンは言った。「きみは大いなる賛辞を受けるべき人だ。父上との約束を守りつづけた。妹さんたちとスティーヴンが一人前になるまで面倒をみて、立派に育てあげた。だが、一度も結婚しなかった。そうだろう?」

結婚はもう無理と言わんばかりの口調だった。

マーガレットは返事をしなかった。混雑に気をとられているふりをした。

「きみが結婚していなくてよかった」クリスピンは声を低くした。「ランドル・パークに泊まりにきたらどうかな? きみを招待したいという母の意見に、ぼくも賛成なんだ」

まあ。じゃ、レディ・デューがわたしに手紙を書いたことを、この人はすでに知ってたのね。きっと、この人の差し金だったんだわ。彼への評価がぐんと下がった。下がる余地がまだ残っていたとすれば。

「いろいろ用があって忙しいの」マーガレットは言った。

「そっちのほうが大事だから、きみとの再会を待ち望んでいる旧友を訪ねる暇はないというのかい? いや、べつにかまわない。ぼくがこうしてロンドンにいて、きみに会えたんだから。一、二カ月ほど滞在するつもりなんだ。こちらにいるあいだに、時間があればいつでもつきあってあげるよ、メグ。きっと楽しいだろうな。きみはいまも驚くほどきれいだ」

わたしの容貌が衰えていたら、楽しくなかっただろうっていうの?

〝時間があればいつでもつきあってあげるよ……〞

どういう意味？　つきあってもらいたいと、わたしに頼んでいるのではない。つきあおうかと申しでているのでもない。つきあって〝あげる〞と言っている。まるで貴重なプレゼントみたい。こちらが独りぼっちで、彼につきあってもらえなければ孤独だというみたい。家族と旧友以外にはつきあってくれる人もいない年齢になってしまったみたい。彼が忙しい日々のなかで時間をとってくれることを、感謝しろとでも？

〝……時間があればいつでも……〞

ぼくにろくな予定もないときなら、きみにつきあってあげるよ、と言っているようなものだ。

不意に怒りがこみあげてきた。

心の底から嫌悪を感じた。

何年にもわたって鬱積《うっせき》していた怒りが、マーガレットのなかで爆発した。

〝きみはいまも驚くほどきれいだね〞

もうっ、なんて偉そうなの！

「ご親切なお申し出ですけど、クリスピン」とがった声にならないよう気をつけて、マーガレットは言った。「そんな必要はありませんわ」

「いやいや、遠慮することはない。きみに礼儀を尽くすのを怠ったなどと、世間の人に言われたくないからね。大切な友達だったんだもの。いまもそうだと思いたい。そして、これからもそうだよね？」

〝……大切な友達……〟

クリスピンは問いかけるように眉を上げて、マーガレットを見おろした。

マーガレットは激しい怒りを感じることに慣れていなかった。怒りにどう対処すべきなのか、自制心をとりもどすまでどうすれば分別を保っていられるのか、まったくわからなかった。そのため、ひどく軽率な返事をしてしまった。

「誤解してらっしゃるわ、クリスピン。慈善の手を差しのべてくださる必要はまったくないのよ。わたしの婚約者がいやがるでしょうし」

自分の口からこんな言葉が出るのを聞きながら、誰かほかの者がしゃべっているような気がした。不意に、ほかの誰かの言葉だったらよかったのにと思った。どうしてこんな軽はずみなことを言ってしまったの？

「婚約者？」クリスピンが訊いた。ひどく驚いていた。「婚約したのかい、マーガレット？」

「ええ」いい気味と思いながら、マーガレットは言った。「ただ、正式な発表はまだだけど」

「その幸運な紳士は誰なんだい？　ぼくの知ってる人？」

「おそらく、知らないでしょうね」最初の質問への返事は避けた。

クリスピンはすでに足を止めていた。「いつ会わせてくれる？」

「わからないわ」

「レディ・ティンデルが開く明日の舞踏会で？」

「もしかしたらね」マーガレットは答えた。罠にかかったような怖さを感じた。

「舞踏会に出ようかどうしようか迷ってたんだが、こうなったら、何をおいても出なくては。その紳士に紹介してもらい、きみにふさわしい男かどうか、この目でたしかめることにする。もし、ふさわしくなかったら、夜明けの決闘を申しこみ、そのあとできみをぼくの鞍の前に乗せ、夕日に向かって走り去るとしよう。もしくは、真夜中の闇に向かって」

クリスピンがニヤッと笑い、マーガレットはなつかしさに包まれた。いかにも若いころの彼が言いそうなことだった。あのころならきっと、マーガレットも調子を合わせて返事をし、二人で笑いころげていたことだろう。

マーガレットは唇を噛んだ。

アリンガム侯爵が明日の舞踏会にやってきたら――たぶん、くると思うけど――クリスピンは紹介してほしいとせがみ、婚約のことに触れるだろうか。

そんなことになったら、恥ずかしすぎて死んでしまう。

もちろん、侯爵が舞踏会にくるかどうか、はっきりとはわからない。それどころか、侯爵がロンドンにいるかどうかもわからない。もっとも、貴族院議員としての務めを真面目に果たす人だし、目下、議会の会期中だから、間違いなくロンドンにきているはず。わたしは舞踏会に出ないほうがいいのかもしれない。でも、侯爵との再会をとても楽しみにしていた。

それに、クリスピンが舞踏会に出るというだけの理由で、なぜわたしが家に閉じこもって再会を先延ばしにしなきゃいけないの？　怒りに駆られて嘘をついたばかりに。いえ、嘘ではないけど、先走ってしまったばかりに。

「わたしの婚約のことは内緒にしておいてね、クリスピン。こんなところで打ち明けちゃいけなかったんだけど。妹たちにもまだ話してないのよ」

「じゃ、ぼくにとっては名誉なことだ」クリスピンは彼女の右手をとって上向きにし、脈打つ手首のところに軽く唇をつけた。「これでぼくの唇は封印された。ああ、メグ、きみに再会できてこんなうれしいことはない。ずいぶん長く離れ離れだったものね。残念ながら、再会するのが遅すぎた」

「十二年遅かったわね」マーガレットはぎこちなく唾を呑みこんだ。手首に残る彼の唇の感触がまるで焼きごてを押しつけられたかのようだった。

たしかにもう遅すぎる。いまのクリスピンに対しては不快な腹立ちしか感じない。当惑、きまりの悪さ、きみにひどい仕打ちをしたことは忘れていないという態度を、彼のほうから見せてくれてもいいのに。手紙すらくれなかった。彼が結婚したことも、人づてに聞いただけだった。

ヴァネッサとキャサリンが知人とのおしゃべりを終えて、ようやく二人に追いついた。ヴァネッサはクリスピンに彼の娘のことを尋ねた。ランドル・パークの祖父母に預けてきたという。

「みんなでロンドンに出てくることになっている。ぼくが小さなマリアと長いあいだ離れていられないからね。近いうちにくると思うよ」

キャサリンがマーガレットの腕をとり、ぎゅっと握って無言の同情を伝えてきた。マーガレットは笑顔を返した。

頭がズキズキしていた。クリスピンがロンドンにくるとわかっていたら、ウォレン館でじっとしていただろう。迷うことなくそうしていたはずだ。でも、いまとなっては遅すぎる。

一年ぶりの再会となる今夜、アリンガム侯爵は結婚の申込みをしてくれるかしら。あちらも舞踏会にきていたらの話だけど。でも、会ってすぐに求婚っていうのは、ちょっと考えられない。きっと、三回か四回ほど顔を合わせてからだ。その場合も、あの方は慎重な態度を崩さないだろう。だって、こちらがすでに三回も断わったのだから。

ああ、すべてが台無しにされてしまった気分。求婚に応じたら、自分が計算高い女になったように感じるだろう。本当は、今日の午後よりも前に心が決まっていたのに、不実なかつての恋人に見栄をはりたいというだけの理由から、侯爵に求婚をせがんだような気がすることだろう。

そんなことはぜったいないのに！

クリスピン・デューのどこが好きだったの？　いまのわたしが好きなのは、結婚しようと心に決めた優しくて礼儀正しい男性なのよ。

「ああ、メグ」キャサリンが言った。「ずいぶんいやな思いをしたでしょうね。クリスピンがロンドンにきていることが、あらかじめわかってればよかったのに。そしたら、少なくともお姉さまに警告できたのに」

「いやな思いなんてしてないわ」マーガレットは言った。「あなたの横を黙って歩いてたのは、明日の夜、一年ぶりの舞踏会にどのドレスで出かけようかって、心のなかであれこれ悩んでいたからなの。最高におめかししたいの。金色のドレスはどうかしら」

キャサリンはおおげさにためいきをついた。

「この午後はネシーの新しいボンネット、そして、明日はお姉さまの金色のドレス。姉たちの豪華さのせいで、わたしはすっかり影が薄くなってしまうわ」

二人は顔を見合わせ、笑いだした。

背が高く、ほっそりしていて、濃いブロンドの髪をしたキャサリンは、姉妹のなかでいちばんの美人だ。明日の舞踏会に麻袋を着て出かけたとしても、驚くほど多くの賞賛の視線を集めることだろう。

クリスピンがふりむいて、姉妹に別れの挨拶をした。マーガレットは笑顔で会釈を返したが、胃が痛くなった。

明日の舞踏会にクリスピンも出るつもりでいる。マーガレットの婚約者に紹介してもらうという、はっきりした目的を持って。

嘘をついても、いいことは何もない。そうよね？　しかも、これはずいぶんと控えめな言い方だ。

3

レディ・ティンデルの舞踏会に、マーガレットは金色のドレスで出かけた。去年の社交シーズンの終わりごろに買ったもので、そのときは無駄な贅沢をしたような気がした。夏を迎えてウォレン館に戻るまで、一度も着る機会がなかったからだ。でも、ひと目で惚れこんだのだ。仕立て済みなので、すぐに着ることができ、サイズもぴったりだった。ただ、胸があきすぎではないかと、少々気になった。しかし、そのとき一緒だったヴァネッサもキャサリンも、そんな心配はいらない、せっかく豊かな胸をしているのだから思いきり見せびらかしたほうがいい、と言った。あまり安心できる意見ではなかったが、とにかく、マーガレットはそのドレスを買った。

いま着てみると、若々しく魅力的になったような気がした。もちろん、本当はもう若くない。でも、いまも多少は魅力的？　慎み深い心はノーと答えたが、鏡のほうは、恵まれた美貌にはいささかの衰えもないと保証してくれた。それに、この二、三年のあいだに出た舞踏会で、踊る相手に不自由したことは一度もなかった。

アリンガム侯爵を魅了することができた。そうでしょ？　そして、侯爵はイングランドで最高にすばらしい結婚相手と言って間違いない。

ああ、ぜひ、今夜の舞踏会にきてくれますように。

そして、クリスピンのほうはくるのをやめてくれますように。あんな男には二度と会いたくない。

しなやかな象牙色の絹で仕立てたアンダードレスが、マーガレットの身体のあらゆる曲線にまといつき、その上に重ねた薄絹の金色のドレスが、ろうそくの光を受けてきらめいていた。ハイウェストのデザインで、襟ぐりがドキッとするほど大きくカットされ、袖は短いパフスリーブ。金色の長手袋に、おそろいの色のダンスシューズ。

化粧室を出る前に、マーガレットは勇気を失いかけた。この年齢になったら、もっと地味で上品なドレスを着るべきだ。しかし、着替えることを真剣に考える暇もないうちに、化粧室のドアにノックが響いて、メイドがドアをあけ、スティーヴンが顔をのぞかせた。

「わあ、すごい、メグ！」スティーヴンは歓声を上げ、賞賛の色もあらわに姉の姿を見つめた。「息を呑むほどすてきだよ。人が見たら、ぼくが妹をエスコートしてると思うだろうな。メグに腕を貸して舞踏会に入っていったら、あらゆる紳士から羨望の目で見られることになりそうだ」

「まあ、恐れ入ります」弟の冗談にマーガレットは笑いだし、わざとらしく優雅にお辞儀をした。「そして、わたしはあらゆる貴婦人から羨望の目で見られるでしょうね。二人とも家にとどまって、みなさんをハートの痛みから救ってあげたほうがいいかもしれないわ」

スティーヴンは少年のころから並はずれて美しい子だった。背が高くて、ほっそりしていて、言うことをきかない金色の巻毛と、ブルーの目と、気さくで陽気な顔をしていた。しかし、二十二歳の現在では、自然な優雅さを備えた若者に成長し、手に負えなかった巻毛は一流の床屋によってきれいに整えられ、顔は大人っぽくなり、生気にあふれた端正な表情を見せるようになっていた。もちろん、マーガレットの身びいきと言えなくもないが、スティーヴンが行く先々で女性の視線を集めているのは事実だ。爵位と財産だけが理由ではない。もちろん、この二つがあっても邪魔ではないが。

スティーヴンはドアを大きくあけると、マーガレットのお辞儀に劣らず優雅に頭を下げ、ニヤッと笑って腕を差しだした。「そろそろ出かけようか。姉さんをほかの男性たちから遠ざけてはいけないから」

「まあ、よくわかってるのね」マーガレットはメイドに笑顔を向けて、絹のショールを肩にかけ、扇子を手にして、弟の腕をとった。

ティンデル家の屋敷に到着したのはその三十分後だった。わずか五分ほど待っただけで、緋色の絨毯《じゅうたん》の端に馬車を止め、スティーヴンがマーガレットに手を貸して馬車から降ろすことができた。マーガレットは玄関広間に控えていた従僕にショールを渡してから、スティーヴンの腕に手をかけて階段をのぼり、舞踏室の前で客を迎えている主催者の列のほうへ向かった。二人が賞賛の視線を集めているとすれば――事実、集めていたのだが――その一部はマーガレットに向いていると思ってもよさそうだった。大部分はスティーヴンに向けられたものに決まっているが。

マーガレットは生まれて初めてロンドンの舞踏会に出るような興奮を覚えた。興奮と――そして、不安も。

主催者の列の前を通りすぎてから、扇子で顔をあおいだ。舞踏室をざっと見まわしたが、アリンガム侯爵もクリスピン・デューもまだ到着していないようだった。もちろん、舞踏会は始まったばかりだ。しかし、マーガレットの妹たちはすでにきていた。エリオット、ジャスパーとともに、舞踏室の奥のほうに立っていた。

マーガレットとスティーヴンは顔見知りの人々に会釈をしたり、ときには足を止めて挨拶を交わしたりしながら、舞踏室の奥まで行った。

二人はキャサリン、ヴァネッサと抱きあい、つぎに、スティーヴンはその夫たちと握手をした。

「スティーヴン」キャサリンが言った。「あとで〈ロジャー・デ・カヴァリー〉を踊るとき、ぜったいわたしのパートナーになってね。あの曲をあなたほど上手に踊れる人はいないんですもの。ちょっと自慢したい気分よ。だって、あなたが十五のときにステップを教えたのは、このわたしなんだから。それに、今夜のあなたはうっとりするほどすてき。わたしには厳格なルールがあって、いちばんハンサムな紳士としか踊らないことにしているの」

「それを聞いてホッとした」ジャスパーが言った。「ワルツはすべてぼくと踊ると約束してくれたからな、キャサリン。だが、エリオットは気の毒に、きみに断わられるのが怖くてダンスを申しこむのをためらうかもしれないぞ」

「すでに膝がガクガク震えている」エリオットが言った。

全員が噴きだした。

「一曲目をぼくと踊ってくれるようお願いしなくては、メグ」ジャスパーが言った。「コンのやつがすでに、キャサリンに申しこんだんだ」

「コンスタンティンもきてるの？」マーガレットはいそいそとあたりを見まわした。すると、少し離れたところに立つ紳士の一団のなかに彼がいた。マーガレットが彼の視線をとらえ、両方が笑みを交わして挨拶がわりに片手を上げた。「コンったら、まだマートン邸に会いにきてもくれないのよ。あとで顔を合わせたら、無視されてることに文句を言わなきゃ」

コンスタンティン・ハクスタブルはエリオット（モアランド公爵）のまたいとこにあたる。両親が彼の誕生の二日後ではなく、せめて一日前に結婚していれば、スティーヴンのかわりに彼がマートン家の爵位を継いでいたはずだ。その二日のせいで、コンスタンティンは相続権を失ってしまった。彼がスティーヴンのことも、その姉たちのことも恨んでいないように見えるのを、マーガレットはしばしば不思議に思っている。もっとも、ヴァネッサとのあいだには、何か冷ややかなものがあるようだ。彼とエリオットは長年の対立から疎遠になっていて、マーガレットにはそのあたりの事情がまったくわからないのだが、ヴァネッサは当然ながら夫の肩を持っている。悲しいことだ。コンスタンティンも、エリオットも、それぞれの母親からギリシャ風の整った容貌を受け継いでいて、またいとこどうしというより、兄弟のようによく似ている。身内どうしが対立すべきではない。

一曲目のダンスのために人々が列を作りはじめると、ジャスパー（モントフォード男爵）がマーガレットをフロアに連れて出た。マーガレットは田舎を愛していて、田舎を離れて都会で軽薄なひとときをすごす必要がまったくなければどんなに幸せだろうと、しばしば心でつぶやいている。しかし、ロンドンの社交シーズンには、やはり否定しがたい魅力がある。ひとたびロンドンの舞踏室に身を置けば、うっとりさせられる。周囲にはきらびやかな上流の人々。天井から下がった二つの巨大なシャンデリアと何十もの壁の燭台で何百本というろうそくが燃え、その炎に照らされてまばゆく輝く宝石の数々。足もとで木の床が艶やかに光り、大きな壺に活けられた花や緑の葉が人々の目を楽しませ、室内をかぐわしい香りで満たしている。

アリンガム侯爵の姿はまだなかった。

マーガレットがホッとしたことに、クリスピン・デューの姿もなかった。

演奏が始まり、マーガレットは女性の列に並んで、向かいの男性の列で頭を下げるジャスパーに膝を折ってお辞儀をすると、カントリー・ダンスの複雑な動きをこなす喜びに身をゆだねた。バイオリンの音色と、リズミカルに床に打ちつけられる靴の音が、マーガレットは昔から大好きだった。

ところが、ダンスの途中で、舞踏室のドアのところに現われた真紅のものに目を奪われた。見ると、きのう一緒に馬を走らせていた士官二人を連れて、クリスピンが到着したのだった。

マーガレットの心臓が不快な動悸を打ち、ぐんと沈みこんだ。

　安らぎが消え去った。

　到着した三人を見て、ダンスに参加していない人々のあいだに大きなざわめきが起きた。クリスピンがあたりを見まわし、やがて、マーガレットを見つけて微笑した。マーガレットは気づかないふりをしようかと思ったが、それは愚か者のやること。笑顔を返し、シャンデリアの下で踊りながら金色のドレスがきらめいた瞬間、思いきりおしゃれをしてきてよかったと思った。だが、やがて、そんな虚栄心を抱いたことが恥ずかしくなった。

〝時間があれば、いつでもつきあってあげるよ……〟

　侯爵はまだ現われない。もちろん、ロンドンにきていないのかもしれない。あるいは、もしロンドンにいるとしても、遅めにこちらにくるとしても……。

「あっ！」マーガレットは不意に叫び、あわててジャスパーに注意を戻した。彼の靴を思いきり踏んづけてしまったのだ。「ごめんなさい。どうか許して」

　靴を踏んだ拍子にぎこちなくよろめいたため、ジャスパーがあわててマーガレットの腕をつかみ、彼女が姿勢を正してダンスに戻るまで支えていなくてはならなかった。マーガレットは恥ずかしくて顔から火が出そうだった。周囲で踊る人々が心配そうにこちらを見ていた。

「悪いのはぼくですよ」ジャスパーがマーガレットを安心させようとした。「お義姉さんを倒しそうになったことに、キャサリンが気づかずにいてくれればいいんだが。でも、あの男に顔面パンチを見舞うか何かする人間が必要になったら、メグ、いつでもかまわないから声をかけてほしい。ぼくの気分もスカッとするでしょう。このところ、喧嘩騒ぎにはとんとご無沙汰でね。結婚すると、男はそうなる運命なんだ。嘆かわしい」

マーガレットはギクッとしてジャスパーを見た。意味がわからないふりをしても無駄だった。ジャスパーもクリスピンの姿を目にして、軍服から、彼が何者かを推測したに違いない。つまり、キャサリンからかつての経緯を聞いているわけだ。なんてバツの悪いこと！　三十歳にもなって、いまだに独身。生涯ただ一人の恋人がわたしを裏切り、ほかの女と結婚したせいで。そして、その男の姿を見たとたん、ふらついて、ダンスの相手の足を踏んでしまった。

ダンスのパターンに従って一時的にジャスパーと離れたが、ほどなくふたたび彼と組み、列のあいだを縫いながら背中合わせで円を描きはじめると、マーガレットはすぐに返事をした。

「もう何年も前のことよ。きれいさっぱり忘れたわ」

なんとも愚かな返事だった。〝何年も前に何があったんです？〟とジャスパーに訊《き》かれても仕方がない。それに、もし忘れてしまったのなら、話題にできるはずがないのに。義理の弟の前にみじめな姿をさらすことになるだけだ。

ああ、もういや！　歳月はどこへ消えてしまったの？　どうしてわたし一人がとりのこされたの？　アリンガム侯爵はどうして現われないの？　どうしてもあの方が必要なのに。あとでクリスピンに声をかけられて、婚約者はどこかと訊かれたら、なんて答えればいいの？

本当のことを言うしかない——そんな人はいない、婚約はしていない、と。体裁を繕うために〝いまはまだ〟などという言葉を添えるのも、やめておくべきだ。侯爵がなんらかの事情で今年のロンドン行きを中止していたら、わたしはさらに恥をかくことになる。

これをいい教訓にしよう。ものの弾みでつい嘘をつくようなことは、二度としてはならない。たとえ悪意のない小さな嘘であろうと。嘘は人に悲しみをもたらすだけだ。

と、そのとき突然、ダンスが終わる直前にようやくアリンガム侯爵が現われた。舞踏室のドアをゆっくり通り抜け、なつかしい姿を見せた。足を止めてあたりを見ている。わたしがいることにはまだ気づいていない——マーガレットはふたたびジャスパーの周囲をまわって女性側の列に戻りながら思った。でも、かまわない。大事なのは、侯爵がここにやってきたこと。黒と白の夜会服姿は気品に満ちている。自然な威厳が備わっている。誰かほかの知りあいを見つけたらしく、侯爵は一直線にそちらへ歩いていった。

ダンスが終わり、マーガレットはジャスパーの袖に手をかけた。

「ありがとう」笑いながら言った。「わたし、完全に練習不足ね。息が切れてもう大変。でも、今夜のスタートを切るのにぴったりの楽しいひとときだったわ」

「うん、たしかに」ジャスパーも同意した。「最初の数分間は、舞踏室にいる紳士が全員、ぼくを見ているような気がして、どうにも落ち着かなかったけどね。ダンスシューズを左右逆にはいてきたのかもしれない、もしくは、ネッククロスがゆがんでるのかもしれないと思った。でも、みんなが見てたのはじつはメグだったと気づいて、ホッと胸をなでおろした。

今夜のあなたはひときわ輝いている。屋敷を出る前に、きっと、鏡もあなたにそう言ってくれただろうね」

マーガレットはふたたび笑った。「でも、紳士に言ってもらうほうがずっとうれしいわ。たとえ、誇張する癖のある紳士でも」

ヴァネッサとエリオットがキャサリンと一緒に立っている場所まで戻る途中、アリンガム侯爵のすぐそばを通ることになった。それと同時に侯爵のほうもマーガレットに気づいて、うれしそうな笑みを浮かべると、いま加わったばかりのグループから離れた。

「ミス・ハクスタブル」彼女に向かって頭を下げた。「思いがけない喜びです。おお、モントフォードも?」

「お久しぶりです」マーガレットは膝を折ってお辞儀をし、その場にとどまった。一方、ジャスパーは挨拶を返したあとで、そのまま行ってしまった。

「ようやくロンドンに出ていらしたのですね」侯爵は言った。「どこへ行ってもお見かけしなかったので、今年はたぶん田舎に残っておられるのだろうと思っていました」

「一週間前までウォレン館に足留めされていましたの。でも、ようやくこちらに出てきて、残りの社交シーズンを楽しめることになりました。ところで、レディ・ティンデルはたいそうお喜びのことでしょう。今夜の舞踏会はほんとに盛況ですもの」

「文字どおり、ぎゅう詰めですね。すばらしい成功とみなすべきでしょう。あなたのお姿に賞賛の言葉を贈らせていただいてよろしいでしょうか。以前にも増してお美しい」

「恐れ入ります」

「ダンスの相手をお願いできる余地が残っていればうれしいのですが。ここにくるのが予定より遅くなってしまいまして」

「喜んで」

「では、つぎの曲のあとで踊っていただけますか」

「ええ」マーガレットは侯爵に笑顔を見せた。「楽しみにしております」

そして、夜が更けてからさらにもう一曲。できればワルツがいいと、マーガレットは思った。侯爵はワルツがとても上手だ。

去年、彼の求婚を断わってしまったことが、いまのマーガレットには信じられなかった。生涯独身のままではスティーヴンと妹たちのお荷物になる。それがいやなら結婚しなくてはならないことぐらい、あのときだってわかっていたのに。そして、結婚するならアリンガム侯爵が最高の相手であることも、あのときからすでにわかっていた。それに、侯爵のことは大好きだ。

「つぎに踊る人たちは、まだ列も作っていませんね」マーガレットの背後にちらっと目をやって、侯爵は言った。「時間は充分にある。彼女をご紹介させてください」

アリンガム侯爵はマーガレットの腕をとると、さっきまで一緒にいたグループのほうへ連れていこうとした。

〝彼女？〟

「ねえ、きみ」緑色のドレスを着た赤褐色の髪の愛らしい令嬢に、侯爵は声をかけた。「ミス・ハクスタブルに会ったことはある？　マートン伯爵の姉上だ。何年も前から仲良くしてもらっている。さて、こちらはミス・ミルフォート、わたしの婚約者です。それから、その姉上のイェンドル夫人、それから……」

残りの紹介の言葉はマーガレットの耳に入らなかった。

〝……わたしの婚約者……〟

侯爵が婚約した。ほかの女性と。

しばらくのあいだ、その事実は意識の外側にぶつかって跳ねかえり、心のなかまで入りこむ余地がなかった。たぶん、そのほうがよかっただろう。

マーガレットは明るく温かな微笑を浮かべると、ミス・ミルフォートのほうへ右手を差しだした。

「まあ、おめでとうございます。どうぞお幸せに。もっとも、こんな言葉は不要でしょうけど」

イェンドル夫人とほかの人々にも明るく温かな微笑を向け、愛想よく会釈をした。

「去年のクリスマスに、共通の友人の屋敷で出会ったのです」侯爵が説明していた。「そして、ミス・ミルフォートは復活祭の直前に求婚を受け入れ、わたしを最高に幸せな男にしてくれました。《モーニング・ポスト》に出た婚約記事を、あなたもきっと目になさったことでしょうね、ミス・ハクスタブル」

「いえ、拝見しておりませんのよ」微笑を顔に貼りつけたまま、マーガレットは言った。「つい先日まで田舎のほうにいたものですから。でも、もちろん、お噂は耳にして、喜んでおりました」

またしても嘘。このところ、嘘がすらすらと口から出るようになっている。

「つぎのダンスのために、みなさん、並びはじめてらっしゃるわ」マーガレットが名前を聞き逃してしまった貴婦人が言ったので、侯爵はミス・ミルフォートのほうに手を差しだした。右のほうにあらわれた真紅の色を、マーガレットは視野の端でとらえた。そちらに目を向けなくても、それがクリスピン・デューで、近づいてくることがわかった。マーガレットにダンスを申しこむつもりか、アリンガム侯爵に紹介してもらうつもりなのだろう。侯爵はほかの令嬢と婚約してしまったというのに。

冷酷な真実がマーガレットに襲いかかった。

わたしは婚約していない。

婚約の予定もない。

すでに三十歳。夫はいないし、約束した人もいない哀れな身の上。

それをクリスピンの前で正直に認めなくてはならない。つきあってくれる男が誰もいないだろうから、この自分が相手をしてやらなくてはと思いこんでいる男の前で。重圧とかすかな吐き気で胃が締めつけられた。

いまここでクリスピンと顔を合わせることには耐えられない。ぜったいにできない。もしかしたら、彼の腕にすがって泣き崩れてしまうかもしれない。

いまのわたしに必要なのは、冷静になるための時間。

一人になること。

そして……。

舞踏室のドアのほうへ、そして、その向こうにある比較的静かな女性用休憩室をめざして、マーガレットはやみくもに歩きはじめた。部屋のへりをまわる手間を省いて急ぎ足でフロアを横切りながら、つぎの曲に備えて人々がどっと集まってきたおかげであまり目立たずにすんだことに、胸をなでおろしていた。

とは言え、やはりひどく目立つような気がしてならなかった。微笑を忘れないよう心がけた。

ドアが近くなったところで背後に目をやり、クリスピンが追ってくるかどうかたしかめようとした。マーガレットはばかげた狼狽のなかにいた。ばかげたことだとわかってはいるが、狼狽の困った点は抑制が効かなくなることだ。

ふたたび前を向こうとしたが、タイミングが悪すぎて、ドアの前に立っていた紳士に行く手を阻まれ、ぶつかってしまった。

一瞬、体内の空気がすべて押しだされてしまったような気がした。つぎに、恥ずかしくていたたまれなくなり、困惑と狼狽がよけいひどくなった。彼女の肩から膝までがたくましい男性の身体に密着し、二の腕を男性の手で万力のごとくつかまれ、抱きすくめられていた。

「申しわけありません」マーガレットは頭をそらせ、両手で男性の幅の広い胸を押して二人のあいだに距離を置き、彼の脇をまわって急いで立ち去ろうとしたが、無駄な努力に終わった。

気がつくと、黒い目を見あげていた。その顔は細面で、骨ばっていて、浅黒く、きびしい表情をたたえていた。醜いと言ってもいいような顔で、それを縁どる髪も目と同じく黒かった。

「通してください」腕をつかんだ彼の手がゆるみそうにないので、マーガレットは言った。

「なぜ？」図々しくマーガレットの顔に目を走らせて、男性が訊いた。「なぜそんなに急ぐんです？ ここに残ってぼくと踊ってもらえないかな。それから、ぼくと結婚して、いつまでも幸せに暮らさない？」

マーガレットは驚きのあまり、狼狽を忘れてしまった。

男性の息は酒臭かった。

ダンカンが祖父を訪ねた日の夜は、舞踏会の予定はひとつもなかった。ただのひとつも。社交シーズンになると、ロンドンは毎日、昼も夜も贅沢な催しがぎっしりだというのに、このいまいましい一夜にかぎっては選択の幅がきわめて狭く、青鞜会という文学サロンの会員になっている高名な貴婦人が主催し、参加者は政治家、学者、詩人、インテリ女性ばかりに決まっているような夜会か、もしくは、音楽に造詣の深い人々のためにプログラムが組まれていて、あわてて結婚相手を探そうという者には無縁の音楽会か、そのどちらかを選ぶしかなかった。

ダンカンはどちらにも顔を出さず、貴重な十五日のうち一日を無駄にすることとなった。きのうの午後はジャクソンのボクシング・サロンに出かけた。ハイドパークの午後の散策に加わって花嫁候補を物色しておけばよかったと、あとで気がついたが、すでに手遅れだった。そして、今日はちゃんと公園へ出かけたのに、陰気な雲が垂れこめて雨が降ったりやんだりだったため、馬に乗った屈強な数人の男と、貴族の未亡人でぎっしりの箱型馬車一台とすれちがっただけだった。

必死に走ろうとしているのに、這うようなペースで進むのもままならない悪夢の世界に放りこまれた気分だった。

しかし、今夜はレディ・ティンデル主催の舞踏会が予定されていて、これなら期待が持てそうだった。出席するつもりの母親の話によると、ここの舞踏会は豪華な夜食で有名なため、毎年、社交シーズンのなかでもとくに混雑する催しのひとつだそうだ。上流階級の者がこぞって出席するので、シーズン中に夫を見つけるための時間がなくなりかけている適齢期の若き令嬢たちもそこにたくさん含まれているよう、ダンカンは切に願った。

おかげで、そわそわと落ち着かなかった。

祖父から最後通告を突きつけられたことは、母親にはまだ話していなかった。もっとも、二、三日中に自力で花嫁候補を見つけることができなければ、母親の助けを求めなくてはならない。母親はとても顔が広い。どこの令嬢ならば——それ以上に重要なのはその親のほうだが——結婚を焦るあまり、相手が悪評高き男であっても求婚を受け入れる気になるかを、知っているに違いない。

舞踏会には遅刻した。時間が何より大切なときに、賢明なやり方とは言えないが、夕方になって怖気《おじけ》づいてしまったのだ。花嫁探しを始める前に二十四時間以上も待たされれば、そういう結果になるのも仕方がないだろう。そのため、〈ホワイツ〉で夕食をすませ、夜の用事を抱えた友人たちがクラブを去ったあとも、一人でずいぶんぐずぐずしていた。何人かはこの舞踏会に出る予定だったから、連中にくっついていれば、人目につかずに舞踏室に入ることができただろう。しかし、クラブに残って、元気づけのためにポートワインをもう一杯飲むことにした。ただ、その結果わかったのは、元気づけには一杯では足りず、さらに何杯か必要だということだった。

舞踏会の招待状はなかったが、追いかえされるのではという不安はなかった。ポートワインを何杯か飲んだおかげだろう。なんといっても、こちらはシェリングフォード伯爵という身分。五年前の派手なスキャンダルを覚えている者がいたとしても——いや、全員が覚えているに決まっているが——この五年間で彼がどう変わったか、戻ってきたいま、どんな態度をとるのかを知りたくて、みんな、好奇心ではちきれそうになるに違いない。

不意に、ターナー家の連中は今年もロンドンにきているのだろうかという思いが浮かび、そうでないことを強く願った。ランドルフ・ターナーと顔を合わせたら、気まずいことになる。あの男の妻を奪ったのだから。

舞踏会から追い払われるような目にはあわずにすんだ。しかし、大幅な遅刻だったため、出迎えの列はなくなっていたし、執事が彼の到着をレディ・ティンデルに告げに行くことすらなかった。ダンカンは階下で帽子とマントを従僕に預けてから、舞踏室に足を踏み入れ、あたりを見まわした。

自分の姿がひどく目立っているような気がしてならず、いまにも、激怒した連中が貴婦人たちを先頭にして押し寄せてきて、外の暗い通りへ追い払われてしまうのではないかと、薄々覚悟した。そこまでは行かなかったが、かなりの注目を集めているのはたしかだった。右のほうで、ざわめきがかすかに高まるのがわかった。

ダンカンは知らん顔をした。

舞踏会はたしかに大混雑だった。全員が踊ろうと決めたら、壁を押し広げなくてはならないほどだ。そして、全員がぼくに襲いかかろうと決めたら……そうなったら、ぼくはパンケーキのようにぺちゃんこにされてしまう。

ダンカンが舞踏室に到着したのは一曲終わったあとだったが、すでに、つぎの曲を踊るため、カップルがフロアに集まってきていた。よし！　花嫁候補たちを好きなだけながめることができる。右のほうの興味津々のざわめきが高まって激怒の波となり、それが舞踏室全体に広がったりしなければ。

少し離れたところに、コン・ハクスタブルとその他何人かの仲間の姿が見えたが、そちらへ行くのはやめにした。話に夢中になり、そのあと、たぶんカードルームに誘われるだろう。誘われれば、喜んで応じるに決まっている。一秒ごとに気分が暗くわびしくなっていくのを感じた。そんなことではいけないのだが。

花嫁探しをしようという気はまだまだなかった。もしかしたら、永遠になかったかもしれない。もちろん、こんなに早くロンドンに出てくるつもりもなかったのだ。

さて、どこから始めればいいだろう？

美人もいれば、不美人もいる。若い女もいれば、若くない女もいる。生き生きした女もいれば、しおれた女もいる。しおれているのは、たぶん壁の花だからだろう。もうじきダンスが始まるというのに、しおれた女のほとんどがパートナーを見つけられずに端のほうに立っている。それを物色すればいいのだ。

なんとも情けない花嫁選びの方法！　いちばん退屈そうな顔をしている壁の花を選んで、その令嬢の人生を明るくしようと申してる。かつて花嫁を文字どおり祭壇に置き去りにして、その兄嫁と駆け落ちし、五年近く罪深き暮らしを続けた男との結婚を提案するのだ。妻を持つ気はさらさらないのに、貧乏暮らしを恐れて結婚せざるをえなくなった男。ロマンティックな愛を信じる心はなく、忠誠心など捧げたこともない男。婚外子を持ち、その子を遠い田舎に隠しておくことを拒む男。

ダンカンは目を細めて、くすんだ色の髪をした令嬢に視線を据えた。かなり離れているが、彼の見間違いでないとすれば、胸が貧弱で、顔のあばたがひどい。凝視されていることに気づいて、その令嬢がひどく怯《おび》えた表情になった瞬間、彼の注意がよそへそれた。

何かがぶつかってきて、弾き飛ばされそうになった。ひょっとすると、ぼくを追い払おうとして、誰かが何か投げつけたのでは？

ぶつかってきた何かの左右を両手でがっしりつかんだ。自分がうしろへ倒れるのを防ぐためだった。倒れたりしたら、せっかくの社交界への復帰なのに、大恥をかくことになる。ふと見ると、ぶつかってきたのは人間だった。

正確に言うなら、人間の女。

とびきり女らしい女。

豊かな胸と、魅惑的な曲線と、ほのかにいい香りのする栗色の髪。謝ろうとして女性がダンカンを見あげたとき、そこには身体に劣らず魅惑的な顔があった。大きな目、磁器のような色合いの肌、最高に美しく整った目鼻立ち。頭から爪先まで、麗しさを絵に描いたような女だった。

ダンカンは必要以上に長く女性を抱き寄せたままでいた。こういう人目の多い場所では非常識と言われかねないぐらいに長く。彼の突然の登場がすでに人々の注目を集めているというのに。しかし、あわてて手を放せば向こうが倒れてしまうから、とダンカンは理屈をつけた。

女性は長い脚をしていた。彼自身の脚でそれを感じることができた。

美人で官能的――そして、幸運な偶然によって、その身体が彼に押しつけられている。熱い血のたぎる男にとって、これ以上望ましいことがあるだろうか。あるとすれば、二人きりの時間と、裸体と、柔らかなベッド？

ひとつだけ残念なのは——いまふと気づいたのだが——若い女ではないことだった。二、三歳の差があるとしても、たぶん、彼と同年代だろう。女性としてはけっして若くない。ならば、結婚しているに違いない。十年から十二年ぐらい前に、結婚市場から連れ去られたに違いない。おそらく、子供が五、六人いるだろう。残念だ。しかし、運命は意地悪なものと決まっている。花嫁探しがこれほど簡単に、これほど運よく成就すると思ったら大間違いだ。

しかし、彼の胸にあてがわれた手に指輪がないことに、ダンカンは気がついた。

こうした思いと観察結果が彼の頭のなかを駆けめぐったのは、ほんの一瞬のことだった。

「申しわけありません」女性が言った。頬を赤らめていて、さらに美しく見えた。

女性は彼の胸を押していた。彼の腕から逃れようとしていた。

希望を持っても害はない。そうだろう？

「なぜ？」ダンカンは尋ねた。「なぜそんなに急ぐんです？　ここに残ってぼくと踊ってもらえないかな。それから、ぼくと結婚して、いついつまでも幸せに暮らさない？」

彼女の身体が静止するのを感じ、表情が凍りつくのを目にした。やがて、彼女の眉が吊りあがった。それすらも魅力的だった。詩人たちが貴婦人の眉のことを謳《うた》ったのも不思議はない。

「その順番でなきゃいけませんか？」女性が彼に尋ねた。

ほう。なんと興味をそそる返事だろう。質問の形をとった返事。
ダンカンは唇をひき結んだ。
返事を聞いて啞然とし――そして、一時的に言葉を失った。

4

マーガレットは噴きだしそうになった。もっとも、おもしろいからではなく、ヒステリックな笑いだった。

この人、なんて言ったの？

そして、わたしはなんて答えたの？

いやだわ、初めて会った人なのに。しかも、あまり上品な人ではなさそう。誰かに見られてないかしら。いったいどう思われることやら。

男性はマーガレットの腕をつかんだ手から力を抜いた。ただし、まだ放そうとしなかった。いまならその手を楽にふりはらって、舞踏室を出ていくことができる。だが、マーガレットは男性を見あげ、つぎに彼が何を言うのかと待ち受けた。

男性は唇を結び、とても暗い色の目で――でも、漆黒じゃないわね？――大胆にマーガレットを見つめかえした。

一人で舞踏会にやってきたらしい。話をしてもいいような相手ではない、正式な紹介もされていないのだし――マーガレットは本能的にそう悟った。なのに、男性のすぐ前に立って、その胸に両手を押しあて、ドレスの袖と手袋のあいだに露出した二の腕を彼の手につかまれている。そして、うっかり衝突しただけにしてはやけに長いあいだ、その姿勢のまま立ちつくしている。本当なら、両方があわてふためき、詫びの言葉を並べたてて、急いで離れなくてはならないのに。

ああ、どうしよう。

ふたたび男性の胸を押したが、依然として腕を放してくれないので、マーガレットは両手を脇におろした。背中がピリピリした。貴族社会の半数が背後にいる。そのなかにはマーガレットの家族もいる。クリスピン・デューも。そして、アリンガム侯爵も。

「やはり、その順番でいくしかありませんね」マーガレットの質問に対して、見知らぬ男性がようやく返事をした。「結婚の特別許可証と、式をとりおこなってくれる人物を求めて、ぼくが急いで飛びだしていったら、戻ってくるころには、この曲はもう終わっているに違いない。そして、誰かほかの男があなたに目を留めて、スコットランドへ駆け落ちしてしまい、ぼくは無駄になった許可証を手にしてとり残されることになる。ぼくたち二人が踊り、結婚するのなら、その順番しかないと思う——一刻も早く結婚に漕ぎつけようとするあなたの熱意は、ぼくにとって喜ばしいかぎりだが」

どこの誰だか知らないけど、とんでもない人ね。本当なら、こんな場面で笑ってはいけないのに。ウィットに富んでいて滑稽ではあっても、軽薄な言葉を不快に思うべきなのに。

ところが、思わず笑ってしまった。

男性のほうは笑わなかった。じっとマーガレットを見て、ようやく両手を脇におろした。

「いまから踊ろう。そして、明日の朝、特別許可証をもらってくる。約束だ」

とんでもない冗談だった。なのに、男性にはおもしろがっている様子がまったくない。マーガレットは、顔に笑みが残っているにもかかわらず、全身がかすかに震えていることに気づいた。

本当なら、大急ぎでこの男から逃げだし、今宵の残りを舞踏室の端と端に離れてすごすべきだ。ずいぶん軽率なことを言ってしまった。〝その順番でなきゃいけません?〟だなんて。わたし、ほんとにそんな言葉を口にしたの? でも、ああ、彼の返事がそれを証明している。

この人はいったい誰? 今夜が初対面。それは間違いない。

マーガレットは逃げださなかった。

「ありがとうございます」かわりに言った。「あなたと踊ります」

逃げだすよりも、そのほうがいい。求婚を三回も断わったために、アリンガム侯爵がほかの令嬢と婚約してしまったから。そして、今夜の舞踏会にきているクリスピンに、自分は婚約中だと告げてしまったから。

見知らぬ男は軽く会釈をすると、マーガレットをダンスフロアへ連れだすために腕を差しだした。つぎの曲がまだ始まっていなかったことを知って、マーガレットはびっくりした。衝突と、そのあとに続いた奇妙な言葉のやりとりに要した時間は、長くても一分か二分ぐらいだったに違いない。

差しだされた腕がとてもがっしりしていることに気づいた。男性の横を歩きながら、彼の体格に関する自分の第一印象が間違っていなかったことにも気づいた。たくましい身体を黒の夜会服が第二の皮膚のようにぴったり包んでいる。長い脚にも同じくたくましい筋肉がついているようだ。マーガレットは女性にしては長身だが、彼のほうがさらに十センチほど高い。顔にはきびしい表情が浮かび、暗い感じで、醜いと言ってもいいほどだ。

敵にまわしたら怖い男かもしれないと、マーガレットはふと思った。

「いま気がついたんだが、明日、結婚許可証をもらうためには、花嫁の名前を知っておかないと。それから、住所も。早朝のとんでもない時間に無理やりベッドを離れたのに、花嫁の名前を告げることも、彼女がどこに住んでいるかを説明することもできないばかりに許可証の申請を却下されたりしたら、くやしい思いをするだろうから」

まあ、ふざけた人。冗談を続けるつもりね。ただ、表情はきびしくこわばったままで、微笑の片鱗すら感じられない。

「そうでしょうね」マーガレットは同意した。

その瞬間、オーケストラが活気あふれるカントリーダンスの演奏を始め、二人はしばらく一緒に踊ったあとで、となりのカップルと何種類かのステップを踏むために離れ離れになった。やがてまた近づいたが、ふたたび同じカップルと組まなくてはならないため、ふざけたものであれ、真面目なものであれ、個人的に言葉を交わすチャンスはなかった。

なんとも不作法なことだとマーガレットは思った。さきほどの彼の言葉が示しているように、向こうはマーガレットのことを知らないし、マーガレットも彼のことを知らない。なのに、二人で踊っている。この過ちをヴァネッサとキャサリンにどう説明すればいいの？　あるいは、スティーヴンに。社交儀礼にはいつもうるさかったこのわたしが。

ところが、いつしか、さほど気にしなくなっていた。この状況を楽しんでいると言ってもいいほどだった。侯爵の婚約を知らされたのと、マーガレットもてっきり知っているものと侯爵が思いこんでいたのとで、ひどく心を乱された。クリスピンが舞踏会に顔を出したせいもあった。でも、とにかく、わたしはこうして笑顔で踊っている。それに、見知らぬ男が口にした冗談がとてもおもしろかった。

初対面の相手からダンスを申しこまれ、同時に求婚までされたことを自慢できる女が、いったい何人いるかしら。

マーガレットの微笑が大きくなった。

「お尋ねしてもかまいませんか」ふたたび二人で組んで踊るあいだに、見知らぬ男が言った。「ぼくの花嫁になってくれる人の名前を」

マーガレットは言わずにすませたいと思った。でも、内緒にしておくのは無理。ダンスが終わってから、彼のほうで簡単に突き止めるだろう。

「マーガレット・ハクスタブル、マートン伯爵の姉です」

「おお、すばらしい。立派な血筋を誇る人と結婚するのは大切なことだ――いや、そういう人の家族と、と言うべきか」

「おっしゃるとおりですわ」マーガレットは同意した。「で、あなたは……?」

しかし、ダンスの流れによって、ほかのカップルが何組か声の届く範囲内にきたため、返事をもらうまでに二分ほど待たなくてはならなかった。

「シェリングフォード伯爵ダンカン・ペネソーンです」ふたたび二人だけになったところで、前置きもなしに男性が言った。「伯爵という身分の男との結婚にあなたが興奮しすぎる前に、ひとこと警告しておくと、この爵位は儀礼上の称号にすぎず、聞こえがいいという以外にはなんの価値もない。ただ、本物の価値を持つ、もっと輝かしい爵位がこのあとに続く可能性もあります。現在その地位にある人物がぼくより先に亡くなった場合の話ですけどね。その人物とはぼくの祖父にあたるクレイヴァーブルック侯爵だが、ぼくより先にあの世へ旅立つことはおそらくないだろう。すでに八十歳で——いや、あと二週間で八十歳になり——ぼくより五十歳も年上ではあるが」

こちらが尋ねもしないことを、向こうからどんどんしゃべってくれる。しかし、今夜が初対面であることを、マーガレットは意外に思った。そう言えば……シェリングフォード伯爵って……。記憶の隅に何かがひっかかっていたが、いくら考えても思いだせなかった。あまり褒められたことではなかったような気がする。たしか、外聞をはばかることだった。

「ところで、明日、結婚許可証を手にして求婚するさいには、どちらに伺えばいいのでしょう、ミス・ハクスタブル?」

マーガレットはふたたび返事をためらった。しかし、黙って離れたところで、彼のほうであっというまに住所を探りだすだろう。

「バークレー広場のマートン邸です」マーガレットは答えた。

でも、冗談が長くなりすぎた。この踊りが終わったら、シェリングフォード伯爵とのあいだにできるだけ距離を置かなくては。いまと同じ調子で、図々しく馴れ馴れしい態度をとられてはたまらない。

この人のことをそれとなく探ってみよう。やはり何かが記憶にひっかかっている。ヴァネッサとエリオットに話をしているクリスピンの姿が見えた。何年も悲しい思いをしたあとでこんなふうに彼の姿を目にしても、現実のこととは思えなかった。彼が結婚したあと、会うことは二度とないだろうと思っていた。戦争が終わったら、クリスピンは妻のいるスペインに永住するものと思っていた。あるいは、ランドル・パークに。

「ミス・ハクスタブル」シェリングフォード伯爵に呼びかけられて、マーガレットは彼に注意を戻した。「狼狽して舞踏室から逃げだそうとしたのはなぜです?」

なんとも図々しい質問だ。礼儀作法の心得はないの?

「逃げだそうとしたわけじゃありません。狼狽してもいなかったし」

「大ボラがたてつづけに二つ」

マーガレットは思いきり横柄な表情で彼を見た。「失礼な方ね」

「ああ、いつものことです。退屈な礼儀で時間を無駄にするのはやめましょう。狼狽するだけの価値のある男だったんですか」

マーガレットは毅然と言いかえそうと思って口を開いた。しかし、その口を閉じ、かわりに黙って首をふった。

「〝ノー〟という意味？」彼が訊いた。「それとも、〝とんでもない人ね〟を意味するしぐさ？」

「あとのほうよ」マーガレットはそっけなく答え、ふたたび彼と離れ離れになった。

しばらくすると、オーケストラの演奏がやんだ。曲が変わる前の小休止で、踊りはまだまだ続く。しかし、シェリングフォード卿は飽きてきた様子だった。ひとことの断わりもなく、マーガレットが脇におろした手をとると、自分の袖にかけさせ、フロアを離れ、ドアの近くにある半円形の小さなアルコーブまで行った。すわり心地のよさそうなソファが置いてあり、いまは誰もすわっていなかった。

マーガレットがためらいがちにソファに腰をおろすと、彼もとなりにすわった。「踊りながら会話を続けるなんて、まず無理ですね。ダンスというのは、かつて発明された社交界の娯楽のなかでもっとも愚かしいものと言っていいだろう」

「わたしはとても好きですけど。それに、踊りながら長々と話をするようなことは、ふつうはしないものよ。そのための時間と場所ならべつにありますもの」

「男に何をされたんです？」彼が訊いた。「あんなひどい狼狽に陥るなんて」

「そのような紳士がいるだの、そのようなことがあっただのと、わたしはひとことも言っておりません」マーガレットは扇子を手にとると、さっと開き、ほてった顔に風を送った。

シェリングフォード伯爵は彼女の動きをじっと見ていた。やや斜め向きに腰かけて、肘をソファの背にかけている。マーガレットの肩からそう離れていない。マーガレットは彼の腕の温もりを首の脇に感じた。

「いやいや、どちらも本当にあったはずだ。あわてていた原因がドレスのほころびだったのなら、ぼくと衝突した瞬間、いっきに破れて衝撃の場面になっていただろう」

ソファから立って歩き去るべきだとマーガレットは思った。それを邪魔するものは何もない。しかし、彼の執拗な問いかけのせいで、さきほどの惨めさと狼狽を思いだし、ふたたび惨めになった。アリンガム侯爵との結婚がだめになったという事実についてじっくり考える時間が、じつはまだなかったのだ。

シェリングフォード伯爵は見ず知らずの他人だ。ときには、親しい相手よりも他人に話を聞いてもらうほうが、楽なことがある。スティーヴンにも、妹たちにも、心の内を語ることはできそうにない。自分の苦悩のことで弟妹を心配させるのは、マーガレットのやり方ではない。かわりに、自分の感情はいつも心の奥に封じこめてきた。少なくとも負の感情は。長女という立場をつねに意識し、親がわりを務めてきた。いかなるときも、強い人間、みんなから頼られる存在でいなくてはならなかった。

見ず知らずの他人に話をするのは危険だ。しかし、今夜はすべてが現実離れしていて、奇妙な雰囲気を帯びていた。マーガレットのいつもの慎重さと口の堅さは消えていた。

「きのう、知りあいの紳士に言いましたの。わたしには婚約者がいるって。今夜それが現実になるものと思っていました。ところが、求婚してくれるはずだった紳士はほかの人と婚約してしまい、それなのに最初の紳士がこの舞踏会に顔を出して、わたしの婚約者に会おうとしているのです。あら、ごめんなさい、わけのわからない話をして」

「不思議なことに、よくわかる。あなたが婚約者のことを告げた相手は、かつてあなたを傷つけた男なんですね」

マーガレットは驚いて彼を見た。どうしてそこまで見抜けるの？

「何を根拠にそのようなことを？」彼に尋ねた。

彼の目がマーガレットを見据えた。彼女の秘密をすべて見通しているような視線だった。

「男性にそんな早まったことを無分別に告げる場合、ほかにどんな理由があります？」肩をすくめて、彼は言った。「それははったりだった。はったりを効かせたのは、相手の鼻を明かしてやりたかったからだ。相手の鼻を明かしてやりたいと思ったのは、かつてその男に傷つけられたからだ。そして、いったいどんな目にあわされたんです？」

「彼は戦争に行き、わたしは父亡きあと、妹と弟の面倒をみるために故郷に残りました。でも、彼が出発する前に二人だけで結婚の約束をし、何年ものあいだ苦労し、ときにはくじけそうになりながら、それを心の支えにして生きてきました。スペインで結婚したことがわかったのです」

「なるほど。その誠意のかたまりみたいな男というのが、すべての貴婦人を魅了している真紅の軍服をまとった士官の一人なんですね？」

「それから、あなたが婚約するつもりだった相手の男だが、そいつにも卑劣な仕打ちをされたのかな?」

「ええ」

「それだけは断じてありません。この五年間に三回も求婚してくださいました。わたしは三回ともお断わりしましたが、それでもいいお友達でいてくださって、去年の社交シーズンの終わりに、今年の再会を楽しみにしているとおたがいに言いました。わたし、ロンドンに出てきたのがつい先日だったため、その方の婚約の記事を目にすることも、噂を耳にすることもなかったのです。今夜ここにきたときは、期待して……いえ、もういいの」

ひどく落ち着かない気分になってきた。さらには、自分がバカに思えてきた。さきほどの狼狽の理由については曖昧な説明にとどめておくつもりだったのに、ずいぶんくわしく話して、ひどく恥さらしな告白になってしまった。

「どちらの場合も長く待ちすぎたんですね」彼が言った。「どちらの紳士に対しても。それを教訓にするといい」

マーガレットは扇子でさらに勢いよく頬をあおいだ。同情のかけらもないきびしい意見を言われても、仕方がなかった。ただし、ほかの男の肩を持つのは、いかにも男性のやりそうなことだ。クリスピンを失ったのも、アリンガム侯爵を失ったのも、このわたしの責任だというのね。

でも、もちろん、彼がそう考えるのは当然だ。わたしのほうは、激怒する必要も、みじめに落ちこむ必要もない。あの二人に捨てられたわけではないもの。わたしが長く待たせすぎただけ。

男性の目を通して自分の姿を見ると、謙虚な気持ちになれた。

「ところで、颯爽とした不実な士官は、あなたが今宵婚約するつもりでいた紳士の身元をご存じなのかな？」シェリングフォード伯爵が訊いた。

「いえ、まさか。わたしもそこまで無分別ではありません。ありがたいことに」

小さな幸運に感謝しなくては、とマーガレットは思った。どれだけ悲惨なことになっていただろう。もし……。

「ならば、あなたの悩みをすべて解決する簡単な方法がある。その士官にぼくを婚約者として紹介すればいい。そうすれば、もう一人の紳士に対しても、あなたが求婚を待ちつづけていたのではないことを示してやれる」

まあ、ほんとにあきれた人。でも、冗談を言っている様子はまったくない。あわてて向きを変えて彼の目を見た瞬間、マーガレットはそう悟った。

「では、明日はどうなさるの？　わたしの弟と妹の夫たちがお宅に押しかけて、どういうつもりかとあなたに詰め寄ったときに。そして、明日か明後日、わたしがクリスピンと顔を合わせることになったときは、どうすればいいの？　気が変わって婚約は解消したとでも言っておくの？」

シェリングフォード伯爵は肩をすくめた。

「あなたの獰猛《どうもう》な身内には、真剣に結婚を考えていると言いましょう。それから、あなたはひきつづき、例の士官の鼻を明かしてやればいい」

「ご親切な求婚に心からお礼を申しあげます」マーガレットはそう言って笑ったが、ふと思った――求婚をわたしが本気にしたら、この人はどう応じるだろう、気の毒に。「そして、一緒に踊ってくださってどうもありがとう。楽しかったわ。では、そろそろ失礼して――」

最後まで言えなかった。ソファの背にかかっていた彼の手が動いて、マーガレットの肩にしっかり置かれ、顔がわずかに近づいた。

「真紅の軍服のひとつが近づいてくる。それを着ているのは、赤毛の大柄な士官だ。あれがかつての恋人なんだね」

マーガレットはそちらに目を向けようとはしなかった。かわりに、ほんの一瞬、目を閉じた。

「さっきの提案どおり、ぼくを婚約者として紹介したほうがいい。惨めな真実を告白するより、そのほうがずっと満足できるだろう」

「でも、あなた、結婚するつもりなんて――」

「ある」伯爵はマーガレットをさえぎった。「もしきみにその気があるなら、そして、二週間以内にぼくと結婚してもいいと言ってくれるなら。だけど、細かいことは、あとで時間のあるときに相談しよう」

本気なの？　できるわけがない。なんとも無茶な話だ。しかし、疑問をはさむ暇はなかった。考えたり迷ったりしている時間はない。何をする時間もない。伯爵はマーガレットの背後に視線を移し、両方の眉を上げて、いかにも二人だけの語らいを邪魔されて不快に思っている男という表情を浮かべた。尊大な冷たい表情だった。

マーガレットはうしろを向いた。

「クリスピン」

「メグ」クリスピンが彼女にお辞儀をした。「大事なお話の邪魔をしたのでなければいいが」

「いいえ、大丈夫よ」心臓の動悸が激しすぎて、音楽やそれに負けまいとする話し声で周囲が騒々しいにもかかわらず、マーガレットの耳には何も聞こえなかった。「伯爵さま、デュー少佐をご存じでいらっしゃいます？　シェリングフォード伯爵を紹介させてもらってもいいかしら、クリスピン」

クリスピンはふたたびお辞儀をし、シェリングフォード伯爵は眉を上げたまま彼を見つめた。

「すると、こちらが例のデュー少佐？　きみがかつて親しくしていた人だね、マギー」

マギー？

まあ、なんてことを！　マーガレットの視野が端のほうから暗くなってきた。だが、その一方、爆笑したいという、まことに場違いな衝動に駆られた。またしてもヒステリーの発作を起こしかけているに違いない。

「ご近所だったの。一緒に大きくなったのよ」

「あ、そうそう」シェリングフォード伯爵が言った。「そうだったね。前に名前を聞いた覚えがある。お目にかかれて光栄です、少佐。だが、マギーをつぎのダンスに誘おうとして、ここにこられたのでなければいいが。ぼくがまだ申しこんでいないのでね。それに、見てわかりのとおり、現在の曲はまだ終わっていない」

「メグ?」クリスピンは伯爵を頭から無視していた。鼻孔がかすかに広がっているという事実をべつにすれば。「家族のもとへきみをエスコートさせてもらってもいいかい? もちろん、できればあとでダンスの相手もお願いしたいが」

人生には将来のコースが決まる瞬間があるものだ。その瞬間はたいてい、なんの前触れもなく襲いかかってきて、じっくり考える時間も、自分の心と理性的に議論を交わす時間も与えてくれない。何分の一秒かで決断しなくてはならず、それによって多くのことが変わってしまう。おそらく、すべてが変わるだろう。

いまがその瞬間で、マーガレットは扇子を閉じながら、痛いほどはっきりとそれを悟った。ソファから腰を上げてクリスピンと一緒に立ち去ってもいい。この場にとどまってクリスピンに本当のことを話してもいい。あるいは、この場にとどまって伯爵の提案どおりにしてもいい――あとのことは明日考えよう。

マーガレットは即座に行動するよう求められたときでさえ、けっして急ぐタイプではない。しかし、いまはふだんとまったく違う瞬間だった。

「ありがとう、クリスピン。あとで喜んでダンスをご一緒させていただくわ。でも、いまはシェリングフォード卿のおそばにいたいの。もうじき、アリンガム侯爵がいらして、つぎの曲に誘ってくださる約束だし」そこで深く息を吸うと、残りの決心がついた。「シェリングフォード卿はわたしの婚約者なの」

突然、舞踏室がやけに暑く感じられ、息苦しくなった。しかし、手が震えているため、扇子をふたたび開くことができるかどうか自信がなかった。

クリスピンがマーガレットから伯爵へ無表情に視線を移した。マーガレットはふと思った——この伯爵を知っているのかもしれない。少なくとも、伯爵に関することを何か知っていて、それを好ましく思っていないように見える。家族のもとへエスコートしよう、とクリスピンは言った。〝家族〟という言葉に力をこめて。

「きみの婚約者だって？　しかし、ネシーも、モアランド公爵も、婚約のことなどひとことも言っていなかったが」

クリスピンはついさっきまでネシーたちと話をしていた。マーガレットがシェリングフォード伯爵と一緒にいるところを、全員が目にしている。もしかしたら、マーガレットを伯爵からひきはがして無事に連れ戻してくる、とクリスピンのほうから言いだしたのかもしれない。伯爵に関して誰もが知っているのに、わたしだけが知らないことって、いったい何なの？　きっと、眉をひそめたくなるようなことに違いない。

「きのうも言ったように、クリスピン、婚約はまだ公にしていないの」

「だが、ほどなく公表するつもりです」マーガレットの肩を抱いて、伯爵が言った。「二週間以内に結婚することに決めました。生涯を共にしたいと思う相手が見つかった以上、ぐずぐず待つ必要はありませんからね。愛しあう二人が――もしくはそのどちらかが――長く待ちすぎたばかりに、せっかくの縁組をこわしてしまった例も、多々見受けられます」

伯爵は本気なのかもしれないという思いが、マーガレットの心をふとよぎった。

でも、そんなことって考えられる？　さっき会ったばかりなのに。

二週間以内に結婚するつもりなんて、あるはずがない。

わたしにはシェリングフォード伯爵がどういう人物かもわからないのに。わかっているのは、クレイヴァーブルック侯爵の跡継ぎということだけ。

伯爵に手の甲で頬をなでられたのを感じて、彼のほうを向いた。ここでようやくわかったのだが、彼の目は濃い褐色だった。魂の奥まで見られているような気がしてドキッとさせられるのは、黒とほとんど区別がつかないようなこの色のせいなの？

「でしたら、お祝いを申しあげねば」ふたたびお辞儀をして、クリスピンは言った。「あとでダンスをするときに、きみを捜しにくるからね、メグ」

「楽しみにしてるわ」

クリスピンは、伯爵にはもう目も向けずに、軍人らしいしゃちほこばった姿勢で歩き去った。

「あの男、うれしそうではなかったな」伯爵が言った。「スペイン人の奥さんはいまも健在かい？」

「いいえ。亡くなったの」

「すると、向こうは恋の炎の再燃を願っていたわけだ。しかし、うまく逃げられてよかったね。軍服姿はじつに凜々しいが、顎《あご》の線が弱々しい」

「そんなことないわ！」マーガレットは反論した。

「弱いさ」伯爵は譲らなかった。「いまもあの男に惚れてるとしても、マギー、誘惑されてよりを戻したりしないよう気をつけたほうがいい。きみの繊細な感情を弱い男に浪費することになる」

「惚れてなんかいません」マーガレットはきっぱりと言った。「じつを言うと、クリスピンが弱い性格だってことは、ずっと昔の仕打ちでよくわかってたの。それから、わたしの名前を呼んでもいいって、あなたに言った覚えはありませんからね。しかも、これまで誰も使ったことのない愛称で呼ぶなんて」

「新たな人生には新たな名前を。ぼくにとって、きみは永遠にマギーだ。今夜きみが求婚を待っていた相手の男性というのは誰だい？」

「アリンガム侯爵よ」マーガレットは答えたあとで顔をしかめた。せめてこれぐらいは伏せておくべきだった。

「アリンガム？」伯爵は両方の眉を上げた。「つぎに踊る予定の男性？それは興味深い。だが、それもやはり、うまく逃げられてよかったね。ぼくの記憶にあるとおりの男なら、退屈きわまりない人物だ」

「そんなことないわ」マーガレットは反論した。「魅力的で、にこやかで、洗練された会話をなさる方よ」

「ほら、やっぱり。退屈なやつだ。ぼくを選んだほうが、きみははるかに幸せになれる」

マーガレットがじっと伯爵を見ると、向こうもじっと見つめかえした。

まあ、なんてこと。この人、本気なのね。

マーガレットの視野が端のほうからふたたび暗くなった。でも、気絶している場合ではない。扇子を手にとると、手が震えそうなのをどうにかこらえて開き、顔に風を送った。香水のかおりを重く含んだ生温かい空気を肺いっぱいに吸いこんだ。

「どうして?」マーガレットは伯爵に尋ねた。「たとえ、あなたが見ず知らずの相手に出会い、ひと目見たとたん、自分が結婚したい唯一の女性だと確信したとしても、どうして二週間以内に結婚しなきゃいけないの?」

このとき初めて、伯爵の唇がわずかに曲線を描き、微笑と言えなくもなさそうな形になった。

「いまから十四日以内に結婚しないと、祖父がこの世をしぶしぶ去るまで、ぼくは無一文の暮らしを強いられることになる。祖父のことだから、まだ二十年か三十年は去ってくれないだろう。軽いリューマチをべつにすれば、健康そのものだ。八十歳の誕生日が二週間後に迫っていて、きのう、ぼくは祖父の前に呼びだされ、最後通告を受けた。その誕生日までに結婚するように、と。さもないと、ぼくが生まれ育った荘園の地代も没収だそうだ。侯爵家の跡継ぎは代々、そこから収入を得る習わしなのに。ぼくは裕福な暮らしをするのが当然の紳士として育てられたから、職探しをする必要に迫られるとは思ってもいなかった。炭鉱夫をやってみる気になったとしても、きっと、情けないほどお粗末な働きしかできないだろう。だから、どうしても結婚しなきゃいけない。わかるだろ。しかも、なりふりかまわず大急ぎで。そうそう、つけくわえておくと、祖父のほうでは、できるわけがないと思っている。ぼくが祖父の誕生日までに立派な相手と結婚していなかったら、ウッドバイン・パークをぼくのまたいとこに与えるつもりでいる。そいつが第二継承者なんだ」

マーガレットは言葉を失い、彼を凝視した。この人、本気なんだわ。

「そこまでおじいさまを怒らせるなんて、いったい何をなさったの？　花嫁選びをぐずぐずと延ばしていただけなら、そのような仕打ちは残酷すぎるように思いますけど」

「花嫁選びなら五年前に一度やった。自分の選択に満足していた。全身全霊で婚約者を愛していた。しかし、婚礼の前夜、ぼくは彼女の兄の奥さんと駆け落ちし、夫が離婚を拒んだため、罪の人生を送ってきた――四カ月前に彼女が亡くなるまで」

マーガレットは凍りついたように彼を凝視するだけだった。なるほど。ええ、そう、それだったのね。五年前。スティーヴンと妹たちと一緒に初めてロンドンに出てくる直前のことだった。あのころは、スティーヴンの爵位にも、貴族社会での暮らしにも、全員がまだ慣れていなかった。ロンドンの社交界では、依然としてそのスキャンダルがささやかれていた。シェリングフォード伯爵というのは悪魔に違いないと、わたしは思ったものだった。

それがこの人?

彼の視線がマーガレットに据えられていた。骨ばった浅黒い顔は嘲笑に満ちていた。

「祖父はきっと、ぼくのまたいとこを跡継ぎにし、全財産の相続からぼくを締めだせればいいのにと思っているだろう。もちろん、そんなことは不可能だが、とりあえず祖父が生きているかぎりは、ぼくの人生をひどく不自由で惨めなものにすることができる」

「あなた、恥ずかしくないの?」マーガレットは彼に尋ね、つぎの瞬間、顔が真っ赤になるのを感じた。無遠慮な質問だった。過去に何があったとしても、マーガレットには関係のないことだ。彼が収入を確保するために、二週間以内にマーガレットと結婚したがっていることをべつにすれば。

「ぜんぜん。人生にはいろんなことが起きるものだ、マギー。それに合わせて生きていくしかない」

どう答えればいいのか、マーガレットにはわからなかった。その気になればいくらでも質問できるが、返事を聞きたいとは思わなかった。でも、なぜそんなことをしたの? それを恥じていないなんて、どういうわけ?

しかし、幸いにも何も言わずにすんだ。

「婚約したばかりの伊達男がきみをダンスに誘おうとして、こちらにやってくる」ふたたびマーガレットの背後を見て、伯爵が言った。「ちょうどよかったね、マギー。いまの話にずいぶんショックを受けただろうから。さてと、明日お宅にお邪魔させてもらいたい。玄関が閉ざされていないといいのだが。ほかの相手を探してまわる時間がほとんどないのでね」

ダンスが終わり、つぎのダンスのために人々が並びはじめていることに、マーガレットは気づいてもいなかった。しかし、うしろを向くと、なるほど、アリンガム侯爵が近づいてくるところだった。

「今度の曲は一緒に踊っていただけますね、ミス・ハクスタブル」侯爵はマーガレットににこやかな笑顔を見せた。シェリングフォード伯爵のほうへは、ほんの小さな会釈をしただけだった。

「ええ、もちろんですわ」

マーガレットが立ちあがると、シェリングフォード伯爵も一緒に立った。侯爵が片方の腕を差しだすあいだに、伯爵はマーガレットの右手をとり、ほんの一瞬、唇に持っていった。

「ではまた明日、愛する人」ささやくように言ってから、侯爵に会釈をし、歩き去った。そして、舞踏室のドアから出ていった。

〝愛する人?〟

マーガレットがアリンガム侯爵の袖に手をかけると同時に、侯爵は眉を吊りあげた。

マーガレットは笑顔を返した。説明に努めたところで無意味だ。それに、侯爵に説明する義務はない。

でも、まったくもう……。

〝愛する人〟だなんて。

婚礼の前夜、相手の令嬢の兄嫁と駆け落ちした男。
この男ほど軽蔑に値する紳士がほかにいるだろうか。
なのに、その男がわたしとの結婚を望んでいる。
明日、図々しくも訪ねてくるつもりなら、やはり玄関扉を閉ざしておかなくては。
これ以上に奇妙な一日が——一夜が——はたしてあっただろうか。

5

アリンガム侯爵と踊りながら、マーガレットはひどく気詰まりな思いだった。いずれにしろ、のびやかな気分になれるはずもないが。ただ、幸いにも、舞踏会に出かけたときにどんな期待を抱いていたかは、侯爵に知られずにすんだ。

しかし、シェリングフォード伯爵がマーガレットを〝愛する人〟と呼んだのは、侯爵の耳に入ってしまったし、わたしがほかの誰からどう呼ばれようと侯爵には関係のないことだと、マーガレットがいくら自分に言い聞かせても、二人が踊っているあいだ、その言葉が周囲を漂っているように思われた。最初の十分ほどのあいだ、無言で踊りつづけたことも、雰囲気を和らげる役には立たなかった。

マーガレットは笑みを絶やすまいとしたが、そのうち唇がこわばってきた。

シェリングフォード伯爵が何者なのか、この人も知ってるの？

ええ、知っているに決まってる。

最初に口を開いたのは侯爵のほうだった。

「ミス・ハクスタブル」重々しい口調で、侯爵は言った。「これが軽率な発言であればお詫びしますし、さきほど発言すべきだったときに黙っていたこともお詫びします。あなたに対するあの男の馴れ馴れしい口の利きようを、わたしが咎《とが》めるべきでした。おそらく、今夜が初対面だったでしょうに」

〝あの男〟？　なるほど、やっぱり知ってたのね。

「シェリングフォード卿のこと？」マーガレットは軽い口調で言った。「でも、べつに悪い気はしませんでしたわ、侯爵さま。あちらの冗談だったんですもの。あなたが知らん顔で聞き流してくださったので、ホッとしてますのよ」

「だが、あなたの友人として」しばらくためらったのちに、侯爵は言った。「シェリングフォード伯爵には近づかないよう、わたしから警告しておいたほうがよさそうだ、ミス・ハクスタブル。あの男と関わりを持ったばかりに、あなたの評判に傷がつくようなことがあっては大変です。彼が何者なのか、どういうわけで、まともな人々から当然のごとく避けられているのか、おそらくご存じないのでしょうね。今夜の舞踏会だって、あの男は招待されてもいないのに、図々しく押しかけてきたに決まっている。あんな男にあなたを紹介しようなどと誰が考えたのか、わたしには理解できません」

「ひとつだけ誤解してらっしゃるわ。あの方のことはわたしも存じています。スキャンダルのことも覚えております。五年前、スティーヴンが爵位を継いだすぐあとで、わたしがロンドン社交界に初めて顔を出したころ、社交界はその噂で持ちきりでしたもの。でも、ご心配には及びませんことよ。わたし、自分のことは自分で責任を持てますし、おつきあいする相手を選ぶだけの分別もありますもの」

アリンガム侯爵はさすがに紳士だけあって、それ以上は何も言わなかった。マーガレットのほうも、この件にはこれでケリがついたと思った。あとは、シェリングフォード伯爵が明日本当にマートン邸を訪ねてきたとしても、門前払いを食わせればすむことだ。そして、クリスピンには、このつぎ会ったときに本当のことを言えばいい。

いやだわ、わたしったら、今夜はほんとに愚かなまねをしてしまった。

自分が恥ずかしくなった。つねに礼儀作法と思慮分別の鑑《かがみ》だったのに。今後も長いあいだ今夜のことが記憶に刻みつけられ、恥ずかしくていたたまれない思いをすることだろう。シェリングフォード伯爵に打ち明けた数々のことを思いだしただけでカッと熱くなり、同時に背筋が寒くなった。バツの悪い屈辱的な秘密を残らず打ち明けてしまった。それが今夜の最大の愚行だった。

わたしったら、何を考えてたのかしら！

ダンスがすむと、侯爵がヴァネッサとキャサリンのところまでエスコートしてくれた。二人ともマーガレットを待ち受けていた。その近くでは、エリオットとジャスパーが紳士の一団と話をしていた。

「メグ」ヴァネッサがしっかりと、まるで保護者のように、マーガレットの腕に自分の腕を通した。「お姉さまがアリンガム侯爵と踊っているのを見たときほどホッとしたことはなかったわ。いったい誰がお姉さまをシェリングフォード伯爵に紹介したの？　もしレディ・テインデルだったら、もっと分別を弁《わきま》えてもらいたいものね。わたしから遠慮なくそう言っておきたいぐらい。あの伯爵はとんでもなく非常識な男なのよ」

「見るからにいかがわしい感じだわ」キャサリンがつけくわえた。「それに、すごく危険な匂いがする。メグ、知ってる――?」

「ええ」マーガレットは妹の言葉をさえぎった。「知ってますとも。五年前に、婚約者の兄嫁にあたる人と駆け落ちしたんでしょ。だからって、現在の社交界でのけ者にされる必要はないと思うけど。誰だって、やりなおす機会を与えてもらう権利があるでしょ?」

「たしかにね」ヴァネッサがマーガレットの手を軽く叩いた。「そのとおりよ。伯爵もきっと悲しみと後悔に苛《さいな》まれていることでしょう。女性がつい最近亡くなったそうなの。あ、駆け落ちした相手の女性のことよ。もっとも、結婚はしなかったみたい。夫が離婚を拒んだから。あの伯爵に知らん顔をしようとしなかったのは、いかにもお姉さまらしいけど、踊りの途中でダンスフロアから連れだされ、あのアルコーブに腰を落ち着けるのを見たときは、ちょっと心配だったのよ」

「どこからでも見える場所よ」マーガレットは指摘した。「誘拐される危険も、襲われる危険も、まったくなかったわ」

「そりゃそうね」ヴァネッサは笑った。「でも、伯爵がお姉さまの耳にありとあらゆる不道徳なことをささやいているような気がしてならなかったの。できれば、わたしが直接お姉さまを助けに行きたかったけど、ケイトはダンスの途中だったから一緒に行ってもらえなかったし、エリオットには、人前で騒ぎを起こす必要はないって言われたの。お姉さまの良識を信用してるからって。でもね、お姉さまに助けが必要かどうか、クリスピンが探りに行ってくれたの。おかげでホッとしたわ。クリスピンがロンドンにきてることを、お姉さまがここ

ろよく思っていないのは、わたしにもわかるけど」

そして、妙なプライドから、シェリングフォード伯爵を婚約者として紹介してしまった。とんでもないことをしでかしたという思いが、ふたたびマーガレットを襲った。とりあえず、秘密にしてほしいとクリスピンに頼んでおいてよかった。と言うか、まあ、頼んだようなものだ。婚約はまだ公にしていないと彼に言ったのだから。いますぐクリスピンを見つけだして、本当のことを言わなくては。でも、あとで一緒に踊ってほしいと彼が言っていなかった？　じゃ、そのとき話すことにしよう。恥をかくことになるけれど。そうすれば——ようやく——この問題にケリがつく。

ところが、すでに手遅れだった。

舞踏室の向こうから、スティーヴンが大股でやってきた。マーガレットに視線を据え、彼にしては珍しく不機嫌な表情だった。

「スティーヴン」近づいてきた彼に、キャサリンが声をかけた。「どうしたっていうの？」

スティーヴンはマーガレットに向かってじかに切りだした。

「メグ、いったい誰があの男に姉さんを紹介したのか知らないが、そいつは射殺されて当然だ。だけど、問題はそれだけにとどまらない。ばかげた噂が広まってるから、早くそれを打

ち消さないと。姉さんとシェリングフォードが婚約したって、みんなが噂してるんだ」

「ええっ、スティーヴン、嘘でしょ！」ヴァネッサが叫んだ。

「まあ、なんてくだらない！」キャサリンが笑いだした。「本気にする人なんていやしないわよ、スティーヴン」

マーガレットは言葉を失い、スティーヴンを見つめるだけだった。

エリオットとジャスパーもスティーヴンの言葉を耳にしたに違いない。二人そろって、紳士の一団から離れた。

「やつの首をへし折ってやる」エリオットが言った。「どういうつもりなんだ、あの男は？」

ジャスパーが言った。「噂をばらまいた張本人の首をへし折るほうが筋じゃないかな。シェリングフォード本人が言いふらしたとは思えない。三十分も前に舞踏室を出ていったからな。噂を広めたのは誰なんだ、スティーヴン？」

その問いに答えたのはマーガレットだった。

「きっと、クリスピン・デューだわ」今夜たびたび経験したように、またしても気が遠くなりかけた。

舞踏室に紛れもなきざわめきが起きていた。色恋沙汰にからんだ最新の噂が広まるときは、このざわめきがつきものだ。室内にすばやく視線を走らせたマーガレットは、噂の的になっているのが間違いなく自分であることを、恐怖のなかで悟った。マーガレットたちの一団に向けられた視線の多さときたら、とうてい正常とは言えなかった。

「デュー?」スティーヴンの声が雷のごとく響いた。「なんでデューがそんなクソみたいな噂を広めるんだよ?」

スティーヴンは乱暴な言葉遣いを詫びようともしなかった。そして、周囲の者もみな、詫びの言葉を要求するつもりはないようだった。

「たぶん、わたしの言ったことが原因だわ」マーガレットは言った。しかし、それではなんの説明にもなっていない。深く息を吸った。呼吸がかすかに乱れていた。「シェリングフォード伯爵のことを、わたしの婚約者としてクリスピンに紹介したの」

「なんだって?」エリオットがひどく静かな声で言った。

ほかの者は、マーガレットの首から突然もうひとつ頭が生えてきたかのように、彼女をまじまじと見つめた。

「まだ誰にも言ってないって断わっておいたのに。ほんの冗談のつもりだったのに。だって……まあ、とにかく衝動的に口にしてしまったから、あとでクリスピンと踊るときに訂正しようと思ってたの」

〝自分の愚かさを悟った〟というのは——もちろん、ほかにも数々の気恥ずかしい思いがあったけれど——控えめすぎる表現と言うべきだろう。

興奮の色を帯びた周囲の会話のざわめきは、いまも静まっていなかった。

「でも」キャサリンが訊いた。「そんなとんでもない紹介をされて、シェリングフォード卿はなんておっしゃったの、メグ?」

マーガレットは不意にカサカサに乾いた唇をなめた。「もともとは向こうの提案で、それを現実にすることを望んでらっしゃるの。わたしと結婚したいんですって。めちゃめちゃな話よね。忘れてしまうのがいちばんだわ」

今宵のすべてが恐ろしい悪夢のように思えてきた。

「言うは易く、おこなうは難し」ジャスパーがマーガレットにお辞儀をして、片手を差しだした。「あなたはみんなの注目の的になっている、メグ。シェリーが逃げてしまったから、注目の半分をやつに押しつけるわけにもいかない。もう一度ぼくと踊ろう。さあ、笑みを浮かべて。そのあとで、キャサリンとぼくが家まで送っていくから。あとのみんなにはここに残ってもらい、できるかぎり噂を打ち消してもらうとしましょう」

マーガレットはジャスパーに手を預けた。

「ほんとにくだらないこと」

「ゴシップなんて、たいていそうだ」ジャスパーは言った。「同時に、とてもしぶとい」

「デューはどこだ?」スティーヴンが舞踏室のなかを見まわしながら、険悪な形相で尋ねた。

「あいつの首をへし折ってやる」

「明日で充分だろう」エリオットが言った。

「ここでやつと対決して人々をさらに喜ばせる必要はない、スティーヴン。よかったら、ヴァネッサと踊ってくれ。それから、ぼくの妻と妹の前では言葉に気をつけるんだぞ。キャサリン、ぼくと踊ってもらえるかな」

というわけで、マーガレットはふたたびジャスパーと踊ることになり、彼がつぎつぎと口にする軽い愉快な冗談に微笑を返した。舞踏室の人々の注目を一身に集めるのはまことに居心地の悪いもので、自業自得だとわかっているだけに、なおさら辛かった。

でも、クリスピンったら、どうしてこんなひどい仕打ちができたの？そこまで意地の悪い人だとは思わなかった。

集められるだけの忍耐心をかき集めて、噂が自然に消えるのを待つしかない――ジャスパーの馬車の座席にキャサリンと並んですわり、屋敷に向かうあいだに、マーガレットは心を決めた。根も葉もない噂であることを貴族社会の人々が知れば、噂が消えるのにそう長くはかからないだろう。あとは昔どおりのまともな暮らしに戻るとしよう。生涯独身のまま、スティーヴンに養ってもらうことになろうとも。

マーガレットはその夜、スティーヴンが帰宅する前にベッドに入った。ときおり浅い眠りに落ちたが、目がさめるたびに苦悩のひとときが待っていて、濃い褐色の目と不機嫌な顔をした他人に秘密を洗いざらい打ち明けてしまったことを思いだした。かつて花嫁を捨てて人妻と駆け落ちし、その人妻が亡くなるまで罪深き暮らしを送っていた男に。また、その男のことを婚約者としてクリスピンに紹介したことも思いだした。

しかも、クリスピンが全世界にそれを暴露した！

翌朝はいつになく寝坊してしまった。スティーヴンのほうが先に起きていた。すでに朝食をすませて出かけたと、執事がマーガレットに告げた。

スティーヴンが朝食をとったテーブルは散らかったままだった。皿はすでに下げられていたが、皿があった場所の横に、広げたままの新聞が乱雑に置いてあった。マーガレットはそれをきちんとたたもうとしたが、いちばん上のページにふと目が行った。社交界のゴシップ欄だった。

そこにマーガレット自身の名前が出ていて、まるで脚と翼が生えているかのように、紙面から彼女に向かって飛んできた。

マーガレットは恐怖に目を大きく開き、身をかがめて記事を読んだ。

こんな内容だった。

〝マートン伯爵の長姉にあたるミス・マーガレット・ハクスタブルは、昨夜、レディ・ティンデルの屋敷の舞踏室において、人目につかぬアルコーブにこもり、恥ずべきことに男と二人きりで親しげに言葉を交わしている姿を目撃された。相手の男は、悪名高き漁食家にして人妻と駆け落ちした過去を持つシェリングフォード伯爵である（二、三日前に記事にしたとおり、伯爵はロンドンの街をこそこそ歩く姿を、記者に目撃されている）。そして、ある友人が、ミス・ハクスタブルをスキャンダルから、もしくは、それ以上の被害から守るために二人に近づいて問いつめたところ、ミス・ハクスタブルは大胆にも、伯爵を彼女の婚約者としてその友人に紹介した。このレディはつねに立派な人格者とみなされてきたが、それが真実であるのかどうか、貴族社会の人々は自らに問いかけるべきかもしれない。読者諸氏、どうか思いだしていただきたい。二年前、ミス・ハクスタブルの令妹にいかなる運命が降りかかったかを……〟

マーガレットはそこで読むのをやめた。震える手で新聞をたたんだ。そうすれば、記事の内容が消え去るかのように。不吉な夢がいまや最大の悪夢に変わってしまった。

震えながら腰をおろし、二年前、真実から遠く離れた悪質な噂が広まったせいで、キャサリンがジャスパーとの結婚に追いこまれたことを思いだした。結果的に二人はうまくいったけれど……。

〝歴史はくりかえす〟と言うけど、わたしは認めない。そうよね？　ええ、ぜったい認めない！　同じ家族のなかでそんな悲劇が二度も起きるなんて許せない。どうすればいいの？

ミス・マーガレット・ハクスタブルが噂を広めたがるタイプだとは、ダンカンにはどうしても思えなかった。そもそも、彼女自身に関する噂だし、ダンカンとこっそり会っていたという内容なのだから。だとすると、じっとり濡れたような変な名字（デューは「露」という意味）を持つ、赤毛の陸軍士官のしわざに違いない。

噂が流れているのは事実だ。

警告してくれたのは母親だった。ティンデル家の舞踏会の翌朝、母親は朝食の席に姿を見せた。サー・グレアムはとっくにクラブへ出かけ、ダンカンはちょうどテーブルを離れようとしていた。母親も舞踏会に出ていたことはダンカンも知っているが、彼自身はすぐ帰ってしまったため、母親とは顔を合わせずじまいだった。

「ダンカン」まだガウンをはおったままの母親が、淡いブルーの透けた生地をひるがえし、波打たせながら、優雅な足どりで朝食の間に入ってきた。もっとも、髪は完璧に結ってあり、ダンカンの見たところ、頬紅まで塗っているようだ。「もう起きてたのね。わたし、ゆうべは一睡もできなかったわ。ぐったり疲れてしまって。でも、ゆうべわたしたちが帰ってきたとき、あなた、部屋にいなかったでしょ。困った子ね。だから、話があったのにできなかったの。あなたがいつ帰ってきたのか気づかなかったわ。きっと、ずいぶん遅かったんでしょうね。さてと、本当なのかどうか、はっきり答えてちょうだい。そんなことがあって？　マートン伯爵のいちばん上のお姉さんと婚約したの？　実の母親に相談もせずに？　あなたにとっては願ってもない縁談ね。もし本当なら、おじいさまも喜んで許してくださるわ。わたしたちも大歓迎よ。だって、グレアムときたら、あなたがこの先ずっと居候する気じゃないかって、文句たらたらなんですもの。困った人。まあ、あの人はあの人なりに、あなたを愛していないわけじゃないけど、でも……ねえ、なんとかおっしゃい、ダンカン。話すことは何もないという顔で、黙ってすわったりしてないで。ほんとに婚約したの？」

「ひとことで言うなら」驚きを隠し、コーヒーのおかわりを注ぐよう執事に合図をしながら、ダンカンは答えた。「ノーです。いまはまだ。たぶん永遠に無理でしょう。ゆうべ、そのレディと踊りました。それだけです」

「それだけじゃないでしょ」母親が反論した。「ミス・ハクスタブルが誰かに――ええと、誰だったのか、どうしても思いだせないけど――あなたを紹介したそうね。婚約者だと言って。プルー・トールボットが教えてくれたの。プルーは根も葉もない噂を広めるような人じゃないわ。それに、誰もがそう言ってたし」

「だったら、お母さん」新たに注がれたコーヒーをひと口飲んでから、ダンカンは立ちあがった。「ぼくに訊く必要はなかったのに。そうでしょう？　さて、失礼していいですか。二十分前にはジャクソンのボクシング・サロンに着いてなきゃいけなかったんだ」

「じゃ、婚約はしてないのね？」がっかりした表情で、母親が尋ねた。

「ミス・ハクスタブルはものの弾みで、ついそう言ってしまったんです。ぼくの提案でね。今日じゅうに彼女を訪ね、その件について相談してきます」

母親はまごついた様子だったが、期待をこめた目でダンカンを見つめた。テーブルの料理には手もつけていなかった。

「でも、ダンカン、ミス・ハクスタブルといつ知りあったの？　ひと晩じゅう、そのことが不思議でならなかったわ。グレアムも不思議だったみたい。だって、わたしがそう質問しても、グレアムったら、ひとことも答えられないんですもの。いつもの下品なやり方でうなるだけだった。あなた、ロンドンにきたのはほんの数日前でしょ。考えてみれば、ミス・ハクスタブルもこちらにきてからまだ日が浅いはず。ゆうべの舞踏会まで、一度も姿を見た覚えがなかったから。ただ、妹さんや、あのとってもハンサムな弟さんには、あちこちで会ったけど。あ、わかった！　どこかよそで知りあって、こちらで再会する約束をしてたのね。あなたったら――」

ダンカンは母親の手をとり、唇に持っていった。

「しばらくのあいだ、すべてお母さんの胸にしまっておいてください。いいですね」

もっとも、そんなことを頼んだところで、なんの意味もない。ゆうべ、ダンカンが去ったあとの舞踏室が噂でざわめいていたとすれば。

「ええ、大丈夫よ。わたしは口が堅いので有名ですもの、ダンカン。ただ、おじいさまにだけは申しあげておきますからね。だって、おじいさまとのあいだに秘密を作るわけにはいかないでしょ」

ダンカンはジャクソンのボクシング・サロンへ出かけた。サロンでまず顔を合わせたのはコンスタンティン・ハクスタブルだった。コンが自分を待ち受けていたのではないかという、ダンカンの胸にとっさに湧きあがった疑念は、ほどなく裏づけられた。

「スパーリングの相手を頼む、シェリー」コンが言った。しかし、それは気軽な誘いというより、完全な命令だった。

「喜んで」ダンカンは答えた。「きみの顔からすると、ぼくの頭にパンチを見舞ってやろうと本気で考えてるようだな。正直なところ、あたりを跳ねまわって男らしく見えるポーズをとるのが大好きな連中とスパーリングするよりも、そのほうがずっと好ましい」

コンは笑いだすことも、ニヤッとすることもなかった。不機嫌な表情を変えず、口もとがやや青ざめていた。

コンがマートン伯爵のまたいとこであることを、ダンカンは不意に思いだした。コンスタンティンもハクスタブルという名字だ。ただ、両方の家族が冷たい関係にあるものと、世間では思っている。コンは、いまは亡き伯爵の長男で、本来なら彼が爵位を継ぐはずだった。ところが、頑迷な法律の定めるところにより、婚外子として誕生した男児は、たとえそのあとで両親が正式に結婚したとしても、生涯にわたり相続権を認めてもらえない。コンの場合は、誕生の二日ほどあとに両親が結婚した。そのため、伯爵だった父親が亡くなると、爵位を継承したのは病身だった弟で――弟の死後は――遠縁の者が爵位を継いだ。それが現在のマートン伯爵だ。

正確に言うなら、ミス・マーガレット・ハクスタブルの弟。

だったら、コンがマーガレット・ハクスタブルの身を気にかけることなど、ありえないのでは？

だが、気にかけているのは明らかだ。

コンがふたたび話しかけてきたのは、二人が上半身裸になってリングにのぼり、おたがいに慎重に円を描きながら、試験的にジャブを放ち、探りを入れ、相手の弱点に目を光らせ、チャンスを窺《うかが》ったあとのことだった。

「きみがマーガレットとの結婚を真剣に考えているとは、どうにも信じられん、シェリー。なぜまた、ゆうべ、あんな噂を広めたりした？」

ダンカンは敵の顎を一直線に攻撃できると見てとり、右のジャブを放った。ところが、コンはその攻撃をきれいにかわして、今度は彼のほうから、ダンカンの無防備なみぞおちにジャブを見舞った。

激痛が走り、ダンカンは一瞬、息が止まった。だが、顔には出すまいとした。正直に言えば、鍛練を怠っていた自分が少々恥ずかしかった。左腕を九十度にして、コンの側頭部にフックを見舞った。

コンがたじろいだ。

「いったん噂が流れたら、それを広めるのも、広がるのを止めようとするのも、一人の力では無理だ」ダンカンは言った。「噂を流す者と、噂を信じる者がいれば、その話はたちまち独自の命を帯びることになる。今回の噂は、ぼくが舞踏室を出たあとで流れたものだ」

二人は数分のあいだ、おたがいにパンチを見舞うことに集中した。けっして気軽なスパーリングではないことを、ダンカンもすぐさま悟るに至った。

「すると、あの話は嘘だと言うつもりか」しばらくしてから、コンが尋ねた。激しい打ちあいがやや勢いを弱め、真剣なスパーリングに戻る前に、両方が呼吸を整えていたときだった。

「ぼくとミス・ハクスタブルが婚約しているという件か」ダンカンは言った。「ああ、嘘だ。真紅の軍服を着た洒落者に、彼女がぼくを婚約者として紹介した件か。それは嘘ではない。ぼくが彼女に求婚したという件か。それも嘘ではない。ぼくはあの場にいなかったから、噂をじかにくわしく聞いたわけではない。だから、何を認めるよう、もしくは否定するよう求められているのか、よくわからない」

　ダンカンはふたたび、コンの顎を一直線に攻撃できることを見てとった。明らかにそこがコンの防御の弱点だ。今回は右のアッパーカットがみごとに決まり、またしてもコンの頭がのけぞった。ところが、前回と同じく、ダンカン自身の防御も甘かったため、コンのこぶしが彼のみぞおちにめりこんだ。パンチを受けた瞬間、ダンカンはウッと息を吐きだすと、相手に詰め寄り、両手でパンチをくりだした。それに劣らぬ強烈な勢いで、二つのこぶしが飛んできた。

　二人は無言のまま、さらに何分かパンチの応酬を続けたが、やがて、双方が傷を負い、息を切らし、汗にまみれ、腕に力が入らなくなった。ついには、たがいに相手をダウンさせられないまま、暗黙の了解によってあとずさった。

「ぼくはきみが好きだ、シェリー」タオルに手を伸ばしながら、コンが言った。「昔からずっと好きだった。ミス・ターナーと結婚するかわりに、兄嫁のターナー夫人と逃げたことも、ぼくは気にしなかった。ほかの男のすることに口出しする気はないし、あんなことをしたのには、きみなりの理由があると思っていた。だが、今回だけは口出しせずにいられない」

　ダンカンはこぶしを固めた。ただし、スパーリングを再開するつもりはまったくなかった。こぶしは赤味を帯び、生傷だらけだった。

「ミス・ハクスタブルのために？」

「誰かが彼女を傷つけようとしたら、ぼくは黙っていない」コンは言った。「たとえ、傷つくのが評判だけであっても。あの人はずいぶん苦労してきたんだ、シェリー。女性にありがちなことだけどな。十八になるかならずのころ、死の床にあった父親に、弟と妹が全員一人前になって自分の力で生きていけるようになるまで、母親がわりになって面倒をみると約束した。ぼくの父親が亡くなり、つぎにジョンが亡くなって、彼女の弟が爵位を継いだときよりも、ずっと以前のこと。一家は貧しかった。だが、マーガレットはとにかく約束を守りとおした。マートンは成年に達し、末の妹は二年前に結婚した。マーガレットはすべての義務から解放された。だが、もう若くはない。おそらく、自分でも悟っているのだろう――早く結婚しないと、これから先はオールドミスとして羨むに足りぬ人生を送り、せっかく家族のために尽くしてきたのに、生涯その家族の厄介になるしかないことを。きみのような男にとっては、もってこいの餌食だな」

いまなお息切れしているにもかかわらず、コンは激しい口調で言った。

「ぼくのような?」ダンカンは両方の眉を上げた。

「ターナー夫人は亡くなった。きみの父上も。そして、おじいさまはご高齢だ。きみがロンドンにやってきたのは、おそらく、花嫁探しのためだろう」

「で、ぼくがミス・ハクスタブルを選べば」タオルを肩にかけ、それで顔の汗を拭きながら、ダンカンは言った。「彼女を傷つけることになると言うのか」

「きみの悪評だけでも、マーガレットに傷がつく。彼女に近づかないでくれ、シェリー。花嫁を選ぶなら、あそこまで無防備ではない女にしてくれ」

「しかし、彼女がぼくを霜《フロスト》に——いや、霧《フォグ》だったか、露《デュー》だったか。デューだ！　そうそう。とにかく、彼女がそいつにぼくを紹介したときの噂が広まったとすると、まあ、事実広まっているようだが、いまになって求婚をとりけしたりしたら、彼女を徹底的に傷つけることになるんじゃないのかい？」

コンはすさまじい目でダンカンをにらみつけた。「くたばれ、シェリー」顔と腕と胸をタオルでごしごし拭いてから、服をとりに行った。「なぜまた、こともあろうにマーガレットを選んだんだ？　きみが彼女と結婚して、額に垂れた髪の毛一本でも傷つけたら、このぼくが承知しないからな。さっきのはほんの小手調べだ」コンはリングのほうへグイッと頭を向けた。「軽いスパーリングだった」

「〈ホワイツ〉へ行く予定はあるかい？　だったら、ぼくも一緒に行こう」

ところが、〈ホワイツ〉へ行った結果、モアランド公爵と顔を合わせることになった。ダンカンがかつてロンドンで遊びまわっていたころ、公爵はまだリンゲイト子爵という身分にすぎなかった。

「モアランド」ダンカンは公爵とそばにいた金髪の青年に向かって愛想よく会釈をしてから、朝刊に目を通すために読書室へ向かおうとした。ところが、公爵がわざとダンカンの前に立ったため、行く手を阻まれてしまった。

「シェリングフォード」公爵はすさまじい形相で彼をにらみつけた。「話がある。きみは知らないだろうが、ぼくの妻ヴァネッサはかつてヘドリー・デューと結婚していて、その前はハクスタブル家の娘だった。この青年はマートン伯爵だ」

おやまあ。すると、モアランドはデュー家とハクスタブル家のどちらにも縁があるわけか。

ダンカンは心のなかでためいきをついた。考えてもみなかった。

マートンがわずかに頭を傾け、冷酷な表情になった。ほっそりしたハンサムな若者だが、経験豊かなダンカンの目は、この若者を軟弱者扱いするのは間違いだという事実を見抜いていた。若々しい身体はみごとに鍛えられているし、顔には個性が感じられる。

「おお、マートン、会えてよかった」ダンカンは言った。「今日のもう少し遅い時間に、きみに会いに行くつもりだった」

じつは、この瞬間まで、そんなことは考えてもいなかったのだが。正式な結婚の申込みをしたのは、ずいぶん昔のことだ。マーガレット・ハクスタブルのほうが、女手ひとつで育てあげた弟より何歳も年上に違いないが、それでもやはり、正式に弟のもとを訪ねて、夫婦間の財産契約と、結婚申込みに伴って生じるその他さまざまな用件について話しあうのが筋というものだ。

「今日の遅い時間というのは、いささか遅すぎるのではないでしょうか」マートンがそっけなく言った。「貴族社会の半数のあいだに、すでに噂が広まっているというのに。おまけに、朝刊にまで書かれてしまった」

「朝刊？」ダンカンは仰天した。

「まあね」マートンは言った。「ゴシップ欄ですけど」

すばらしい。弱々しい顎をした陸軍士官のしわざに違いない。ぼくとミス・ハクスタブルが話をしているのを見て、婚約の噂を広めてやろうなどと思いつくのは、あの男のほかには誰もいない。こうなったら、デュー少佐と話をする必要がありそうだ。

この朝、ミス・ハクスタブルはどうしているだろうと、ダンカンは心配になった。状況がこちらに有利に展開し、彼女が否応なしにぼくを受け入れるしかなくなっているのだろうか。貴族社会の人々が彼女とぼくの婚約を信じているなら——明らかにそういう雰囲気だし、けさの新聞を読めば誰もが信じるだろうが——求婚を断われば彼女が恥をかくことになる。だが、その一方、ぼくと結婚すればスキャンダルの的になる。なにしろ、こちらは貴族社会の鼻つまみ者だ。

ミス・マーガレット・ハクスタブルはどうやら、身動きがとれなくなっているようだ。

「ぼくなら千回でもノーと答えるでしょう」モアランドが威嚇するように無言でたたずむあいだに、マートンが言った。「たとえ、あなたが正式な手順を踏んで求婚をおこない、まずはぼくと内々に話をされたとしても。ぼくが返事をしていいのなら、あくまでもノーと答えるでしょう。だが、残念ながら、姉はぼくの意向に従う人ではない。自立精神が旺盛で、自分で返事をすることができる。ぼく自身はあなたを好きになれません、シェリングフォード」

ダンカンは眉を上げた。

「ぼくが記憶しているかぎりでは、われわれが初めて顔を合わせたのはほんの少し前のことだ、マートン。きみはずいぶん性急に人を判断するんだね」

「花嫁を捨てて、悲嘆と世間の嘲笑のなかに置き去りにし、夫のいる女性と駆け落ちするような男は、ぼくの好みではないので。そういった男がぼくの姉との結婚を考えているとなれば、よけい好きにはなれません。それに、そうした意見を形成するのに、長いつきあいは必要ありません」

ダンカンは軽く頭を下げた。

「みんなの注意がこちらに向きはじめている」モアランドが言った。

玄関ホールは広々としているので、クラブに出入りする紳士たちの流れを堰《せ》き止める心配はなかった。ところが、たしかに、みんながこちらに顔を向けていた。ティンデル家の舞踏室がダンカンの想像どおり噂でざわめいていたのなら、そして、ゴシップ記者がその職業のつねとして、その噂をおもしろおかしく記事にしたのなら、それも当然のことと言えよう。そして、いま、悪名高きシェリングフォード卿が姿を見せ、ミス・ハクスタブルの弟や妹の夫と向かいあい、全員が葬式に出るような重苦しい表情を浮かべている。そう、みんなが注目するのも当然だ。

「ゆうべ、ぼくはミス・ハクスタブルに約束した」ダンカンは言った。「今日の午後、彼女に会いにマートン邸を訪問することを。マートン、よかったら、そこであらためてきみと話をしたい」

マートンがぎこちなくうなずいたので、ダンカンは二人の紳士にお辞儀をして、そのまま奥へ進んだ。

できれば、玄関ホールから奥へは行かずに〈ホワイツ〉をあとにしたかったが、プライドが邪魔をして、こそこそ逃げだすようなまねはできなかった。それに、新聞になんと書かれているかも見てみたかった。そのまま二階まで行くと、多数の紳士から喝采で迎えられた。陽気な挨拶が飛んできて、なかには騒々しいほどの挨拶もあり、ついでに、背中をずいぶん叩かれた。一部の連中のあいだでは、どうやら、すばらしき悪党という評価を得たようだ。

そのあとで、新聞記事に目を通すと、彼のことは〝悪名高き漁食家にして人妻と駆け落ちした過去を持つ〟と書かれていた。

どちらもまさに事実だ。

記事にはまた、ミス・ハクスタブルを救いにきた友人に、ダンカンが彼女の婚約者として紹介された、とも書かれていた。

すると、彼女を裏切ったのは、やはりデューだったのだ。

またも裏切ったわけだ。

やはり、あの陸軍士官と話をしなくては。

早めの午餐《ごさん》をすませてクラブを出る前に知ったのだが、賭け金帳にひとつの賭けが書きこまれていた。ダンカンが今度の花嫁を祭壇に置き去りにするか否かをめぐる賭けだった。

〝置き去りにする〟に賭けた者のほうが圧倒的に多かった。

そして、今日の午後、ダンカンはミス・ハクスタブルに正式な結婚の申込みをすることになる。彼女のほうも、受けるしかないと覚悟してくれるだろう。あと十三日あるから、祖父に彼女を紹介し、特別許可証をもらって式を挙げることができる。自由を手に入れるために、ずいぶん大きな犠牲を払うことになる——もしも彼女が結婚を承知してくれれば。

ただし、自分がほしいのは自由ではない。

トビーの身の安全だ。

6

新聞記事を目にして、マーガレットの心にまず浮かんだのは、ベッドにこそこそ戻って頭の上まで布団をひっぱりあげたいという思いだった。布団からふたたび顔を出すころには、この悲惨な話もたぶん古くなっていて、誰かが祖母を殺すか、皿洗いのメイドと結婚するか、裸で馬にまたがってハイドパークのロトン・ロウを走るか、もしくは、それに負けないぐらい派手なことをやって、貴族社会の気まぐれな関心はそちらに移っていることだろう。退屈なオールドミスが、かつて彼女の愛を踏みにじった男の前で、人妻を盗んだ下劣な放蕩者と婚約していると嘘をついたところで、まさか、貴族たちが本気で興味を示すとも思えない。

いえ、そうでもない。そんな話を聞けば、このわたしだってひどく興味をそそられる。

ベッドにこそこそ戻ったところで、なんの解決にもならない。かわりに、出かけることにしよう。ヴァネッサを訪ね、それから二人でキャサリンの屋敷へ行き、ゆうべの出来事と今日の朝刊に出ていたくだらない記事を話題に、三人で思いきり笑うことにしよう。

みんなが冗談好きでよかった。

でも、これって、笑えるような話？　クリスピン・デューにひとこと言ってやらなくては気がすまない。いえ、ひとことじゃ足りない。罵倒してやりたい。たしかに嘘をついたのはわたしだけど、まだ誰にも言っていないし、家族にすら秘密にしている――わざわざそう断ったのに、なぜ噂を広めたの？　わたしへの嫌がらせ？　でも、なぜ？

マーガレットのそんな思いがクリスピンを呼びだしたかのようだった。その瞬間、従僕が朝食の間にやってきて、執事に何やら告げ、執事がそれをマーガレットに伝えた。デュー少佐がミス・ハクスタブルに会いにこられたので、来客用のパーラーにお通ししました、と。

マーガレットは執事についてパーラーまで行き、執事がドアをあけてくれるとその横を通りすぎた。

火の入っていない暖炉の前に、軍服姿のクリスピンが立っていた。きりっとしていて、威厳があり、そして、ひどく居心地が悪そうだった。それも当然だろう。クリスピンはマーガレットに向かってお辞儀をした。

「メグ――」

「説明してちょうだい」彼をにらみつけて、マーガレットは要求した。「そんなにわたしのことが嫌いなの？　でも、どうして？　嫌われても仕方のないようなことを、わたしが何かしたというの？」

「と、とんでもない」クリスピンはマーガレットに一歩近づき、おろおろして彼女を見た。

「嫌いなわけがない。ずっと崇拝してきた。きみもわかってくれてるはずだ」

「崇拝？」蔑《さげす》みをこめて、マーガレットは言った。「そうかしら」

「テレサのことを考えてるんだね。それならちゃんと説明できる」

「わたしもできるわ。どんなバカにだって説明できるわよ。でも、あなたの説明を聞くことには興味がありません。ゆうべ、わたしを裏切ったのはなぜなの？」

「裏切った？　あんまりな言い方だ、メグ。きみはシェリングフォード伯爵と婚約している。そうだろう？　自分でそう言ったじゃないか。ハイドパークでも、舞踏会でも」

「そして、そのたびに、まだ公にしていないし、家族にも話していないって、あなたに言ったはずよ。秘密厳守を誓ってもらう必要があるなんて思いもしなかったわ。名誉を大切にする、口の堅い人だと思ってたのに」

クリスピンは傍から見てもわかるぐらいにすくみあがった。

「きみのことが心配だったんだ、メグ。ぼくがヴァネッサやモアランドと話をしていたとき、きみがシェリングフォードと一緒にダンスフロアを離れて、あのアルコーブに腰をおろすのが見えた。どういう男なのかをモアランドがぼくに説明してくれて、誰があんな男をメグに紹介したのかと首をひねっていた。いかがわしい男だが、それがメグにわかるはずもない――モアランドはそう言った。それを聞いてヴァネッサが心配し、きみのところへ行こうとしたが、モアランドに反対されて思いとどまった。そこで、かわりにぼくが行くことにしたんだ。騒ぎを起こさずに、きみをあの男からひき離すつもりだった。どういう男かをきみがすでに知っていれば、逃げだすチャンスを歓迎するだろうし、知らなかった場合には、あとで真相を知ったときに感謝してくれるだろうと思ってね。ところが、きみはやつと婚約しているとぼくに言った。ぼくはどうすればよかったんだ？」

「どうやら、すべきことはひとつしかなかったようね。そして、あなたはそれを実行した。舞踏室にいる全員に話をした」

「仲間の士官二人に打ち明けた」クリスピンは白状した。「ぼくの戦友で、信頼のおける連中だ。隣人として、友人として、生まれたときからずっときみとつきあってきた男に、きみの人生に干渉して婚約を破棄するよう説得する権利があるか否かにつき、連中の意見を求めた」

「生まれたときからずっとじゃないでしょ。この十二年間は没交渉だったのよ、クリスピン」

〝……隣人として、友人として……〟

この言葉が胸に突き刺さった。この人から見れば、それ以上の仲ではなかったの？

「メグ」クリスピンは言った。「シェリングフォードは最低の悪党だ。ゆうべの舞踏会に顔を出したことからしてけしからん。招待状だって受けとっていたかどうか怪しいものだ。あんなやつと結婚しようなんて、まさか本気じゃないだろうね。婚約は破棄して、かわりにぼくと結婚してくれ」

「なんですって？」マーガレットは目を丸くした。

「誰もきみを非難しはしない。それどころか、みんながきみの分別を称賛するだろう」

「あなたとの結婚を選べば？」

　クリスピンは赤くなった。

「昔、きみはぼくと結婚するはずだった。父上が生きておられたら、たぶん、ぼくたちはずっと以前に結婚していただろう。あのころと何ひとつ変わっていない。おたがいに少し年をとったぐらいだ。それに、いまのきみのほうが、昔よりさらに美しい」クリスピンは微笑した。

「でも、あなたは結婚した。そして、女の子が生まれた」

「その子に母親が必要なんだ」クリスピンは柔らかな口調で言った。「メグ――」

　しかし、マーガレットが片手を上げたので、彼は黙りこんだ。

　この人はわたしに結婚してくれと言っている。長い年月が流れ、いろんなことがあったのに、わたしと結婚する気なの？　ゆうべ、人にさんざん恥をかかせておきながら？

　しかし、本題から注意をそらされてはならない。

「じゃ、ゆうべ、わたしの婚約の噂を広めたのは、その士官のどちらかだったの？」マーガレットは尋ねた。「そう言いたいわけ？」

「そいつが故意にやったことではないし、もちろん、悪気もなかったと思う。ぼくはゆうべ、噂話をさんざん耳にし、けさはあの新聞記事を読んだため、そいつを糾弾しようとした。ところが、そいつもぼくと同じように困りはてていた。ぼくと別れたあと、いとこの女性と話をしていて、ぼくに聞いたことを打ち明けたそうなんだ。もちろん、極秘ということで。彼女の意見が聞きたくて」

こうして、人の話や、噂や、ゴシップは広がっていく。一本の草に火がついたあと、野山全体に火が広がるように。いとこがほかの誰かに極秘で話し、その誰かがまた……。

ためいき。

「まことに申しわけない、メグ。家族に打ち明ける機会もないうちに婚約の噂が広まってしまい、さぞ不快な思いをしたことだろう。おそらく、シェリングフォードからスティーヴンへの正式な申込みも、まだすんでいなかったのだろうね。だが、きみの弟と妹がいくら説得しても、そういう好ましくない婚約をきみが破棄しなかった場合は、遅かれ早かれ社交界のゴシップになっていたことだろう。避けようがない。シェリングフォードは社交界の鼻つまみ者で、それも当然のことだ。きみがどうして求婚の言葉に耳を傾けたのか、ぼくにはどうしても理解できない。まして、それに応じるなど言語道断だ。メグ――」

「謝罪はおすみになったようね」マーガレットはクリスピンの言葉をさえぎった。「そのために訪ねてらしたんでしょ、クリスピン。そろそろお帰りいただけないかしら。あなたがいらしたとき、わたし、ネシーのところへ出かけようとしていたの」

「メグ」クリスピンは彼女のほうへさらに一歩近づいた。「あの男とは結婚しないでくれ。お願いだ。きみが不幸になるだけだ。かわりに、ぼくと結婚してほしい」

「そして、いついつまでも幸せに暮らすの？」

クリスピンもふたたび赤面するだけのたしなみは備えていた。

「知恵を身につけて過去の過ちを償うには、ときとして時間が必要だ」

「まさか、亡くなった奥さまとのことを〝過ち〟などとはおっしゃらないでしょうね、クリスピン。あるいは、お子さんのことも。それに、シェリングフォード卿にも機会が与えられるべきじゃないかしら。五年前より聡明になり、過去の過ちから立ち直る意志と能力を備えるに至ったことを示すための機会が」

クリスピンは聞えよがしにためいきをつき、もう一度お辞儀をした。

「きみの家族全員が、この婚約に関して意見を持っていることだろう。みんなの言葉に耳を傾けてくれ、メグ。依怙地《いこじ》になって逆らうようなことはしないでほしい。きみは昔からとても頑固な人だった。ぼくはよく覚えている。ぼくの言うことが聞けないというなら、せめて家族の言うことは聞いてほしい。約束してくれるね？」

マーガレットは眉を吊りあげ、クリスピンをじっと見ただけだった。そこで、彼もやむなく唐突に別れの挨拶をし、大股で彼女の横を通って部屋を出ていった。

マーガレットはその場に立ったまま、玄関ホールの大理石の床に響く彼のブーツの音と、玄関扉が彼のために開かれ、つぎに彼の背後で閉じる音に、耳を傾けた。

結婚してほしいと言われた。

かつて彼に求婚されたときは、文字どおり死んでしまいたかった。心の底から彼を愛していたのに、求婚を受け入れることができなかったから。彼は戦争に行き、マーガレットは家に残って弟妹の世話をしなくてはならなかったから。

では、いまは？

あんなに熱く燃えていた恋の炎も消えてしまうものなの？　真実の恋なら消えるはずがないのでは？　真実の恋は存在するものなの？　存在しなかったら、人生はとても悲しいものになる。ロマンティックな恋を経験した者が、徹底的に世をすねた人間になってしまったら、それこそ耐えがたいほど悲しいことだ。

クリスピンへの恋心はすでに消えていた。二度と彼を愛する気にはなれなかった。二人の関係はけっしてもとに戻れない。では、恋愛というのは条件に左右されるものなの？　クリスピンを愛する気がなくなったのは、かつて彼の裏切りにあい、そのせいで何年も悲しい思いをさせられたから？

わたしを愛してくれてたの？　〝崇拝していた〟とは言ってくれた。でも、愛のほうは？　愛してくれたことはあったの？　でも、わたしへの愛があったのなら、どうしてほかの人と結婚できたの？

奥さんのことは愛してたの？

マーガレットはふたたびひどく動揺していた。クリスピンに心を乱されることは二度とないはずだと思っていたのに。

ためいきをつき、首をふると、きっぱりした態度でドアのほうを向いた。いまからヴァネッサを訪ねることにしよう。子供たちと遊んで気分転換をしよう。ゆうべのくだらないゴシップも、朝刊のさらにくだらない記事も、気にすることはない。クリスピン・デューのことなんて考えちゃだめ。シェリングフォード伯爵のことも。二週間以内に結婚しないと、おじいさまが亡くなるまで無一文の暮らしを強いられることになるそうだけど。なぜわたしがそんなことを心配しなきゃいけないの？　それから、アリンガム公爵のことも、婚約者の愛らしいミス・ミルフォートのことも、考えるのはやめよう。

人生には言葉にできないぐらい辛い時期もあるが、それでも人生は続いていく。落ちこんでいても、どうにもならない。

ドアにノックが響き、マーガレットがドアまで行かないうちに開いた。

「ペネソーン夫人という方がお越しです、ミス・ハクスタブル」執事が告げた。「お会いになりますか」

ペネソーン夫人？　マーガレットは顔をしかめ、いったい誰だろうと考えこんだ。どこかで聞いたような名字。でも、どうして午前中に？　社交的な訪問は、ふつうは午後にするものなのに。

ペネソーン夫人。マーガレットの目がかすかに大きくなった。シェリングフォード伯爵が自己紹介したとき、ダンカン・ペネソーンと名乗らなかった？　すると、ペネソーン夫人というのは？　彼のお母さま？

このばかばかしい騒ぎは永遠に終わりがないの？

「お通ししてちょうだい」マーガレットは言った。

わたしより若いようね――部屋に入ってきたペネソーン夫人を見て、マーガレットは思った。薄緑の外出着におそろいのポークボンネットというしゃれた装いで、小柄でほっそりしていて、髪は金色、はかなげな雰囲気の漂う、このうえなく美しい人だった。お母さままではない。じゃ、妹さん？　でも、ペネソーン夫人と名乗ったわけだし……。

「ミス・ハクスタブルでいらっしゃいますね」貴婦人が膝を折ってお辞儀をし、切れ長の目でマーガレットを見つめた。その目もドレスと同じく緑色だった。

マーガレットは軽く会釈をした。

「お会いするのはこれが初めてですけど」貴婦人が言った。甘くささやくような声だった。「噂を耳にして、一刻も早くお目にかからなくてはと思いましたの。シェリングフォード卿と結婚なさってはいけませんわ、ミス・ハクスタブル。ぜったいに。悪魔のような人ですから、あなたは惨めな思いをさせられ、社交界から追放されることになりましてよ。見ず知らずの他人がこのように無礼なことを申しあげるのを、どうかお許しくださいまし。でも、こちらに伺って、ご注意申しあげずにはいられませんでしたの」

マーガレットはこの貴婦人に椅子を勧めるつもりだったが、考えなおしてやめにした。腰のところで両手を重ね、眉を上げた。ええ、たしかに無礼だわ。

「ペネソーン夫人とおっしゃいました？　シェリングフォード伯爵のお身内でいらっしゃいますか」

「それを認めるのは辛いことですが」貴婦人は頬を赤らめた。「幸い、婚姻によって身内になったにすぎません。あの伯爵はわたくしの夫のまたいとこにあたります」

マーガレットの眉は上がったままだった。どう答えればいいのかわからなかった。

「わたくしのことはご存じかもしれませんわね」ペネソーン夫人は言った。「旧姓はターナーと申します。あと二、三時間で、人生でもっとも忌むべき過ちを犯すところでした。五年前にシェリングフォード伯爵と結婚することになっていましたの。かわりに、それからほどなく、愛するペネソーンと結婚し、以来、このうえなく幸福な日々を送っております」

まあ、この人が捨てられた花嫁だったのね。伯爵と駆け落ちした忌まわしきターナー夫人の義理の妹。

「ええ」マーガレットは言った。「お噂を耳にしたことはあります、もちろん。でも――」

でも、わたしにはなんの関係もないこと。哀れな物語の一部始終を聞こうという気にはなれない。ついでに言うなら、一部だけでもお断わり。

「お目にかかるのは初めてですけど」ペネソーン夫人が言った。どうやら、人の話を聞くためではなく、自分が話をするためにやってきたようだ。「あなたの評判は存じあげております。マートン伯爵、モアランド公爵夫人、モントフォード男爵夫人のいちばん上のお姉さまとして、大きな尊敬を集めておいでですわね。妹さんたちがすばらしい結婚をなさったのに、お姉さまだけがいまだに未婚でいらっしゃることで、おそらく悩んでおいででしょうけど、よろしいですか、ミス・ハクスタブル、シェリングフォード卿との結婚は解決にはなりませんことよ。わたくしの兄は、ローラがあの怪物に誘惑されるまで、最高に幸福な結婚生活を送っていました。ローラが出ていったあとも、戻ってくれば黙って許すつもりでおりました。周囲の者はみな、兄に離婚を勧めましたが、兄は拒みとおしました。いつの日かローラが戻ってきて許しを乞うだろうという希望を、けっして捨てなかったのです。ローラの死の知らせを受けたときは、打ちひしがれていましたわ。あの男が兄の人生を永遠に破壊したのです。ペネソーンが名誉を重んじる優しい人で、わたくしと結婚してくれましたが、そうならなければ、わたくしの人生も破壊されていたことでしょう」

マーガレットは驚きあきれて彼女を見つめるだけだった。

「お訪ねくださったことと、お気遣いいただいたことに、お礼を申しあげます。お茶も差しあげなくて、どうかお許しくださいね。ちょうど出かけるところでしたの。妹が待っているものですから」

二度と嘘をつくまいと、つい最近決心したことを、マーガレットは思いだした。

「わかりました」ペネソーン夫人は言った。「足留めするようなことはいたしません。それから、どうかお許しくださいまし、ミス・ハクスタブル。あの男が図々しくもロンドンに戻ってきたことを知って、わたくし、辛くてたまらなかったのです。兄もわたくしと同じように苦悩しております。そして、夫は言葉にできないぐらい無念がっております。だって、シエリングフォード卿と名字が同じという屈辱に耐えなくてはならないんですもの。社交シーズンの終わりにロンドンを去るまで、あの男と顔を合わせることも、向こうから連絡を受けることもないよう、わたくしたち全員が強く願っておりました。でも、けさ、あの男が罪なき立派なレディをまたしても罠にかけたことを知り、黙っていられなくなりました。あなたにお目にかかって警告し、手遅れになる前に婚約を破棄なさるよう懇願するしかないと決心したのです。破棄すると約束なさってください、ミス・ハクスタブル」

「わたしの幸せを気にかけてくださったことに感謝いたします」マーガレットはドアをあけるために、しっかりした足どりで部屋を横切った。「わざわざお訪ねくださってありがとうございました。お別れを申しあげてもよろしくて？」

「もちろんですわ」ペネソーン夫人はそう言って、マーガレットがドアをあけてくれるのを待った。「伺うのがわたくしの義務だと思ったものですから」

マーガレットは軽く会釈をすると、ドアのところに立ち、去っていく客を見送った。

驚きのあまり、まだ呆然としていた。いまのはどういうこと？　もちろん、あの貴婦人がシェリングフォード伯爵を憎悪する気持ちはよくわかる。彼女自身の恨みと、兄の恨みが重なっているのだから。でも、なぜまた、伯爵と婚約したと思われている女性を訪ねる必要があると思ったのかしら。ひょっとして、嫉妬？　いまもひそかにシェリングフォード卿を愛しているの？

まさか。

さっぱりわけがわからない。わたしったら、ひとときの勝利感に酔いたいばかりに、ほかの男と婚約したとクリスピンに告げ、こういう厄介な結果を招いてしまった。

ヴァネッサを訪ねるのをやめて、ここにとどまり、旅行カバンに荷物を詰めるよう召使いに命じたほうがいいかもしれない。不意に、ウォレン館の静けさと安らぎが恋しくなった。

そうね。そうしよう。

ところが、来客用のパーラーを出る暇もないうちに、玄関扉にふたたびノックが響き、従僕が扉をあけてヴァネッサとキャサリンを招き入れた。二人そろってマーガレットに会いにきたのだ。

「あら」声にいらだちが混じるのを隠そうともせずに、マーガレットは言った。「こちらへどうぞ、二人とも。そして、聖歌隊に加わってちょうだい」

「聖歌隊?」キャサリンと二人でパーラーに入り、従僕が外から部屋のドアを閉めたあとで、ヴァネッサが言った。

「偽りの婚約に終止符を打つよう、わたしを急《せ》き立てる人々のことよ」マーガレットは言った。「最初はクリスピン、つぎはペネソーン夫人、そして、今度はたぶん、あなたたちね。そのあとは誰かしら」

本気で質問したわけではなかった。ところが、ほぼ同時に答えがあった。三人が腰をおろす暇もないうちに、パーラーのドアにノックが響いて、ドアが開き、コンスタンティンが入ってきた。

「あらあら」マーガレットは両手を宙に上げた。

「そのしぐさが示しているのが、ぼくに会えた喜びなのか、それとも不快感なのかは、尋ねないことにしよう」コンスタンティンは陽気な声で言いながら部屋を横切り、マーガレットの前まで行くと、彼女の片手を自分の両手で包みこみ、それから手を放した。「だが、前者であるよう願っている。ついさっき、ジャクソンのボクシング・サロンで強烈なスパーリングをしてきたばかりでね、お茶かコーヒーをもらえるとありがたいんだが」

お茶のトレイが運ばれてくる前に、スティーヴンとエリオットが連れだってやってきた。マーガレットがお茶を注ぎおえる前に、二人のあとを追うようにしてジャスパーが現われた。

マーガレットは、生まれてこの方、これほどきまりの悪い思いをしたことがあっただろうかと考え、一度もなかったと結論した。

こんなくだらないことでくよくよ悩むなんて！

腹が立ってならなかったが、誰に最大の怒りをぶつければいいのかわからなかった。もしかして、自分自身に？

昔から頑固な人だったと、さきほどクリスピンに言われた。その非難にマーガレットはムッとした。しかし、二、三分すると、彼の言うとおりだという気がしてきた。

聖歌隊の合唱はみごとにそろっていた。不協和音はひとつもなかった。ゆうべ初めて――おまけに正式な紹介もなしに――出会った男との結婚をマーガレットが考えたこと自体、ヴァネッサとキャサリンには信じられず、二人とも唖然としていた。ふつうなら、出会ったばかりの相手のことなど何ひとつわかるはずがないと言って、反対したいところだ。ところが、今回にかぎっては、まさにその逆だった。マーガレットは彼のことを何もかも知っていて、彼自身もすべて認めたように、ろくでもないことばかりだった。しかも、それはすこぶる控えめな表現と言うべきだ。

スティーヴンはエリオットの同意も得て、シェリングフォード伯爵が午後から正式にこの屋敷を訪ねてくるのを許可することにした。マーガレットがゆうべの舞踏会で、シェリングフォードのことを婚約者としてクリスピン・デューに紹介した以上、拒むことはできない。ただし、屋敷に通しても書斎へ案内するにとどめておき、スティーヴンが一人で伯爵に会うということで、男性二人の意見は一致した。今日であれ、ほかの日であれ、求婚を受け入れる気はないことを、マーガレットのかわりにスティーヴンの口から伯爵に伝えることになった。

「だってさ」スティーヴンは言った。「本物のスキャンダルを起こしたわけじゃないしね、メグ。くだらないゴシップが流れたにすぎない。姉さんがあの男に二度と近づかず、婚約の件が二度と口にされなければ、すべてでたらめだったと、そのうちみんなが思うようになるさ。噂なんて、たいていそういうものだ」

「そのとおりよ、スティーヴン」キャサリンが言った。

「とても思慮深い意見だわ」ヴァネッサも同意した。

「そして、あなたが思慮分別の鑑であることは誰もが知っている、マーガレット」エリオットがつけくわえた。

これはエリオットの軽い失言だったと言うべきだろう。マーガレットにとって、〝思慮分いだろうか。

別の鑑〞というのはとても退屈な響きを持っている。墓碑銘にそんなことを書いてもらいた

「シェリーはかつて、ぼくの友人だった」コンスタンティンが言った。「いまでもそうだと思う。けさ、ジャクソンのボクシング・サロンでスパーリングをやり、そのあと、〈ホワイツ〉まで一緒に歩いた。だが、あの男と婚姻関係を結ぶのはきわめて浅はかなことだ、マーガレット。否定しようのない不道徳な過去を持つ男なんだぞ。そんなやつと結婚して汚れなき評判に傷をつけることは、あなたも望まないはずだ」

〝汚れなき評判〞。これも墓碑銘にふさわしい。未来の世代はこれを読んであくびをするだろう。

「放蕩者というのは、どこかの上品なレディがそいつに恋をして、運命を共にしようと思わないかぎり、永遠に悪評につきまとわれる運命なんだ」ジャスパーがそう言って、マーガレットにニッと笑顔を見せ、一瞬、聖歌隊のハーモニーを崩しそうになった。この意見が真理であることを、ジャスパーは身にしみて知っている。彼がロンドンでもっとも評判の悪い放蕩者だったころ、キャサリンが彼と運命を共にしようと決めたのだから。スキャンダルが広まって、そうせざるをえなくなったのも事実だが。「ただし、厳密に言うなら、シェリーは放蕩者ではない。正当な評価かどうかは知らないが、もっとも腹黒い悪党だと思われている。五年前にまことに不埒な悪事に走ったことは、もちろん誰にも否定できない。正確に言うなら、二つの悪事だ。あなたにはあんな男は扱いきれない。向こうも同じだろうが。あなたは

清く正しい人生を送ってきた人で、もっと上等の男がふさわしい」

「ええ、まさにそれが、わたしたちみんなの言いたかったことなのよ」キャサリンがそう言ってジャスパーの袖に手をかけた。「みんな、お姉さまにぴったりの相手を望んでいるの。幸せになってもらいたいの。お姉さまには人生で最高のものを得る権利があるのよ」

〝あなたにはあんな男は扱いきれない……〟

〝あなたは清く正しい人生を送ってきた人で……〟

ここにいるのは、世界じゅうの誰よりもわたしを愛してくれている人たち。深い愛ゆえに、わたしのために人生で最高のものを望んでいる。この人たちから見れば、わたしは思慮分別の鑑、汚れなき評判を持ち、清く正しい人生を送ってきた女。みんながわたしにぴったりの相手を望んでいる――わたしと同じように思慮分別があり、非の打ちどころがなく、高潔で、清く正しく生きていて……要するに、きわめて退屈な男。

なんだかアリンガム侯爵のようなイメージだ。わたしが侯爵の求婚に応じるのを長いあいだためらっていたのは、それが原因だったのかしら。断わってばかりで申しわけない気がしていた。数々の美点を備えた人で、わたしもずっと好意を持っていた。いい友達だと思っていた。

恋人ではなく、〝友達〟。

シェリングフォード伯爵は彼のことを〝退屈きわまりない人物〟と評した。

ゆうべ、侯爵から婚約のことを聞いたとき、わたしは愕然とした。でも、気が転倒しただろうか。今日、悲嘆に暮れているだろうか。ほかの騒ぎで大変だったため、侯爵のことはすっかり忘れていた。

みんながわたしの幸せを願っている。でも、何がわたしの幸せなのか、どうしてこの人たちにわかるというの？

わたし自身はわかっているの？

かつてのわたしは、幸せとクリスピン・デューが同意語だと思っていた。でも、今日、あらためて彼に求婚されて、わたしは断わった。なぜなら……ああ、理由はいくつもあった。しかし、身内の者すべてが愛と気遣いをこめてこちらを見つめ、わたしが何か言うのを待っているあいだに、わたしはあることを悟った。

反抗したくてうずうずしている。

いや、頑固なだけかもしれないが。

シェリングフォード伯爵とはほんのいっとき顔を合わせただけだから、どんな顔をしていたかもよく覚えていない。長身で、がっしりしていて、髪の色は濃く、肌も浅黒く、鋭角的な顔立ちで、目がほぼ黒に近いことはわかっている。醜い人と言ってもいいような第一印象を受けたことは覚えている。醜いと思いつつも、話をするあいだ、自分の視線がその顔に吸いよせられていたことを覚えている。彼の目にも、気むずかしそうな顔に浮かんだきびしい表情にも、ひたむきなものが感じられ、なぜかそれに魅了された。

彼という人物に魅了された。

彼との会話に少しでも似ているようなやりとりは、ほかのどんな男性ともした経験がなかった。彼の正直さに息が止まりそうだった。結婚してほしいと言ったと思ったら、そのすぐあとで、婚礼の日に花嫁を捨てて人妻と駆け落ちしたことを白状している。出会ったとたんマーガレットに夢中になった、というふりはしなかった。結婚したいと願う理由を正直に打ち明けた。二週間以内に妻を持つ必要があるという。

ほかの男がこんな状況に置かれたら、きっと、甘いささやきと嘘で必死に相手のご機嫌をとり、本当の事情はなるべく長く隠しておこうとするだろう。できることなら、結婚してしまうまで。

彼は——違っていた。冷静な状況でもう一度彼に会い、求婚の言葉に耳を傾ければ、その場で断わることになるだろう。今日はたぶん、本来の彼を、つまり、なんの魅力もない気むずかしい悪党を目にすることになるだろう。結婚に必死になっている姿を見て、嫌悪を覚えるだろう。祖父が亡くなって遺産を相続するまでのあいだ、唯一の収入源である家屋敷を失いたくないばかりに、見知らぬ女と——それこそ誰でもかまわないから——結婚しようなどという男が、どこにいるだろう？

そして、彼が選んだ見知らぬ女というのが、このわたし。

とんでもない侮辱だ。

しかし、マーガレットは彼に魅了された。いまなお魅了されていた。

おまけに、頑固者ときている。マーガレットの身内が結束して、シェリングフォード伯爵にふたたび会うことすら禁じようとしている。クリスピンは、考えなおしてかわりに自分と結婚してほしいと、マーガレットに迫った。ペネソーン夫人は婚約を破棄するよう迫った。

沈黙がずいぶん長くなった。そして、大きな緊張をもたらした。

「お昼からシェリングフォード伯爵が訪ねてらっしゃるそうよ」マーガレットは言った。「わたしと話をするために。あ、その前にあなたと話をなさるでしょうけど、スティーヴン。お会いするのを拒むなんて、そんな失礼なことはできないわ。だって、ゆうべ、婚約者だと言ってあの方をクリスピンに紹介し、ゴシップの種をまきちらしたのは、このわたしですもの。あちらが婚約者という言葉を出したわけじゃないのよ」

「お姉さまは動転してたんだわ」ヴァネッサが言った。「いきなりクリスピンに再会したから。みんなもきっと、許してくれ――」

しかし、マーガレットは片手を上げてヴァネッサの言葉をさえぎった。

「一人の紳士を見返してやりたいばかりに、べつの紳士を利用するというのは、許されることではなく、申しわけの立つことでもないわ。あなたたちと自分自身に対して正直になるなら、まさにそれがわたしのやったことなの。今日の午後、わたしからあの方にきちんとお話しするわ。くだらないゴシップ騒ぎに巻きこんでしまったことをお詫びしなくては。あちらは何年も社交界と疎遠になっていたあとで、ひそかに復帰するつもりでいらしたでしょうに。こんな騒動になったのは、すべてわたしの責任だから、シェリングフォード卿に直接そう申しあげる義務があると思うの」

「非難の重荷をすべて自分で背負いこもうとするのは、いかにも姉さんらしいことだ」心配そうな顔でスティーヴンが言った。「昔からずっとそうだったものね。今回はぼくにその恩返しをさせてよ。ぼくがやつを追いかえしてやる」

「〝やつ〟なんて呼び方はやめなさい」マーガレットは立ちあがった。「あの方はシェリングフォード伯爵。そして、わたしがじきじきにお話しします」

「すばらしい、メグ」ジャスパーが言った。

「ああ、メグ」ヴァネッサが姉に駆けよって抱きしめた。「どんなときでも気高い人ね。でも、謝罪のために会っておきながら結局は婚約してしまうんじゃないかって、わたし、すごく心配なの」

「わたしを信用してちょうだい」みんなと一緒に席を立ちながら、マーガレットは言った。

でも、何を信用しろというの？

シェリングフォード卿に会おうとしているのは、本当に、ゆうべの衝動的な言葉が招いた結果に対して謝罪の言葉を述べるためだけなの？　考えてみれば、向こうにそそのかされたようなものだけど。

それとも、彼の顔をもう一度はっきり見たいから、会うことにしたの？

それとも、彼とすごしたひとときの記憶に魅了されているから？

それとも、三十歳になり、過去の不実な恋人に再会し、今年結婚するつもりでいた男性の婚約者に紹介されたから？

それとも、清く正しい人生を送ってきただの、思慮分別の鑑だの、汚れなき美徳を備えた女だのと、ついさっき言われたから？

「ええ、信用するわ、メグ」キャサリンが言って、ヴァネッサが一歩下がったあとでマーガレットを抱きしめた。「もちろんよ」

そう、信用するに決まっている。わたしはいつだって、みんなに信頼され、あてにされ、堅実に生きてきた。そうよね？

要するに、退屈な人間だった。

7

祖父から最後通告を突きつけられて五十時間ほどたったころ、ダンカンはマートン邸の書斎に一人で立ち、窓の外をながめながら、ミス・マーガレット・ハクスタブルに正式な結婚の申込みをしようと待っていた。

控えめに言っても、無茶な話だ。そもそも、相手のことをまったく知らない。向こうも彼のことを知らない。相手の顔さえほとんど思いだせない。彼女を抱きよせたときの感触だけはよく覚えているが、顔のほうは、思い浮かべようとすればするほど、濃い色の髪にふちどられた空白が広がるだけだ。覚えているのは、きれいな人だと思ったことだけ。

それだけでも心が慰められる。

三十分以上前に書斎に通されたときは、そこにいたのがマートン一人だったので、いくらか安堵を覚えた。モアランドも同席するものと思っていた。あの公爵はじつに手強い相手だ。ギリシャ人の血が流れていて、それが表面に出ている。

しかし、マートンのほうも、若造ではあるが、与《くみ》しやすい相手ではない。ダンカンの見たところ、せいぜい二十二か三といったところ。ダンカンに嫌悪と軽蔑を抱いていることと、姉の縁談に反対であることを、隠そうともしなかった。莫大な持参金を提示してきたものの、姉および生まれてくる子供たちが全額を自由にできること、という条件つきだった。ダンカンの現在の収入と将来の資産について事細かに問いただし、悪評高き男の言葉は信用できないから、その裏づけをとるためにクレイヴァーブルック侯爵を訪問すると宣言した。

ダンカンが部屋を飛びだし、屋敷から出ていきたいのを我慢するには、ありったけの自制心が必要だった。出ていくわけにはいかなかった。ゆうべ、ミス・ハクスタブルに向かって求婚めいた言葉を口にし、今日の朝刊に婚約者云々と書き立てられた。名誉を重んじる性格ゆえに、こうして正式な求婚をしにやってきた。断わられたときは、あきらめるまでだ。あと十三日残っているから、新たに花嫁探しを始めればいい。

かつてキャロライン・ターナーに結婚の申込みをするために屋敷を訪ねたときは、ばかでかい花束を持っていったことを思いだした。玄関で従僕に花束を持ち去られ、それきり二度と目にすることはなかった。人々の微笑とお辞儀に迎えられ、キャロラインの父親が心をこめて握手してくれた。キャロラインと二人だけになったところで、片膝を突いて、あらかじめ練習しておいた求婚の言葉を述べた。消えてしまった花束よりさらに華やかなものだった。キャロラインから承諾の返事をもらうと、彼女の手の甲にキスの雨を降らせ、自分のことを最高に幸せな男だと言った。きみを愛している、ぼくが息をひきとるときまで、いや、時を超えて永遠に愛しつづける、と誓った。ひとことひとことが真剣だった。

今日の彼は手ぶらで、練習してきた言葉が頭のなかを駆けめぐることもなかった。そして、熱い思いで心臓の動悸が速くなることもなかった。

背後のドアが開き、ダンカンがふりむいたときには、すでに閉まっていた。見覚えのある彼女の顔を目にして、ホッとした。ただ、ゆうべに比べると、どことなく雰囲気が違っていた。今日は濃紺のドレスをまとっている。髪はシンプルな形に結ってあり、ゆうべより豊かでつややかに見える。ロウソクの光が美貌をひきたてていたのではなかったのだ。彼がこれまでに出会ったなかで最高の美女と言っていいだろう。もちろん、身体の曲線もみごとだ。記憶のなかで美化していたわけではないようだ。

彼女はまた、冷静で落ち着きはらっていた。そして……知性が感じられた。その目がじっと、慎重に、彼をながめた。たぶん、ダンカンと同じく、今日会っても顔がわからないのではないかと危惧していたのだろう。

ダンカンは正式にお辞儀をした。マーガレットのほうはお辞儀を返さなかった。かわりに軽く会釈をした。

「ミス・ハクスタブル」

「シェリングフォード卿」

「心からお詫びしたい。ぼくたちのゆうべの出会いが大きな騒ぎになってしまったことを」

「とんでもない。お詫びしなくてはならないのは、わたしのほうです。前方にちゃんと注意を払っていれば、あなたにぶつかることはなかったでしょう。また、一昨日、公園でデューク少佐に会ったとき、婚約したなどと嘘をつかなければ、そして、ゆうべ、アリンガム侯爵がすでにほかの方と婚約したことを知って狼狽したりしていなければ、あなたを婚約者として紹介することもなかったでしょう。本当に愚かなことをしてしまいました。わたしらしくもないことです。いえ、そんなことはどうでもいいの。とにかく、大変な迷惑をおかけしてしまい、申しわけなく思っております」

ダンカンはゆうべ、彼女の率直さに驚かされた。今日もふたたび驚かされた。こちらにすべての責任をぶつけてくるものと思っていたのに。

「おたがい、これ以上の迷惑をこうむることはないと思いますよ。明日の新聞に、ぼくたちの正式な婚約の記事が出れば」

マーガレットは部屋の奥へ進み、暖炉のそばの椅子にすわった。向かいの椅子を指し示した。

「どうぞおすわりください。今日、わたしに求婚などなさる義務はいっさいありませんことよ。つまらない噂のせいで、結婚しなくてはという気になるなんて、どちらにとっても愚かなことです。二人とも間違ったことは何もしていないし、軽率なことすらしておりません。混雑した舞踏室で踊り、話をしただけです。あの場にいたほかの方たちと同じように。どちらも舞踏会では大切なことだわ。スキャンダルめいたことは何もなかった。そうでしょう？ゴシップなんて、たいしたことではありません。空虚な噂にすぎず、じきに、何かほかの噂にとってかわられるでしょう。一週間もしないうちに、誰もが忘れてしまうでしょう」

「しかし、ミス・ハクスタブル――」

マーガレットは片手を上げて、彼の言葉をさえぎった。

「ただ、一刻も早く結婚しなくてはと必死になっているというお話を、あなたから伺ったことはよく覚えています。こうして訪ねてらしたのも、そのためなんでしょう？」

「いずれにしても、お邪魔したと思うが」

「本当は、スティーヴンからあなたに言ってもらうつもりでした――結婚の申込みにいらしたことには感謝しますが、その必要はまったくありません、と。スティーヴンに頼んで、わたしの感謝の言葉とともに、あなたを自由の道へ送りだして差しあげるつもりでした。でも、あなたを追いかえした場合、その先に待っているのは自由ではない。そうなんでしょう？」

「自由ならどこにでもある」ダンカンは言った。「監禁されないかぎり。ぼくは働き口を見つけることにします」

「でも、本当は結婚したいと思ってらっしゃる。それはなぜ？」

なんと、マーガレットが尋問を始めた。この会見はダンカンの予想とまったく違う方向へ進んでいた。

「たぶん、土地を所有する紳士として暮らすほうが楽だからでしょう。そういう生き方しか知らないから」

「貧乏は楽しいものではありません。スティーヴンが伯爵家の財産を相続するまで、わが家はつねに貧しかったの。不幸ではなかったけど。それどころか、すごく幸せなときもあった。でも、裕福な暮らしというものも、大きなお屋敷と農場と莫大な収入がもたらす安心というものも知らなかった。それを知ってしまったいまとなっては、昔の暮らしに戻るのはとても辛いことでしょう。あなたはたぶん、貧乏なんてご存じないでしょうね。貧乏を恐れてらっしゃる？」

ダンカンは椅子にもたれ、片方の眉を上げた。

「いや、ぼくは何ひとつ恐れていない」

たしかに、恐れるべきものはもうほとんど残っていない。すでに最悪の事態を経験したのだから。今後二週間のうちに何が起きようと——もしくは起きなかったとしても——なんとか切り抜けていく覚悟だった。生活のために働かなくてはいけない多数の男たちが、わが子を立派に育てているのだから。

「本当に恐れてらっしゃらないのなら、あなたは愚かな方だわ。でも、恐れていないはずがない。きっと嘘つきなのね。でも、同じような人はたくさんいるわ。男の人って、自分の欠点をなんでもすなおに認めるのに、恐怖を感じることだけは認めようとしない。弱くて女々しいことだと思っているのでしょうね」

「ミス・ハクスタブル、結婚してくれたら、ウォリックシャーにあるウッドバイン・パークをきみに捧げよう。手入れの行き届いた広大な敷地に、大きな屋敷が建っている。そこから得られる収入は潤沢とは言えないが、快適に暮らすには充分すぎる。将来はさらに贅沢な暮らしができるだろう。ぼくはクレイヴァーブルック侯爵家の跡継ぎだからね。侯爵家の領地はイングランド全土に点在している。祖父は莫大な財産家なんだ」

「あなたが差しだしてくださるのはそれだけなの、シェリングフォード卿？」しばらく無言で彼を見つめたあとで、マーガレットが訊いた。

ダンカンは何か言おうとして口を開き、ふたたび閉じた。ほかに何を差しだせというんだ？　ゆうべ、ぼくが彼女にひと目惚れして、ハートを捧げる気でいるなんて、まさか思ってやしないだろうな。

「汚れなき名前を差しだすことはできない。ぼくには悪い評判が立っていて、当分消えそうにない――いずれ消えることがあるとしても」

「たしかにそうね」マーガレットは同意した。「でも、過去を変えることはできないわ。自分の手で変えられるのは未来だけ。少なくともその一部はね。ご自分のしたことを後悔なさってる？」

ダンカンは怒りが湧きあがるのを感じた。人に説教するつもりか。

「いや」そっけなく答えた。

「じゃ、また同じことをするかもしれない？」

「そうだな。躊躇なく」

「幸せでしょうね」マーガレットがつぶやいたが、とても低い声だったので、彼にはほとんど聞きとれなかった。「そこまで深く愛されるなんて」

ダンカンは返事をしようとして口を開いたが、ふたたび閉じた。

「どうなさるおつもり？」マーガレットが彼に訊いた。「今日、わたしがお断わりしたら」

ダンカンはいっそ断わってくれればいいのにと思った。この女といると……どうにも落ち着かない。

肩をすくめた。

「花嫁探しを再開する。まだ二週間近く残ってるから」

「十三日間よ、正確には。ずいぶんあるわね」

「そうだな」

「でも、このつぎ誰かに求婚するときは、あなたの悪評に加えて、ゆうべのゴシップという不愉快なおまけまでついてくるのよ。相手の女性とその家族は、あなたがわたしのことまで捨てたと思いこむでしょう」

「たぶんね」ダンカンは彼女をにらみつけたいのを我慢した。カッとなったことがばれてしまう。そこで、多くの者を怖気づかせてきた視線を彼女に据えた。

ここにくる前に、彼女の顔を思いだそうとしたときは、髪が濃い色だったから目は茶色に違いないと、勝手に思いこんでいた。じっさいには、鮮やかなブルーだった。その目が揺らぐことなく彼の視線を受け止めた。

「どうしてわたしがあなたと結婚しなきゃいけないの？　理由を言ってください、シェリングフォード卿。財産についての詳細はいりませんから。それについては、この部屋にくる前からわかっていました。わたしはそうしたことに心を動かされる人間ではありません。一生結婚しないまま、百歳まで生きるとしても、貧乏なんて怖くないわ。どうしてあなたと結婚しなきゃいけないの？　ここにいらっしゃる前に、どのような説得の言葉を用意なさったの？」

舞踏室に着くのがあと二分早かったら、もしくは、二分遅かったら、衝突することはなく、二人で踊ることもなく、アルコーブで語らうこともなかっただろう。大喜びで結婚を承諾しそうな冴えない外見の女をひっかけていただろう。事実、衝突する直前に、そういう女にすでに目をつけていた。そちらを選べば、いまごろは、ここにすわって、大嫌いになりそうなタイプの女から尋問されることもなかっただろう。

ダンカンは椅子の腕を軽く叩いていた指先を静止させた。

「きみは若い女性ではない。いま何歳？」

「三十よ。夫を見つけようと必死になっているとでもお思いなの？　強引に口説く必要はないと思ってらしたの？」

ダンカンはしばらくのあいだ、呆然と彼女を見つめた。

「必死になっているとすれば、きみの視力に問題ありだな。だが、問題はなさそうだから、自分がいかに美しいか、ちゃんとわかっているに違いない。それと、性的な魅力のすごさも自覚しているはずだ。もっとも、きみの上品な心のなかでそんな言葉が使われることは、おそらくないだろうが。ぼくがきみにとって最後のチャンスでないことは、おたがいにわかっている。だが、きみはここ二、三日、かつての恋人との再会でひどく動揺していた。ところで、本当に恋人だったのかい？　それとも、きみの片思いの相手にすぎなかったの？」

ここで初めて、マーガレットは赤くなった。しかし、彼から顔を背けはしなかった。

「あの人は――」と言いかけて、不意に黙りこんだ。「失礼な方ね」

ほう――興味をそそられる！

「きみはゆうべ舞踏会に出かけた。アリンガムから求婚されることを予期して。求婚に応じるつもりだった。愛してはいなくても」

「愛していないって、どうしてあなたにわかるの？」

「悲嘆に暮れていなかったから」

マーガレットは眉を吊りあげた。

「あら、そうかしら。でも、あなたにぶつかったとき、わたしはあわてふためいて舞踏室から逃げだそうとしてたのよ」

「それは、きみが悔しくてたまらなかったからだ。プライドを傷つけられたと言ってもいいだろう。そして、不実な恋人の姿を目にして、婚約者を見せびらかすことができなくなったことを思いだした。アリンガムがきみと踊ろうとしてやってきたときだって、きみはハートを打ち砕かれたばかりの女にはとうてい見えなかった」

「そう言っていただいてホッとしたわ。ところで、けさ、デュー少佐がここにきたのよ。あなたとは結婚しないようにと言うために。かわりに、自分と結婚してほしいって」

「それで？」ダンカンは眉を上げた。

「お断わりしたわ」

「それなのに、きみはいまも彼を愛している」

マーガレットはじっと考えこむ様子で彼を見た。

「あら、そう？ わたしのことを、わたし以上によくご存じのようね、シェリングフォード卿。でも、わたしがほかの男を愛していると思いこんでらっしゃるのに、そんな女と結婚するおつもり？」

「あの男が相手では、きみは幸せになれない」

「弱々しい顎をしているから？」マーガレットはふたたび眉を上げた。

「ほかの誰を愛するよりも、自分自身を愛している男だからだ。そういう男はいい夫になれない」

「あら、あなたはなれるの？」

「自分に恋をしてはいないからね。あるいは、きみにも」

マーガレットの唇の端が上がり、かすかな微笑になった。

「いつもそんなふうに正直なの？」

「人が嘘をつくのは、本当の自分はこんな人間ではないということを、世間と自分自身に対して主張したいからだ。たいてい、現実の自分よりはるかに上等で有望な人間だと思いたがる。ぼくには自分を欺きたいという思いはないし、世間の連中はすでに、ぼくのことをよく知っているつもりでいる」

「で、ほんとにそうなの？ あなたは五年前の行動が示すとおりの人なの？」

「はっきり言って、男がとる行動のなかで、婚礼の日に花嫁を捨てるぐらい卑劣なことはない。それをうわまわるものがあるとすれば、たぶん、花嫁の兄の奥さんを連れて逃げることぐらいだろう」

「なぜそんなことをしたの？」

「もう一人の女のほうがもっと好きだったから。ほしいものが手に入れば、あとはどうなろうと知ったことか、という気持ちだった」

「でも、ゆうべおっしゃったでしょ。花嫁となる人を全身全霊で愛していたって。あなたって、ずいぶん移り気な人なの？　ほしいものがあれば、躊躇なく手に入れる人なの？」

ダンカンは最初の質問を無視し、二番目の質問について考えた。

「ぼくのほしいものは、つねに手の届くところにあるとはかぎらない」

「わたしのことは？　ほしい？」

しかし、ダンカンが返事をする前に、マーガレットはふたたび片手を上げた。

「あなたは本当のことしか言わないとおっしゃったわね。じゃ、正直に答えてください、シエリングフォード卿。ついさっきおっしゃったように、べつの花嫁を見つけるための時間はまだ残ってるわ。悪条件が重なってはいるけど、本気で探せば、目下のところ伯爵で将来は侯爵となる男性とならば喜んで結婚しようという女性が、かならず見つかるでしょう。で、わたしをほしいと思ってらっしゃる？」

ダンカンは彼女から目をそらすことを拒んだ。向こうも目をそらすまいとしている様子だった。

もっと若くて、すなおに言うことを聞いて、彼と結婚できることにいじらしいほど感激して、ベッドの相手をして妊娠するだけで満足し、あとは放っておかれても黙っている女のほうがいいのではないだろうか。家のなかに婚外子がいて、夫がその子を溺愛していても、気が弱くて文句ひとつ言えない女。

そういう女と結婚すれば、自分はほぼ自由でいられる。

ただ、相手に悲しい思いをさせてはいないかと、いつも気にかけなくてはならない。妻に悲しい思いをさせるような男は最低だ。

マーガレット・ハクスタブルなら、つねにこちらに挑みかかってくることだろう。何があっても負けない女。つねに人の神経を逆なでする女。つねに……。

「そうだ」唐突にダンカンは言った。「きみがほしい」

「では、いまから、あなたにむずかしいお願いをしましょう。もちろん、自由に断わってくださっていいのよ。あなたはわたしになんの義理もないのだから。だって、ゆうべのことはすべてわたしの責任ですもの。さて、見ず知らずの人と結婚するなどということは、わたしにはできません。結婚するとしたら、いまから十三日以内にしなくてはならない。でも、特別許可証さえあれば、あっというまに結婚できる。そうでしょ。あれこれ計画を立てる必要はない。でも、わたしは最後の日にあなたと結婚することにします。その時点で両方に結婚の意志があるとすればね。あなたにとってむずかしい点は、言うまでもなく、この要求に応じれば、わたしから最後にイエスの返事をもらえることにすべてを賭けるしかないということ。でも、ひょっとすると、わたしはイエスと答えないかもしれない。おじいさまが亡くなられるときまで、あなたが暮らしに困ることのないようにという、ただそれだけのために結婚する気は、わたしにはもちろんありませんし」

「では、それまでのあいだは？」ダンカンは訊いた。「明日から十二日のあいだ、どうするつもりだ？」

「二人でいるときは、おたがいのことを知るように努めましょう。わずかな日数しかないけど、できるだけ理解しあえるように努力するの。そして、人前に出たときは、わたしに求愛してください。この条件を呑むのを拒んで、あなたがこのまま立ち去ったとしても、わたしは少しも恥ずかしくないわ。ゴシップが消えるのを待つぐらい楽なものよ。でも、明日か明後日ぐらいに急いで結婚したら、とても恥ずかしい思いをすることになるわ。とんだ恥さらし。見苦しいほど結婚を急いだ理由を、貴族社会の人々はいくらでも考えだすでしょう。好意的なものはひとつもないでしょうね。わたしと結婚なさりたいなら、シェリングフォード卿、きちんと求愛してください。熱烈にね。そして、わたしのためにすべてを危険にさらしてください――あなたの大切な家屋敷も収入も含めて」

ダンカンは唇をひき結んだ。ふたたび、この女のことが大嫌いになりそうだと思った。いや、すでに嫌いになっている。しかし、彼女への敬意が湧いてくるのは抑えようがなかった。侮《あなど》りがたい人物だ。

たしかに、大きな危険を——予想をはるかにうわまわる危険を——伴うことだ。土壇場になって拒絶する気かもしれない。捨てられた女性すべてを代表して、ダンカンをわざと罠に落とそうとしているとも考えられる。そう言えば、十字軍の戦いに参加しそうなタイプだ。

「ひとこと警告しておくと」マーガレットは言った。「わたしを知っている人はみな——いえ、わたしを知らない人ですら——わたしがあなたとの結婚を考えていることを知って、動転しています。あきらめるよう必死に説得を続け、あなたに対してはつっけんどんな態度をとるでしょう」

「きみを知らない人というのは？」

「ペネソーン夫人よ。あなたが捨てた女性」

ほほう。

「けさ、ここにいらして、あなたと結婚しても不幸になるだけだからやめるようにっておっしゃったの。とてもきれいな方ね。あなたが以前あの方を愛してらしたのも不思議はないわ。もっとも、そのお兄さまの奥さまのほうを、それ以上に愛してしまったのでしょうけど。移り気な方ね」

「そう見えるだろうな。忌まわしき事実をぼくが認めてもなお、ぼくから求婚の言葉を聞きたいのかい？」

「ええ。だって、わたしと恋に落ちたふりをするという過ちを、あなたはまだ犯してらっしゃらないから。ロンドンでもっとも評判の高い悪党から求婚されたら、きっと興味深い経験になるでしょう。それに、わたしには失うものなどほとんどないし。最後の最後になって、あなたとは結婚できないと判断すれば、ヒロインのごとく称えられることでしょう」

マーガレットの唇の両端がふたたびかすかに上がった。ユーモアのセンスのある女なのか、それとも、鋼鉄のように冷たい心の女なのか、ダンカンには判断がつかなかった。後者の可能性のほうが大きいだろう。

「では、きみに求愛しよう。根気よく、情熱をこめて。これから十三日のあいだ、ぼくとの結婚をきみが真剣に考えてくれるよう期待しながら」

「今夜はお芝居を見ることになってるの。モアランド公爵の桟敷席でね。家族の者と一緒に。あなたもいらっしゃることを、家族に伝えてもいいかしら」

ライオンの穴に投げこまれて信仰を試された預言者ダニエルの心境。

マーガレットが立ちあがったので、ダンカンも椅子から立った。お帰りくださいという意味らしい。彼女にお辞儀をした。

「では、今夜お目にかかりましょう。そのときを楽しみに待っている……マギー」

今回は、彼女の唇の両端だけでなく、目にもかすかな微笑が浮かんでいた。もしかしたら、やはりユーモアのセンスがあるのかもしれない。

8

お茶の時間までゆっくりしていくよう伯爵に勧めるのを、マーガレットはやめることにした。家族全員が二階の客間に集まり、マーガレットとシェリングフォード伯爵の話しあいの結果を不安な面持ちで待っていたのだが。

階段をのぼりおえたマーガレットは、ふだんでは考えられないほど息切れしていた。それでも、三階の自室に逃げこめるなら、あと一階分の階段ぐらい、喜んでのぼったことだろう。だが、それはやはり無理というもの。肩にぐっと力をこめて、客間のドアを開いた。

スティーヴンが窓辺に立っていた。室内のほうを向き、背中で手を組んでブーツの足を軽く開き、いつになく険悪な表情だった。

暖炉のそばの椅子にヴァネッサがすわり、そのうしろにエリオットが立って、彼女の肩に手をかけていた。ヴァネッサは落ち着かない表情だし、エリオットは浅黒い肌をした沈思黙考中の古代ギリシャの神のようだ。ジャスパーは二人用のラブシートにキャサリンと並んで腰をおろし、赤ちゃんのハルが彼の腕に抱かれて眠っている。キャサリンはソファの端に浅く腰かけて、関節が白くなるぐらいきつく両手を握りあわせている。

ハルを除く全員がドアのほうを向き、マーガレットの背後へ視線を向け、シェリングフォード卿が一緒でないことを知って、見る間に緊張を解いた。

「どうだった、メグ?」こわばった声でスティーヴンが訊いた。マーガレットはふと、この二年ほどスティーヴンのほうへあまり注意を向けていなかったが、いつしか一人前になり、家長としての役割りを立派に果たすようになったのだと気がついた。もはや、屈託がなくて、ときには軽率で、つねに魅力たっぷりだった、マーガレットの記憶のなかにある少年ではなくなっている。

「あら」マーガレットは明るく言った。「お待たせ。お茶のトレイをすぐこちらに運ぶよう、命じておいたわ。みんなもきっと、わたしと同じく喉がカラカラでしょうから。今夜、劇場の桟敷席にお客さまを一人追加したいんだけど、エリオット。ご迷惑じゃないかしら。シェリングフォード伯爵をお招きしたの」

迷惑に決まっている。エリオットの表情が険悪になったのを見れば、それは明らかだった。

全員が迷惑に思っている。

マーガレットだって、自分が椅子に腰かける側で、妹のどちらかがここに立つ側だったら、たいそう迷惑に思ったことだろう。妹の頭のなかには、ちゃんと機能する脳のかわりに風車が入っているのではないか、と思ったことだろう。

「まあ、メグ」キャサリンが言った。「求婚を受け入れたって言うの?」

「婚約はしていないわ」マーガレットは言った。「それなら、シェリングフォード卿をここに連れてきて、みんなに紹介したはずよ」

スティーヴンの肩からホッとしたように力が抜けた。

「百万年たっても、お姉さまがあんな男を受け入れるはずはないって、ちゃんとわかってたわ」温かな笑みを姉に向けて、ヴァネッサが言った。「お姉さまはいつだって、わが家でいちばん分別のある人だった。つまらないゴシップが原因でシェリングフォード伯爵のような男と結婚するなんて、どう考えても分別に欠けることだわ」

ヴァネッサの言うとおりだと、マーガレットは思った。わたしは分別のある人間。とても行儀がよくて、とても理性的で、とても退屈な人間。ところが、ゆうべからずっと、そしてとくにけさから、分別に欠けることをしたいという、なんとも無茶な衝動に駆られている。わたしが望むのは……そう、わたしが望むのは生きること。

「しかし、婚約もしてないのに、今夜の芝居見物にシェリーを誘ったんですか」ジャスパーが言った。「もしかして、気の毒な男への残念賞のつもりで?」

マーガレットがお茶を運ぶよう召使いに命じたときには、お茶の支度がすでに整っていたに違いない。マーガレットのすぐあとを追うようにしてトレイが運ばれてきたので、低いテーブルにお茶のセットが並べられるあいだ、全員が黙りこんだ。テーブルの前の椅子はマーガレットの席と決まっていて、みんながそこを空けておいてくれた。

わたしが結婚しなければ、たぶん一生のあいだ、これがわたし専用の椅子になるのだろう――マーガレットは思った。誰もそこにすわってはならない。マーガレット伯母さんの――

もしくは、マーガレット大伯母さんの——椅子だから。この椅子は、老いさらばえた身体が冷えないよう、暖炉のそばに置かなくてはならず、また、杖を立てかけられるよう、炉棚のそばに置かなくてはならない。

そんな将来を想像しただけで、背筋が寒くなった。

マーガレットは椅子にすわり、ティーポットを手にとった。

「シェリングフォード伯爵の結婚の申込みをお受けしたわけではないわ」従僕が部屋を出て背後のドアを閉め、ヴァネッサがティーカップを配るために進みでたところで、マーガレットは言った。「でも、お断わりしてもいないの」

マーガレットはティーポットをテーブルに置き、顔を上げた。全員が説明を待っていた。室内にふたたび緊張がみなぎった。

「あの方、クレイヴァーブルック侯爵の八十歳のお誕生日までに結婚しなきゃいけなくて、それまであと二週間もないの。結婚しないと、生まれ育った家屋敷も、そこから得ていた収入も、失ってしまうんですって。そしたら、おじいさまが亡くなる日まで、どこかで働き口を探すしかないわけね。その日は近い将来かもしれないし、ずっと先かもしれない。誰にも予測できないことだわ。お誕生日のわずか一日前であろうと、結婚すれば家を失わずにすむ。特別許可証さえ手に入れれば、結婚はすぐにできるわ」

「でも、お姉さまは結婚する気なんか——」キャサリンが言いかけた。

「シェリングフォード伯爵に申しあげておいたの——二週間たった時点で、結婚する気になるかもしれない。でも、なれないかもしれない。そのあいだに、わたしに求愛し、伯爵との結婚こそ生涯の望みだという気にさせてほしいって。こんな挑戦に応じるのは、あの方にとってすごく危険なことだけど、受けてくださったわ。わたしがノーと言った場合は、ほかの相手を探そうにも、もう手遅れですものね」

「どっちにしても、あんな男と結婚しようなんて女性はいやしないさ」近くの椅子に腰をおろしながら、スティーヴンが言った。「とくに、ゆうべの騒ぎと、けさの記事のことがあるからね」

「そうは言いきれないぞ、スティーヴン」エリオットが言った。「やつには輝かしい未来がある。だから、結婚適齢期の娘を持つ、野心的で良心の痛みには無縁の父親なら、喜んで話に乗るだろう。それに、ウッドバイン・パークそのものも、とるに足りぬ不動産ではない」

「でも、どうして？」マーガレットをじっと見つめて、キャサリンが訊いた。「どうしてそんな結婚を考えてみる気になったの？　求婚を退けたとしても、少々恥をかく程度で、お姉さまの評判に傷がつく心配はないことぐらい、わたしたちと同じく、お姉さまもよくわかってるはずでしょ。今日だって、どうして直接会うことにしたの？　お姉さまのかわりに、スティーヴンが追い返すつもりでいたのよ」

いずれもみんなが答えを聞きたがっている質問だった。もっとも、一部の質問に対しては、マーガレットが午前中にすでに答えていたのだが。お茶には誰も口をつけていなかった。ヴァネッサはケーキの皿をまわすのも忘れていた。

「ゆうべ、わたしはひどいことをしたわ」マーガレットは言った。「クリスピンにわからせたかったの——彼の注意を惹こうという気も、うまくいけば求婚まで進むよう願う気も、わたしにはなかったことを。でね、クリスピンがネシーやエリオットと話をしたあと、伯爵の邪悪な手からわたしを救いだそうとして近づいてきたのを見て、迷惑な男だと思ったわ——いえ、腹が立ったわ。まるで、わたしの番人みたいな態度なんですもの。彼に守ってもらう必要なんてないのに。クリスピンが軍隊に入るために故郷を去ったあと、わたしは何年ものあいだ、自分自身と弟と妹たちを守るために必死にがんばってきたのよ。そのため、とても軽率で愚かなことを口走ってしまった。シェリングフォード伯爵はわたしの婚約者だって、クリスピンに言ってしまったの。そのあとの騒ぎも、けさの新聞も、伯爵にはまったく責任のないことなの。それどころか、名誉を重んじる人なのよ」

「だけど、姉さん自身が言ったように、あの男は花嫁探しに必死になってる」スティーヴンが言った。「それに、ゆうべの姉さんの話だと、シェリングフォードのことを婚約者としてクリスピンに紹介したのは、あの男にそそのかされたからなんだろ。それこそ向こうの思う壺じゃないか」

クリスピンとの過去をつい告白してしまったことが、マーガレットは恥ずかしかった。彼との過去も、裏切りを知ったあとの痛切な悲嘆と怒りも、誰にも話したことがなかった。何もかも自分の胸にしまってきた。

クリスピンが軍隊に入る前に愛を交わしたことを、わたしったら、もう少しでシェリングフォード伯爵に告白するところだったの？

「今日の午後、じかにお目にかかることがシェリングフォード卿への礼儀だと思ったの」

「あいつと結婚することも？」」エリオットが訊いた。「これから二週間、あいつは必死に口説いてくるだろう。覚悟しておいたほうがいい。あなたからイエスの返事をもらうことに、あいつの生活がかかってるんだから。しかも、口説くのは大の得意に違いない。何年か前にも人妻を口説き、その女はそれまでの人生を捨てて、あいつと一緒に逃げたんだ」

「でもね、念のために言っておくけど、エリオット」キャサリンが言った。「ターナー夫人を本人の意に反して連れ去ったなんて非難だけは、誰からも出てないのよ。少なくとも、夫人のほうにも責任の一端はあると思うわ」

「口説かれてわたしの心が動けば」マーガレットは静かに言いながら、受け皿を手にとり、ほぼ震えの治まった手でカップを唇に持っていった。「あの方と結婚します。動かなければ、結婚はやめます。それだけの単純なことなの。決めるのはわたしよ」

気まずい沈黙が広がった。

「もしかしたら」スティーヴンが言った。「あの男をみんなで大切にして、できるかぎり熱意をこめてこの縁組を応援すべきかもしれないな。でないと、メグはぼくたちを困らせるためにあの男と結婚し、結局は自分が困った羽目に陥ってしまう。姉さんは昔から、とてつもなく頑固だったもの。ぼくたちの誰かが何かしようとしたときに、姉さんにだめだと言われたら、いくら頼みこんでも、ぜったい許してもらえなかった」

この非難が心に刺さった。

「わたしはみんなに対して責任があったのよ」マーガレットは言った。「自分自身がまだずいぶん若かったのに、みんなの父親と母親にならなきゃいけなかった。どれほどの重荷だったか、あなたには想像もつかないでしょうね、スティーヴン。全力を傾けて、いえ、それ以上にがんばって親の役目を果たすということが。失敗は許されなかった。三人ともなんとかまともに育ってくれた」

「ハルを抱いててくれ」ジャスパーがキャサリンに言って、眠っている赤ん坊の柔らかな身体を渡し、それから立ちあがると、マーガレットの椅子の肘掛けに腰をおろして、彼女の片手を自分の両手で包みこんだ。「あなたはみごとにその責任を果たした、メグ。親代わりをするという大変な仕事を立派にやりとげた。あなたになら、安心してぼくの人生を預けることができる。それどころか、必要となれば、ぼくの息子の人生も預けるだろう。シェリーがターナー夫人と駆け落ちするまで、ぼくはあいつと仲よくしていた。仲間内では、そんなに無茶をするほうではなかった。まあ、ぼくが言っても、そんなに説得力はないけどね。あんなことをしたのには、それなりの理由があったんだと思う。いずれ、その理由をあなたに話してくれるかもしれない。だが、あいつとの結婚に関しては、あなたが自分で決断しなきゃならないし、ぼくの個人的な意見を言えば、あなたが正しい決断を下すと信じている。あなたにとって正しい決断を。家族のためではなくて。そろそろ、人生を自分の手にとりもどし、自分のために生きる時期がきたんじゃないかな」

ジャスパーが大判の麻のハンカチを渡してくれたので、マーガレットはそのとき初めて、彼が席を離れる前から自分が泣いていたことを知った。ハンカチを受けとると、目にあてがった。恥ずかしかった。涙を流したことなど一度もなかったのに。悲痛な感情をすべて抑えこむすべを、遠い昔に身につけていた。そうすれば、堅実で頼りになる存在として、周囲の者を支えていけるから。

「ああ、メグ」ヴァネッサが言った。「もちろん、みんながお姉さまを頼りにしてるわ。ただね、お姉さまを心の底から愛していて、この世の何よりもお姉さまの幸せを願っているだけなの」

「メグ」スティーヴンの声は惨めさに満ちていた。「あんなこと言うつもりじゃなかったんだ。ほんとにごめん。許してほしい。でもね、姉さんはぼくにとって、姉という以上の存在なんだ。ぼくは末っ子だった。母さんのことはほとんど覚えていない。父さんの思い出だってはっきりしない。姉さんがぼくの母親、しかもすばらしい母親だった。ジブラルタルの岩山のように堅固な人だった。育ててもらった恩はけっして忘れない。姉さんに意地悪や不機嫌をぶつけるなんて間違ってた」

エリオットが咳払いをした。

「今夜はシェリングフォードを礼儀正しく迎えるとしよう、マーガレット。安心してくれ」

マーガレットは涙を拭き、洟《はな》をかんで、ひどく照れくさくなった。

「ありがとう。ケーキのお皿を手つかずのまま返したら、料理番がへそを曲げるわね」

「気になってたんだ」ジャスパーが言った。「誰もぼくにケーキを勧めてくれなくて、空腹のまま家に帰る運命なんじゃないかって」

ジャスパーはケーキが並んだ大皿を手にとり、みんなに勧めてまわった。

〝性的な魅力がすごい〟と言われたことを、マーガレットはふと思いだした。シェリングフォード伯爵に言われたのだった。

なんてはしたない言葉なの！

〝性的な魅力〟だなんて。

しかし、心のなかの危険な片隅で、こんな甘美なお世辞を言われたのは初めてだとささやく声がした。

なんてはしたないことを考えるの！

でも、あの方には何かがある。ハンサムではない。まあまあの容貌ですらない。でも、なぜか……

興味深い。

魅力がある。

なんとも不充分な表現。しかし、ちゃんとした家庭で育ったレディには、こういう男たちを描写するための語彙がない。

やはり、禁じられたものに惹かれる心理なのだろう。彼は婚約者を捨て、人妻を盗んだことを、自ら告白している。女性を魅了して花嫁にしなくてはならないという、絶体絶命の苦境に追いこまれているのに、嘘も、策略も、魅力も使おうとしない。わたしが興味を覚えたのは、たぶん、そういう男がいったいどうやって、平穏な結婚生活を送っていた女性を口説き、すべてを——人格と評判も含めて——捨て去って駆け落ちしようという気にさせたのかという点なのだろう。

けっして、わたしが魅力を感じるたぐいの男ではない。でも、そのこと自体が魅力的に思える。

シェリー。

幸福で、活動的で、気苦労のない若者にぴったりの名前。

駆け落ちする前の彼はどんな人だったんだろう？　駆け落ちしていたあいだの彼は？　現在の彼は？　幸福そうにも、気苦労がなさそうにも見えないという点をべつにして。

こちらの好奇心を満たし、相手のことをよく知るための時間は、いまから二週間ある。そのあいだに、自分がなぜ彼に惹かれるのかを分析して、その思いを捨て去るか——もしくは、生涯の約束へと変えるか、いずれかを選ばなくてはならない。

マーガレットは身を震わせたが、幸い、誰にも気づかれずにすんだ。みんな、料理番のご機嫌を損じないようにケーキを食べ、わざとらしく陽気にしゃべりつづけた。

ダンカンは劇場に着くのをやや遅めにした。そうすれば、モアランド公爵の一行が到着するのを待たずにすみ、桟敷席の外をうろついて人目にさらされる心配もない。だが、その作戦はなんの役にも立たなかった。なぜなら、遅れたせいで、全員がすでに着席ずみの桟敷席に入っていかなくてはならなかったからだ。しかも、観客全員の注目を浴びることになった。ほとんどの者がすでに席につき、芝居が始まる前の退屈を紛らわすために、ぎりぎりになって駆けこんでくる人々を見て感想を述べあっていた。

ダンカンは舞台に登場する主演男優になったような気がした。観客席の視線がすべて自分に集まっているに違いないと思った。自分の目で確かめたわけではないが、その必要もなかった。人々の声の響きに生じた変化から、自分が注目の的になっていることを知った。

控えめに言っても、気力が萎えそうだった。

こういう魂胆だったのか――ダンカンは思った――まったく意地の悪いことだ。マーガレット・ハクスタブルはこちらの覚悟のほどを試そうとしている。たぶん、彼女自身の覚悟も試すつもりなのだろう。ぼくと同じく、彼女も衆人環視のなかに身を置くわけだ。もちろん、公正を期するために言っておくと、遅めにくるようにと彼女が言ったのではない。しかし、桟敷席に入ったとたん、彼女が最前列にすわり、となりの席を空けて待っているのが見えた。後方の席を選ぶことはできなかったのだろうか。そうすれば、彼女もぼくも身内のうしろに身を隠していられたのに。

桟敷席にすわった者たちがいっせいに彼のほうを向いた。モアランドは横柄に。マートンはむっつりと。どちらも予想外のことではない。モントフォードはニッと笑みを浮かべ、その夫人は扇子を広げて無表情な視線をよこし、公爵夫人はにこやかな笑顔を見せた。温かく迎えようという精一杯の心遣いなのだろう。そして、ミス・ハクスタブルは冷静に眉を上げただけだった。

「ようこそ、シェリングフォード卿」そう言って、妹と同じく、扇子を開いた。

ダンカンがお辞儀をすると、彼女が妹たちに彼を紹介した。どちらも美人だった。ただ、公爵夫人のほうはたぶん、顔立ちの美しさより温かな魅力のほうが勝っているのだろう。

「わたしのとなりにどうぞ」ミス・ハクスタブルに言われて、ダンカンはそちらへ行き、その席に腰をおろした。一糸まとわぬ姿でここにくる決心をしたとしても、これほどまでに人々の視線を感じることはなかっただろう。

席につくと、ミス・ハクスタブルの手をとり、唇に持っていった。

「すばらしい」彼女だけに聞こえるように、低くささやいた。「わざとやったんだね?」

ミス・ハクスタブルは彼の言葉の意味がわからないふりはしなかった。手をひっこめながら、彼に笑顔を見せた。

「あなたがどれほどわたしを求めてらっしゃるかを、家の者たちに見せてくださいな、シェリングフォード卿。そして、貴族の方々にも見せてあげて」

ミス・ハクスタブルはそう言いながら、笑みを浮かべたまま、彼のほうに軽く身を寄せた。いまの言葉はほかの誰にも聞こえなかった。

この瞬間、いや、ほかの瞬間でも同じだが、ぼくが彼女を求めているのは、ウッドバインを失うわけにいかないという、ただそれだけの理由からだ。

「ドキッとするほど美しい」ダンカンは正直な感想を述べた。「だが、美しいのはいつものことだから、長々と褒めるのはやめておこう。とても幸運な人だね。その美貌は中年になっても、さらには老年になっても衰えることがなく、徐々に毅然とした美しさに変わっていくだろう」

「どうすれば女が喜ぶかを、よくご存じですこと」扇子を勢いよく揺らしながら、ミス・ハクスタブルは言った。「わたし、早くもあなたに恋をしてしまったわ。それがあなたの目的なの？」

その言葉には毒も皮肉も含まれていなかった。ユーモアが漂っていた。彼に笑いかけていたが、悪意らしきものはまったく感じられなかった。もしかしたら、冷たいだけの女ではないのかもしれない。このささやかな慈悲に感謝しなくては。

思わず笑みを返そうとしたが、四方八方から、しかも遠くと近くの両方を含めて、何十人もの目がダンカンに向けられていた。いまここでそちらに視線を返しておかないと、結局そのままになってしまい、どこかの悪鬼のごときゴシップ記者がその事実をとりあげて、シェリングフォード伯爵は居心地が悪そうだった、面目ないと思っていたのだろう、などと書き立てかねない。

そんなことを許すわけにはいかない——面目ないとは思っていないのだから。これまでも、この先も、けっして。

屋敷を出る前に、用心のためにと思って、片眼鏡を用意した。ふだんの彼は、この流行りの装飾品を使ったことがない。そのため、従者のスミスはこれを見つけようとして、無数の引出しのなかを捜しまわったぐらいだ。ダンカンはいま、それを目に持っていき、劇場内をゆっくりと見まわした――上方の桟敷席に始まって、下の一階席に至るまで。一階席にいるのはほぼ男性ばかりで、なかの一人か二人がダンカンのほうへ陽気に手をふった。

桟敷席からは、何人かが大胆に視線を返してきた。しかし、顔を背け、ダンカンの存在に気づかないふりをする者のほうが圧倒的に多かった。

「警告しておかなくては」ミス・ハクスタブルが言った。だが、そのときには、警告はすでに不要になっていた。「向かい側の、こちらより少し上の桟敷席に、ペネソーン夫人がすわってらっしゃるわ。エリオットの説明では、そのとなりの紳士がペネソーン氏で、夫人のすぐうしろにいる紳士がターナー氏だそうよ。ペネソーン夫人のお兄さまね」

ローラの夫。

全員がこちらを見ているのに気づいて、ダンカンは片眼鏡をおろし、そちらへ軽く会釈を送った。なるほど、モアランド公爵の桟敷席に入ったとたん、ざわめきが広がったのも無理はない。五年後のいまも、キャロラインには目に見える変化がほとんどなかった。以前と同じく、甘い美しさと繊細さを備えていた。夫のノーマンは腹がかなり出てきたが、あいかわらず、うんざりするほど退屈な人間に見える。いまもやはり、糊の効いたシャツの襟をぴんと高くとがらせて、眼球を危険にさらすのが好きなようだ。ランドルフ・ターナーは、金髪にふちどられたハンサムな顔から血を残らず吸いとられてしまったような表情だった。

シェリングフォード卿の顔に手袋を叩きつけ、肌寒い夜明けのヒースの丘で二十歩離れたところから彼の眉間に銃弾を撃ちこむことを、貴族社会の面々が期待しているのではないかと、たぶん、心配しているのだろう。それだけで、ターナーの全身の血液が足のほうへ下がってしまうには充分だ。

三人のうちの誰一人、ダンカンに会釈を返しはしなかった。

やがて、場内のざわめきにかすかな変化が生じた。芝居の幕が上がろうとしている。

「みんなが信じこむかもしれないね、ミス・ハクスタブル」黒いリボンのついた片眼鏡をおろし、彼女の手をとって自分のシャツのカフスにのせ、反対の手を彼女の手にかぶせながら、ダンカンは言った。「きみがすべてを演出したのだと。これ自体がすばらしい演劇作品だ。そう思わない?」

ミス・ハクスタブルは笑った。「そんな聡明な女だったらよかったけど。ゴールドスミス氏の演劇はお好き?」

「その質問に答えるのは、芝居を見たあとにしよう」

しかし、ダンカンは芝居に集中できなかった。彼女の手の温もり、ほっそりと長い指、短く切った爪の完璧な楕円形が意識されてならなかった。また、大きな肉体的魅力を持つ女であり、自分が強く惹かれていることも——肉体面でという意味だが——意識された。もし結婚することになれば、彼女とベッドを共にするのは少しも苦痛ではないだろう。

ミス・ハクスタブルの身内がすぐ近くにすわり、無言で見ていることも意識された——もっとも、みんなが見ているのが彼なのか、芝居なのかはわからなかったが。全員、彼の背後にすわっているのだから。

また、今夜劇場にやってきた人々が、明日になれば、目下舞台で進行中の芝居の出来よりも興味深い事柄を話題にするであろうことが、強く意識された。

こちらが図々しくロンドンに舞いもどってきたのを知って、ランドルフ・ターナーはついに、名誉を守るために決闘を申しこんでくるのだろうか。

決闘が法律で禁止されているとしても?

第一幕が終わり、休憩時間に入ったところで、ざわめきが大きくなった。

「このお芝居、お姉さまの予想よりよかった?」椅子から身を乗りだして、公爵夫人が尋ねた。「うちの姉はね、シェリングフォード卿、じっさいの上演を見るより、戯曲を読むほうがいいという人なのよ」

「わたしたちが田舎で育ったせいね」レディ・モントフォードが説明した。「お芝居を見る機会より、戯曲を読む機会のほうがずっと多かったんですもの」

「舞台で見る登場人物って、たいてい、わたしの想像とずいぶん違っているわ」ミス・ハクスタブルが言った。「セリフのほうも、ピリッとした感じがなくなってしまう。いろいろ考えあわせると、目と耳で楽しむより、戯曲の世界で想像をめぐらせるほうが、わたしは好きだわ」

「でも、今夜の舞台はめったにないほどすばらしいよ」マートンが言った。

「ねえ、メグ」ダンカンに片目をつぶって見せながら、モントフォードが言った。「交響楽を聴くより、楽譜を見るほうが好きなのかい？」

「それは問題が違うでしょ」ミス・ハクスタブルは笑顔で答えた。

「違わないと思うけどな」モアランドが言った。「戯曲は観客に見てもらい、聞いてもらうために書かれている。読んでもらうためじゃないんだ、マーガレット」

「いや、ぼくが思うに」ダンカンは言った。「観客を楽しませるために書かれたものは、どんな形式のものであれ、個人個人がいちばんおもしろいと思う形で楽しめばいいはずだ」

「まあ、如才のないご意見ね」レディ・モントフォードが拍手をした。「ねえ、ジャスパー、今度あなたがメグをからかうことにしたときは、わたし、それを思いださなきゃ」

「ちょっと外に出て歩いてこようか」モントフォードが提案し、立ちあがって妻に腕を差しだした。「誰か一緒にきたい人は？」

わざとらしくダンカンを見た。

マートンとモアランドとその夫人はすでに席を立っていた。

「わたしたちは残ることにするわ」ミス・ハクスタブルが答え、しばらくすると、桟敷席は二人だけになった。

「少しはぼくに慈悲をかけてくれたんだね、ミス・ハクスタブル」ダンカンは言った。「それとも、自分自身への慈悲かな。それとも、今夜ぼくをここに招いたことできみが得た悪評を楽しんでるのかい？」

「悪評なら、わたしが誘惑に負けて、あなたを婚約者としてクリスピン・デューに紹介した瞬間から、すでに得ているわ。もっとも、〝悪評〟という言葉には、何か悪いことをしたという含みがあるわね。わたし、悪いことは何もしてないわ――あんな嘘をついたことをべつにすれば」

「しかし、それもほどなく嘘でなくなるだろう」

「あら、そう？　自信たっぷりのお言葉ね」

「きみはどうなる？」ダンカンは尋ねた。「ぼくと結婚しなかったら」

どんな色のドレスをまとっても――ダンカンは思った――これこそ最高に似合う色だと周囲に思わせるタイプの女性だ。今夜はターコイズブルーの絹のドレスに、銀色の糸で編んだチュニックを重ねている。濃い栗色の髪に白髪が交じりはじめても、美貌は衰えを見せないだろう。

ミス・ハクスタブルは肩をすくめると、扇子でゆっくりと顔をあおいだ。

「何も変わらないでしょうね。ゴシップは燃料不足でほどなく消え去り、わたしはウォレン館に戻るでしょう。あそこなら、いつも幸せでいられるし、用事がたくさんあって忙しくしていられるわ」

「そして、歳月が流れたら？　きみの人生はずっと同じままだろうか。マートンは何歳になった？」

「二十二よ」

「だったら、あと五年か六年すれば、結婚して跡継ぎを作ることに心を向けるに違いない。そのとき、ウォレン館でのきみの暮らしはどうなる？」

「広い屋敷よ。わたしの暮らす場所ぐらい、ちゃんとあるわ」

ダンカンは彼女の目をじっと見つめるだけで、何も言わなかった。

「何かすることを見つけるわ」

「弟さんの子供たちの世話だね、きっと」

「ええ」ミス・ハクスタブルはうなずいた。「きっと楽しいでしょう」

「それがきみ自身の子供だったら、もっと楽しいんじゃないかな」

ミス・ハクスタブルの扇子の動きがやや速くなった。

「あなたと結婚しなかったらどうなるか——話題はそれだったわね。たぶん、誰かほかの人と結婚するでしょう」

「誰と？　デュー少佐？」

ミス・ハクスタブルは扇子をたたみ、膝の上に丁寧に置いて、そこに視線を落とした。

「いいえ。それは十年以上も前の話。あのころのわたしの思いはもうとりもどせないし、それ以下で妥協する気もないわ」

「だが、もしぼくと結婚したら、はるか下のほうで妥協することになる。そうだろう？　きみはけっしてぼくを愛していないし、ぼくもきみを愛していない」

ミス・ハクスタブルは彼を見あげた。かすかな微笑で唇の端が上がっていた。

「シェリングフォード卿、わたしに求愛なさる約束だったでしょ。愛していないなんて露骨に言って、求愛に成功するとお思い？」

「もし、ぼくがここにすわってきみの耳に陳腐な口説き文句を熱っぽくささやき、愛を拒まれハートを踏みにじられるのを恐れる恋人のごとく、哀れなためいきをついたりしたら、成功のチャンスはさらに低くなる」

「ええ、そうでしょうね」ミス・ハクスタブルは笑いながらうなずいた。

ダンカンは彼女の目をじっと見た。

「きみは処女ではない。前に自分でそれとなく認めたよね。今後、これ以上男を知ることなく生涯をすごしても、それで満足なのかい？」

ミス・ハクスタブルは赤くなったが、視線をそらしはしなかった。

「あなたと結婚しなければそうなると信じてらっしゃるの？」

「きみもたぶん信じていると思う。ぼくやほかの誰かと結婚しない場合にはそうなると。きみは誰とでも寝る人ではないはずだ。だけど、どうしてぼくじゃいけないんだい？　きみに体験させてあげられるけどな。きみを大いに喜ばせてあげられる。本で読むという受け身の楽しみのほうが好きだと言うなら、話はべつだが」

「そうしたことについて読める場所がどこかにあるならね。そんな本が本当にあるの？　たぶん、男性の世界にはあるんでしょうね。でも、これがあなたの求愛の方法なの、シェリングフォード卿？　夫婦のベッドでいかに巧みに妻を満足させられるかについて語ることが？」

「軽視していい事柄ではない。行儀よく育てられたレディは、ベッドとは義務を果たす場所であって、喜びを得る場所ではない、性の喜びに溺れ、楽しむようなベッドはどこにもない、と教えられてきただろうが」

「ほんとに恥知らずな方ね。おどおどしてる貧乏貴族の若い令嬢に、そんなふうに求婚するつもりだったの？」

「とんでもない《グッド・ゴッド》、まさか。求婚の必要もないほどだ。相手の父親を口説けばそれですむ。ウッドバイン・パークの豊かさを示す統計数字と、祖父の領地の一覧表を用意して。だが、それすら必要ないかもしれない。ぼくの爵位と、いずれ継ぐことになる爵位だけで、誘惑の餌としては充分だ」

「神さま《ゴッド》は善《グッド》だと、わたしも信じていますけど、それをわたしの前で感嘆詞として口走るのは、できればやめていただきたいわ」

「申しわけない」ダンカンは今夜初めて、心から愉快になった。

「でも、現在の財産も——あなたが二週間以内に結婚するという条件付きだけど——将来の見込みも、わたしにはあまり効果がないと思ってらっしゃるの？　でも、当然そうでしょうね。今日の午後、わたしがそう申しあげましたもの。だから、わたしを誘惑する材料としては、つまり——そのう——」

ミス・ハクスタブルは最後まで言うことができない様子だった。

「ベッドでの楽しいひととき？」

「それでわたしが誘惑されるとでも?」

「きみにとっては、自分で思っている以上に重きをなすものかもしれない。きみは美しくて魅力的だ。そして、すでに三十歳。そして、いまだに一人。そして、最後に男と寝てから、おそらく十年以上たっているだろう。ふたたびそれが体験できるとなれば、しかも一度だけではなく、毎晩――さらには、もしかしたら昼間も毎日――ということになれば、きみにとっては大きな魅力に違いない」

「毎日毎夜、あなたと?」

「こんな男はぞっとする?」

「ハンサムじゃないわね。とくにすてきとも思えないし」

やれやれ、正直な答えだ!

ダンカンは眉を上げた。

たちまち、ミス・ハクスタブルの頰がふたたび赤くなった。

「でも、醜くはないわ。もちろん、ぞっとするタイプでもない。それどころか、あなたって

――」

会話がこの興味深い段階に差しかかったとき、桟敷席のドアを誰かがノックし、返事も待たずにドアが開いたため、会話が中断された。ダンカンの母親が入ってきた。そのうしろに、サー・グレアム。

「ダンカン」母親が言った。「今夜こうして劇場に出かけてきたなんて、ほんとに勇敢だこ

と。もっとも、グレアムに言わせれば、あなたがゆうベティンデル家の舞踏会に出たときと同じく、無謀だそうだけど。婚約者を連れて正式に紹介しにくるのを待つのが本当なんでしょうけど、それを期待してお昼からずっと待ってたのに、あなたったらいっこうに帰ってこないんですもの。腹の立つ子ね。よかったら、いまここで紹介してちょうだい」

「母上、ミス・ハクスタブルを紹介させてもらっていいでしょうか。婚約者ではないのですが、ご親切にも、今夜、モアランド公爵の桟敷席に招いてくださったので、家族の方々とご一緒させていただいたのです。ぼくの母をご紹介していいですか、ミス・ハクスタブル。それから、こちらは母の夫のサー・グレアム・カーリングです」

「婚約していない？」母親が進みでて、ミス・ハクスタブルの両手をとり、お辞儀をしようとする彼女を止めた。「あら、もちろん、なさってるでしょ？　あるいは、もうじきなさるのよね？　世間ではそう信じてるし、世間が信じてることはいずれ現実になるんですもの。それに、ミス・ハクスタブル、ゆうべたしか、うちの息子と婚約中だってどこかの陸軍士官に——名前が思いだせませんけど——おっしゃったのではなくて？」

「申しました。でも、個人的な事情があってデュー少佐に腹を立てていたため、嘘をついてしまったのです。申しわけありません」

「ぼくが提案したんだ」ダンカンが横から言い、サー・グレアムが苦々しい表情を浮かべたことに気づいた。

「そのせいで、今日こうして世間の冷たい目にさらされているわけね」母親が笑いながら言った。「でも、とても簡単な解決法があるときに、窮地に立たされたままでいる必要はなくってよ。嘘を本当にして、婚約を発表すればいいのよ。まさにお似合いのカップルだわ。そう思わない、グレアム？」

「なあ、エセル」肯定とも否定ともつかないうなり声を上げたあとで、サー・グレアムは言った。「もうじき第二幕が始まる。桟敷席に戻ったほうがいい」

「ええ、そうね」母親はうなずき、ミス・ハクスタブルの手を握りしめてから放した。「明日、息子がご案内しますから、お茶にいらしてね。結婚式の相談をしましょう。挙式を急がなくては。だって、ダンカンの祖父というのが昔から気むずかしい人だったんだけど、このところ一段と扱いにくくなって、この子に生活費を渡すのをやめてしまったの。この子がどなたか立派なお相手と結婚すれば、生活費をもとのようにしてくれるんですって。この子に選択の余地はないわ。そうでしょ？　でも、あわてて式を挙げるからって、こっそりやる必要も、地味にやる必要もないのよ。わたしのほうでいくつか案がありますから、明日お話しするわ。ぜひいらしてね」

ミス・ハクスタブルはダンカンに目を向け――そして、微笑した。

「喜んで伺います。でも、あらかじめ申しあげておきますが、挙式には至らないかもしれません」

「いいえ、大丈夫。結婚が迫ってくると、男はみんな怖気づくものなの。明日の午後までに、ダンカンによく言い聞かせて、おとなしくさせておきますからね。そのことで眠れぬ一夜をおすごしになってはだめよ」

「ご心配なく」ミス・ハクスタブルは答えた。サー・グレアムがダンカンの母親を桟敷席から連れだしたあと、二人が席に戻ったときには、なんと、彼女の目が楽しそうにきらめいていた。

「あなたのお母さまのことが大好きになったわ。わたし、個性のある人が好きなの」

「そういう母親から生まれた悪名高き息子のことも好きかい？」

しかし、ちょうど家族が桟敷席に戻ってきたため、ミス・ハクスタブルは笑いを返しただけだった。

もしかしたら——第二幕が始まるあいだに、ダンカンは考えた——母の説得で、結婚する気になってくれるかもしれない。そう期待したい。

第一歩からふたたび始めようにも、時間がほとんど残っていない。

ふと見ると、ターナーとノーマンとキャロラインのいた桟敷席は無人になっていた。

9

めったにないことだが、サー・ハンフリーとレディ・デューがシュロプシャーの村からロンドンに出てきていた。孫娘を同伴し、グリヨン・ホテルに滞在していた。息子と一緒にすごし、孫娘を息子に会わせるのが主な目的だった。しかし、かつての隣人であるハクスタブル一家もロンドンにいることを知って大喜びし、ホテルのダイニングルームへ晩餐にきてもらうため、すぐさま一家全員に招待状を送った。一家が劇場に出かけた翌日のことだった。

スティーヴンは用があって、しぶしぶ断わりの返事をするしかなかったが、日をあらためてデュー一家を訪ねると約束した。あとの者は大丈夫だった。

マーガレットはできれば行きたくなかった。隣人としてデュー夫妻のことが大好きだったし、二人に会いたくてたまらなかった。しかし、クリスピンも晩餐の席に出ることを思うと気が重かった。彼が同席するのはほぼ間違いない。だが、クリスピンには二度と会いたくなかった。彼への怒りと、狼狽と、混乱がまだ治まっていなかった。もう愛していないし、結婚する気もない。だが、それでも……。

クリスピンの妻がいまも健在ならよかったのに。そして、彼がスペインの妻子のもとにいてくれればよかったのに。マーガレットは辛かった時期のことをすでに葬り去った。いまになって過去が甦るのは迷惑な話だ。

シェリングフォード卿から、きみはいまもクリスピンを愛しているのだと言われた。それは違う。

しかし、晩餐の招待には出席の返事をしておいた。

だが、その前に、午後からレディ・カーリングとお茶を飲む約束になっている。ゆうべ、シェリングフォード卿にも言ったのだが、カーゾン通りまでなら歩いて行けるし、馬車を使ってもいい。しかし、伯爵は、自分が迎えにきて屋敷までエスコートすると言ってきかなかった。マーガレットの予想より早くやってきた。

「たしか、人目のあるところで求愛するようにというご命令だったね」心配性の父親のごとく玄関広間に立っているスティーヴンを残して、マートン邸を出たあとで、シェリングフォード卿が言った。「それでは、母の屋敷まで遠まわりのコースをとって、公園を抜けていくことにしよう。今日は天気がいいから、まだ午後の早い時間だが、人がたくさん出ているに違いない」

「そうでしょうね」マーガレットは同意し、差しだされた腕をとった。

「二輪馬車で迎えにきて、きみを乗せていきたかったんだが、残念ながら二輪馬車を持っていない。ものすごく貧乏なので」

「歩くほうがいい運動になるわ。でも、哀れみをかけてもらおうという魂胆なの、シェリングフォード卿？　あなたがお金に困らなくなるよう、遅くとも明日には結婚することを、わたしに承知させたいの？」

「結婚する？　してくれる？」

「だめ」

「じゃ、そんな魂胆はなかったと言っておこう」

マーガレットは微笑した。

「ターナー氏に会ったのは、ゆうべが初めてだったの？」二人でハイドパークの方角へ歩きながら、マーガレットは尋ねた。「ターナー氏の奥さんと駆け落ちしたあとで、という意味だけど」

「そうだ。その妹とも。予定されていた婚礼の前夜に会ったのが最後だった。今日の朝刊に、遠くから顔を合わせたことが派手に書き立てられてただろ？」

「ええ」マーガレットは言った。自分の名前が二日続けて活字になっているのを見るのは、ずいぶん腹立たしいことだった。「こう書いてあったわね――〝ターナー氏とペネソーン夫妻は桟敷席に戻らず、芝居の結末を見逃すこととなった。彼らはまことに正当なる憤怒によって、悪名高きろくでなしとひとつ屋根の下にいることを拒んだのである〟。あなたのせいであの方たちの一夜が台無しになったことを、あなた、後悔してらっしゃる？」

「いや、ぜんぜん。もしも台無しになったなら、ということだが。それはかなり疑わしい。

おそらく、夜食をとりながら、一、二時間ほどのあいだ、まことに心地良い義憤をぶちまけるのを大いに楽しんだことだろう」

道路を渡るさいにシェリングフォード卿は交差点の掃除人に小銭を渡し、それから公園に入った。

「あなたって、そんなに冷酷な心の持ち主なの?」

「たぶんね。人生経験によって、人はそうなるものだ、ミス・ハクスタブル」

「冷酷になるという意味? そんなふうにはなりたくないわ。自分の邪悪な行為の責任がとれなかったばかりに世をすねた人間になってしまうなんて、わたしはいや」

「すると、ぼくは邪悪な男?」マーガレットを見おろして、シェリングフォード卿が訊いた。

「よくおわかりのくせに。ねえ、求愛するのはあなたの役目よ」

上流の人々が集まる時間帯にはまだ早いのに、散歩道も馬車道もにぎわっていた。二人の登場にかなり注目が集まった。どれだけ見ても見飽きないという様子だ。いったい何が見られると思っているのだろう?

人々が見たのは、シェリングフォード伯爵がマーガレットに顔を近づけ、腕にかけられた彼女の手に自分の手を重ねて、じっと目を見つめている光景だった。親密さを強調するポーズ? 仕方がないわ。わたしが要求したことだもの。

「世の中のことはつねに見かけどおりとはかぎらない」伯爵が言った。

「本当のあなたは邪悪な人間ではないという意味? 愛を誓っておきながら花嫁を捨てるよ

うなことは、本当はしていないの？　よその男の奥さんと駆け落ちして、五年間も罪深い暮らしを続けたというのも、じつは嘘だったの？　ゴシップがでたらめだってことは、誰だって知ってるけど、そんなひどいでたらめがあるかしら」

「キャロラインを捨てたとき、ぼくの愛はすでに消えていた。いや、ぼくがやったことの言い訳にはならないけどね。いかなることも言い訳にはならない。ローラ・ターナーを連れて逃げたのも、じつは彼女に頼まれたからなんだが、それもやはり言い訳にはならない。いかなることも言い訳にはならない。そう、ミス・ハクスタブル、きみの定義に従えば、ぼくは疑いもなく極悪人であることを認めるしかないだろう」

幌をおろしたバルーシュ型の馬車が貴婦人たちを乗せて通りすぎた瞬間、伯爵はマーガレットの指に自分の指をからめ、顔をわずかに近づけた。

「誰の定義に従おうとも」マーガレットは言った。

「きみがそう言うのなら」

コンスタンティンが何人かの紳士と一緒にゆっくりと馬を走らせてきた。マーガレットは全員と顔見知りだった。一同は手綱をひき、挨拶を交わすためにしばらく馬を止めた。全員が伯爵を〝シェリー〟と呼んだ。マーガレットはふと思った。貴婦人に比べると、紳士のほうが気軽に許してしまうようだ。もしかしたら、自分の好きなように行動し、社交界に反旗を翻す男を羨んでいるのかもしれない。たとえ、そのせいで男が他人を傷つけていようとも。

「マーガレット」彼女にじっと視線を据えて、コンスタンティンが言った。「朝刊が出るたびにきみの名声が高まっている。きみとシェリーの散歩に仲間入りさせてもらってもいいかな？」

「ありがとう、コンスタンティン。でも、いまからレディ・カーリングのお宅でお茶の約束なの」

「最大の誠意をこめて約束しよう、コン」シェリングフォード卿が言った。「ミス・ハクスタブルをとって食おうとするオオカミが途中で現われたら、ぼくがかならず追い払う」

コンスタンティンは彼に険悪な視線を向け、ほかの紳士と共に馬で走り去った。

「きみもさぞ心強いことだろう」伯爵が言った。「ありとあらゆる悪漢からきみを守ろうとする者が無数にいるのだから」

「もちろんよ。でも、そうなることは警告しておいたでしょ」

「きのう、マートンに頼んでさっさとぼくを追い払うかわりに、きみ自身が会うことにしたのは、それが理由だったのかい？　ぼくに会ったとき、こちらの申し出を即座にはねつけようとしなかったのも、それが理由？　それから、ゆうべぼくを劇場に誘ってくれたのも、この午後うちの母とお茶を飲むことに同意したのも？　きみを守ろうとする人がすべて、ぼくとの縁組に反対しているという、それだけの理由から？　きみはひそかな反逆者なのかな、ミス・ハクスタブル」

本当はそうに違いないと、マーガレット自身、思いはじめていたところだった。この二日間ですっかり悪者にされてしまい、本当だったら、ひどいショックを受けて家にひきこもってしまうはずだった。ところが……こんなふうに外出しているし、楽しんでいると言ってもいいほどだ。

「周囲の人たちも、さまざまな証拠も、あなたを拒むべきだと言ってるけど、それだけの理由であなたを追い払う気にはなれなかったの」

「ならば、ぼくとしては、周囲の人たちとさまざまな証拠に感謝しなくては。それから、自分の意見を持つべきだと主張を続ける、きみのひそかな反逆精神にも。ところで、ぼくと一緒になるより一生独身を通したほうが幸せだと、きみが確信するためには、ほかにどんな証拠が必要なのかな？」

「さあ、知らない。でも、あなたはこれまで――いまもそうだけど――貴族社会の敵意を威厳ある態度で受け止めてきた。その点は褒めてあげるべきかしら。よくわからないけど」

「ぼくに良心が欠けてるせいかもしれない。もしくは、絶望のあまり、相手かまわず媚びようとしただけかもしれない」

「そうね」マーガレットはうなずいた。「でも、もしかしたら、五年前のはっきりした事実以外にも、あなたに関して知っておくべきことがあるのかもしれない。あなたがかつてとった行動を、わたしは二つ知っている。たったそれだけ。あなた自身のことは何も知らない。そうでしょ？　二週間の求愛期間の目的はそこにあるのよ。あなたが本当はどんな人なのかを知ること」

「どうやら、ぼくに惹かれてるようだね、ミス・ハクスタブル。そして、ぼくと結婚したいという願いを正当化する方法を探しているようだ」

「なんでも好きなように信じればいいわ、シェリングフォード卿」マーガレットは辛辣な声で言った。「でも、わたしが世間のお節介な助言に反発を覚えようと、あなたに個人的に惹かれていようといまいと、自分の性格や節操に反するようなことはぜったいしませんからね。あなたと結婚するのは、きわめて……無節操なことだわ。なのに、あなたはこれまでのところ、その考えを変えるようなことを何も言っていない。過去の行動について釈明しようともしない。また、どれだけ……心を入れ替えたかを、わたしに示す努力もしていない」

マーガレットが話しつづけるあいだに、伯爵はさらに狭い小道に入っていった。オークの老木からなる木立へ続く道だ。さっきまで歩いていた散歩道に比べると、人の姿がほとんどない。

「人前での求愛は、いまのところ、もう充分だろう」伯爵は空いたほうの手を脇に戻し、頭をまっすぐ上げた。「過去を変えることはできない、ミス・ハクスタブル。釈明もできない。釈明できるとしても、もしくは、部分的に説明できるとしても、ぼくは赤の他人には釈明も説明もしないほうを選ぶだろう。いまのきみは、ぼくにとって赤の他人だ。ぼくの妻になってくれたら、たぶん、きみの前に事実を示すことにするだろう。世間はその事実を知らず、たとえ知ったとしても、信じることも気にかけることもないはずだ。だが、きみはまだぼくの妻ではないし、婚約者でもない。もしぼくとの結婚を選ぶなら、いまのままのぼくを選んでもらいたい」

「公正とは言えないわ。あなたに関する事実を何も知らないのに、どうしてあなたという人を判断できるの？」

木立までくると、彼はマーガレットを連れて小道を離れ、高くそびえる太い幹のあいだを縫うように進み、眼下に広がる公園の広大な芝地を見渡せる場所に出た。マーガレットの腕を放して、木の幹に片方の肩をもたせかけ、胸の前で腕を組んだ。

「話してほしい。デュー少佐との関係について。すべてを。肉体的なことも含めて。何回？どこで？　いつ？　どれぐらい満足できた？」

マーガレットは頬が真っ赤になり、鼻孔が広がるのを感じた。彼をにらみつけた。

「シェリングフォード卿、あなたにはなんの関係もないことです」

「あるさ。ぼくがきみと結婚することになるのなら。男には処女の花嫁を迎える権利があるんじゃないかな？　あるいは、処女でない場合には、説明を求める権利が」

「クリスピン・デューとの関係は」伯爵をにらみつけたまま、マーガレットは言った。「十二年前に起きたことで、いまさらあなたにお話しする必要はありません」

「たしかに」シェリングフォード卿はマーガレットの頭のなかまですべて見通すような目で、じっと彼女を見つめかえした。「そのとおり」

「でも、あなたの場合は違うわ。求婚しているのはそちらで、逆ではない。わたしの夫にふさわしい男性であることを、あなたがわたしに納得させなきゃいけないのよ。わたしのほうは、何も証明する必要はないわ」

「しかし、もしぼくと結婚するなら、ぼくはきみの夫になり、きみはぼくの妻になるわけだ。きみがデューを深く愛していて、どうしても忘れられなかったら？　二日前の夜に否定したにもかかわらず、いまもデューを愛しているとしたら？　デューとの性的体験がくらくらするほどすばらしかったため、ぼくが相手ではどうしても満足できなかったら？　もしくは、ぞっとするほどひどかったため、生涯不感症になっていたとしたら？　過去が災いして、花嫁として好ましくない女になっていたら？」

「クリスピンとの関係について議論する気はありません」

「では、ぼくも、キャロラインやローラのことを議論するのはやめておこう」眉を吊りあげて、シェリングフォード卿は言った。

二人の立場はまったく違うものの、マーガレットは彼に対して、しぶしぶながら敬意を抱いた。こういう状況に置かれれば、ほとんどの男は自分の思いどおりにするために、もっともらしい言い訳を並べ立てることだろう。

「それから、心を入れ替える点についてだが、ぼくはあくまでもこのままのぼくだ。きみが見ているままのぼくだ。多くの結婚が失敗に終わるのは、交際中の男女がおたがいに最高の面しか見せないからだと、ぼくは信じている。それも無理に背伸びしている場合が多い。そして、結婚して初めて、ろくに好意も持っていない他人どうしであることを悟るのだが、そのときはもう手遅れだ。ぼくがことあるごとにきみをうっとりさせ、ちやほやし、甘い言葉をささやき、それ以上に甘い嘘をささやくのが、きみの願いなのかい？　結婚したら、そんなことは期待できないぞ」

もっともな意見だった。それでも、彼が誘惑の言葉をいっさい口にしないことが、マーガレットにはやはり驚きだった——ゆうべのあの約束はべつとして……。

「ここにおいで」伯爵が彼女のほうへ片手を差しだした。

「どうして？」マーガレットは彼の手を見て眉をひそめた。手をとろうとはしなかった。

「求愛してほしいんだろ。人前での求愛だけでは物足りないんじゃないかな。ここなら二人きりだ。下に公園の景色が広がっているけどね。小道から遠く離れているし、どっちみちあの小道はほとんど人が通らないし、さんさんと日が降りそそぐ日に、こうして木陰に立っている。つまり、人に見られる心配はほとんどない。個人的に求愛させてくれ」

「個人的にって、どんな求愛なの？」眉をひそめて、マーガレットは訊いた。なんだか息苦しくなってきた。

「いまからキスするんだ。凌辱する気はないから安心してくれ、ミス・ハクスタブル。ここには誰もこないし、姿を見られる心配もないが、完全に二人きりにはなれないから、キスから先は慎んだほうがいい」

「でも……あなたにキスしてほしいかどうか、まだわからないわ」

真っ赤な嘘だった。恥ずかしいことに、キスしてほしくてたまらなかった。

「だったら、ここにきてたしかめてごらん。きみがぼくとの結婚を真剣に考えるなら、二週間以内に式を挙げることになる。そして、式は婚礼の夜の前奏曲と決まっている。いまぼくとキスをする気がなければ、婚礼の夜にベッドを共にする気もたぶんないだろう。ぼくにとっては、ひどく迷惑なことだ」

「たぶん、無理強いなさるんでしょうね」

長い沈黙のなかで、二人はじっと見つめあい、マーガレットはなぜか怖くなった。彼の目がとても黒く見えた。

「ぼくに関して、すでに知っている以外のことを何か知りたいというなら、ひとつ教えておこう。きみの望まないことを言ったり、信じたり、おこなったりするよう、ぼくが無理強いすることはぜったいにない。結婚式のときに、花嫁が神と参列者の前で夫に従うことを誓う瞬間があるが、その不快なまでに愚かな瞬間を消せるものなら、ぼくは喜んで消したいと思っている」

過激な発言ながらも口調が柔らかなので、言葉にそぐわなかった。

「そろそろ行こうか」マーガレットが返事を思いつけずにいるうちに、シェリングフォード伯爵は言った。木の幹から肩を離した。「でないと、お茶に遅れてしまう」

「あら、キスするつもりだと思ったけど」

「きみがキスを望んでいないと思ったので」

「思い違いよ」

この言葉がしばらくのあいだ、二人のあいだの宙にたゆたった。やがて、彼がふたたび木の幹にもたれ、両手をマーガレットに差しだした。

ああ——二人のあいだの距離を詰め、彼の手に自分の手を預けながら、マーガレットは思った——ああ、キスしてほしくてたまらなかった。わたしの人生には、大きな暗い空洞があって……。

伯爵がマーガレットの手をしっかり握って、その手を彼女の背中へ持っていき、彼女の身体を抱きよせて自分の胸から膝に密着させた。

わずか数センチの距離から、マーガレットの目をじっと見つめた。

「泣かないで」彼がささやいた。

「泣いてなんか——」しかし、マーガレットは泣いていた。「ええ、そうね」

「キスするのはいや?」

「いやじゃないわ」

やがて、彼が唇を重ねてきた。マーガレットの唇は震え、膝から力が抜け、背中にまわした手で、あざが残るぐらい強く彼の手を握りしめた。彼の胸に押しつけられた乳房が膨れあがって疼き、息をするのも忘れてしまった。

やがて、マーガレットはふたたび彼の目を見つめていた。

「ごめんなさい」恥ずかしくなった。「ずいぶん久しぶりだったから」

彼の身体はたくましい筋肉に覆われていた。一昨日の夜の記憶にあるとおりだ。

まあ、ほんとに、つい一昨日の夜のことだったの?

シェリングフォード伯爵はマーガレットの手を放すと、両手を上げて彼女の顔をはさんでから、ボンネットのつばの下へ指を伸ばした。親指のふくらみをマーガレットの唇の中心に押しあてて、両端へ向かってすべらせ、彼女の唇に官能の疼きを残した。顔を低くして、親指があった場所に唇をつけた。マーガレットは彼の肩に両手を置いた。

彼の唇は閉じていた。しかし、マーガレットはやがて、彼の舌の先端に唇をなでられるのを感じた。唇の中央を軽くつつかれ、そして、舌が口のなかにすべりこんできた。彼の温かな感触に満たされて、マーガレットは全身のあらゆる部分でこの愛撫に応えていた。

マーガレットの顔をはさんでいた手が離れ、片方の腕が彼女の肩に、反対の腕がウェストにまわされた。マーガレットが彼の首に片腕をそっとすべらせ、反対の腕を背中にあてがうあいだに、ふたたび強く抱きよせられた。

あとになって気づいたのだが、これはたぶん、さほど淫らな抱擁ではなかったのだろう。マーガレットの身体をまさぐるわけではないし、キスは唇と首筋だけにとどまっていた。ただ、それでもマーガレットは恍惚となった――いや、〝恍惚〟という言葉が強すぎるなら、こう言うべきか……生気がみなぎり、女らしい気持ちになり、高揚感に満たされた。いずれも、長いあいだ無縁だったものだ。

もしかしたら、一生無縁だったかもしれない。

キスが終わったことにマーガレットが気づいたとき、伯爵の手は彼女のウェストを両側から抱き、マーガレットの手は彼の肩に置かれていた。彼がふたたびマーガレットの顔を見つめていたが、彼自身の顔には依然として謎めいた表情が浮かんでいた。

「そうそう、大事な警告をしておこう、ミス・ハクスタブル――いや、マギー。ぼくと結婚するなら、婚礼の前夜はぐっすり寝ておいたほうがいい。結婚初夜はほとんど睡眠がとれないことを約束しよう」

マーガレットは思わず息を呑み、ほぼ同時に彼のほうも息を呑んだことに気づいた。

でも、婚礼の夜が人生で最高に望ましいもののように、彼から言われたというだけで、軽率に結婚する気になってはだめ。マーガレットはそう思いながら、きっぱりと伯爵から離れると、わずかに向きを変え、外套の下に着ているモスリンのドレスを払ってしわを消そうとした。キスはたしかにすてきだった……そう、いますぐ思いつけるどんなものよりも、いまのキスのほうがすてきだった。もっとキスしてほしいし、これからずっとキスを夢見ることになるだろうけど……。

わたしは火を弄《もてあそ》び、火傷しそうになっている。

どんな感じかしら――シェリングフォード伯爵との婚礼の夜は。

自他ともに認める悪党の妻になって一生を送るというのは。

「お茶に遅刻するのは、ほぼ間違いないわね」きびきびした口調で、マーガレットは言った。「いますぐここを出なくては」

「きみの頬がその薔薇色のままなら、ぼくたちが大幅に遅刻しても、母は魅了されることだろう」

彼が腕を差しだし、マーガレットがその腕をとった。

ミス・マーガレット・ハクスタブルはつんとしていて、堅苦しくて、人に対して批判的だ。ゆうべだって、〝とんでもない《グッド・ゴッド》〟と叫んだぼくをたしなめた。キスをしたときは、おぼこ娘のようだった。すなおに応じてくれたのは事実だが、こちらもそう激しく迫ったわけではない。彼女のほうからは何もしなかった。過去にどれだけ経験してきたのか知らないが、あまりに昔のことなので忘れてしまったか、乏しすぎて忘れるほどのこともなかったかのどちらかだろう。

賭けをするとしたら、ぼくなら、ミス・マーガレット・ハクスタブルと〝弱々しい顎のデュー〟は――けさ、公園で二言三言、この男と言葉を交わしてきたが――干し草のなかで一回だけころげまわったにすぎない、というほうに賭けるだろう。たぶん、デューが戦争へ行く直前に。厄介な事態を招かずにすんだのは、じつに幸運だったと言うべきだ。

あまり言葉を交わさぬまま、カーゾン通りが近くなってくるころ、ダンカンは自分に問いかけた――この女は本当に自分が結婚したいと願う相手だろうか。いや、よけいな質問だった。もちろん、この女ではない――しかし、考えてみれば、そんな相手はどこにもいない。

けさ、ハリス夫人から手紙が届いた。ハリスは読み書きができないが、妻のほうはできる。先週、トビーが木から落ちて足首をくじき、おでこに大きなこぶを作ったという。奇跡的と言っていいほど回復が速かったと書いてあったので、ダンカンは安心したが、それでもハリス夫婦は往診を頼んだほうがいいと考え、往診にやってきた医者は薬を処方したほうがいいと言った。往診代と薬代でかなりの出費になった。おまけに、当然のことながら、木から落ちたときにズボンの膝のところがびりびりに破れ、繕うのは無理になってしまった。トビーのやつ！　だが、怪我をしがちなのは、ふつうの少年なら当然のことだ。彼自身も子供のころはそうだった。

前にも一度、トビーが誰の手も借りずに踏み越し段（放牧地の柵をまたいで渡るための段）を乗り越えると言いはったことがあった。木材が古くなり、表面がざらざらしているため、乗り越えるときはくれぐれも用心するよう注意されていたのだが。トビーはいちばん上の桟《さん》にまたがると、当然ながら、興奮した声で「見てて！」と叫んで、飛びおりた。その拍子に桟の一部が大きく削《そ》げて、ズボンの尻の部分を破り――このときは膝ではなかった――トビーの柔らかな尻の片方に突き刺さった。もしダンカンが途中で抱き止めなかったら、下で待ち受ける泥のなかに突っこんで、全身泥まみれになっていただろう。それから、冬の終わりごろ、だめだと言われたのに、泥水のなかにバシャバシャ入っていき、氷が張っているのに気づいたこともあった。それからまた……。

まあ、あれこれ思いだせばきりがない。しかし、いまは考えるべきことがほかにいくつもあり、木片をひきぬいたあとのズキズキ疼く小さな尻と、わななく下唇と、泣くまいとするいじらしい努力と、〝ママがびっくりするから内緒にして〟と頼む小さな声のことなど考えている場合ではなかった。あるいは、氷の張った泥水からひっぱりだされて家に帰るまでのあいだ、温もりと安心を求めて彼にしがみついていた、ぐしょ濡れの哀れな小さい身体のことも、ダンカンの首にまわされた小さな腕のことも、ママに言わないでという幼い声のことも。もちろん、告げ口するつもりはなかった。

「母はたぶん」屋敷が近くなったところで、ダンカンはミス・ハクスタブルに警告した。「ぼくらの結婚式について話したがると思う」

「お母さまにあらためてはっきり申しあげることにするわ。結婚式は立ち消えになるかもしれませんって」

「うちの母がいったん心を決めたら、反論するのは容易なことではないよ。母はぼくが幸せな結婚をすることを夢に見ている」

「母親なら誰だってそうよ。弟妹のために母親がわりをしてきた、このわたしもそう。お母さまのお気持ちが、わたしにはよくわかるわ。この五年間、あなたのことで耐えがたい思いをしてらしたのでしょうね」

それは疑わしいとダンカンは思った。虚栄心が強く、気まぐれで、愛情豊かではあるが、深い感情を持つ人だとは思えない。

「眉を上げたわね。わたしが間違ってると言わんばかりに。でも、わたしはそうは思わないわ」

「だったら、これ以上母に耐えがたい思いをさせないでもらいたい。ぼくと結婚したほうがいい」

ミス・ハクスタブルは返事をしようとして口を開いたが、すでに屋敷まできていた。二人が屋敷に近づくのを、誰かが見ていたに違いない。ダンカンがステップをのぼる前に玄関扉が開いて、まずサー・グレアムの執事が、つづいてダンカンの母親が姿を見せた。母親はミス・ハクスタブルに温かな笑顔を見せて腕を差しだし、彼女を抱き寄せた。

ダンカンはこの場にいないも同然だった。

10

マーガレットはあっというまに、柔らかな温もりと、明らかに高級そうなフローラル系の香水のかおりに包まれていた。

「ミス・ハクスタブル——マーガレットとお呼びしてもよろしくて?」レディ・カーリングはマーガレットを放すと、彼女の腕をとり、階段のほうへひっぱっていった。「あなたのおかげでどんなに幸せな気分か、口では言えないぐらいよ。ゆうべは一睡もできなかったわ。グレアムに訊いてちょうだい。もっとも、この場にはいませんけどね。腹の立つ人。わたしにこう言うのよ——期待しても無駄だ。なぜなら、ダンカンとは婚約していないとミス・ハクスタブルが断言したのだから。マートン伯爵の姉君で、思慮分別のある高潔なレディとして知られる人が、ダンカンなどと婚約するわけがない。ミス・ハクスタブルが妹さんの夫の桟敷席にダンカンを招待したことには、ただもう驚くばかりだ、って。でも、わたし、言いかえしてやったわ。ダンカンとの婚約は事実で、ただ、準備が整うまで正式な発表を控えているだけだって。でも、わたしには正直におっしゃってもかまわないのよ。あなたの母親になるんですもの」

レディ・カーリングが息継ぎのために言葉を切ったときには、二人はすでに客間とおぼしき部屋のドアの前まできていて、そこで待っていた従僕が二人のためにドアをあけた。シェリングフォード伯爵がうしろからついてきた。

思ったとおり、そこは客間で、すでにお茶が用意されていた。マーガレットたちが入ってくるのを見るなり、こざっぱりした服装のメイドが三つのカップにお茶を注ぎ、それから部屋を出ていった。

「じつは、あの」マーガレットは言った。「シェリングフォード卿と結婚するとは、まだ申しておりません。たぶん、今後も言わないでしょう」

「賢明なことだわ。あまり乗り気でないように見せるのは。わたしもダンカンの父親の求婚を受け入れる前に、二回も断わったのよ。好きで好きでたまらなかったのに。それから、グレアムのことも一回断わったわ。もっとも、断わったうちに入らないけど。だって、あの人ったら、結婚してほしいって頼むかわりに、いきなり、二人は結婚する運命だって言うんですもの。想像できる、マーガレット？　グレアムのことを冷たい男だと思ってる人もけっこういるわ。口の利き方や行動からすると、そう思われても仕方がないけど。でも、もちろん、そんなことはないのよ。わたしがよく知っています。さあ、そのラブシートにおすわりになって。あなたもとなりにすわるのよ、ダンカン。幼いころから可愛がって大切に育ててきた子だけど、こんなに分別があるとは思わなかったわ。どうしてマーガレットを選んだのか、話してちょうだい」

二人は言われたとおり、ソファに腰をおろした。マーガレットは彼の肩とのあいだに数センチの間隔しかないことに気づいた。彼の身体の熱が伝わってくるほどだった。

「それはね、お母さん、ティンデル家の舞踏会へ花嫁探しに出かけて、ドアのところでミス・ハクスタブルと衝突して、これ以上探す必要はないと思ったからです」

彼の母親はカップを唇へ運ぶ途中で止め、息子に疑いの目を向けた。

「まあ、あきれた。何も言わなくていいわ。ねえ、マーガレット、この子からまともな話をひきだそうとすると、ほんとに苦労させられるのよ。どうして婚約発表を遅らせてるの？　この子の評判のせい？　たしかに、世間の評判は最悪ね。でも、それだけが理由とは思えないわ。あなたはとても勇気のある方のようね。まずティンデル家の舞踏会で、つぎは劇場で、ダンカンと一緒に姿をお見せになったんですもの。そんなふうにして自分の評判を危険にさらすお嬢さんは、そう多くはありませんよ」

「家族の者によく言われます。一筋縄ではいかない頑固者だって。〝これこれこういうことは、ふつうはしないものだ〟って言われると、逆に、やってみたくてむずむずしてくるのかもしれません」

「気に入ったわ」レディ・カーリングは言った。「ダンカン、お茶はもう飲んだ？　まだだったら驚きね。だって、洗練された人なら上品に少しずつ飲むところを、あなたはいつも、いっきに飲んでしまうんですもの」

「全部飲みましたよ、お母さん」

「では、どこかよそで好きなことをしてらっしゃい」レディ・カーリングはドアのほうへ片手をふってみせた。「三十分後に戻ってきて、マーガレットをご自宅までお送りしてちょうだい。いろいろ相談することがあるけど、あなたはきっと退屈するでしょうから」

伯爵は立ちあがってお辞儀をした。その顔には、いつものように、暗い謎めいた表情が浮かんでいた。

「席をはずしてもかまわないかな……マギー」

「もちろんよ」マーガレットは軽く頭を下げたが、かすかに眉をひそめた。ありもしない親密さを母親にほのめかすことで、わたしの心を動かそうとするつもり？　でも、わたしはさっき、ハイドパークでこの人にキスを許したばかり。そうでしょ？　それも、頬か唇に軽く触れるだけのキスではなかった。ああ、どうしよう、あのとき、この人の舌が口のなかにすべりこんできた。

お茶のカップを唇に持っていき、手がかすかに震えていることに気づいたが、気づくのが遅すぎた。

「マーガレット」二人だけになったところで、レディ・カーリングが言った。膝の上で手を握りあわせていた。一瞬のうちに別人のようになっていた。真剣な顔になり、軽薄さは影を潜めた。「なぜうちの息子とつきあっているのか言ってちょうだい。結婚をためらっている理由を教えてちょうだい」

マーガレットはゆっくり息を吸うと、そばの小さなテーブルにカップと受け皿を置いた。

「わたしも大部分の人と同じく、初めて会った相手を性急に判断しがちです。そして、シェリングフォード卿については、性急な判断の材料となるものがずいぶんあります。五年前に非道な行いに走ったことを否定しようとなさいません。でも、わたしだって、ただひとつの行為で人に烙印を押してはならないことぐらい承知しております。その行為が遠い過去のものであればとくに。たぶんわたしは、好奇心に駆られているのでしょうね。シェリングフォード卿のことをもっと知りたいのです。おつきあいを拒むのは、シェリングフォード卿を正当に評価していないからなのか――それも知りたいのです。それから、舞踏会で衝突したのは事実です。そして、シェリングフォード卿をわたしの婚約者としてべつの紳士に紹介したのも事実です。軽率なことをしてしまいました。その紳士は、わたしが何年も前に交際していたデュー少佐という人で、今年になって、わたしが三十歳で未婚のままだと知ると、結婚してやってもいいというような横柄な態度をとりはじめたのです。シェリングフォード卿は本気で花嫁探しをしてらしたので、婚約者という嘘をおもしろがって、現実のことにしようとおっしゃいました。デュー少佐がわたしの言葉を何人かのお友達に伝え、その人たちがさらに何人かの知りあいに話すことになろうとは、二人とも夢にも思いませんでした。デュー少佐には、婚約の件は家族も含めてまだ誰にも知らせていないと言っておいたのですが」

レディ・カーリングは言葉をはさもうとせずに、マーガレットの話にじっと耳を傾けたあとで、こう言った。

「ダンカンはたぶん、申し分のない相手と結婚すれば、祖父が機嫌を直してウッドバイン・

パークを返してくれると思っているのでしょう」

マーガレットはあわてて相手を見た。何も聞いてらっしゃらないの？

「クレイヴァーブルック侯爵はたしかに、そう約束なさったそうです。八十歳のお誕生日までに、シェリングフォード卿が侯爵さまのお眼鏡にかなう女性と結婚すれば、という条件つきで。結婚できなかった場合、ウッドバイン・パークは二番目の相続人に与えられることになります」

「ノーマンに？　まあ、そうだったの。とても立派な若者よ。わたしも昔からあの子がお気に入りだったわ。ただね、生まれてから一度も間違いを起こしたことのない子なの。ノーマンの弟やいとこはもっといい加減な性格だから、あの子を煙たがってたし、ときには嫌うこともあったわ。ダンカンに至っては、まったく気が合わなかった。でも、ノーマンはいい子で、キャロライン・ターナーと結婚してくれたのよ」

「ええ」マーガレットは言った。

「でも、そんな策略をめぐらすなんて、いかにもあのつむじ曲がりの老人らしいわね」レディ・カーリングはプリプリしながら言った。「ところで、八十歳のお誕生日っていつだったかしら。たしか、もうじきよね」

「あと二週間もありません」

レディ・カーリングは眉を上げた。

「かわいそうなダンカン。あのね、お金だけの問題じゃないのよ。お金に困ってるのも事実ですけどね。地代がまったく入らなくなったのに、わたしが援助しようとしても拒むだけ。男ってプライドばかり高くて困ったものだわ！　でも、ウッドバイン・パークはあの子が子供時代をすごした家なの。すべての思い出がそこに残っているの。十八か十九になったころからターナー夫人と駆け落ちするときまで、あまりあそこに寄りつかなかったのは事実だけど、健康で元気いっぱいの若者が田舎に閉じこもるなんて、ふつうはありませんものね。あの子も遊びまわるのに忙しかったみたい。もっとも、無茶な遊び方をしたという噂は一度も聞かなかったわ。あの年齢の若者としてはごくふつうね。キャロライン・ターナーと結婚したら田舎に落ち着くはずだった。ところが、とても衝動的で愚かな行動に出たため、生涯、それで苦しむことになったの」

「きのう、シェリングフォード卿が正式な結婚の申込みにいらしたとき、わたしは、相手をもっとよく知るための時間が必要だと申しあげました。心を決めるための時間は二週間しかありませんけど。そのあいだわたしが相手を待たせておくのは、フェアなやり方ではないということも、申しあげておきました。だって、こちらの最終的な返事がノーだった場合、べつの花嫁を見つけるための時間は残っていないわけですから。シェリングフォード卿はその危険を承知で、わたしに時間をくださいました」

レディ・カーリングから無言で長いあいだ見つめられ、マーガレットは居心地が悪くなった。しかし、ようやく、レディ・カーリングが言った。

「あなたのことを少しは存じていますよ、マーガレット。早くにお母さまを亡くされ、つぎにお父さまを亡くされたとき、あなたはまだ若い娘さんだった。自分の手で家を切り盛りし、妹さんたちと弟さんを育てることになさった。弟さんがマートン家の爵位と財産を継いで、みなさんの暮らしがずいぶん楽になることは、そのときのあなたには想像もつかなかったでしょうに。姉であると同時に、母親の役目も務めてらしたのね」

「ある意味では、ええ、そうです」マーガレットはうなずいた。

「わたしはほとんどの人から、呑気で頭の空っぽな女だと思われています。まさにそれがわたしの理想。そうしておけば、ほかの人たちを――とくに男性を――思いどおりに動かせますからね。でも、この五年間は辛かった。ダンカンが死んでしまったら、この程度の辛さではすまないんだって、自分に言い聞かせてきたけど、ときにはそう思えないこともあったわ。死んでしまえば、あの子は楽になれるでしょ。わたしはそうはいかないけど。あの子は何もかも失ってしまったのよ、マーガレット。愚かな気まぐれのせいで。とりかえしのつかないまま、ターナー夫人は亡くなってしまった。ダンカンは若さも、本来の性格と評判も、家庭も、生計の手段も、幸福も、心の安らぎも、すべて失った。そして、わたしはその母親。わたしの立場に身を置いてくださるよう、お願いするわけにはいかないわ。あまりにも苛酷ですもの」

マーガレットは返事を控えた。

「ダンカンはね、幸福で、いたずら好きで、活発な、ごくふつうの男の子だったの」レディ・カーリングは話を続けた。「動物が大好きで、誰かにいじめられてる動物を見れば、かならず守ろうとした。召使いや村の子供たちに対してもそうだった。父親が突然亡くなったときは、涙に暮れていたわ。わたしと二人で。でも、悲しみは誰の人生にもあることで、もちろん、あの子もやがて元気をとりもどした。気苦労がなくて、無茶をするのが好きで、活発な、ごくふつうの若者になった。でも、やがて、さっきのあなたの言葉を借りるなら、ただひとつの愚かな行為によって、あの子の生涯に烙印が押されてしまった。なぜあんなことをしたのか、わたしには永遠に謎でしょうけど、やったことは事実よ。だから、ある意味で、ダンカンの人生はもうおしまいなの。この五年間が幸せなものだったとは思えない。幸せに暮らしてきた男の顔ではありませんもの。この五年で少なくとも十歳は老けこんだように見えるわ。ハンサムな子だったのに。でもね、マーガレット、あの子の人生がいまから新たに始まるかもしれない。ふつうの人生をとりもどして、もしかしたら幸せになれるかもしれない。わたし、あなたが気に入ったわ。こんなすてきな人が見つかるなんて、夢にも思わなかった」

「でも、シェリングフォード卿とは結婚しないかもしれません」

レディ・カーリングは微笑した。目がやたらと輝いていた。

「あなたがここからお帰りになるときは、たぶん、わたしが恥も外聞もなく、あなたの感情に強引に訴えかけたとお思いになることでしょうね。屋敷の女主人として礼儀正しくおもてなしするのが本当なのに。ええ、ご推察のとおりでしてよ」

正直なその言葉に、マーガレットは笑みを浮かべた。

「あの子だって、毎日のように若い清純なお嬢さんを捨てたり、人妻と駆け落ちしたりしているわけじゃないのよ」レディ・カーリングは言った。「一度だけやりましたけどね。両方いっぺんに。あの子のために弁明するつもりはないわ、マーガレット。お気づきのように、あの子自身、なんの弁明もしないんですもの。でも、すでに三十歳。それに三百六十五をかけてごらんなさい。うるう年の分が何日かそこに加わって、卑劣な行いと無縁だった日々は膨大な数にのぼるのよ。その日々のことを知ってほしいの、マーガレット。息子のことを知ってほしいの。できれば、あの子と結婚してちょうだい。その気があれば、愛してやってね。さて、お茶のおかわりを差しあげましょう。屋敷にお入りになったときにかぶってらしたボンネットのことも、褒めておかなくては。あんなすてきなボンネット、どこでお求めになったの？　わたしなんて、いくら探しまわっても、本当に気に入ったものは見つからないのよ。わたしが気に入るのは、ほかのレディたちがかぶってるものだけ。こんなことをグレアムが聞いたら、震えあがるでしょうね。だって、あの人、ボンネットの請求書の支払いをしなきゃいけなくて、そのことで文句ばかり言うんですもの。でも、ほんとにすてきなボンネットがひとつかふたつ見つかれば、平凡なボンネットや、すごくみっともないボンネットを次々と買う必要はなくなるのよ。そうでしょ？」

「わたしが買ったのも平凡なデザインでした」マーガレットは説明した。「自分で飾りをつけたんです」

「まあ、それがコツなのね。こうなったら、どうしてもあなたをうちの嫁にしなくては。いやだと言っても、聞く耳を持ちませんからね」

二人とも笑いだした。ちょうどそのとき、客間のドアが開いてシェリングフォード卿が入ってきた。

「あなたのために必死にお願いしていたのよ、ダンカン。たったいま知ったんだけど、マーガレットはボンネットに自分で飾りをつけるんですって。そうとわかれば、ぜひともお嫁にきてもらわなくては」

「ぼくが思うに、お母さん」マーガレットが暇《いとま》を告げようとして椅子から立つあいだに、シェリングフォード卿が言った。「その意見がこの方の心を動かしたことでしょう。たぶん、明日の新聞で婚約を発表する許可を、ぼくに与えてくれると思いますよ」

「とんでもないわ。バカな子ね。マーガレットが婚約発表を許可してくれるとしたら、それは、あなたとの結婚こそが生涯にわたって本物の幸せを手に入れるための唯一の道だと、あなたが彼女を納得させられたときでしょうね。女が結婚して男の所有物になるのに――まるで品物みたいだけど――それ以外の理由があって？　わたしがあなたのお父さまと結婚して二十年近く幸せに暮らしたのも、そういう理由があったからよ。それから、グレアムと結婚したのもそう。ぶっきらぼうで険しい顔をしてることが多い人だけど」

「へーえ」母親が立ちあがって、ふたたびマーガレットを抱擁するあいだに、シェリングフォード卿は言った。「じゃ、彼女への求婚を続けることを許可してもらえるんですね」

「許可じゃないわ、ダンカン。母親からの命令よ。マーガレット、あなたとはとても仲良くやっていけそうよ。そんな予感がするの。二人ともボンネットに興味があるし」

マーガレットはシェリングフォード卿の腕に手をかけて屋敷を出ながら、母親がどんなに息子を愛しているか、息子のためにどれだけ熱をこめて訴えかけたか、この人に想像できるだろうかと疑問に思った。

「本日の訪問は」彼が皮肉な口調で言って、マーガレットの疑問を裏づけた。「じつに役に立ったようだね」

「すてきなお母さまだわ。もし、わたしがあなたと結婚するとしたら、理由のひとつはお母さまがお姑さんになるからよ」

シェリングフォード卿は前を向いたまま、横目でマーガレットを見た。

マーガレットは微笑した。

しかし、彼女の頭のなかにあったのは少年時代と青年時代の彼のことだった――とんでもない愚行に走る前のこと。ダンカンの母親からはあまりくわしく聞けなかったが、動物と遊び、いじめられた動物のために立ちあがった少年の姿や、幸福で、気苦労がなくて、ときには無茶をすることもあった青年の姿を思い浮かべるのは簡単だった。つまり、ごくふつうの若者だったのだ。スティーヴンと同じように。

もしスティーヴンがシェリングフォード卿と同じく、とんでもない不始末をしでかしたら、あの子も人が変わってしまうの？　答えはもちろんイエスだ。それでも、スティーヴンであることには変わりがない。違う？　ただ、光と喜びをなくしたスティーヴンになってしまうの？　そして、名誉もなくしたスティーヴンに？　シェリングフォード卿の人生に光と喜びはあったのかしら。

名誉は？

「やけに深刻な顔だね」シェリングフォード卿が言った。「結婚相手がうちの母ではなく、ぼくだってことに気づいて、後悔してるのかい？」

「ええ、残念だわ。ねえ、あなたはどんな人なの？　そして、以前はどんな人だったの？」

「そのあいだに重大な時期がはさまれてる」

「でも、あなたはそれについて話そうとしない」

「そうだね」

「だったら、わたしは以前と以後だけで満足するしかないわ」

しかし、マーガレットの屋敷まで歩いて帰るあいだ、二人の会話はとぎれがちになった。話すことが多すぎるせい？　それとも、少なすぎるせい？

シェリングフォード卿はマーガレットと一緒にマートン邸に入ったが、玄関ホールから奥へは行こうとしなかった。

「今夜のジョンストン家の音楽会には出る予定？」彼が訊いた。

「晩餐の約束が入ってるから無理だわ。サー・ハンフリーとレディ・デューが――あ、スロックブリッジ村に住んでたときの隣人なんだけど――しばらくロンドンに滞在中で、うちの一家全員を招待してくださったの」

「ほう」シェリングフォード卿は眉を上げた。「雄々しき少佐どのも、おそらく同席するんだろうね」

「たぶん」

「ぼくの競争相手?」

「まさか。わたし、恋を弄ぶようなことはしません。結婚するかもしれないし、しないかもしれないと申しあげたのは、本心からの言葉よ……あと何日あるのかしら。ええと、十二日? クリスピンへの関心はすっかり消えたわ。何年も前に」

「しかし、『ハムレット』のセリフではないが、誓いの言葉が多すぎるようだな」

「失礼な方ね」

「そうさ。ヘンリー夫人が主催する明日の夜会はどう? 出席する?」

「明日はたぶん、自宅でのんびりできることに感謝してるでしょうね。ロンドンの社交シーズンはいつもめまぐるしくて、ときにうんざりしてしまうの」

今年はいつにも増してうんざり。こちらにきて、まだ何日もたっていないというのに。

「エスコートさせてくれないかな。ヘンリー夫人はうちの母の妹で、ぼくが押しかけても、つまみだすようなことはないと思う。きみに会えばきっと喜ぶだろう」

「さあ、どうかしら」

「頼むよ、マギー。公の場で求愛するよう、ぼくに命じたじゃないか。それから、個人的にもっと親しくなるようにって。両方を実行する機会をぼくに与えてほしい。また一日が終わ

いつくしているだろう。

「ええ、わかったわ」マーガレットはためいきをついて答えた。

夜会なら、静かで品もあることだろう。それに、明日の夜にはもう、貴族社会の人々はマーガレットとシェリングフォード伯爵の姿を見飽きていて、二人に関して言うべきことを言いつくしているだろう。

シェリングフォード伯爵は彼女の手の上に身をかがめ、別れを告げた。

世の中には偶然というものがあるのかしら。玄関広間に立ち、彼の背後で閉まった扉を見つめながら、マーガレットは考えた。彼が舞踏室にやってくるのがあと一分遅かったら、わたしがドアまで走るのがあと一分早かったら、たとえ両方があの瞬間にあの場にきたとしてもわたしが前方をちゃんと注意して見ていたら――このどれかが現実になっていれば、二人が衝突することはなかっただろう。また、彼が花嫁探しに必死になっていなかったら、わたしがクリスピンに婚約者を紹介しようと焦っていなかったら、アリンガム侯爵の婚約を知ったのがもう一日早かったら、もしくは、もう一時間遅かったら――そのときは、二人が衝突したあと、きまりの悪い思いをし、両方であわてて謝罪して、それぞれの方向へ去っていき、それぞれの人生を歩む結果になっていただろう。

でも、〝もし……なら〟という仮定はどれも現実にはならず、あの瞬間に、二人が舞踏室のドアのところでぶつかることとなった。

そこから疑問が生じる――すべてが偶然だった？

それとも、偶然ではなかった?
偶然でないのなら、それは何を意味しているのだろう?
マーガレットは首をふり、階段と自分の部屋があるほうへ向きを変えた。

11

グリヨン・ホテルでの晩餐はとても楽しいひとときとなった。サー・ハンフリーがいつものように、真心こめて愛想よく一家を迎え、レディ・デューは全員を――エリオットとジャスパーまでも含めて――強く抱きしめ、女性たちの優雅さと美しさに喜びの声を上げた。ヴァネッサを抱きしめたときは、さらに温かさがこもっていた。当然のことだ。デュー家の次男ヘドリーが肺病で亡くなるまで、一年のあいだ、ヴァネッサは彼の妻だったのだから。レディ・デューはいまもヴァネッサのことを義理の娘だと思っている。サー・ハンフリーもそうだ。そして、彼女とエリオットのあいだに生まれた子供たちを実の孫のように可愛がっている。明日は子供たちに会いにいき、幼いマリアとひきあわせ、全員をロンドン塔の動物園へ連れていき、〈ガンターの店〉へ氷菓を食べに連れていこうと、あれこれ計画していた。

「想像できる？」笑顔でみんなを見まわして、レディ・デューが言った。「わたし、氷菓を食べるのは生まれて初めてなの。子供たちに劣らず興奮してしまいそう。逃してはならない美味だそうね」

「人生は完璧ではありません」目をきらめかせて、ジャスパーが言った。「〈ガンターの店〉

の氷菓を食べるまでは」

女性たちは上の階の部屋へ案内された。そこでは乳母がマリアにお話を読み聞かせていた。マリアは目も髪も濃い色をした愛らしい子で、その色合いはまさにスペイン人だったが、顔立ちはクリスピンによく似ていた。もう四歳になってるはずね——マーガレットは思った。状況が違えば、わたしの子供だったかもしれない。

話がはずんだので、晩餐は深夜まで続いた。クリスピンは戦争の体験をあれこれ語った。主にエリオットにせがまれたからだが、サー・ハンフリーも息子の手柄話を聞くのを喜び、みんなに知ってもらいたがっている様子だった。レディ・デューのほうは、息子が話をするあいだ、何度かマーガレットに笑顔を向けた。

「信じられる、マーガレット？ これが、少女のころのあなたが一緒に遊びまわった男の子だなんて。ハンサムな男性になったと思わない？ 醜い傷が残っていますけどね。初めて傷を見たときは、あなたにも想像がつくでしょうけど、もうおろおろしてしまったわ」

「さぞご心配だったでしょうね」マーガレットはうなずき、ほかの質問に答えるのは避けた。

話題は故郷の人々の近況と、昔の思い出話が中心だった。あのころは全員がスロックブリッジで暮らしていて、近所どうしだった。エリオットとジャスパーをのぞいて。しかし、この二人もあとの面々に劣らず会話を楽しんでいる様子だった。

クリスピンがいるにもかかわらず、マーガレットはほどなく気分がほぐれてきた。この二、三日、マーガレットの心をひどく乱していた噂もゴシップも、デュー夫妻の耳には入っていないようだ。クリスピンもこの二人にだけは黙っていたわけだ。

マーガレットはヴァネッサとエリオットと一緒にホテルにやってきた。帰るときも一緒のつもりだったが、サー・ハンフリーが彼の馬車を使うよう熱心に勧めてくれ、レディ・デューまでがその勧めに加わった。いやとは言わせませんよ、ときっぱり言った。これまでつきあったなかで最高にすばらしい隣人の一人のために、せめてそれぐらいはさせてね。あなたが妹さんと弟さんのために青春の日々を捧げ、両親がちゃんとそろった子供たちでさえ望みえないような、愛にあふれた安全な家庭を作ったことはけっして忘れないわ——レディ・デューはそう言った。

「それに、クリスピンがちゃんとお送りしますから」にじんだ涙を押さえて、レディ・デューは言った。

「あら、いけませんわ」マーガレットはいささか警戒しつつ言った。「そこまでしていただく必要は——」

「ロンドンの通りは、追いはぎや、切り裂き魔や、その他の卑劣な悪漢であふれているそうだ」サー・ハンフリーが言った。「クリスピンが送っていくのが当然だ、ミス・ハクスタブル。どんな悪党もクリスピンをひと目見れば、能《あた》うかぎりの速さで反対方向へ逃げだすだろう」

「喜んで送らせてもらうよ、メグ」クリスピンも言った。

そこで、馬車を玄関にまわすよう、サー・ハンフリーがホテルのほうへ頼み、レディ・デユーはうれしそうな顔で息子とマーガレットを交互に見やった。

「まるで昔に戻ったようだわ。ねえ、マーガレット、クリスピンがあなたをランドル・パークから家まで送っていくたびに、それもたいてい、あなたが村からうちの屋敷までクリスピンを送ってきたあとのことだったけど、とにかく、そのたびに誰かがわたしにソブリン金貨をくれていたら、いえ、それがシリング銀貨だったとしても、わたしはいまごろ大金持ちになっていたでしょうね。ヴァネッサと亡くなったヘドリーが一緒のことも多かったし、ときには、キャサリンとうちの娘たちが一緒だったこともあった。ああ、いい時代だったわ。あのころに戻れたらどんなに楽しいかしら。せめて、その一部だけでも復活させられればいいのに。もっとも、ヘドリーは二度と戻ってきませんけど」

レディ・デューは涙ぐみ、サー・ハンフリーはポケットから大きなハンカチを出して洟をかんだ。そして、ヴァネッサはレディ・デューの肩を抱いて、頭のてっぺんに頰をつけた。

それからほどなく、マーガレットはデュー家の古風な大型馬車で家に帰ることになった。となりの座席にはクリスピン。

「メグ」馬車が動きだしたところで、クリスピンが言った。「けさ、公園でシェリングフォードとばったり出会った。やつから聞いてないか？　今日、やっと会った？　あの男、〝自分にはさんざん悪い評判が立っているが、もしそうでなければ、きみの鼻を殴りつけてやるところだ〟と言い、つぎに説教を始めた。レディに口止めされたときは、その秘密を守り、レディとその言葉と行動が世間の詮索や審判にさらされることのないよう配慮するのがエチケットだと言ってね。図々しいやつだ！　ミス・ターナーと兄嫁のターナー夫人にあんな仕打ちをしたくせに！　本当はあの男と婚約などしていないと言ってくれ。舞踏会できみはやつを婚約者として紹介したし、ゆうべの劇場では、あの男がきみの一家と一緒に桟敷席にいたけれど。新聞にはまだ婚約の記事が出ていない。そんなことにならないようにしてくれ、お願いだ。かわりにぼくと結婚してくれ」

今日の午後、シェリングフォード卿は公園でクリスピンと会ったなどとひとことも言っていなかった。クリスピンに文句を言ってくれた――わたしのかわりに。〝自分のことは棚に上げて〟と言うべきだろう。だが、ターナー家の女性たちとのいざこざは五年も前に起きたこと。この話を聞かされることに、マーガレットはつくづくうんざりしていた。そう言えば、クリスピンがスペイン女性の――テレサと――結婚したのも五年前だった。

「どうしてなの？　どうしてスペインで結婚したの、クリスピン？」

クリスピンは彼女から離れて、座席の隅にもたれた。

「どうか理解してほしい、メグ。ぼくは長いあいだ、きみと離れ離れだった。孤独だった。男にはある種の欲求がある。女は幸いにも感じることのないものだが。できればきみのもとに戻りたかった。きみを愛していた。だけど、テレサに子供ができてしまい、しかも彼女は名門の生まれだった。金を渡して追い払うことも、捨てることもできなかった。結婚するしかなかった。愛してはいなかったが。ぼくが愛してたのはきみだった。その熱い思いが揺らいだことは一度もない。いまもきみを愛している。しかし、いいかい、きみはぼくに無理難題を押しつけたんだよ。待ってほしいと頼んできたが、その期間が長すぎた。きみが家族のもとにとどまる必要はなかったのに。ヴァネッサだって、きみとそう年が違わなかったじゃないか」

「どうして手紙をくれなかったの？」

シェリングフォード伯爵は自分のやったことについて、ひとことも弁明しようとしなかった――マーガレットはそんなことを思った。わたしに結婚を承知させ、貧困と家屋敷没収という運命から逃れるためにいい印象を与えなくてはならないのに、すべてを正直に認めた。

「手紙なら何百通も書いたが、すべてくしゃくしゃにして火に投げこんだ。きみのハートを破ることになるとわかっていたから。母に手紙を出した。母ならきみにおだやかに話してくれるだろうと思ったんだ」

マーガレットは何も答えなかった。

「きみのハートは破れてしまった？　ぼくもそうだった、メグ。テレサとは孤独を癒すために何回か密会しただけなのに、結婚する羽目になるなんて残酷な罰だった」

「孤独を癒すために会った女性は、そのテレサだけだったの？」

「メグ！」クリスピンは叫んだ。「そんな質問にどう答えろというんだ？」

「イエスかノーで。どうなの？」

「まあ、ノーだ。当然だろ。ぼくは男だ、メグ。しかし、きみがそばにいてくれれば、そんなことにはならなかっただろう。そして、きみが結婚してくれれば、今後二度とそんなことは起きない。結婚してくれ。あの悪党を追い払って、ぼくと結婚してくれ。これ以上ぼくを罰するのはやめてくれ。きみ自身を罰しつづけるのもやめるんだ」

馬車が止まった。マートン邸に着いたに違いない。だが、御者は扉をあけなかった。

「それがきみのしていることだ」クリスピンはふたたび身を乗りだし、マーガレットの手の片方をとった。「きみは自分を罰している。シェリングフォードと結婚するとしたら、それはぼくを困らせるためだ。だが、そのあとは生涯続く結婚生活に縛られることになる。ぼくはわずか四年で自由の身になれて運がよかった。きみの場合は、そこまで幸運じゃないかもしれない。結婚してはだめだ、メグ。やめておけ」

クリスピンはマーガレットの手を強く握ると、顔を傾け、強引に唇を奪った。空いたほうの手で彼女の後頭部を支えて、さらに激しいキスに移った。

ああ、忘れていた。この人はいつだって、あざが残るぐらい激しいキスをする人だった。軍隊に入るために故郷を離れる前日、ランドル・パークの誰もいない一画で愛を交わしたときもそうだった。性急で、乱暴で、苦痛で、あざになった。でも、あのときは、わたしも同じぐらい熱烈に彼を求めていた。

まるで前世の出来事みたい。ただ、彼のキスはいまも昔と同じ――少なくとも、今夜はそう。

マーガレットが彼の肩に手をかけて強く押したので、彼もやがて顔を上げ、握りしめていた手をゆるめた。

「あなたが結婚したあと、わたしのハートは破れてしまった。それは否定しないわ。でも、無為な日々を送ったりはしなかった。あなたが戻ってきてくれなくても、意味のない灰色の人生が永遠に続くようなことはなかったのよ。破れたハートをつなぎあわせて、人生を歩みつづけたわ。いまのわたしは、あなたに恋をして結婚を夢見ていたときの女ではないの。あなたが結婚したことを知ったときの女でもないの。あれから五年のあいだに、いまのわたしができあがったの。昔とはまったくの別人が。わたしはいまの自分が好き。いまの自分の人生を進んでいきたいと思っている」

正直な気持ちだった。ただ、喉の奥に恐ろしい痛みがあった。

「では、その人生にもう一度ぼくを迎え入れてくれ。ぼくにはきみが必要なんだ、メグ。きみがいないと、ぼくは孤独だ。いまも愛してくれてることはわかっている。きみはぼくがイングランドに戻ってきたことを知った。だから、シェリングフォードと婚約した。そうだろう？　見つかった男のなかで最低のやつを選びだした。きみにはたぶん、理由もわかっていないのだろう。だが、ぼくにはわかる。ぼくが助けに駆けつけるのを待っていたからだ。ぼくに腹を立て、ぼくを罰したい、自分のもとに呼び戻したい、という気持ちがあったからだ。ああ、そこまでしなくてもよかったのに、メグ。ほら、こうしてやってきたじゃないか」

「クリスピン」マーガレットは彼に尋ねた。「最後に女と接触を持ったのはいつ？　一緒に寝たという意味よ」

新しいマーガレットは――それも最新のマーガレットは――昔の彼女よりはるかに大胆だ

った。しかし、この新しいマーガレットですら、自分の口から出た質問に恐ろしいショックを受けていた。だが、心のなかの怒りは大きかった。そして、悲しみも。

「答えるつもりはない」クリスピンの声からすると、彼女に劣らずショックを受けたようだ。

「レディというのは、そんな質問はしないものだ、メグ。信じられない――」

「でも、このレディはたったいま質問したの。いつなの、クリスピン？　先週のどこか？」

「きみには関係のないことだ。あきれたよ、メグ、そんな――」

「じゃ、ひどく孤独ではないわけね」

「きみがいないと孤独なんだ。きみと一緒になれたら、ほかの女に目を向けるようなことはしない」

「と言うか、わたしにばれるようなことはしないつもりね。クリスピン、今夜は楽しかったわ。ご両親とも、昔と同じように温かく歓迎してくださった。楽しい夜を台無しにするのはやめましょう。わたし、疲れてるの。扉をあけてステップを下ろすよう、御者に合図してくださらない？」

クリスピンはためいきをつき、マーガレットの手を放すと、前方の仕切り板を叩いた。

「ぼくの申し出について考えてほしい」マーガレットに手を貸して馬車から降ろしたあとで、クリスピンは言った。マートン邸の執事が玄関扉をあけて待っている。「ぼくへの嫌がらせのつもりでシェリングフォードと結婚するようなことはやめてくれ。結局は自分が苦しむことになるだけだ」

「クリスピン、うぬぼれの強い人ね。おやすみなさい」

クリスピンは馬車に飛び乗り、御者がステップを収納して扉を閉めるあいだ、頑《かたく》なに前方を向いていた。

馬車が走り去る前に、マーガレットは屋敷に入った。

ひどく神経がたかぶっていた。いや、動揺していたと言うべきか。

クリスピンにはいまも、こちらの感情をかき乱す力がある。

しかし、マーガレットがいちばん強く感じたのは怒りだった――そして、悲痛な嘆き。

クリスピンに対するシェリングフォード卿の評価はまさに正しかった。弱い人間だ。今夜、クリスピンが彼自身について語ったことのどれひとつとして、マーガレットは好きになれなかった。

それでも、クリスピンはクリスピン。わたしがかつて愛した男。

ああ、どんなに彼を愛していたことか。

重い足どりでベッドに向かった。今夜は眠れそうになかったが。

十二年間も潤いのない日々を送ったあとで、今日、二回もキスをされた――べつべつの男から。

どちらもマーガレットと結婚したがっている。

どちらもあまり好ましい相手ではない。

しかし、片方の男だけは当人がそれを認めている。

ヘンリー夫人（ダンカンにとってはアガサ叔母）から夜会の招待状は届いていなかったが、招待状をまとめて発送した時期に自分がロンドンにいればかならず送ってくれたはずだと、ダンカンは思っていた。彼は昔から、この叔母の大のお気に入りだった。たぶん、叔母には娘が六人もいるのに息子は一人もいないというのが、その理由だろう。

ところが、マーガレット・ハクスタブルに腕を貸して遅めの時刻に到着したとき、叔母の歓迎の言葉にはさほど熱がこもっていなかった。

「あら、どうしましょう」ダンカンの姿を目にしたとたん、アガサ叔母はつぶやき、喜びより困惑のにじむ表情になった。「ダンカン！　なんてまあ――」途中で黙りこんだが、眉を上げ、それからダンカンが差しだした手を両手で包んで、彼の手に頬をつけた。「ま、いいわ。明日から一、二週間、この夜会が噂の的になることでしょう。主催者側の女主人にとって、これほど理想的なことがあって？　それに、あなたはわたしの甥だし」

叔母はダンカンの連れのほうを向き、にこやかな笑みを浮かべた。

「ミス・ハクスタブル、お召しになっているドレスのローズレッドのその色合い、なんてすてきなんでしょう。もちろん、お肌の色もドレスにぴったりだわ。ところで、うちの不出来な甥をお選びになったようね。その勇気に感服します」

「恐れ入ります」ミス・ハクスタブルは言った。「夜会にご招待いただいてうれしく思っておりました」

するど、彼女のところには招待状が届いていたらしい。しかし――ダンカンは思った――彼女がロンドンにきた時期は、ぼくとそう変わらなかったはず。すると、叔母さんは本当にぼくを呼びたくなかったのだろうか。そう思ったとたん、なんだか落ちこんだ。

しかし、叔母は新たに到着したべつのグループを迎えるため、すでにそちらを向いていた。

「さてと」ミス・ハクスタブルに腕を差しだし、袖にかけられた彼女の手に自分の手を重ねながら、ダンカンは言った。「叔母にとって今宵が忘れがたい一夜になるよう、ぼくらも行動に移ったほうがいいだろう。全員の視線がすでにこちらに集まっているようだ。きみも気づいていると思うが。そういうことにはすぐ慣れるものさ。きみ、悪評が立ったのを楽しんでる?」

「とんでもない。でも、わたしには悪評なんて立ってないわ。立つわけないでしょ。紳士にエスコートしてもらって、招待状をもらった夜会に出かけてきただけですもの」

ミス・ハクスタブルの顎がつんと上がっていることに、ダンカンは気がついた。彼女の目には、好戦的な光がかすかに宿っていた。

「その紳士はきみに積極的に求愛中だ」ダンカンは彼女のほうへ顔を近づけ、その目をまっすぐに見つめた。「それから、あちらのほうに、ぼくのいとこ二人の姿が見える。スーザンの目が顔から飛びだす前に、愛想をふりまいてこなくては」

二人で部屋を横切り、ダンカンはスーザン・ミドルトンとアンドレア・ヘンリーをミス・ハクスタブルに紹介した。どちらもアガサ叔母の娘である。

「あら、わたしの名字はもうヘンリーじゃないわ」アンドレアが文句を言った。「いまはレディ・ボズワース。聞いてない？　二年前にネイサンと結婚したのよ」

「ほんと？」ダンカンは言った。「ネイサンは幸せなやつだ。だけど、結婚式に招待してくれなかったじゃないか。冷たいなあ。ぼくはそのころきっと、よそで何かべつのことをしてたんだな」

アンドレアは唇を噛み、視線を泳がせた。スーザンのほうは無遠慮に笑いだした。ダンカンは昔から、叔母だけでなく、このいとこたちにも気に入られていた。ダンカンのほうも叔母やいとこが大好きだった。二人とも少女のころから陽気でお転婆だった。

「信じられないわ」スーザンが言った。「ロンドンに戻ってたなんて、ダンカン。でも、戻ってきてくれてすごくうれしい。わたし、キャロライン・ターナーとはどうしても気が合わなかったのよ。あなたが彼女と婚約する前に、わたしがそう言ったのを覚えてるかもしれないけど」

「でも、やっぱり、うちの母の夜会にきたのはまずかったわね、ダンカン」アンドレアが言った。「その前に、母か、わたしたちのどちらかに相談してくれればよかったのに。そしたら、くるのはやめるよう助言してあげられたのに。わたしがあなただったら、二、三分でひきあげるでしょうね。ミス・ハクスタブル、そのドレス、とってもすてきですわ。うっとりするような色。残念ながら、わたしには似合わないけど。青白くて影の薄い存在になってしまうわ。でも、あなたはみごとに着こなしてらっしゃる」

「まあ、ありがとうございます」ミス・ハクスタブルは言った。

ダンカンはあたりに目をやった。

叔母の屋敷はこの種のパーティにうってつけで、いくつかの部屋が端から端まで一直線に続いている——客間、音楽室、図書室、そして、ダイニングルーム。今夜はすべての部屋のドアが開け放たれ、招待客が部屋から部屋へ自由に行き来できるようになっている。

客間はすでに、客でぎっしりだった。となりの部屋では、誰かがピアノフォルテを弾いていた。

「聴きに行こうか」ダンカンはミス・ハクスタブルに声をかけ、音楽室へのドアを示した。

「あら、わたしだったらやめておくわ」アンドレアが言ったが、ミス・ハクスタブルがすでに彼の袖に手をかけていた。「ねえ、まずいことになるわよ」

二人が最初のドアを通り抜けると、ピアノフォルテのまわりに人々が集まっていて、淡いピンクのドレスを着たうら若き令嬢がすばらしい演奏をしていた。そのうしろにマートンが立ち、令嬢のために楽譜をめくる役をひきうけていた。

「ミス・ウィーディングよ」ミス・ハクスタブルがダンカンに説明した。「本物の才能を持ったお嬢さま。それに、とても控えめなの。誰かの説得で演奏する気になってくれてよかった」

二人はほかの人々に交じって立ち、ピアノフォルテに耳を傾けた。客間にいたときに比べると、誰も二人にはあまり注意を向けていない様子だった。

マートンをべつにして。

一分か二分すると、マートンは二人に気づいて落ち着きをなくし、演奏が終わるまでひどくそわそわしていた。演奏がすんだところで、ミス・ウィーディングに身を寄せて何やら言葉をかけ、大股で姉のところにやってきた。

「姉さんが着くのをずっと待ってたんだ。家に戻ろうかと思ったけど、途中ですれちがったときに気づかないと困るから、それもできなかった。いますぐ、ぼくと一緒に家に帰ろう」マートンはここで初めて、敵意むきだしのこわばった表情をダンカンに向けた。「こんなところにくるのはまずいですよ、シェリングフォード。ヘンリー夫人はあなたを招待してないはずですが」

ダンカンは眉を上げただけだった。

「でも、わたしは招待されてるわ、スティーヴン」ミス・ハクスタブルが言った。「だから、わたしがここにきたことを非難されるいわれはないし、シェリングフォード卿のほうもそうよ。ヘンリー夫人はこの方の叔母さまなの」

「ターナーがきてるんだ」マートンが言った。声は低いが、焦りが伝わってきた。「ペネソーン夫妻も一緒だ」

そうだったのか。

まあ、避けられないことだ——ダンカンは思った。社交シーズンをすごすために、あの連中はロンドンにきている。このぼくも。いずれ顔を合わせるのは当然のことだ。一昨日の夜だって、そうなりかけた。もっとも、劇場のこちら側とあちら側に離れていたし、ターナーには対決しようという様子もなかった。幕間の休憩時間に帰ってしまった。いかにもあの男のやりそうなことだ。今夜はさすがに、逃げだすわけにはいかないだろう。ミス・ハクスタブルがしっぽを巻いて、惨事が起きないうちに急いでここを出ようと思っているのでないかぎり。

ミス・ハクスタブルが彼を見ていた。

「この夜会がこれから何週間も噂の的になるだろうって、ヘンリー夫人がおっしゃったのは、そういうことだったのね。それから、いとこの方たちが、長居しないほうがいいとか、客間から奥へは行かないほうがいいっておっしゃったのも」

「姉を家まで送ってもらえますか、シェリングフォード。それとも、ぼくが送ろうか」マートンが訊いた。

「お帰りになりたい、伯爵さま？」弟を完全に無視して、ミス・ハクスタブルが尋ねた。ダンカンをじっと見ていた。

本当は帰りたかった。人目がありすぎる。しかも、今夜エスコートしているのは、彼が結婚相手にと狙っている女性だ。彼女と結婚できれば、貧乏暮らしをせずにすむし、ローラが亡くなったあとで約束した田舎の屋敷をトビーに与えてやれる。いま周囲にいる何十人もの連中は、彼のことを最低の男だと思っている。ローラの夫と、もしくは、キャロライン・ペネソーンと衝突した場合、彼にはいっさい同情してくれないだろう。

人から嫌われるというのは、楽しいことではない。平気な顔をしていても、心のなかでは……。

そう、帰りたかった。しかし、人生には、人としての価値が永遠に決まる瞬間が――とにかく、自分自身でそれを判断する瞬間が――ある。結局のところ、周囲の者の気まぐれな評価よりも、自分自身で下した評価のほうがはるかに重みを持っている。五年前に苦渋の決断を下したときに、そこから逃げなかったのと同じく、いまこの瞬間からも逃げるのはやめようと心を決めた。

少なくとも、ミス・ハクスタブルが帰りたいと言わないかぎり。いまは彼女のことを最優先で考えなくては。

しかし、彼女からすでに、帰りたいかどうかを尋ねてきた。

「いや」ダンカンは答えた。「しかし、きみが帰りたいと言うなら、もちろん家まで送っていこう」

「あなたがこの場を離れる必要はありません」マートンがそっけなく言った。「姉が傷つかずにすむよう、そして、ぼく自身が修羅場に巻きこまれずにすむようにできれば、こんなうれしいことはありません。メグ、ぼくが姉さんだったら、シェリングフォード伯爵に永遠の別れの挨拶をするだろうな」

ミス・ハクスタブルはダンカンから視線をはずそうとしなかった。

「ありがとう、二人とも。でも、わたしはここに残ります。こんなに早く帰ってしまうなんて不作法だわ」

「だったら、せめて」ミス・ハクスタブルの弟はためいきをついた。「ぼくがエスコートするから客間に戻ろうよ、メグ。だって——」

ミス・ハクスタブルはついに弟のほうを向いた。

「スティーヴン」温かさのこもった柔らかな声で言った。「ありがとう。でも、わたしにはわたしの人生があり、人の助けを借りなくても、一人で人生を歩んでいけるのよ。さあ、あっちへ行って楽しんでらっしゃい。あなたが急にいなくなったせいで、ミス・ウィーディングが心細そうなお顔だわ」

「メグ」低く懇願するように、マートンは言った。ダンカンをちらっと見てから、自分よりはるかに下手な誰かにピアノフォルテの席を譲った令嬢のもとへ戻っていった。

「ミス・ハクスタブル」ダンカンは言った。「きみは、控えめに言っても、厄介な立場に追いこまれている。やはり、ぼくが強引に家まで送らなくては」

「自分で自分を厄介な立場に追いこんだのよ。ティンデル家の舞踏会でクリスピンに嘘をついたばかりに。一昨日は自宅にあなたをお迎えして、事態をさらにややこしくし——まあ、たった二日前のことなの？——わたしに求愛するよう、あなたに命じた。これまでのところ、あなたは、結婚すべきだとわたしに思わせるようなことも、結婚してはいけないと思わせるようなことも、何ひとつしていない。いまここで逃げだしたら、わたしは一生のあいだ、あなたと結婚して幸せに似たものを築くべきではなかったかと、思い悩むことになるでしょう。

だから、ここに残ります。家まで送るといくらおっしゃっても無駄よ」

〝……幸せに似たもの……〟

ダンカンは暗い目で彼女を見つめた。結婚すれば、幸せが——もしくは、幸せに似たものが——手に入るのだろうか。彼が望んでいるのは——この何年か望んできたのは——安らぎだけだった。そして、なつかしい家。そして、トビーを育てるための安全で幸せな環境。ウッドバイン・パークに妻という存在が加われば、ひどくややこしいことになるだろう。しかし、妻を娶《めと》らなければ、ダンカン自身も子供も家を失ってしまう。この子こそ、彼が人生でただ一人、無条件で溺愛する子なのだ。

マーガレット・ハクスタブルは勇敢な女性だ。これまで何度か感じたように、たぶん、侮りがたい女性だろう。この場に残って、何が待ち受けているにせよ、それに立ち向かおうとしている。ランドルフ・ターナーがここにきている。キャロラインも。

「ゆうべ、デュー少佐に会ったとき、ぼくより彼のほうがきみを幸せにしてくれると思わなかった?」

ミス・ハクスタブルの唇がこわばった。訊かなければよかったとダンカンは思った。嫉妬しているととられかねない。だが、ダンカン自身、デューに好意は持っていないが、彼女がいまもあの男に惹かれているような気がしてならなかった。妻に迎えた女が生涯べつの男に思いを寄せつづけることなど、ダンカンはもちろん望んでいない。

「二人のどちらかを選ぼうとしているのではないわ。これはコンテストじゃないのよ、伯爵さま。クリスピン・デューからゆうべふたたび求婚されて、わたしはふたたびノーと答えました。あなたに対してはノーと言っていない――いまはまだ。ノーと答えるべきだと判断したら、正直にそう言います。イエスと答えるべきだと判断したときも、やはりそう言います」

ダンカンはミス・ハクスタブルにかすかな笑顔を見せた。

「では、つぎの部屋に移ろうか。叔父が古地図のすばらしいコレクションを所有していて、つねに図書室に置いてある。もっとも、今夜は展示されているかどうかわからないが」

「見に行きましょう」ミス・ハクスタブルが言って、彼の腕をやや強く握りしめ、それから微笑した。

12

　混雑した図書室が不意に静まりかえり、そのあとで新たに会話のざわめきが広がったので、ダンカンは、いちばん会いたくない相手のうち、少なくとも一人はこの部屋にいるに違いないと悟った。急ぐことなくあたりに目をやった。案の定、窓辺のふかふかの椅子にキャロラインが腰をおろし、その横にノーマンが立っていた。

　ダンカンは二人のほうへにこやかに会釈を送った。ミス・ハクスタブルは赤毛の美女を伴ったコンに挨拶していた。

「マーガレット。シェリー」コンは必要もないほど愛想よく言った。「ハンター夫人を紹介してもいいかな？　いまからぼくたちと一緒に音楽室へ行って、ぼくを応援してもらいたい。みんなの前で歌ってくれるよう、夫人の説得に努めてるところなんだ。こちら、ミス・ハクスタブルとシェリングフォード伯爵だよ、イングリッド」

「たしか、すばらしいコントラルトの声をお持ちと記憶しております、ハンター夫人」ミス・ハクスタブルが言った。「ぜひ歌っていただきたいですわ。ただ、シェリングフォード卿とわたしは音楽室で三十分ほどすごしてきたばかりですの。いまから軽く何かいただこうと思って」

ハンター夫人は唇をすぼめ、興味津々といった目でダンカンを見ていた。

「ずっと以前にお目にかかったことがございましてよ、シェリングフォード卿」夫人は言った。「わたくしと同じ年にデビューした若い令嬢はみな——白状しますと、わたくし自身も含めて——あなたがちらっとでも視線を向けてくだされば、その場で卒倒したことでしょう。でも、悲しいことに、あなたはこちらの存在に気づいてもくださらなかった」

夫人の声は低くて、音楽のような響きを持っていた。

「おそらく」ダンカンは言った。「あのころのぼくは、いまより愚かだったのでしょう、ハンター夫人。ハンター氏のほうがはるかに聡明だったようですね」

「哀れなオリヴァー」夫人は言った。「婚礼から一年もたたずに亡くなりました。もっとも、急いで言い添えておきますが、その二つには因果関係などありませんことよ。そろそろ音楽室のほうへ行きましょうか、コンスタンティン」

コンは躊躇し、マーガレットに意味ありげなきびしい視線を向けたが、ハンター夫人に腕を差しだし、二人で去っていった。

ノーマンが断固たる足どりで近づいてきた。一昨夜の劇場でダンカンが受けた印象は、やはり正しかった。昔に比べてさほど変わりはないものの、腹まわりと、頭に残った髪の量だけは変化している。シャツの立ち襟の高さと尊大な態度は昔と同じだった。そして、義憤に駆られた表情だった。

また、この五年のあいだに、二重顎になっていた。

「シェリングフォード」声の届く範囲にきたところで、ノーマンは言った。図書室に響く会話の音量が目立って低くなったわけではないが、室内にいるすべての者が、明日の朝、不運にもこの場に居合わせなかった人々に向かって、これから展開する会話を一言一句違えることなく報告するであろうことに自分の全財産を賭けてもいいと、ダンカンは思った。もし、賭ける財産があればの話だが。

「ノーマン」ダンカンは愛想よく言った。「ミス・ハクスタブルを紹介させてもらってもいいかな。マギー、こちらはノーマン・ペネソーンだよ。ぼくのいとこ。名字からわかるように、父方のいとこだ。いや、正確には、またいとこだが」

ノーマンはミス・ハクスタブルにそっけなく会釈をした。

「たしか、二日前の朝、うちの妻がそちらにお邪魔したはずですが。もっとも、妻の計画が実行に移されるまで、ぼくは何も知らされていませんでした。知っていれば、止めたことでしょう。だが、あなたの幸福と評判を気遣うあまり、大きな苦痛を覚悟で行動に出た妻の勇気を、ぼくは称えたいと思います。残念ながら、妻の努力は無駄になったようですが。あなたは妻の警告を無視なさった」

ダンカンは口をはさもうとしたが、その前にミス・ハクスタブルが答えていた。

「いえ、無視などしておりません、ペネソーンさま。ご訪問を光栄に思い、奥さまのお話に真摯に耳を傾けました。でも、どのような事柄にも二つの面があるものです。この件につきましても、奥さまのお話だけを伺って、シェリングフォード卿のお話に耳を貸さなかったら、きわめて不公平だったことでしょう。しかも、シェリングフォード卿はわたしに結婚を申しこんでくださった方ですし」

ミス・ハクスタブルは低い声で話をした。それでも、ひとことも洩らさず聞きとった人々がいることを、ダンカンは疑わなかった。どうせ、みんな、このやりとりに好き勝手な解釈を加えることだろう。

「で、結婚を承諾されたのですか」ノーマンが尖った声で言った。

「もし承諾したなら、あるいは、この先承諾することがあれば、その翌日、朝刊で婚約発表をお読みになれるでしょう」

ダンカンがふと見ると、キャロラインはもとの場所にじっとしていた。青ざめてはいるが、好奇心を浮かべ、少人数のレディがキャロラインを囲んで、彼女の背中と膝を軽く叩いたり、ハンカチであおいだり、鼻のあたりで気付け薬の小瓶をふったりしていた。

ノーマンが胸を大きく膨らませて、ミス・ハクスタブルからダンカンのほうに注意を移した。

「ところで、きみは年月を経てもろくな人間になっていないようだな、シェリングフォード。昔と同じく、礼儀作法をバカにしている。わが愛する妻と義兄から遠ざかっているだけの慎みがない。こうした催しから遠ざかっているだけの慎みもない。上流階級の人間というのはな、このような場に悪党は出入りしないものだと思っているのだぞ。賭けてもいいが、ヘンリー夫人は今宵、きみを招待していないはずだ」

ノーマンはミス・ハクスタブルと違って、声を落としてしゃべろうという配慮に欠けていた。議会で演説をするような調子で、言葉を明瞭に発音し、雄弁なる情熱をこめて語った。

「再会できてうれしいよ、ノーマン」ダンカンはにこやかに言った。「さて、ここらで失礼して、ダイニングルームのほうへ行くとしよう。ミス・ハクスタブルに軽い食事が必要なのでね」

消去法からすると、ターナーはダイニングルームにいるに違いない。しかし、ここでひきかえして朝刊に〝臆病者〟と書き立てられるつもりは、ダンカンにはなかった。

「きみに要求する」ノーマンは言った。「わが妻もきているこの屋敷から去ってもらいたい」

おやおや、この男ときたら、すっかり舞台俳優気どりだ。

「喜んで去るとも、ノーマン。そろそろ家に帰りたいとミス・ハクスタブルに言われたらね。あるいは、出ていくよう叔母から言われたら」

ダンカンはミス・ハクスタブルを見おろし、さきほど強引に連れて帰ればよかったと後悔した。こんな醜悪な場面に彼女をひきずりこむのはフェアとは言えない。ここ二、三日のゴシップ記事も、明日の朝刊に比べればおとなしいものだろう。そして、ミス・ハクスタブルはこの場にいて、騒ぎの中心に身を置いている。

ただ、何分か前に彼女自身が言ったように、ダンカンには、彼女の望まないことを無理強いする力はない。

「周囲の注目を集め、奥さまに恥ずかしい思いをさせるおつもりだったのなら」ミス・ハクスタブルは声をひそめてノーマンに言った。「みごとに成功なさいましたわね。さて、そろそろ失礼させていただきます」

ミス・ハクスタブルはダンカンの腕にふたたび腕を通し、ダイニングルームへ向かった。ランドルフ・ターナーが左右の腕を若い令嬢に貸してダイニングルームから出てこようとするのと、ほぼ同時だった。

みごとなタイミングであったことは、ダンカンも認めるしかなかった。おもしろい芝居の始まりだ。立ち聞きしていないふりをする者は、図書室にはほとんどいなかった。

「ターナー」ダンカンは声をかけて、頭をわずかに下げた。

ターナーはあわてて足を止め、青くなった。

まさにロマンス小説のヒーローの典型だな——こちらの軽い挨拶への返事を待ちながら、批判的な目でターナーを見て、ダンカンは思った。長身、立派な体格、しなやかな金色の髪、淡いブルーの目、輪郭のくっきりした鼻、そして、繊細な感じの唇。ローラの髪と目も同じ色合いで、二人が並ぶとまるで絵のようだった。

ノーマンは義兄が返事をするのを待とうとしなかった。かわりに、前に進みでて、ターナーとダンカンのあいだに立った。

「ランドルフ、ぼくのほうでシェリングフォードを説得して、あなたがこいつと顔を合わせる羽目になる前に、こっそり出ていかせようとしたんだ。あなたにとって、この出会いが言語に絶する不快なものであることは、ぼくにもよくわかる。しかも、こんなに人目のある場所だからね。ところが、この男は出ていくのを拒んだ。だから、どんな結果になろうとも、それは自業自得というものだ。ここには無数の証人がいる。全員があなたと同じく、そして、ぼくと同じく、憤怒に駆られているに違いない。あなたがいまここで胸の内をはっきり述べて決闘を申しこんだところで、あなたを非難する者は一人もいない。ほかに選択肢がなかったという事実を、全員が証明してくれるだろう」

ダンカンは眉を上げてターナーを見つめた。すでに青ざめていたターナーの顔色が、チョークのように白い色合いと質感を帯びていた。顎にぐっと力を入れ、表情の読めない目でダンカンを見つめかえした。

妻を奪われながら、あとを追って男を見つけだして絞め殺すことも、不貞を働いた妻に離縁を申しわたすこともしなかったやつが、相手の男に向かっていまさら何を言おうというのだ？

もっとも深く、もっとも暗く、もっとも忌まわしい自分の秘密を残らず知っているはずの男に向かって、いまさら何を言おうというのだ？

「わたしは妻を愛していた」ターナーは言った。「命そのものよりも深く」

若い令嬢二人がターナーの左右にさらに身を寄せた。片方が崇拝の目で彼を見あげた。もう一方は両腕を彼にまわした。

ダンカンはうなずいた。

「ああ、彼女からすべて聞いている」

「きみにはなんの権利もなかった」ターナーは言った。「男とその正妻のあいだに割って入る権利など」

ダンカンはうしろを見るまでもなく、背後の室内でレースの縁どりをした何枚ものハンカチが何人もの女性の目にあてがわれていることに、大金を賭けてもいいと思った。

「たしかに法的な権利はなかった」ダンカンは同意した。

「ランドルフ」ノーマンがきびしく声をかけた。

ターナーは落ち着かない様子でふりむき、唇をなめた。

「この悪党に決闘を申しこむつもりだろう？」ノーマンは言った。

室内の女性がいっせいに息を呑んだ。

ダンカンの腕にかけられたミス・ハクスタブルの手がこわばった。

「決闘？」ダンカンは言った。「すると、ぼくがロンドンを離れていたあいだに、決闘が法律で認められるようになったのか、ノーマン？　それは興味深いことだ。ぼくに決闘を申しこもうというのか、ターナー？　こんなに多くの証人がいる前で？　貴婦人たちもいるというのに？」

「わたしは――」ターナーが言いかけた。

「もちろん、そのつもりだよな、ランドルフ」ノーマンが強い口調できっぱりと言った。

「ぼくが介添人を務めよう。あなたの妹を世間の笑いものにし、あなたの幸せな結婚をこわした悪党に対して、あなたが断固たる態度に出たことを賞賛しない者は、ここにはもちろん一人もいない」

俳優になる気がノーマンにないなら、誰かが庶民院にこいつのための議席を見つけてやるべきだ。この雄弁術ですべての者をなぎ倒すことだろう。

「昔の不和をそのような子供っぽい方法で解決することには、どうしても賛成できない者が、少なくともここに一人おりましてよ」ミス・ハクスタブルが言った。「一方がもう一方の頭を吹き飛ばしたところで、いったい何が解決するのです？　意見の相違については、理性的な話しあいをなさるようお勧めします――お二人で」

室内に広がった静寂からすると、ミス・ハクスタブルの意見は少数派のようだった。しかし、賛成者が一人もいないわけではなかった。

「ミス・ハクスタブル」彼女に視線を据えて、ターナーが言った。「あなたがミス・ハクスタブルとお見受けしますが。お近づきになる機会が一度もなかったことが残念です。まさにあなたのおっしゃるとおりです。ヘンリー氏のお屋敷は、このように不快な対決をするための場所ではありません。暴力では何も解決できないというのが、わたしの信念です。それに――失礼をお許しいただきたいが――シェリングフォード伯爵が決闘という名誉に値する人物だとは思えません。地獄への道を選んだ男です。おそらく、最後まで地獄へ向かって歩みつづけることでしょう。彼の歩みを速めてやろうという衝動に、わたしが駆られることはありません」

いまや、若き令嬢二人は崇拝をこめてターナーを見つめていた。室内の誰かがすすり泣きをこらえた。はっきり聞こえるぐらい鼻をグスンと言わせた者もいた。

ダンカンはターナーに視線を据えたまま微笑した。「暴力では何も解決できないというのが、きみの信念だったのか」柔らかな口調で言った。「そういう平和主義的な意見には、賞賛と敬意を払うしかない。きみの考えが変わったときには、どこでぼくを見つければいいか、ご承知のことと思う。ただし、ひとこと注意しておくと、喧嘩腰の紳士二人が乗りこんできても、サー・グレアム・カーリングはあまり喜ばないだろう。一人は激怒した夫、もう一人はその身内。ただし、夫の実の弟ではないが」

ターナーの視線がダンカンに突き刺さった。

〝そう、知っているとも〟ダンカンは無言で語りかけた。〝この五年間、何も知られていない可能性もあると思って、一時的にでも自分を安心させようとしてきたのかい？〟

「ランドルフ」ノーマンが鋭い声で言った。「亡くなった気の毒な奥さんのことを考えてくれ。あなたの妹のことを考えてくれ」

ダンカンはマーガレット・ハクスタブルを見おろした。

「レモネードを飲みに行こうか」と提案した。

「ええ、何か飲めるなら大歓迎よ」ミス・ハクスタブルが答えた。ターナーと取り巻き連中がさっと脇へどいたあとで、二人はダイニングルームに入っていった。

ダイニングルームにいた人々も、図書室の人々と同じく、いまのやりとりに聞き耳を立てていたに違いない。みんなが二人を凝視し、その瞬間、大きな沈黙が広がったが、やがていっせいに視線をそらして、あわてて陽気なおしゃべりに戻った。

「ところで」ダンカンは言った。「公の場での求愛を、きみが楽しんでくれていればいいのだが」

「もし決闘ということになって」衝撃に声を震わせながら、ミス・ハクスタブルは言った。「いずれかの側に一滴でも血が流れた場合は、わたしがこの手であなたを殺すことにします」

「なんだか筋の通らない意見だな。だが、きみがそこまで深く気にかけてくれていたとは知らなかった」

ミス・ハクスタブルは彼の目を見つめて声を低くした。いまも衝撃に震えていたけれど。

「あの方がお気の毒だわ。明日、あちらのお宅を訪ねて謝罪してください――迎え入れてもらえればの話だけど――。謙虚に、真心をこめて。あなたはあの方にひどい仕打ちをしたのよ。過去を変えることはできないし、許しを得ることもできないけど、少なくとも、自分が非道なことをしたのを認め、人に与えた迷惑には弁明の余地がないと認めることはできるはずよ。謝罪なさって、シェリングフォード卿」

ダンカンは眉を上げげた。「いやだと言ったら？」

「まあ。あなたに正しいことをさせようと思ったら、強引に命じなくてはならないの？　謝罪なさい！」

「嘘を奨励する気か、マギー？」

なかったわ」

「嘘？」ミス・ハクスタブルは眉をひそめた。「いいえ、とんでもない。もっとも、わたし自身、ここ二、三日のあいだに何度か嘘をついたけど。嘘をついても、いいことなんて何もなかったわ」

「それなのに、ぼくに嘘をつけと言うのかい？」

ミス・ハクスタブルは眉をひそめたままだった。

「ぼくは悪いことをしたとは思っていない。謝罪すれば、嘘をつくことになる」

一瞬、ミス・ハクスタブルは目を閉じ、肩をがっくり落とした。

「ああ、愚かな人。ローラという方を心から愛してらしたのね。でも、愛から不名誉が生まれるなんて間違ってるわ。あるいは、苦しみが生まれるのも」

「三十にもなって、まだそんなに世間知らずなのか」

ミス・ハクスタブルは急に目をあけた。

「レモネードをとってきてあげよう」ダンカンは言った。

マーガレットは、シェリングフォード伯爵が空っぽになった皿を彼女の手からとり、テーブルへ戻しにいったあとでようやく、自分がいま何か食べたことに気づいた。何を食べたかは、まったく記憶になかった。グラスも空っぽになっていた。レモネード？　そうね、その味はまだ口のなかに残っている。

マーガレットの顔に笑みが浮かんだ。レディ・カーリングが両手を前に差しのべ、帆に風を受けた船のごとく近づいてくるところだった。

「ディーン家からずいぶん前に晩餐のご招待をいただいてたの」マーガレットの頬にキスをしながら、レディ・カーリングは言った。「アガサが夜会の計画を立てるよりずっと前に。ようやく晩餐の席を抜けだして、ここにくることができたわ。残念ながら、大騒ぎの場には立ち会えなかったけど。マーガレット、すべてに耐えていまもダンカンのそばにいてくださるなんて、まさに聖女だわ。ランドルフ・ターナーがダンカンに決闘を申しこむのを拒否したそうね。とても意外だし、いささか不名誉なことでもあるけど、ターナーが拒否してくれて、わたしは心からホッとしてるわ。決闘なんてことになったら、わたしの神経が持たなかったでしょう。ダンカン、ここはひとつ膝を屈して謝罪するしかないわ。もっと前に謝罪すべきだったのよ」

「いやだと言っています」マーガレットはダンカンの母親に告げた。「悪いことをしたとは思ってないんですって」

母親は舌打ちした。

「じゃ、ローラ・ターナーはとても幸せな女性だったのね。ダンカン、果実酒を持ってきてちょうだい」

レディ・カーリングやその友人たちと歓談しながら、さらに三十分ほどすぎたころ、シェリングフォード卿がふたたび、家まで送ろうとマーガレットに申しでた。こんなにうれしい提案は生まれて初めてだった。もっとも、自分のほうから送ってほしいと頼むぐらいなら、マーガレットは死を選んでいただろう。疲れてクタクタだった。

なぜこんなことに？　だが、なぜであろうと、自分自身を責めるしかない。

彼に送ってもらってマートン邸に着いたら、〝結婚はやめることにした。二度と会うつもりはない〟と告げるべきだろうか。いまならまだ、彼のほうでべつの女性を見つける時間が残されている。それに、正直なところ、現実的に考えて、良心のかけらも持たない男との結婚をどうして承知できるだろう？

でも、わたしが断わったら、誰が彼と結婚してくれるだろう？

いえ、わたしが心配することではない。

スティーヴンは客間にいて、おおぜいの若い仲間に加わり、みんなでいっせいにしゃべったり笑ったりしている様子だった。マーガレットたちが音楽室から客間のほうにくるのを見て、仲間から離れた。

「そろそろ帰るの、メグ？　送っていこうか」

「いえ、大丈夫よ、スティーヴン。シェリングフォード卿に送っていただくわ」

「じゃ、せめて馬車を頼んでこよう」

「ううん」マーガレットは弟に笑顔を見せた。「よく晴れた夜だから。というか、さっき窓から外を見たときは晴れてたわ」

伯爵は馬車を持っていないので、今夜のために一台雇うと言ったのだが、マーガレットが断わったのだった。ヘンリー夫人の屋敷までの短い距離を二人で歩いてきた。

二人がヘンリー夫人に暇《いとま》を告げると、夫人は甥に向かって首をふり、彼の頰にキスをして、あなたがわたしをいっきに有名にしてくれたから、このつぎパーティを開くときは、誰もが参加したいと騒ぎ立てることでしょうね、と言った。

「今夜の招待に応じなかった人はみんな、大いに後悔することになりそうよ」

13

数分後、二人は外の歩道に立ち、ショールを肩にかけたマーガレットはわずかに震えていた。あたりは静寂に満ちていた。

シェリングフォード卿が腕を差しだしたので、マーガレットはそこに手をかけた。

「何を考えてるんだい？」無言でしばらく歩いたあとで、彼が尋ねた。

「自分でもわからないの。人生が逆さまになってしまったような気分だわ」

「求婚を中止したほうがいいかな。きみの評判はあっというまに回復し、まったく傷つかずにすむ。あおり立てる材料がなければ、ゴシップはすぐに消えてしまうものだ」

「いえ、それよりも、あなたがなぜ後悔していないのか、どうしてあの気の毒な方への謝罪を拒むのかを説明していただきたいわ。頑固なだけ？　それとも、本物の愛のため？　ターナー夫人はあなたが命をかけて愛した人だったの？　人格と名誉まで含めてあなたのすべてを捨てるだけの価値のある人だったの？　正しいことをするのも、修復不能の苦しみをその夫に与えたことを認めることも、拒むだけの価値のある人だったの？」

マーガレットはふたたび身を震わせた。ショールがすべり落ちて、深夜の冷気に肩をさらすこととなった。

シェリングフォード卿が足を止めてショールを持ちあげ、マーガレットの肩にしっかり巻きつけてから、すべり落ちないよう、片腕を彼女の肩にまわした。彼女の目をじっと見ていた。もっとも、暗いため、マーガレットには彼の顔がほとんど見えなかった。彼が飲んでいたワインの香りがした。

「ぼくが命をかけて愛した人？　もしそうなら、こうしてきみに求愛を続け、結婚してもいいという気にさせるのは、きみに対するとんでもない侮辱になる。ローラのことはこれっぽっちも愛していなかった。とにかく、男女のロマンティックな愛はなかった」

マーガレットは混乱して彼を見つめた。いま不意に気づいたのだが、二人が立っているのは、歩道の縁に沿ってまっすぐ続く並木の陰だった。どうりで、明るい星月夜なのに、まわりが暗かったわけだ。通りにはまったく人影がなかった。夜警の姿さえなかった。

「じゃ、意地を張ってただけ？　つかのまの情熱によって、あなた自身も含めた何人かの人生が破滅したことを、どうしても認める気になれなかったの？　そして、わたしも含めたほかの人々から、その頑なな態度を尊敬してもらえると思ったの？　言語道断なことをしでかして、とりかえしのつかない影響を及ぼしたことを認めるのは、男らしくないことだと信じてるの？　自分の過ちを認めて許しを請うのが、あなたに残された唯一の男らしい立派な行動なのよ。そうでしょ？」

シェリングフォード卿はためいきをついた。

「レディ・ティンデルの舞踏会できみとぶつかったとき、やはり、詫びの言葉を並べ立てて、急いでどこかへ行こうとしていたきみを、そのまま行かせればよかった。貧困から抜けだしたければ、きみのようにはっきりした意見を持つことのない相手を選ぶべきだった。マギー、立派な行動にも多くの種類がある。人妻をその夫から奪って一緒に逃げることこそ、ときには、男がとることのできる最高に立派な行動ということもあるんだ。たとえ、自分の花嫁を文字どおり祭壇の前で待たせたまま、捨てるしかないとしても。もっとも、ぼくだって、キャロライン・ターナーをそこまでないがしろにしたわけではないが」

「ちゃんと説明して」マーガレットは彼と正面から向きあったが、彼が一歩も下がろうとしないため、両手を広げて相手の胸を押すしかなかった。彼の片方の腕がいまもマーガレットの肩を抱いていた。「そんな罪がどうして立派だと言えるの?」

彼の顔をじっと見あげた。こんなに近い距離なのに、その顔はほとんど見えない。

やがて、マーガレットの頭に不意に真実がひらめき、これまで気づかずにいたことを不思議に思った。

「ランドルフ・ターナーは臆病者だ。しばらく前に、きみも気づいたかもしれないが。やつの立場に立たされた男なら誰でも、ぼくの顔に手袋を叩きつけるしか選択肢がないと思ったはずだ。たとえ形だけのことにしても。ターナーはそこから抜けだす方法を見つけ、おまけに、自分をヒーローのように印象づけた――少なくとも、レディたちに対して」

「たぶん、暴力を嫌い、どんな問題に対しても解決法にはならないことをご承知なのでしょう」

「妻がよその男と駆け落ちすれば、ふつうの夫だったら、妻を見つけだして相手の男に報復するため、あらゆる手を尽くすことだろう。もしくは、妻を公に非難して離縁するだろう。妻の死後、駆け落ち相手が社交界に復帰し、人々の許しと敬意を得るのは当然と言わんばかりに社交行事で夫と同席したなら、夫は少なくともそれに異議を唱えるものだ」

「たぶん」マーガレットはふたたび、きっぱりと言った。「暴力を嫌い、どんな問題に対しても解決法にはならないことをご承知なのでしょう」

シェリングフォード卿はためいきをついた。

「そして、たぶん、やつには臆病さと表裏一体の資質があると言っていいだろう」

マーガレットは暗いなかで彼の目の表情を探った。説明を待つまでもなかった。さきほどのひらめきはやはり正しかったのだ。

「暴力をふるう人だったの？」声をひそめて訊いた。

シェリングフォード卿は彼女の肩にかけていた手を放し、二、三歩あとずさって木の幹にもたれた。胸の前で腕を組んだ。マーガレットはショールの端をつかんで、身体にきつく巻きつけた。

「誰にもぜったい言わないと、ぼくはローラに約束した。あくまでも秘密にしておく必要があった。ただ、ローラが秘密を望んだ一番の理由は罪悪感だった。自分は妻として失格だ、非難されるのも暴力を受けるのも自分が悪いからだ、と思いこんでいた。世間に真実を知られたら責められるのは自分だと思いこみ、単に不実な妻だと思われるほうを選んだのだろう」

「妻に暴力をふるっていたの？」マーガレットはショールの端をきつく握っていた。まるで、そこにすがりつくことで自分の命を守ろうとするかのように。

「ひどいものだった。夫のもとから逃げだせば、妻が非難されるに決まっている。男には妻を殴る権利があり、妻をおとなしく服従させるために必要と思えば、どんな罰でも与えていいことになっている。結局のところ、妻は夫の所有物なんだ。男には犬を殴る権利もある」

「哀れなターナー夫人」マーガレットはすばやく周囲を見まわした。しかし、人影はまったくなかった。マーガレットはつねづね、家庭内暴力というのは、人が経験しうる最悪の災いだと思っていた。家庭はもっとも安全な避難港であるべきだ。「どうしてわかったの？」

「ふとした偶然で。ぼくはキャロラインと婚約したばかりで、向こうの一家から身内のように迎えられていた。どういう経緯だったのか、まったく覚えていないんだが、ある晩、ローラとぼくが家族から離れて二人だけになり、何分か個人的に話をする機会があった。ターナーはふだん、妻をそばから離そうとしなかった——殴ったあとはとくに。つまり、ローラはほとんどいつも、夫に縛りつけられていたわけだ。事情を知らない者の目には、仲むつまじい夫婦に見えたことだろう。ぼくも最初はそう思っていた。あの晩までは」

マーガレットは濃い闇のなかで彼を見つめた。夜気の冷たさを忘れていたが、それでも震えは止まらなかった。左のほうから、通りを駆ける馬の蹄《ひづめ》の音が聞こえてきたが、馬と乗り手はべつの通りへ曲がったに違いない。蹄の音が遠くなり、やがて、完全に消えた。

「どういう経緯だったかはともかく、ぼくらは家族から離れて二人だけになり、それでローラもつい気がゆるんだらしく、二の腕のどす黒いあざがぼくの目にちらっと入ってしまった。ぼくがそのことを口にすると、ローラは怯えた表情になり、あわてて顔を背けたため、その拍子に、首にかけていた絹のショールがほんの一瞬すべり落ちた。ローラはあわててショールをもとに戻した。首筋のあざは薄くなりかけていたが、見間違えようがなかった。この一週間、〝気分がすぐれない〟と言ってローラが家に閉じこもっていたのはじつはこれだったんだ、とぼくは気がついた。ぼくがキャロラインと知りあって以来、ローラのそうした体調不良は何度もあった。みんなから虚弱体質だと思われていた。ぼくはショックのあまり、思わず無遠慮に言ってしまった。そのときの言葉をいまも正確に思いだすことができる。〝ターナーに殴られたんだな〟と、ぼくが言うと、ローラは家族がいるほうへあわてて視線を向け、全員が声の届かないところにいるのをたしかめてから、顔に笑みを貼りつけたまま、早口ですべてを打ち明けた。結婚して三年になるが、この二年間、暴力が続いていて、回数も激しさも増すばかりだというんだ」

「まあ」マーガレットは言った。この瞬間、ほかに言うべき言葉が浮かばなかった。妻を殴る男ぐらい卑劣な連中はいないと、ずっと思ってきた。「だから、ローラを連れて逃げたの？」

「すぐではなかったけどね。ローラが人に打ち明けたのはそのときが初めてで、重荷をおろしたとたん、極度に怯えるようになったのは明らかだった。何につけても自分を責めていた。夫を喜ばせることができない悪い妻だという思いが根底にあったんだね。ぼくからターナーにきびしく言ってやろうかと提案すると、ローラは恐怖のあまり卒倒しそうになった。その後何週間か、ぼくと口を利くのも避けていた。ところが、ぼくの婚礼の前夜、ぼくを訪ねてきた。こっそり会いにきたんだ。きみにもわかると思うが、きわめて無分別で危険な行動だ。だが、ひどく動揺していて、ほかに頼れる相手もいなかったんだ。自らの手で命を絶ちたいと言いだし、ぼくはそれを真剣に受けとった。ローラは自殺する気だったのだと、いまも信じている。たとえ自殺を思いとどまったとしても、いずれ、ターナーの手で命を奪われていただろう。ぼくはローラを連れて逃げた――秘密はけっして口外しないと約束したうえで。その約束を今夜破ってしまったわけだ。ぼくと結婚しなくてもかまわないよ、マギー。むしろ、結婚しないほうが賢明だろう。いま話したことに関しては、きみの思慮分別を信頼するしかない」

マーガレットは自分が下唇を強く嚙んでいたことに気づいた。

「人々に知らせるべきだわ。あなたが世間で思われているような悪人ではないことを、みんなに知ってもらわなくては」

「いや、やはり悪人なんだ。男は自分の妻に対して生殺与奪の権を持っている。自分が正しい思う形に妻を矯正し、懲罰を与える権利がある――それを義務と呼ぶ者もいるだろう。夫以外の男には、たとえ実の父親や兄弟であろうと、口出しする権利はない。教会も国家もそう定めている。ぼくはまさに、誰もが思っているとおりの悪人なんだ——ただ、いささか違う種類の悪人だとは思うが」

マーガレットは深く息を吸った。

「ターナー氏はどうしてあなたを追いかけようとしなかったの?」

「臆病者だからさ。暴力をふるう男はたいていそうだ。それに、ぼくたちは細心の注意を払って身を隠していたからね。ローラが亡くなるまで、ほぼ五年近く。見つかれば、ローラは夫に連れもどされたことだろう。法律も教会も夫の側に立ったことだろう。阻止したくても、ぼくには何もできなかったと思う。ターナーはたぶん、ローラを殺しただろうな。それは間違いない。哀れなことに、ローラが自分で命を落としてしまったが。自らの手で命を絶ったわけではないが、死と闘おうともしなかった。自分の価値を信じる心をターナーに奪われてしまったのだ。自分自身を信じることができなくなった者は、生きる気力をほぼ失ってしまう。たとえわずかに残っていても、自分はそれに値しない人間だという思いにとりつかれる。残虐さと不当な仕打ちに立ち向かうことが精神的にも感情的にもできなかっただけで、ほかにはなんの落度もなかった女を殺したも同然の男に謝罪するつもりは、ぼくにはない」

マーガレットはためいきをつき、二歩進みでて、シェリングフォード卿の前に立った。彼が胸の前で組んでいた腕をほどいたので、その肩に額をのせた。すぐに温もりが伝わってきた。

まったく無意識の行動だった。気づいたときには、礼儀正しくふるまおうとしてもすでに手遅れだった。彼の身体の温もりがどうしても必要で、その必要に導かれて行動した――五年前のローラ・ターナーと同じように。

「ようやくわかったわ。わたしがあなたをはねつけなかった理由が。どの事実を見ても、誰の意見を聞いても、はねつけるのが当然と思われたのに。ときとして、直感こそほかの何よりも信頼できることがあるのね。あなたが邪悪な人だとは、わたしにはどうしても思えなかったの」

「だけど、やっぱり悪人なんだ。ぼくのやったことを支持してくれる法律は、俗世のものも教会のものも含めてひとつもないし、倫理的に許されることでもない。女はその夫の所有物であり、夫が意のままに扱っていいとされている」

「ばかばかしくて話にならない」彼の肩に額をつけたままで、マーガレットは言った。

「法律とは、しばしばそういうものだ。だが、社会をひとつにまとめ、無秩序に陥るのを防ぐには、法律という接着剤を使うしかない。法律が少しずつ改善されて、いずれ、すべての者の――女性も、貧しき者も、さらには動物までも含めて――倫理と権利を守るものとなるよう、いまはひたすら願うのみだ。だけど、その日がくるのをじっと待つつもりは、ぼくにはない。それには長い年月が必要だ――もし実現するとしても。ぼくがやったことは間違いだったんだ、マギー。邪悪なことなんだ」

「だったら」顔を上げて、マーガレットは言った。「この世に存在する悪の一部に感謝したいぐらいだわ。倫理というのは白黒をはっきりつけられるものではない。そうでしょ？　これはとっても深遠な言葉よ。これまで誰も気づいたことがなかったのかしら」

でも、この人がやったことのなかには、けっして許せないこともある——マーガレットは不意に思いだした。

「だけど、ミス・ターナーのことはどうなの？　婚礼の日に置き去りにされたのよ。罪もないのに、屈辱と悲嘆の両方を味わわされたのよ」

「ぼくはローラから聞いたことの一部を、キャロラインにだけは打ち明けた。口外しないとローラに約束する前にね。もしかしたら、キャロラインも兄から似たような扱いを受けて苦しんでいるのではないかと、心配になったものだから。もしそうなら、ターナーを半殺しの目にあわせてやるつもりだった。だが、そうではなかった。彼女はローラの件を知っていて、ひたすらターナーを弁護した。ローラさえちゃんとしてれば、兄もそんなことはせずにすむのに、とぼくに言った。すべてローラが悪いのだと言った。翌日から、ローラはふたたび家にひきこもり、一週間以上人前に姿を見せなかった。いつもよりさらに長かった。ぼくがキャロラインにしゃべったばかりに、それまで以上の打擲《ちょうちゃく》を受けることになったのだろう。極秘にしてほしいとローラがぼくに懇願したのも当然だ」

「ミス・ターナーがお兄さまに告げ口したの？」マーガレットは必要もない質問をした。

「不思議に思う？」彼のほうから訊きかえした。「キャロラインへの愛がいっきに冷めてしまったことを」

いいえ、思わない。

マーガレットは彼の肩に額をつけて目を閉じた。四頭の馬にひかれた馬車がガラガラと横を通りすぎ、遠ざかっていった。

ふたたび二人だけになったところで、マーガレットは言った。「あなたと結婚したほうがよさそうね」

彼の手がマーガレットのヒップに軽くあてられた。

「ぼくが情けない人間だから？」

「情けない人ではないとわかったから。あなたの人生には安らぎが必要だわ、シェリングフォード卿。わたしの人生にも」

「安らぎ？　遠い過去の言葉だ。そして、きみとの結婚がぼくに安らぎをもたらしてくれるというのかい、マギー？」

「安らぎをもたらしてくれるのは、ウッドバイン・パークでの暮らしよ。そして、あなたにはお気の毒だけど、わたしと結婚しないことには、もしくは、あと一週間ほどで誰かほかの相手を見つけて結婚しないことには、ウッドバインは手に入らない。わたしはあなたについて真実を知り、いまでは尊敬してるわ。崇拝してると言ってもいいぐらい」

シェリングフォード卿はためいきをつき、彼女のウエストを両腕で包んだ。

「ぼくのことを前より深く理解できるようになったなんて、思いこんではだめだよ。わずかな事実を知っただけなんだから」

「あら、それはあなたの思い違いだわ」マーガレットはそう言いながら、彼がもたれている木の幹に邪魔されつつも、彼の身体に腕をまわした。「いまのわたしは、事実以上のことを理解してるのよ。あなたという人を理解している。もしくは、少なくとも理解する途中にいる」

「そして、ぼくがきみに安らぎをもたらすと信じてるのかい？」

マーガレットは一瞬、彼の頬が頭のてっぺんにつけられるのを感じた。

「それとも、ウッドバイン・パークが？」

「そんなのわからないわ。未来は誰にも予測できないもの。危険を覚悟で進むしかない」

マーガレットはシェリングフォード卿の肩から額を離し、彼の目を見つめた。

「きわめて危険だぞ。世間は今後もぼくを軽蔑しつづけるだろう。そして、ぼくと結婚すれば、きみも軽蔑を受けることになる」

マーガレットは彼に笑顔を見せた。

「わたしを説得して結婚に漕ぎつけようと必死だった人が、いまになって、結婚しないよう説得するつもり？」

シェリングフォード卿は木に頭をもたせかけて目を閉じた。

「人は現実に目ざめるものだ。そうだろう？　この何日間か——二日？　三日？　もっと？　もう忘れてしまった。とにかく、ぼくはこの何日間か、ウッドバインを失わないためなら、手段を選ばないつもりだった。それなのに、望むものが手に入りそうになったいま、現実に目ざめてしまった。罪もない他人の幸福を犠牲にしなくてはならないことに気づいたんだ」

「あら、あなたの妻になったら、わたしが不幸になるとおっしゃるの？」

「どうして不幸にならずにいられる？」目を閉じたまま、シェリングフォード卿は言った。「ぼくたちが出会ってから、まだ二日、もしくは三日、もしくは四日――何日だっけ？　とにかく、ほんの少ししかたっていない。きみとの結婚を願うのには、欲得ずくの理由しかない。きみのことは好きだよ。もっとも、そう思うようになったのは今夜のことだけど。きみを愛してはいない。どうして愛せる？　きみのことは何も知らないし、ロマンティックな愛というものに対して、ぼくは救いがたい冷笑家になっている。そして、きみはぼくのことを何も知らない。きみは愛情あふれる仲のいい家族に囲まれて、秩序ある落ち着いた暮らしを送ってきた。つねに周囲から深く尊敬されてきた。きみを怒らせた男にいまも惹かれている可能性もある。ぼくと結婚したら、社会のつまはじき者と一緒に、大きく口をあけた未知の世界へ飛びこむことになるんだよ」

彼の言っていることはすべて正しい――クリスピンのことを除いて。まさにそのとおり。ただ、ウッドバイン・パークを所有しつづけることが、彼にとってなぜそうも大切なことなのか、わたしにはよく理解できない。いずれはその他の莫大な財産ともども彼のものになるのだし、それまでのあいだ、若くて頑健な彼なら、自分で働いてまっとうな暮らしを送ることができるはず。でも、どんな理由があるにせよ――たぶん、長い流浪の暮らしが終わったことへの反動で――ウッドバインがなつかしくてたまらないのだろう。わたしがいまノーと答えれば、彼は黙って去っていくだろう。私利私欲からの結婚をためらうのなら、ほかの女性ともおそらく結婚できないだろう。

彼が鋭敏な良心を持つ男性だとわかったのは、マーガレットにとってうれしい驚きだった。たぶん、ふつう以上に鋭敏だろう。五年前、その良心に導かれるままに、全世界を敵にまわしたのだ。

「もし、いまも結婚する気がおありなら、わたしはあなたと結婚します。でも、あくまでも〝もし〟という条件つきよ。わたしが求婚を受け入れたというだけの理由で、結婚する義務があるなどと思うのはやめてください。もし結婚する気がおありなら、わたしはあなたと結婚します。未来の危険に挑戦します」

シェリングフォード卿はすでに目をあけていた。もっとも、顔の位置はそのままだったが。マーガレットの目をじっと見つめかえしていた。彼の目は黒に近かった。暗いなかで、骨ばった顔にひどくきびしい表情を浮かべていた。数日前なら、マーガレットは怯えていたかもしれない。

「きみと結婚したい」

「ひとつだけお願いしたいことがあるの。大変なお願いではあるけど。今夜あなたが打ち明けてくれたことを、わたしの家族に話す許可をください。スティーヴン、ヴァネッサとエリオット、キャロラインとジャスパーに。みんなが名誉を重んじて沈黙を守ってくれることに、そして、あなたの明確な許可がないかぎり、秘密を口外する者は誰一人いないことに、わたしの命を賭けてもいいわ。恥知らずの悪党と結婚するのだと家族に思われることが、わたしには耐えられないの。家族の困惑と同情にも耐えられない。そして、家族が生涯あなたを嫌い、軽蔑し、避けつづけることにも耐えられない」

シェリングフォード卿はためいきをついた。

「話したところで、みんな、ぼくに悪印象を持ちつづけるだろう、マギー。少なくとも、モアランドはそうだね。それから、マートンも。もしかしたら、妹さんたちも」

「いいえ、そんなことないわ。ぜったいにないわ」

彼は片手を上げ、こぶしの関節をマーガレットの片方の頬に軽くあてた。

「すばらしいことに違いない。そこまで無垢な心を持ち、そこまで世界を信頼できるというのは」

マーガレットは彼の手に頬を預けた。

「家族への信頼を失ったら、わたしは死んだようなものよ」

シェリングフォード卿は頭を傾けて彼女にキスをした。彼の唇は温かくて、柔らかくて、濡れていて、彼女の唇の上をすべり、開かせ、片腕を彼女の肩にまわして反対の腕でウエストをしっかり抱きながら、熱いキスに移っていった。

ああ、わたしはこういう乱暴でないキスが好き。マーガレットが思ったそのとき、彼が顔を上げた。

「ぼくと結婚してくれるかい、マギー？　そして、毎晩ベッドを共にしてくれる？」

彼が返事を待っていることにマーガレットは気がついた。頬の色を彼に見られなくてよかった。

「ええ」腿のあいだの疼きが、この返事が嘘でないことを示していた。ええ、わたしはこの人とベッドを共にしたい。毎晩。この人がわたしを愛していないのと同じく、わたしもこの人を愛してはいない。でも……ああ、でも、この人と結婚したい。彼に奇妙な魅力を感じた。彼とベッドへ行きたいと思った。

心のなかでその思いをつぶやき、息も止まりそうなほど淫らに感じた。しかし、淫らなことではないはず。妻になるのだから。

「だったら、キスしてくれ」

「たったいま、してあげたでしょ」マーガレットは逆らった。

「いや、していない。喜びを求めるぼくにおとなしく唇をゆだねてくれただけだ。きのうの午後、公園でキスしたときと同じように。男に隷属する受身な女など、ぼくはほしくない。世の中には、男の命令によって隷属を強いられた女があふれている。ぼくは妻をそういう女にはしたくない。きみがぼくと結婚するつもりなら、婚礼の夜も、それ以後の夜も、両方が性の営みを望んだときにはベッドを共にしたいと望むなら、いまここで、本気でキスをしてほしい」

冗談で言っているのではなく、からかっているのでもなかった。表情と声の両方にそれが出ていた。そう言えば、ティンデル家の舞踏会で衝突して一分か二分もしないうちに、結婚しようと彼が言いだしたときもやはり、冗談やからかいではなかった。

するとと、彼はキスするのが男の権利だと思っているような人間ではないわけだ。

「さあ、ぼくにキスして」シェリングフォード卿は優しく言った。

「ここは外の通りなのよ」マーガレットは彼に訴えた。

「この界隈に住む者はみな、眠っているか、まだ飲み騒いでいるかのどちらかだ。どの窓を見ても、明かりはついていない。それに、もし暗い窓のどこかに覗き魔が潜んでいるとしても、今夜はたいした収穫にならないだろう。この木の陰にいれば、ぼくらの姿はほとんど見えないからね。マギー、きみは臆病なのか、ぼくにキスしたくないかの、どちらかだ。あとのほうなら、ベッドを共にする気もなく、従って結婚する気もないことになる」

　マーガレットは笑った。

「どっち？」彼が訊いた。

　マーガレットは彼の二の腕に手をかけると、身を乗りだし、彼の唇に自分の唇をしっかり押しつけた。たちまち、こちらの腿に触れる彼の腿のたくましさ、乳房を圧迫する彼の胸板の広さ、彼の口に残るワインの香り、彼の息の温もりが強く意識された。

　唇を押しつけても、彼の唇はじっとしたままだったので、しばらくすると、マーガレットは途方に暮れた。顔を離した。

「いやだわ。あなたったら、前にキスしたときのわたしの反応を再現してるのね。ほんとにごめんなさい。でもね、あの――」

　彼がふたたび唇を重ねてきたので、マーガレットは意識して唇を押しつけ、シルクハットの下からのぞく彼の髪に片手の指をすべりこませると同時に、顔を軽く傾けて唇を開き、彼の唇をなぞり、舌先でそこに触れ、やがて舌を奥へ差しこんだ。すると、マーガレットにまわされた彼の腕に力がこもり、両手がそっと下へ移ってヒップを包み、彼女の身体を半ば浮かせるようにして抱きしめながら、舌を吸いはじめた。

彼のものがその気になっていた。まあ、そんな……この人ったら……。

マーガレットはあわてて彼から離れた。

「怖くなった？」彼がささやいた。

「ええ。それに、覗き魔に見られる心配がないとしても、ここが外の通りだったことに気がついたの」

「理性の声だね」両手で服の汚れを払い、木の幹から離れながら、シェリングフォード卿は言った。「だが、怖がらなくていいんだよ、マギー。間違った理由から結婚するのかもしれないが——もっとも、結婚するのに正しい理由があるのかどうか、ぼくはもうわからなくなってるけど——それでも、結婚に喜びを見いだすことはできる。喜びがぼくたちの手の届くところにはあるのはたしかだ」

「そうね」マーガレットは答え、暗いなかで彼の歯がきらめくのを見た。「ずっとここにいるつもり？　そのうち根が生えてきて、街路樹の仲間入りをすることになるわよ」

シェリングフォード卿が腕を差しだし、二人はバークレー広場の屋敷に向かってふたたび歩きはじめた。

「明日、できれば、きみを祖父のところへ連れていきたい。ダニエルをライオンの穴へ案内するようなものだが、いくら祖父でも、理由もなくきみに怒りを向けるようなことはないだろう。あさっての朝刊でぼくらの婚約を発表しようと思う」

すべてが現実味を帯びてきた。

「ええ。それでけっこうよ」

「それがすんだら」マートン邸の玄関の外で足を止めて、シェリングフォード卿は言った。「特別許可証を手に入れて、式を挙げるのにふさわしい日を決めよう。十日ほどのなかから選べるはずだ」

「そうね。ところで、さっきの質問にまだ答えてもらってない気がするの。今夜あなたが打ち明けてくれたことを、わたしの家族に話してもかまわない？」

シェリングフォード卿はためらった。

「わかった」と答え、身を乗りだして彼女の唇に軽くキスをしてから、玄関扉のノッカーを持ちあげ、さっと離して真鍮のプレートにぶつけた。「とりあえず、婚約発表がすめば、デューやアリンガムのような連中にあっかんべーをしてやれる」

「立派な大人にふさわしい行為ですこと」

「しかも、立派な満足も得られる。もし、きみがそうしたければの話だが。よく考えてからにしてくれ」

「そうしたいわ。かつては、たしかにクリスピンを愛してたし、彼が占領していたわたしのハートにはいまも痛みが残ってる。でも、その痛みは、クリスピンがわたしの思ってたような人じゃなかったことを知り、大人になった彼を見て、幸せな生涯を共にできる相手ではないとわかったことから生まれたものなの」

「だけど、ぼくなら大丈夫なのかい？」彼がひそやかな声で訊いた。

「あなたに対しては、なんの幻想も抱いていないわ。幻想を抱かせるような人じゃないから。偽りの顔を見せることも、心にもない優しさを口にすることもない。それを土台にすれば、二人で友情を築いていけるわ。さらには愛情だって。とにかく、わたしはそう期待してるの。結婚生活をそういうものにしたいと願っているの」

彼が返事もできずにいるうちに玄関扉が開き、マートン邸の執事が鋭い目で見守る前で、シェリングフォード卿はマーガレットの手を唇に持っていき、別れの挨拶をした。

婚約したんだわ――屋敷に入り、心とは裏腹のきっぱりした大股で階段のほうへ向かいながら、マーガレットは思った。世間の評判や、法律や、教会や、心の平穏よりも、良心と自分自身の名誉心を大切にする男と。

そういう男なら愛していける。

もちろん、マーガレットは彼を崇拝していた――たぶん、これまで誰にも感じたことがないほど深く。

残された日数のぎりぎりまで使おうと決めていたにもかかわらず、不意に彼と結婚する気になったのは、それが理由だったのだろうか。

それとも、何分か前に屋敷の外で彼に告げたことが、その理由だったのだろうか。約束も、幻想も、ロマンスのベールもないところに、誠実な関係を築きあげ、それを意味のある満足なものに変えていくことを、夢に見ているからだろうか。

自分の部屋に着くころには、なんだか泣きたい気分になっていた。メイドを下がらせ、ドレスを着たままベッドに身を投げだして泣きじゃくった。自分では理由もわからないままに。

14

「なあ、スミス」翌朝、上着をはおる彼に手を貸し、その下のシャツとチョッキにただ一本のしわも寄らないよう気をつけている従者に、ダンカンは尋ねた。「何年ものあいだ嘘を抱えこんで生きてきた者は、二度と真実を語れなくなってしまうのだろうか」

スミスは自分の着付けの結果に満足できなくて、上着の右肩をひっぱりあげ、それからうしろに下がって出来栄えを点検した。

「人生の大半を正直に生きてきた者でも」猛烈な勢いで上着にブラシをかけて、頑固にくっついている最後の糸くずを払い落そうとしながら、スミスは言った。「嘘をつくことができます。その逆も真なりかと存じます、旦那さま」

「なるほど。心強い意見だ。おまえの仕事は終わったかな」

「終わりました。相手のお嬢さまが旦那さまをひと目ごらんになれば、喜びのあまり卒倒なさるでしょう」

「ほんとに？　だとしたら奇跡だな。彼女からすでに、〝ハンサムではない。とくにすてきとも言えない〟と言われてるんだが」

スミスは横目でダンカンを見ながら、彼がさきほど脱ぎ散らかした衣類を片づけた。

「でしたら、嘘をつくことについて頭を悩ませておいでなのも無理からぬこと。まことに正直な女性を見つけてこられたわけですから」

ダンカンは化粧室のドアを閉めて階段をおりていくときも、まだクスクス笑っていた。

午後からミス・ハクスタブルを連れて祖父を訪ねる予定になっている。ゆうべは、朝になったらふたたびジャクソンのボクシング・サロンへ出かけて一時間ほどすごし、そのあと〈ホワイツ〉にまわってさらに一、二時間すごそうと思いつつ、ベッドに入った。ところが、ひと晩中まんじりともできず、夜が明けるころ、ついにある決心をした。

仰向けに横たわってベッドの上の天蓋を見つめたり、左向きになって額が膝につくほど身体を丸めたり、右向きになって片方の腕を枕の下にもぐりこませたり、うつぶせになって呼吸できる位置に頭を置く方法を見つけようとしたりした。どれもだめだった。楽に寝られる姿勢はひとつもなかった。

ついには、ふたたび仰向けになって頭の下で手を組み、天蓋の中心部についているバラのつぼみに視線を据えながら考えた――良心を持って生まれてくるというのは、不幸な運命だ。現実の世界で快適に暮らすチャンスも、安眠をむさぼるチャンスも失ってしまう。

なのに、けさはこうして身だしなみを整えている。ふたたび結婚の申込みに出かけるかのように――ある意味では、そうかもしれない。同じレディに、同じ場所で。ミス・ハクスタブルに話をするため、いまからマートン邸へ出かけるところだった。留守であってくれと切に願った。貴婦人というものはたしか、午前中の時間を、買物や、訪問や、図書館での本の交換や、公園の散歩にあてるはず……。

ミス・ハクスタブルは留守ではなかった。

マートン邸の執事は、在宅かどうか見てくるふりをしようともしなかった。かわりにダンカンの帽子と手袋を預かり、誰もいない客間へ案内し、お越しになったことをミス・ハクスタブルに知らせてまいります、と言った。

遅まきながら、これが予定された訪問だと執事が思いこんだに違いないと、ダンカンは気がついた。優秀な執事たる者、そういう早とちりをしてはならない。

けさ、ハリス夫人から新たな手紙が届き、もうじき家賃の支払い期限がくると言ってきた。わざわざ注意してくれるまでもないのに。

トビーがダンカンのために描いた絵も同封されていた。そこには全員がいて、くしゃくしゃの巻毛のトビーとハリス夫婦が下のほうに小さく控えめに描かれ、ダンカン自身はぬっとそびえたつ巨人となって右半分を占領し、真ん丸な太陽が彼の頭上で光り輝いている。

守護者。

トビーの世界を満たし、太陽を運んでくる者。

絵を描くトビーの姿が目に見えるような気がした。小さな身体で紙に覆いかぶさり、右手を使わせようとするハリス夫婦の努力も虚しく、左手に木炭を持って、没頭するあまりおでこにしわを刻み、口の右側に舌先をのぞかせている姿が。

赤ちゃんっぽい匂いまで感じられる気がした。

子供に会いたくてたまらなくなり、一瞬目を閉じて、何をする気でいたかを思いだした。正しいことだろうか。

何が正しくて、何が間違っているか、どうすればわかるだろう?

良心がある——そして、子供のことがある。

ミス・ハクスタブルには明らかに外出の予定はなく、客を迎える予定もなかったようだ。ダンカンが客間に案内されたわずか二分後に、部屋に入ってきた。身に着けているのは、昔からのお気に入りと思われる生成り色の普段着。髪はうなじで簡単なシニョンにまとめてある。彼を待たせておいて、そのあいだに着替えをして髪を結おうなどとは、考えもしなかったに違いない。

不思議なことに、いつもの彼女よりさらに美しく見えた。また、頬を染め、目をきらめかせていた。前の晩にキスをされ、その経験に胸を躍らせた清純無垢な若い乙女のようだった。

「シェリングフォード卿」ミス・ハクスタブルは部屋に入ってくると、ダンカンの五十センチほど手前で立ち止まった。微笑していた。「突然のことで驚きましたけど、うれしいわ」

ミス・ハクスタブルが片手を差しだしたので、ダンカンはその手をとって握りしめた。唇に持っていくことを彼女のほうは期待していたのだろうと気づいたが、すでに遅かった。手を放した。

「あまりうれしい用件ではないかもしれない。こうしてお邪魔したのは、婚約を発表する前にまず、ぼくの求婚を受け入れたことを撤回する機会を、きみのために差しだそうと思ったからだ」

ミス・ハクスタブルの頰の赤みが濃くなった。微笑はそのままだったが、警戒の色がのぞいた。

「ターナー氏から決闘を申しこまれたのね」

「いや」

「けさの朝刊に出ていた記事のことなら、気になさらなくていいのよ。わたしについて――そして、あなたについて――くだらないことを書かれても、もうすっかり慣れっこだから。それに、朝食のときにスティーヴンに話をしたら、とても感動していたわ。午前中に〈ホワイツ〉であなたに会ってお詫びをしたいそうよ。妹たちとその夫もきっと同じ気持ちになることでしょう。そちらへは手紙を届けておきました。直接会いに行きたかったけど、帰ってくるころにはクタクタに疲れてしまい、クレイヴァーブルック侯爵にお目にかかる気力をなくしているかもしれないと思ったの」

「ミス・ハクスタブル、ぼくはきみにすべてを打ち明けてはいなかった。まだ隠していたことがある。それを聞けば、きみはほぼ間違いなく、ぼくとの結婚を考えなおすだろう」

こう言いつつも、いまなおすべてを包み隠さず打ち明けるわけにはいかなかった。彼の口から明かしてはならない事柄がいくつかあった。

ミス・ハクスタブルが微笑を完全に消し、視線を背けた。

「すわったほうがいいわね」と言って、暖炉のそばの椅子に腰をおろした。

ダンカンはその横のラブシートにすわった。

「ウッドバイン・パークを失いたくないというだけの理由で、結婚しようと焦るのはやめることにした。ウッドバイン・パークを大切に思ってはいるが。自然の流れにまかせておけば、いずれぼくのものになる。生活費が入らなくなるという単純な理由だけで、見ず知らずの他人と結婚するのもやめようと思う。いずれ大金持ちになるのだし、それまでのあいだ、自分で金を稼げばちゃんと生きていける。生活費を稼ぐことには慣れてないけどね。正直に言うと、まだ結婚のことは考える気になれないんだ。もしかしたら、永遠にそうかもしれない」

ダンカンは言葉を切り、ミス・ハクスタブルが何か言うのを待った。

「ゆうべ別れたあとで、あなたは気がついたのね。本当は、わたしともほかの誰とも結婚したくない、クレイヴァーブルック侯爵の財産を相続するときがくるまで、どこかに働き口を見つけたほうがいい、と。婚約という現実がきっかけとなって、自分が本当は何をしたいのかを悟る心理は、わたしにも理解できるわ。あなたを尊敬したくなるほどよ。しかも、婚約発表の前にこうして訪ねてらして、正直に話してくださったんですもの。祭壇の前で捨てられるより、そのほうがいいわ」ミス・ハクスタブルはちらっと笑みを浮かべた。「申しわけないとは思わないでね。わたしはあなたを愛していないし、結婚する必要もないのよ。二、三日すれば、きっと、幸運な脱出ができたことを実感するでしょう。悪い評判ばかり立つのは、やはり気分のいいものじゃないわ」

このまま黙って帰るべきだろう。彼女のほうもきっと、二、三日すれば、狂気の沙汰から解放されたことをうれしく思うだろう。立ちあがり、心から謝罪して、暇《いとま》を告げたほうがよさそうだ。

「ミス・ハクスタブル」ところが、そのかわりにダンカンは言った。「子供がいるんだ。トビー——トビアスという子供が。ぼくはトビーを愛していて、ウッドバイン・パークで暮らそうと約束した。辛い人生を送ってきたあの子にとって、ウッドバインは安全な避難所だ。ローラはいつも、夫に見つかることを恐れていた。ぼくと一緒に住まいを転々とし、一カ所に落ち着いたと思ったら、すぐまたそこを離れて一からやりなおさなくてはならなかった。そのたびに、名前も身元も新しくして。だから、ぼくはトビーにウッドバインという家を約束した」

ミス・ハクスタブルは無表情に彼を見ていた。

「子供……。あなたとターナー夫人のあいだに子供がいた」

上唇を嚙んだ。

「目下、ある夫婦がトビーの世話をしてくれている。ハリスという夫婦だ。北ヨークシャーのハロゲートにいる。少なくともあの二人だけは、トビーのそばを離れたことがない。ウッドバインには新しい園丁頭が必要なので、ぼくはハリスにその仕事を任せるつもりだった。ぼくには任命権がないことを祖父に知らされる前のことだけどね。ハリス夫人のほうは、ずっとトビーの乳母をしてきてくれた。ウッドバインに落ち着いたら、両親を亡くした孫息子を夫婦がひきとったという形にしようと相談している。そうすれば、屋敷の子供部屋に婚外子がいる、という噂が近隣に広まって顰蹙《ひんしゅく》を買うこともないだろうから。ウッドバインを失わないためには結婚するしかないことを知って以来、三人を敷地内のコテージに住まわせようかとも考えたが、妻を迎えるためにトビーを追いだすようなことは、ぼくにはできそうもなかった。なんとかして、みんなをひとつ屋根の下に迎え、きみには真実を隠しとおしたいと願った。だが、トビーは幼いころからぼくを〝パパ〟と呼んできた。ウッドバインへ越す前に〝サー〟と呼べるようになるよう、みんなで教えてはいるのだが。いずれきみに真実を知られることは間違いない。だが、そのときはもう、きみがぼくとの結婚を拒みたくとも手遅れだ。それに、たとえ生涯きみに秘密にしておけるとしても、それはできないことだと、ゆうべ気がついた。し——私生児と同じ家で暮らすような立場に、きみを追いやることはできない」

なんてことを……。ぼくがトビーに対して〝私生児〟という言葉を使ったことは、これまで一度もなかったのに。

「何千人という父親が、いや、世間の父親の大部分が、自分の稼いだ金で子供に住まいと食事と衣服を与えている。ぼくもその必要があるあいだは、がんばることにした。許してほしい、ミス・ハクスタブル。祖父に泣きつくためにロンドンにきたことからして間違いだった。祖父の最後通告に惑わされてはいけなかった。ぼくが祖父をそこまで追いこんでしまったんだ。ティンデル家の舞踏会できみにぶつかったとき、謝罪をして、そのまま別れるべきだった。そもそも、舞踏会に出るべきではなかったんだ」

「あなたがぶつかってきたんじゃないわ。その逆よ」

シェリングフォード卿は笑った。楽しげな響きはまったくなかった。

「坊やの年は？」

「四歳」

「あなたに似てるの？」

「母親似だ」ダンカンは目を閉じ、やがてその目を開いて、膝にのせた自分の手を見おろした。「金髪で、目がブルーで、体格は華奢。とんでもないやんちゃ坊主だ。不安と心配のなかで暮らしているが、幸福でいたずら好きな腕白になる要素はそろっている。機会さえあれば、ごくふつうの少年になれるだろう。その機会を作ってやろうとぼくは自分に約束した。申しわけない、ミス・ハクスタブル。ぼくの人生でいちばん大切なのはあの子なんだ。自分から望んで生まれてきたわけではない。人生最初の四年間の苦難も、あの子が望んだことではない。いかなるときも、トビーはぼくの保護下にあり、ぼくはトビーを大切に守っていこうと思っている。ご家族に対してきみの面目をつぶす結果にならなければいいのだが。いや、バカなことを。すでにつぶしてしまったのに」

「シェリングフォード卿」ミス・ハクスタブルは柔らかな口調で言った。「結婚していただけません？　いいでしょ？」

ダンカンは驚いて顔を上げた。

「あなたが本心では結婚を渋ってることぐらい、よくわかってるのよ。本気で結婚を考えて、相手をじっくり探す時間があれば、おそらくわたしを選びはしないだろうということも。でも、あなたのお子さんには、家庭と、あなたが約束した人生が必要だわ。いつも身近にいて不安と心配を和らげてくれる父親が必要だわ。そして、おそらく母親も。もちろん、本当の母親のかわりは誰にもできないでしょうけど」

「ローラは」驚きのあまり、ダンカンはつい口走った。「ほとんど子育てをしなかった。出産後、鬱々と日を送っていた。いつまでも鬱状態から抜けだせなかった。あるいは恐怖からも。たいてい一人でひきこもっていた」

暗くした部屋に。ベッドに。トビーの顔を見るのは、ローラにとって耐えがたいことだった。

「お気の毒に」ミス・ハクスタブルは顔を曇らせた。「坊やもかわいそうに。だったら、なおさら母親が必要だわ。わたしに母親をやらせてちょうだい」

「まさか本気じゃあるまいな。よく考えるんだ、マギー。憤慨して当然のことなのに。一緒に暮らすことになるんだぞ。ぼくの——私生児と」

ミス・ハクスタブルは彼に視線を据えた。

「口ごもったようね。坊やのことをいつもそう呼んでるの？」

「いや。今日まで一度も使ったことがなかった」

「だったら、二度と使わないで。わたしに声の届くところでも、届かないところでも。さきほどおっしゃったように、その子だって、夫のいる女性と、その救い主であり恋人である男性とのあいだに、自ら望んで生まれてきたわけじゃないのよ。王家に生まれた王子と同じように大切な子なのよ。今後、その子のことを話すときは、〝自分の息子〟だとおっしゃって」

ダンカンは驚いて、思わず彼女に笑みを向けた。

「近隣の人々が知ったら憤慨するだろう。ぼくたちだけの秘密にしておかなくては」

ミス・ハクスタブルは舌打ちをした。

「あなたって、いつまでたっても学習できないの？　近隣の人々だって、過去のスキャンダルを知ってるはずよ。あなたがウッドバインに戻れば、疑いの目で見ることでしょう。しばらくは敵意を向けてくるかもしれない。だったら、毒を食らわば皿までって言うじゃない。ウッドバイン・パークにやってきた子供はあなたの息子だという事実を、堂々と公表しましょうよ。あなたとわたしのあいだにできた子供のように可愛がっていることを、なんの策も使わずにすなおな態度で示すの。近隣の人たちはそれぞれ好きなように反応するでしょうけど、わたしが田舎の近所づきあいについて多少知識があるとすれば——ええ、ありますとも——自信を持って断言できるわ。すぐにほとんどの人があなたを許し、坊やを受け入れ、日々の暮らしを続けていくでしょう」

ダンカンは椅子にもたれて、しばらくのあいだ、無言でミス・ハクスタブルを見つめた。なんとも手強い女性だ。しばらくでも一緒に暮らしたら、彼女のことが疎《うと》ましくなるのではないかと思った。もしくは、愛するようになるかだ。

後者だとすれば、狂おしいほど熱烈に愛することになるだろう。

もっとも、どこからそんな思いが湧いてきたのか、彼自身にもわからなかった。

「ほんとうにいいのか？」ダンカンは訊いた。

ミス・ハクスタブルは彼を見つめかえした。

「運命を信じなきゃいけないような気がするの。運命について考えたことなんて、これまで一度もなかったけど、信じなくてはいけないと思うの。この数日、突飛なことの連続だったわ。十日前、わたしはまだウォレン館にいて、午前中の遅い時間にそこを出発し、ロンドンにやってきた。四日前、レディ・ティンデルの舞踏会に出る予定で、できればそこでアリンガム侯爵に会い、旧交を温めたいと思っていた。四日前にはまだあなたに出会ってもいなかった。そして、舞踏会で予想外のことがいくつも起きて、ついにはあなたと衝突することになった。あなたのほうは、いろいろな事情から、花嫁を探そうとして舞踏会にやってきた。それ以後、めまぐるしい出来事の連続だったから、一年分の暮らしを二、三日にギュッと詰めこんだような気がするわ。これだけのことが、ただの偶然で、あるいは、なんの意味もなしに起きたとは思えない。もし、このままあなたを追いかえして以前の暮らしに戻ったなら、人生でもっとも大切なものを失ったのではないかと、永遠に思いつづけることになるでしょう。これがきっと、その大切なものなのね。でなければ、こんなにいろいろ起きるはずがないもの。これだけ多くの偶然が重なると、偶然ではないとしか思えなくなるわ。たぶん、わたしがその男の子の母親になるよう、運命によって定められていたのよ」

「そして、ぼくの妻になるように？」

ミス・ハクスタブルはためらい、それからうなずいた。

「ええ。不思議な話ね。わたしが間違ってないといいんだけど。みんなでいつまでも不幸せに暮らしました、という結末にならないよう願いたいわ」

ダンカンは立ちあがり、彼女のほうへ手を差しだした。彼女がそこに手を置き、彼の前に立った。

「ぼくは力のかぎり努力する。きみが自分の決心を後悔することにならないように。喜んでもらえるように。ぼくはさっき、人生でいちばん大切なのはトビーだと言った。だが、きみが二番目にくるわけではない。人生と人間関係がそういう形で動いていくとは、ぼくは思わない」

ダンカンは彼女の手を唇に持っていき、その手を表に返して、てのひらにキスをした。

胸が痛かった。ウッドバインに戻ったら秘密を公にするよう、ミス・ハクスタブルに説得された。もっともな意見だと思ったので、黙って同意した。これまで長いあいだ、トビーの存在を闇に隠してきた。だが、自分が本当に同意したのはパンドラの箱をあけることだったのだと、痛いほどに意識した。箱が開きはじめたのはゆうべのこと、ローラ・ターナーとの駆け落ちをめぐる事情の一部を彼女に語ったときだった。だが、これがウッドバインで終わることはないだろう。ウッドバインはひとつの閉ざされた世界ではない。そこでの出来事は噂となって外の世界へ伝わっていく。珍しく興味深い出来事であればとくに。トビーには自由が必要だ。しかし、その自由を手に入れるために、どれだけ犠牲を払わなくてはならないのだろう？

「そろそろ失礼したほうがよさそうだ。では、予定どおり、昼すぎに迎えにきてもかまわないね？　穴ぐらのライオンに二人で会いに行こう」

「そうしましょう。クレイヴァーブルック侯爵にお目にかかるのが楽しみだわ。周囲の人をずいぶん怯えさせる方のようだけど、そんなことに負けてはいられないわ」

「子供のころ、ぼくは祖父を崇拝していた。ぼくと会うときの祖父は、いつも怖い顔をしていて、エヘンと咳払いをし、つぎに、かならずポケットのなかを探ってシリング銀貨をとりだすんだ。驚いたような顔をして、これが身体に食いこんで痛かったのだと言い、それからぼくのほうへ銀貨を放って、お菓子でも買っておいでと言ってくれたものだった」

ミス・ハクスタブルは笑った。

ダンカンはお辞儀をして、暇《いとま》を告げた。

そして、彼女が正しいのだろうかと考えこんだ。

すべてが運命だったのだろうか。

ぼくの人生のすべてが、マギー・ハクスタブルとのあの奇妙な出会いの瞬間に向かって進んでいたのだろうか。

考えただけで、頭がくらくらしてきた。

あの人に息子がいた。なぜこんなに驚いているのか、マーガレット自身にもよくわからなかった。ターナー夫人が亡くなるまでの五年近くを、あの二人は一緒に暮らしたんだもの。ある意味では、子供が一人しかいないことのほうが驚きだ。

あの人はゆうべこう言った――ターナー夫人のことはまったく愛していなかった、とにかく、男女のロマンティックな愛はなかった、と。これじゃ、クリスピンと同じだわ。男性に愛を求めても無理なの？　とにかく、ロマンティックな愛は無理？　そう思うと気が滅入った。

わたしがロマンティックな愛を求める年齢をすぎていてよかった。

シェリングフォード卿が帰ってしばらくしてから、ヴァネッサがやってきた。彼が世間で思われているような悪党ではなかったという事実を、姉と一緒に喜ぶために訪ねてきたのだった。しかし、長居はしなかった。子供たちと出かける約束をしたので――事実、子供たちは乳母と一緒に馬車のなかでヴァネッサを待っていた――みんなをがっかりさせたくなかったのだ。

マーガレットがヴァネッサと子供たちに別れの手をふった三十分後に、キャサリンが訪ねてきた。マーガレットの手紙が届けられたときは図書館へ行っていたのだが、帰るなり、ボンネットもとらずに読んで有頂天になり、姉を抱きしめて感激の涙を流すために、すぐさまマートン邸にやってきたのだった。しかし、もうじきジャスパーが帰ってくる予定だったので、この喜ばしい知らせを彼と分かちあうため、それまでに家に戻るつもりでいた。

「ああ、メグ」帰りぎわに、涙に潤んだ目でキャサリンは言った。「お姉さまの結婚は愛に満ちたものになるわ。ぜったいそうよ」

マーガレットは子供のことを、ヴァネッサにもキャサリンにも伏せておいた。トビアス――トビー。名字はなんなの？

でも、それもじきにわかることだと思った。身元を偽ってどこかの暗い片隅に少年を隠すようなことはぜったいにしない覚悟だった。ウッドバイン・パークの近隣に住む人すべてに、少年が誰なのかを知ってもらうつもりだった。妻以外の女性とのあいだに子供を作った紳士がずいぶんいることは、マーガレットもよく知っている。ほとんどの子供が正妻と上流社会の目の届かないところにこっそり隠されている。母親と暮らしていることもあれば、個人経営の孤児院や学校に預けられていることもある。

シェリングフォード卿の息子だけは、そういう目にはあわせない。屈辱に耐えるわたしに哀れみをかけようという者がいたら、勝手に哀れむがいい。わたしがうんと説教してあげる！

クレイヴァーブルック侯爵を訪問するにあたって、マーガレットは念入りに身支度をした。侯爵に認めてもらうことが大切だ。もっとも、認めてもらえないはずがない。侯爵が孫息子に無責任なことを言っただけで、じつはどんな女性を連れてきても認めないつもりでいるのなら、話は違ってくるが。もしそうだとしたら、侯爵にもうんと説教しなくては。

玄関扉にノッカーが打ちつけられる音を聞いて、マーガレットはすぐさま部屋を出た。ひどく戦闘的な気分だった。たぶん、内心で不安に怯えているせいだろう。玄関広間にスティーヴンと婚約者がいるのを目にして、階段の上で足を止めた。スティーヴンは首を横にふっていた。

「この数日、あなたに対してとってきた態度を謝罪するつもりはありません、シェリングフォード。ぼくは何よりもまず、姉たちのためを考えなくてはならないのです。とくにメグのためを。メグはぼくの屋敷で暮らしていて、ぼくはこの姉にとうてい返しきれないぐらい恩があります。害悪や不幸から姉を守るためなら、どんなことでもする覚悟です。いままではどの点から見ても、あなたが姉に害悪と不幸をもたらすとしか思えませんでした。ところが、けさ、極秘にという条件で姉からあることを聞かされ、あなたを誤解していたことを知りました。あなたが五年前に直面したようなきわめて困難な決断をする立場に自分が置かれた場合、ぼくにも、あなたと同じ道を選択し、女性の希望に従ってそれを極秘にしておくだけの勇気があるよう、心から願っています。本当にあなたを尊敬します」

「何ひとつ変わっていないんだよ」伯爵は言った。「ミス・ハクスタブルは社交界の鼻つまみ者と結婚する。ぼくは一人の女性を捨ててべつの女性を夫から盗んだ悪人だ。姉上が求婚に応じてくれたことも、姉上から聞いているだろうね？」

「聞きました。正直に言うと、姉に警告しておくことがやはりぼくの義務だと思います。あなたとの結婚生活は楽なものではないでしょうから。ただ、姉の決断は尊敬します。姉は勇気のかたまりのような人ですから」

「ぼくは全力を尽くして――」シェリングフォード卿が言いかけたが、マーガレットはそこで咳払いをし、階段をおりていった。

シェリングフォード卿が彼女に向かってお辞儀をした。

「マギー」

「シェリングフォード卿」

「マギー？」スティーヴンが笑いだした。「新しい呼び名だね」

「新たな人生には新たな名前を」マーガレットは言った。「二、三日前の夜、シェリングフォード卿がそうおっしゃったの。わたし、けっこう気に入ってるのよ。退屈なまじめ一方の人間っていうイメージが薄れるから。さあ、出かけましょう」

「退屈？」スティーヴンは笑いながら言った。「まじめ一方？　メグが？」

マーガレットの頬にキスをして、出かける二人を見送ってくれた。スティーヴンがすっかり大人になり、いまでは弟のほうが姉をかばう立場になったのかと思うと、マーガレットは不思議な気がした。

スティーヴンのことが愛しくてたまらなくなった。

15

「スティーヴンがわたしたちのために披露宴を開きたがってるの」ダンカンと並んで歩きながら、ミス・ハクスタブルが言った。「開いてもいいものかしら。出てくれる人がいると思う？」

「開いてもいいかって？」心配そうに空を見あげて、ダンカンは言った。しばらくしたら雨になりそうだ。ミス・ハクスタブルは淡いブルーの外出着に短い外套をはおり、矢車草の飾りをあしらった麦わら帽子をかぶっていた。ダンカンは用心して傘を持ってきていたが、馬車がないのはやはり不便きわまりない。「どうせ式を挙げるんだろ？　だったら、披露宴もやればいいじゃないか」

じつを言うと、結婚しようと決めても、式や披露宴のことまでは考えていなかった。先見の明に欠けていたわけだ。祖父の誕生日まであと十日もある。形ばかりの式であれ、準備する時間は充分にあるわけだ。考えただけで憂鬱になったが、式を挙げるのが彼女への思いやりというものだ。女性はみな、きちんと式を挙げるのが好きだ。そうだろう？　もちろん、彼女の懸念が的中する恐れもある。ロンドンでそんな式を挙げること自体、悪趣味きわまりないことだと、貴族階級の人々がこぞって判断するかもしれない。だが、そうならない可能性もある。

「それに、招待を受ければ、上流社会の連中は残らずやってくるに決まっている。ぼくが今度の結婚式に姿を現わすかどうかを、自分の目でたしかめるために教会へ行こうという誘惑に、誰が抵抗できるだろう？　クラブの賭け金帳の少なくとも一冊には、姿を現わさないほうへの賭けが記録されている」

「いやだわ。あなたからそんな話を聞かないほうが、わたし、幸せでいられたのに」

「その連中は賭けに負けることになる」

「そうよね」

「式を挙げるとなれば、うちの母が大喜びだな。準備を手伝いたがることだろう」

ダンカンは心のなかですくみあがった。

「ネシーとケイトも。こまかい点はすべてその三人にまかせたほうがよさそうね。もっとも、わたし、そばで黙って見ていられる性分ではないけど」

「ぼくにまで手伝いを期待しないでいてくれれば、こちらとしてはなんの文句もない」

ミス・ハクスタブルが笑いだすと、歩道ですれちがった見知らぬ紳士二人がふりむいて、うっとりした表情で彼女を見つめた。

数分後、二人はグローヴナー広場に到着し、ダンカンは傘の先でクレイヴァーブルック邸の玄関扉を叩いた。

執事のフォーブズが扉をあけた。

「やあ」ダンカンは快活に声をかけると、ミス・ハクスタブルをなかに通し、自分も続いて入った。「シェリングフォード卿とミス・ハクスタブルがクレイヴァーブルック侯爵に会いに参上した。お手数だが、ぼくたちがきたことを侯爵に知らせてくれないか」

フォーブズは二人を交互にながめた。二人が詐欺師ではないことを確認しようとしているかのようだった。

「閣下がご在宅かどうか、見てまいります」フォーブズは言った。

執事が急ぐ様子もなく階段をのぼっていくあいだに、ダンカンは眉を上げてミス・ハクスタブルを見おろした。

「少なくとも、この二十年間、屋敷から一歩も出たことのない人なんだが」

ミス・ハクスタブルは微笑した。「でも、そのあいだ、会いたくないお客を屋敷に通すのを拒む権利は、しっかり守ってらしたんでしょ。自宅にいれば、誰だってそうする権利があるわ。あなたも拒まれたことがあるの？」

「一度もない。祖父はいつだって喜んで会ってくれた。あれやこれやと話題にして、ぼくにきびしい叱責を浴びせるチャンスができるからね」

「じゃ、今日もきっと、お部屋に通してくださるわ。新聞をお読みになる方でしょうから」

無論、彼女の言ったとおりになった。フォーブズが階段のてっぺんで姿を消したと思ったら、すぐまた現われて、階段をおりてきた。

「こちらへどうぞ、伯爵さま、お嬢さま」てっぺんから声をかけるかわりに、階段の下まできて、フォーブズは言った。そして、ふたたびゆっくりと階段をのぼりはじめた。こうして足腰を鍛えているのだろう、とダンカンは思った。

客間は五日前から何ひとつ変わっていなかった。祖父がそのあいだ椅子から一歩も動いていなかったとしても、ダンカンは驚きもしないだろう。ご機嫌のほうも、いっこうにうるわしくなっていないようだ。今日も眉が鼻梁の上でくっつきそうになっている。

「シェリングフォード卿がお越しになりました、閣下」フォーブズが告げた。「ミス・ハクスタブルもご一緒です」

「お許し願いたい、ミス・ハクスタブル」脚のあいだにステッキを立て、握りの部分に両手をのせて、クレイヴァーブルック侯爵は言った。「立とうともせぬことを。このところ、立ちあがるのに時間がかかり、苦痛を伴うようになってきたのでな」

ダンカンのことは無視だった。

「無理もありませんわ、侯爵さま。そのようなお気遣いはどうぞご無用に願います」

「前に出てくれ、お嬢さん」祖父は言った。

ミス・ハクスタブルは一歩進みでた。

「もう一歩」祖父は命令した。「窓から入る光でその姿がよく見えるように。この部屋は地獄のように暗い。外はたぶん雨だろうな。いつだってそうだ。シェリングフォード、カーテンを少しあけてくれ」

ダンカンがカーテンをあけに行くあいだに、祖父は無言でミス・ハクスタブルを観察した。

「正式な発表はまだのようだが」ようやく、ミス・ハクスタブルだけに向かって祖父は言った。「貴族連中はここ何日か、すぐにも発表があるものと信じていたようだ。シェリングフォードがこの午後、あんたをここに連れてきたからには、発表の時期も近いのだろう。たぶん、ただの社交的訪問ではあるまい。新聞で発表する前にわしの点検と承認を受けるため、あんたを連れてきたのだろう」

「はい、侯爵さま。仰《おお》せのとおりです」

「あんたはバカ女なのか」祖父が訊いた。

ダンカンは断固たる態度で窓から一歩離れたが、ヒステリーの発作を起こして床に崩れ落ち、身を震わせるといった様子は、ミス・ハクスタブルにはまったくなかった。

「バカではないと思います」冷静そのものの声で、ミス・ハクスタブルは答えた。

「ならば、なぜシェリングフォードと結婚する？　ええ？　あんたは貧しい女ではない。容貌も悪くない。しかも、あんたの家族は反対している。少なくとも、あの子犬のような弟はそうだ。わしの資産を探りにきたときに、はっきり言っておった。断固反対だそうだ」

「いまはもう反対しておりません。でも重要なのは、侯爵さま、わたしがシェリングフォード伯爵との結婚を承諾し、侯爵さまのご命令どおり、この方とお屋敷に伺ったということです。結婚後、この方がウッドバイン・パークをわが家とし、小作料と農場の収益とをご自分のものにできるように。わたしは自分の意志で結婚を決めました。この方に強要されたのではありません。結婚を承諾した理由は、わたしだけの問題です——そして、シェリングフォード卿ご自身だけの」

ダンカンはさらに一歩進みでた。なんとまあ！　マギーはいま本当に、よけいなお節介はやめろと祖父に遠慮なく言ったわけか？

意味深長な沈黙があった。

「おそらく」祖父が言った。「理由はあんたの年齢だろう。あんたが置かれていた棚には、何年分もの埃がたまっていたに違いない。いま何歳だね？」

「それも、わたしだけの問題です。礼儀にはいつも礼儀を返し、非礼にも礼儀を返すことがわたしの習慣であるのと同じように。すわってもよろしいでしょうか。わたしを見あげるより、まっすぐごらんになるほうが、お楽かと存じますが」

ダンカンは思わず噴きだしそうになるのを必死にこらえた。もっとも、あっというまにべそをかくことになりかねないが。祖父が激怒のあまりミス・ハクスタブルを追いかえし、ダンカンと彼女の結婚を認めるのを拒否した場合には。しかしまあ、なんとみごとな罵倒だろう——〝非礼にも礼儀を返すことがわたしの習慣〟とは。

「すわりなさい」祖父はぶっきらぼうに命じた。「生意気な口を利くものだな、ミス・ハクスタブル」

「失礼ながら、同意しかねます」スカートをたぐり寄せ、十年以上誰もすわったことがないように見える大きなソファの端に腰をおろして、ミス・ハクスタブルは言った。「脅しに屈するのがいやなだけです」

「おそらく、ここ数日のあいだに稽古を積んだのだろう」

「楽な日々ではありませんでした」ミス・ハクスタブルは正直に認めた。「わたしは世間の注目を浴びることには慣れておりませんし、楽しいとも思いません。でも、しっぽを巻いて逃げる気もございません。何も悪いことはしていないし、注意を惹く原因となった行動につ いても、後悔してはいないのです。シェリングフォード卿とわたしが結婚し、ウッドバイン・パークで落ち着いた静かな暮らしを送るようになれば、貴族社会も平静をとりもどすに違いありません。ゴシップというのは、燃料となる新たなスキャンダルが起きなければ、飽きられてしまうものです」

だが、トビーをウッドバインに呼び寄せ、孫息子が両親を亡くしてハリス夫婦にひきとられたという筋書きを捨てることにした以上、そうもいかなくなるだろう。その案に同意するなんて、ぼくもどうかしていた――ダンカンは思った。近隣だけに噂を封じこめておくのは無理に決まっている。

「聞くところによると」侯爵が言った。「あんたは田舎牧師の娘さんだそうだな、ミス・ハクスタブル」

「はい」

短い沈黙があった。

「父上がマートン伯爵家の血をひいていることを、あわててわしに告げようとはしないのだな」

「わたしの血筋に関して、田舎牧師の部分をご存じであれば、残りの部分もすでにご存じのことと思いますので。そして、わたしの弟が現在のマートン伯爵であることは、もちろんご存じでしょうから、父の血統をはっきりさせるのにさほどの調査は必要なかったものと存じます。その村はシュロプシャーのスロックブリッジというところですが、それもたぶんご存じでしょうね。まだご存じないことが何かあって、ぜひとも知りたいとお思いなら、喜んでご質問にお答えいたします」

「年齢に関する質問はべつとして?」

「はい」ミス・ハクスタブルはうなずいた。「侯爵さまに関係のない、わたし個人の事柄はべつでございます」

「あんたの年齢は、わしに大いに関係がある」ステッキを床に打ちつけ、いらだたしげな顔をして、侯爵は言った。「シェリングフォードはわしの跡継ぎだ。そろそろ息子を作ってもらわねばならん。あんたがまだ受胎可能の年齢であることを、わしはどうやって知ればいい?」

なんてことを! ダンカンは窓とソファの途中で座礁してしまった気分だった。恐怖を伴う狼狽に襲われ、その場に根が生えたように立ちつくした。ダンカンを狼狽させるにはかなりの衝撃が必要だが、たったいま、祖父がみごとにそれをやってのけた。ミス・マーガレット・ハクスタブルに、マートン伯爵の姉である彼女に、受胎能力があるかどうかを尋ねたのだ。もっと正確に言えば、受胎できる若さであるかどうかを。

　麦わら帽子のつばに邪魔されて、ダンカンからは彼女の顔が半分しか見えなかった。しかし、彼の見間違いでなければ、その顔にはなんと、笑みが浮かんでいた。彼女の声がそれを裏づけていた。笑いを含んだ声だった。

「そのようなことをお教えするわけにはまいりません、侯爵さま」

　侯爵はステッキをわざとらしく椅子の横に置き、身体をずらして椅子の背にもたれ、両手で肘掛けをつかんだ。

「シェリングフォード」ミス・ハクスタブルから視線をそらすことなく言った。「どうやら、おまえは人生でもっとも賢明な決断をしたようだな。もしくは、もっとも愚かな決断を」

　ダンカンはようやく足を持ちあげて、ソファの横までの短い距離を歩き、マーガレット・ハクスタブルを安心させようとして、その肩に手を置いた。もっとも、彼女のほうは、ダンカンの支えなどなくても平気なようだったが。

「その中間はないんですか」ダンカンは訊いた。

「逆境のなかでも、この女性なら崩れることはなさそうだ」祖父は言った。「この先、根性を試される逆境に何度も放りこまれることになるかもしれん。それから、この人を無視するのも支配するのも無理であることを、おまえはいずれ悟るだろう。明日の朝刊に婚約の記事が出ることを期待しておるぞ。ミス・ハクスタブルがその前に正気に戻らなければな」

「そして、ウッドバイン・パークは？」ダンカンは彼女の肩にかけた手に思わず力をこめた。

「婚礼の日におまえのものとなる」祖父は答えた。「いつの予定だ……？」祖父はもじゃもじゃの眉を上げた。

「侯爵さまのお誕生日の前日です」ミス・ハクスタブルが躊躇なく答えた。ダンカンとのあいだでは、まだ何も決めていなかったのだが。「弟と妹たち、そして、レディ・カーリングがマートン邸での大々的な披露宴を計画してくれるそうです。もちろん、侯爵さまもご出席くださいませ。そのときに、お誕生日のための祝杯を一日早くあげることができましょう」

「わしはいかなる状況下であろうと、この屋敷を離れるつもりはない、ミス・ハクスタブル。わが家の外には愚かさ以外に何も存在しないことを、遠い昔に知ったのでな。それから、あんたが不意に無茶なことを思いつくと困るから言っておくが、ここに客を迎えるつもりもない。それから、誕生日を祝おうとは思っておらん。八十歳の誕生日となればなおさらだ。八十歳の誕生日を祝おうなどと考えるやつは、頭のなかに風車が入っておるに違いない。ついでに、蛾も何匹か」

「それでもやはり、披露宴にはお越しくださいませ。シェリングフォード伯爵は侯爵さまのただ一人の孫息子、そして、わたしはただ一人の嫁となるのです。侯爵さまが孫息子と和解し、義理の孫娘を得たことを、今度のお誕生日に祝うことにいたしましょう。その孫娘がしなびて耄碌《もうろく》する前に、受胎できる期間があと二、三年ほど残されているかもしれませんのよ。わたしの婚礼の日をわざと台無しになさるおつもりはありませんわよね。そう信じておりますす。ここに残って自らのご意志で孤立なさるなら、わたしのせっかくの婚礼が台無しになってしまいます」

「ふむ。あんたがあのドアから入ってきて生意気な口を利きはじめたときから、誰かに似ておるような気がしていたが、いまやっとわかったぞ。亡くなったわしの妻にそっくりだ。控えめに言っても、あれは疫病神のような女だった」

「でも、愛してらしたのでしょう？」ミス・ハクスタブルは優しく尋ねた。

なんとまあ！　ダンカンは祖母のことをよく覚えていた。小柄で、笑みを絶やしたことのない、品のいい、温和な貴婦人で、そんな祖母をぶっきらぼうな祖父は熱愛していた。

「あんたには関係ないことだ、お嬢さん。さっきのセリフをそのままお返ししよう」

ダンカンが見おろすと、ミス・ハクスタブルは温かな笑みを浮かべていた。

「わしはマートンが気に入った」侯爵がいきなり話題を替え、ここで初めてダンカンに目を向けた。「青二才ではあるが、一家の長という重責を果たしているなら、もう立派な大人と言ってよかろう。ペコペコするような男ではなかったぞ。つぎつぎと質問をよこし、自分の望む返事をひきだしていきおった」

「弟を連れて、あらためて伺います」ミス・ハクスタブルが言った。「それから、たぶん、妹たちも一緒に。式と披露宴の準備がすべて整ったところで。全員で伺って、準備の様子をお話ししますわね。そうすれば、わたしたちハクスタブル家の者がいったん心を決めたらノーという返事は受け入れないことが、侯爵さまにもおわかりいただけることでしょう」

ミス・ハクスタブルは立ちあがった。話はこれで終わりだった。二分後、彼女とダンカンが外の通りに出ると、小雨になっていた。

「うーん」ダンカンは言った。「みごとだった」

いまこの瞬間、今日の訪問を描写するのにそれ以外の言葉は浮かんでこなかった。どうやら、祖父は本当にミス・ハクスタブルが気に入ったようだ。もっとも、祖父にあのような無遠慮な口を利いた者が、ここ何年かのあいだにいたかどうかは疑問だが。

「おじいさまっていい方ね」ミス・ハクスタブルの言葉から、双方が好感を持ったことが証明された。「あなたを愛してらっしゃるんだわ、シェリングフォード卿」

ダンカンは思わず笑いそうになった。子供のころは、たしかに愛されていたかもしれない。もっとも、つぎつぎと与えてくれたあのシリング銀貨以外に、祖父が愛情を示したことは一度もなかったが。だが、いまは？　愛されているとは言えそうもない。ダンカンは苦労して傘を開き、彼女と自分自身にさしかけた。

「愛情の示し方が変わってるけどね」ダンカンは言った。

「そんなことないわ。この五年間、傷つき、怒り、途方に暮れてらしたのよ。あなたが自分の行動について何ひとつ弁明しなかったから、きっと、ひどく失望なさったでしょうね。あなたを本当に愛していなかったら、当然勘当するところだけど、そうはせずに、あなたが反撃できるようになるのを待ちつづけた。あなたから反撃がくることを、あなたを愛しつづけていくのに充分な理由が示されることを期待して。その期待にあなたはちゃんと応えたのよ」

「きみを見つけ、結婚を承知してもらったおかげでね」

「ただ、わたしが年をとりすぎているせいで、自分が生きているうちにひ孫の顔を見るのは無理なんじゃないかって、おじいさまは少々ご心配のようよ。もちろん、くだらない心配だけど。でも、ええ、あなたが結婚を決めて故郷に戻ることを、おじいさまは喜んでらっしゃるわ。式にもきてくださるでしょう」

「地獄が凍りそうだな」

二人は広場を出ようとしていた。小雨はすでに本降りになり、傘に雨音を響かせていた。しかし、ダンカンは先を急ぐかわりに、突然足を止めた。

「祖父は祖母のことを心から愛していた」

ミス・ハクスタブルが彼のほうを向いた。こんな日に淡いブルーを着て、麦わら帽子をかぶってくるとは、なんてバカなんだ。歩くことになるのはわかっていただろうに。もしかして、永遠の楽観主義者？　そんな彼女の期待にぼくは応えられるだろうか。

身をかがめて唇を重ねた。すると、彼女のほうからも唇を強く押しつけてきて、はしたないほど長いあいだ離れようとしなかった。

この六日間が人生にもたらした変化を思ったとき、ダンカンはかすかなめまいを覚えた。

16

マーガレットが婚礼と結婚生活の準備をするための期間は十日間だった。その十日のあいだに、見知らぬ相手との——しかも、人妻と五年近く一緒に暮らして息子まで儲けた男との——結婚を決意したのが賢明なことだったのかどうか、二度も三度も、いやもっと何度も考えこんだ。十日のあいだに、婚礼衣装を買いに出かけた。ときには妹たちと、ときにはレディ・カーリングと、ときには三人全員と。十日のあいだに、招待客リストを作り、招待状を発送し、返事を待ち、披露宴の計画を立てる仲間に入れてほしいと頼みたい誘惑に必死に抵抗した。

招待客リストを短くできれば、マーガレットは満足だっただろう。できることなら、自分の家族、サー・グレアムとレディ・カーリング、そして、クレイヴァーブルック侯爵以外、誰にも出てほしくなかった。

妹たちはそうは思っていなかった。当然だ。

レディ・カーリングも。当然だ。

「お姉さまとシェリングフォード卿がほんの少しでもおつきあいのある人なら、一人残らず招待しなきゃ」ヴァネッサが言った。

「そうよ、そうよ」キャサリンも言った。「わたしの結婚式のときだって、そうしようって決めたでしょ。お姉さまも覚えてるはずよ。あのときは、わたし、いやでいやでたまらなかったけど、あとになってすごく感謝したわ。盛大な式って、すばらしい思い出になるのよ」

「でも、ぜったい誰もこないと思うわ」マーガレットは反論した。

妹二人が顔を見合わせて笑った。

「メグ！」キャサリンが叫んだ。「一人残らずくるわよ。どうすれば誘惑に抵抗できて？この社交シーズン最大の結婚式になりそうね」

「式まで十日しかないのに？」マーガレットは疑わしげに言った。

「たとえ明日であろうと」ヴァネッサが言った。「一人残らずくるに決まってるわ、バカねえ」

その日マートン邸にやってきたレディ・カーリングも、妹たちと同じ意見だった。

「それに、身内しか招待しないとしても」レディ・カーリングは言った。「ものすごい人数になるわよ。そちらの弟さん、妹さん、コンスタンティン・ハクスタブル氏。それから、わたしの妹のアガサ、ウィルフレッド、姪たち——姪は全部で六人よ。ご存じだった？どの子も結婚してるの。それから、ダンカンの父方のほうには、叔父が四人とその奥さん、叔母が二人とその夫。本当の叔父叔母じゃありませんけどね。亡くなったわたしの夫のいとこたちだから。でも、ダンカンは昔からそう呼んでたの。その子供たちを全部合わせるとすごい人数になるけど、いったい何人いるのか、何年も前にわからなくなってしまったわ。さらには、披露宴に出席できる年齢になった孫たちまでいるのよ。歓声を上げて走りまわる心配も、参列者の足もとをくぐり抜ける心配も、もうないでしょうから。紙とインクとペンを貸してくだされば、思いだせるかぎりの名前と住所を書きだしてみるわ。そのほとんどが目下ロンドンにきていて、もちろん、招待状を待っているでしょうね。ダンカンは子供のころ、いとこやまたいとこと大の仲良しだったの。あ、ノーマンだけはべつ。とってもいい子なんだけど、いつもお行儀がよすぎて、お行儀の悪い弟たちやいとこをすぐに非難するの。だから想像がつくでしょうけど、ノーマンと仲よくしたがる子は誰もいなかったわ。それに、どちらにしても、ノーマンを招待することはできないしね。そうでしょ？　気の毒なキャロラインと結婚したんですもの」

マーガレットは抵抗をあきらめて招待状を書いた。全世界の人々に向けて——まさにそんな気分だった。すべて書きおえるころには、当然ながら、手がひどい痙攣《けいれん》を起こしていた。

二日のうちに全員から返事があり、ハノーヴァー広場の聖ジョージ教会でとりおこなわれる結婚式とマートン邸での披露宴に、少なくとも十分の九が出席すると言ってきた。

クレイヴァーブルック侯爵も出席することになった。マーガレットが先日の約束を守って、スティーヴンと妹たちを挨拶に連れていき、ノーという返事には誰も耳を貸そうとしなかったからだ。もちろん、侯爵は面目を保つために、自分が式に出るのは、ろくでなしの孫息子が今度こそ自分の結婚式に現われるのをこの目で確認したいからにすぎない、と断言したのだが。

式までの日々は目のまわるような忙しさのなかですぎていった。マーガレットがハッと気づいたときには、結婚式当日の朝になっていて、たとえ気が変わったとしても、もう手遅れだった。

しかし、気は変わっていなかった。

かつてクリスピンのことを考えて眠れない夜が幾度かあったのは事実だが、たとえ彼と自由に結婚できる立場だったとしても、その気にはなれなかっただろう。彼には眉をひそめたくなる点が多すぎる。昔の愛情の残滓《ざんし》だけでは、やっていけそうもない。

クリスピンからも出席の返事がきていた。もっとも、マーガレットが推測するに、サー・ハンフリーとレディ・デューがいまもロンドンに滞在中のため、欠席して二人に妙に思われては困るという、それだけの理由からだろう。レディ・デューは間近に迫った結婚式を楽しみにしていた。ただ、マーガレットとクリスピンを結びつけようというささやかな試みが失敗に終わったことに、多少落胆の様子ではあったが。シェリングフォード卿に関するスキャンダルも、ついにレディ・デューの耳に入ってしまったが、レディ・デューは、女が愚かにも夫のもとを去ってべつの男と駆け落ちしたというなら、きっとそれなりの事情があったのだろうと意見を述べた。シェリングフォード卿のことはけっして悪く思っていなかった。彼がマーガレットとの縁組という賢明な道を選んだからには、なおさらだ。

婚礼の日の朝早く、マーガレットは素足のままで窓辺に立ち、深いブルーに染まった雲ひとつない空を見あげた。この夏、こんな空は珍しい。だが、空模様にとくに喜びを感じたわけではなかった。どの花嫁も婚礼の日を迎えたらこんな気持ちになるのだと自分に言い聞かせて、狼狽を抑えようとした。

シーツがくしゃくしゃになった背後のベッドには、目を向けなかった。式場となる教会へ出かけたあとで、シーツが交換されるだろう。今夜はここが婚礼の床となる。明日の朝、シエリングフォード卿と二人でウォリックシャーへ出発する予定だが、今夜はマートン邸に泊まってほしい、自分はヴァネッサとエリオットの屋敷へ行くから、とスティーヴンが強く言ってくれたのだ。

窓の冷たいガラスに額を押しあてて、目を閉じた。

結婚するって、なんて奇妙なことなの！

結婚への憧れで身体が疼いた。そして、今夜への憧れで。淑女にあるまじき下品なこと？

しかし、マーガレットは気にしなかった。長いあいだ待ちつづけたのだ。長すぎるぐらいに。青春時代はすでに去った。それと同時に、若き乙女が夢見るロマンスも。ならば、未来に目を向け、一刻も早く未来がやってくることを願ったほうがいい。

今日、そして、今夜、わたしは花嫁になる。あらゆる瞬間を楽しむことにしよう。明日、そして、生涯、わたしは妻になる。それも楽しむことにしよう。だって、ずっと望んできたことだし、かならず実現させようと冬のあいだに決めたのだから。花婿になるのは、かつて愛したクリスピンでも、心地よい友情で結ばれていたアリンガム侯爵でもないが、そんなこしの努力で幸せなものにしよう。シェリングフォード卿と結婚しようと自分で決めたのだ。この結婚をわたしの努力で幸せなものにしよう。

子供を育てなくてはならない。

またしても。

ちらっと笑みを浮かべた。

自分の子供はまだ一人も生まれていないのに。

ああ、これからやろうとしていることが、どうか正しいことでありますように。マーガレットは誰にともなく祈りを捧げて、窓ガラスから額を離すと、化粧室に入り、メイドを呼ぶために呼鈴を鳴らした。お願い、どうか正しいことでありますように。

ティンデル家の舞踏室の入口でシェリングフォード伯爵とぶつかったのは、十四日前のことだった。そこで同時にダンスと結婚の申込みがなされた。彼が最初に口にしたのがその二つだった。

わずか十四日前。

特別許可証を手に入れて結婚するのは、教会で予告をおこなって結婚するのとほとんど変わりがないことを、マーガレット・ハクスタブルと結婚するまでの十日のあいだに、ダンカンは思い知ることとなった。ただ、予告に対する異議の有無を問うために一定の期間を置く、という必要がないだけだ。

式を挙げるのはハノーヴァー広場の聖ジョージ教会と決まった。上流社会の大部分が通う教会なので、社交シーズン中はほとんどの結婚式がここでおこなわれる。五年前、キャロラインが悲劇のヒロインとなり、彼の到着を虚しく待ちつづけたのもこの教会だった。もちろん、こういうゴシップは誇張されて伝わっていくものだ。だが、それでも……。

わずか二週間前には、特別許可証を手に入れて、ミス・ハクスタブルを近くの教会へ連れていき、牧師と一人か二人の立会人だけを前にして結婚し、それから彼女と共にウォリックシャーへ逃げ去り、ひっそりと一生を送るつもりでいたが、なんと考えが甘かったことか。カメのようにのろのろと着実に結婚式が近づいてくるあいだ、ダンカンはじっと待つ以外に何もできなかった。

そのあいだに、ひとつだけ意義のある行動をとった。ノーマンとキャロラインに会いに行ったのだ。意に染まぬことではあったが。ノーマンとは昔から気が合わなかった。それどころか、物心がつくころから、ダンカンのいちばん嫌いなタイプだったと言っていいだろう。尊大なバカ男で、アガサ叔母の夜会での態度も、いかにもノーマンらしいものだった。また、キャロラインのほうも、本質的な部分では兄とほとんど変わらない。つまり、腐りきった人間ということだ。

だが、そうは言っても、ダンカンがキャロラインに不当な仕打ちをしたことは事実だ。ローラと逃げる前に手紙を書き、婚礼の朝、目をさました彼女のもとにできるだけ早く届くよう手配しておいたとはいえ、彼女を捨てたのはやはり卑劣なことだった。

ダンカンのほうから詫びを言うべきだった。

それに、たぶん、ノーマンに和解を申しでる必要もあるだろう。あと何日かしたらウッドバイン・パークが自分のものになると思いこんでいたノーマンにとって、ウッドバインを手に入れそこねたのは大きな痛手に違いない。ダンカンが彼に残酷なゲームを仕掛けたわけではないが、それでも、申しわけない気がしていた。どちらも少年だったころに、ノーマンの鼻を血だらけにしたことや、目に黒あざを作ったことはあっても、彼を傷つけてやろうと本気で思ったことは一度もない。

そこで、ある日の午後、この二人を訪ねたのだが、卑怯にも、二人が留守ならいいのに、もしくは留守のふりをしてくれればいいのに、と願っていた。

その点については、トビーのことを打ち明けるためにマーガレット・ハクスタブルを訪ねたときと同じく、運に恵まれなかった。

一階にある来客用のパーラーに通されて、三十分近く、いらいらしながら待つか、さもなければ、自分で暇つぶしの方法を見つけるしかなくなった。

最初に現われたのはキャロラインだった。十八歳のときから一日も年をとっていないように見え、あいかわらず華奢で可憐だった。だが、たしかこの五年のあいだに子供を三人産んでいる。たしかそのはずだ。

ダンカンはお辞儀をした。

キャロラインのほうは挨拶を返さなかった。

「キャロライン」ダンカンは言った。「こうして迎えてくれたことにお礼を言わなくては」

「シェリングフォード卿、わたくしの名前を自由に呼ぶ許可は差しあげていないと思いますが」

キャロラインはかつての彼を魅了した軽やかな甘い声で言った。

「ペネソーン夫人、謝罪は安っぽいものだ。ぼくも身にしみて知っている。謝罪で過去の過ちを正すことはできない。それでも、謝罪という手段しかとれない場合もある。五年前にあなたに屈辱と苦悩を与えたことに対し、お詫びをさせてもらいたい」

「うぬぼれの強い方ね、シェリングフォード卿。わたくし、あなたのおかげで、疎ましく思っていた関係から自由になれましたのよ。もちろん、育ちのいい者として、その疎ましさを我慢するしかないと思っておりましたけど。あなたがそのような良心の呵責に無縁でいらしてよかった。愛するペネソーンと一緒になれて、わたくし、いまはとても幸せですの。あなたと結婚していたら、とてもそうはいかなかったでしょう」

この言葉が彼女の本心なら、ダンカンにとっては大きな救いだ。それに、本心でないわけがあるだろうか。ダンカンと結婚すれば幻滅したに決まっている。ちょうど、ローラへの暴力をやめるようターナーに頼もうとして、妹であるキャロラインの協力を求めたとき、ダンカンが彼女に幻滅したのと同じように。

「それはよかった」ダンカンは言った。「では、許してもらえるんだね」

はしばみ色の大きな目の上で、優美な眉が吊りあがった。

「まあ、わたくしにそんなことを期待なさらないで、シェリングフォード卿」キャロラインがそう言ったとき、ドアが開いてノーマンが入ってきた。「世の中には、けっして許せない行為というものがありますのよ。もちろん、あなたが自由の身にしてくださったおかげで、世界でいちばん幸せな結婚ができて、わたくし、とても喜んではおりますけど、あなたの行動を許すことはできません。また、あなたがランドルフとローラの仲を裂き、わたくし自身の幸せにも匹敵するほど円満だった結婚生活を破壊したことは、ぜったいに許せません。それどころか、あなたを人殺しと呼びたいぐらいだわ。あなたが淫らな欲望を満たすためにローラを連れ去ったりしなければ、ローラはたぶん、いまも生きていたでしょう」

「キャロライン」ノーマンが急いで妻のそばへ行き、肩を抱いて、ラブシートのほうへ連れていった。「きみは上の階に残って、こういう不愉快な会話はぼくにまかせてくれればよかったのに。だが、きみはいつも、愚かなまでに勇敢な人だ」

「臆病者になったことは一度もないわ」ラブシートにすわりながら、キャロラインは言った。「ミス・ハクスタブルが極悪人の罪なき餌食にされそうだと思ったときには、マートン邸までわざわざ会いに伺ったのよ。でも、わかっていただけなかったみたい。いずれ近いうちに、わたくしの言葉に耳を貸さなかったことをミス・ハクスタブルは後悔なさるでしょうが、少なくとも、わたくしの良心は澄みきっています。今後どうなろうとも、それはあちらの自業自得というものだわ」

ダンカンの訪問はそこから悪化の一途をたどった。

「ノーマン」ダンカンは言った。「ウッドバインの件を申しわけなく思っている。祖父の気まぐれにも困ったものだ。ぼくに言うことを聞かせるために、きみを利用したんだ。うまくいったらすぐさまひっこめるつもりのものをきみに約束するなんて、祖父もひどすぎる。今後はいつでも自由に、妻とぼくに会いにウッドバインへきてくれないか。もちろん、キャロ――いや、ペネソーン夫人とお子さんたちも一緒に」

ノーマンはダンカンにいかめしい視線を据えた。この視線は、早くも八歳ぐらいのときに完成させていたものだ。眼球からわずか二センチほどのところで、シャツの襟先が期待をこめて待機している。

「痛恨の極みだ、シェリングフォード。妻と子供たちを守ってくれているこの屋根の下に、今日、きみを招き入れざるをえなかったことが。なぜ招き入れたかというと、言っておきたいことがあったからだ。一度しか言わないぞ。きみの顔に手袋を叩きつけて、眉間に弾丸を撃ちこんでやれればいいのにと思っている。このうえない満足が得られることだろう。しかしながら、それによってふたたび妻をゴシップの的にし、不要な苦悩を与えることになる。妻の兄があまりに温厚で平和を愛する人物ゆえ、きみに決闘を申しこもうとしないことが、ぼくは残念でならない。あの兄は良心を備えた紳士で、兄のやり方が気に食わなくとも、その点だけは賞賛せねばならない。きみとのつきあいはお断わりだ、シェリングフォード。今後きみが訪ねてきても、屋敷には通さない。どこかで顔を合わせても、挨拶はしない。ふたたびうちの妻と話をしようとしたら、野良犬のごとく懲らしめてやる。家族をウッドバイン・パークに住まわせることには、もともとためらいがあった。かつてきみが暮らした屋敷だからね。ぼくが落胆しただろうと思っているなら、それはきみの誤解というものだ」

くだらん。だが、この男は生まれついての雄弁家だ。もしも人が大言壮語と尊大なる物言いを好むならば。

「そろそろ帰ってくれ、シェリングフォード」ノーマンは言った。

ダンカンはうなずき、キャロラインにお辞儀をして、暇《いとま》を告げた。

そうしながら、五年前の事件について、キャロラインがノーマンに多少なりとも真実を──重要な部分を──語ったことはあるのだろうかと思った。どうも疑わしい。それならば、ノーマンが憤慨しても仕方がない。激怒する権利も、ダンカンという存在を消し去りたいと熱烈に願う権利もある。

キャロラインは言うまでもなく、真実を知っている。すべての真実を。かつてダンカン自身が彼女に打ち明けたときも、驚きの表情すら見せなかった。悲しげな口調でこう言っただけだった。ローラがランドルフとその家族に対して、もっと妻らしい誠意を示せば、打擲も打撲傷もまったく無用となるでしょうに。それどころか、ランドルフは生涯ローラを愛しつづけ──もちろんこれまでも愛してきたけれど──ローラを幸せにするために、何不自由のない暮らしをさせようとするでしょう。でも、かわりにローラがあんな目にあっているのは自業自得というものだわ。

マーガレット・ハクスタブルが自分と結婚して不幸になれば、それも自業自得というわけだろう。

ランドルフ・ターナーに対しては、ダンカンは訪問も和平の申し出もしなかった。キャロラインはひとつだけ正しいことを言った。世の中には、けっして許せない行為というものがある。百パーセントの真実ではないとしても、口にするのもおぞましい残虐な行為にまったく自責の念を感じない男に関しては、間違いなく真実だ。

このただ一度の訪問をべつにすれば、ダンカンは式の前の十日間を、婚礼に関係した大騒ぎはできるだけ避けることに専念してすごした。どうしても盛大な結婚式が必要なのよ——ある日、マートン邸から帰宅した母親がダンカンに長々と説明した。そして、マーガレット・ハクスタブルが二百通以上の招待状を送ったことを告げた。いえ、二百通までは行かないかもしれないわね。夫婦で出席する人もいるから、その場合は一通ですむでしょ。二通も送るのは紙とインクと時間とエネルギーの無駄遣いというものよ。

ダンカンはその点について母親と議論するのは控えることにした。そうすれば、母だって、さらに細かく報告しなくてはという気を起こさずにいてくれるだろう——そう期待したからだった。

期待はずれだった！

「どうしても盛大な結婚式が必要なのよ」母親は独自の論理を駆使して、さらに説明を続けた。「誰だって式に参列した以上は、後々あなたと会ったときに知らん顔はできないでしょ。あなただって、じっくり考えれば、それぐらいのことはわかるはずよ。社交界の人気者にはもうなれないかもしれないけど、社交界に復帰できることだけはたしかだわ。本当に大事なのはそこなのよ」

「社交界なんて、ぼくにはどうでもいい」

「あらあら、男ってほんとに愚かねえ。でもね、あなた自身は社交界になんの関心もないとしても、自分がこれから結婚するということを覚えておきなさい。妻となる人のことを考えてあげなきゃ。あなたが社交界に冷たくされれば、妻も冷たくされるのよ。マーガレットのために、もう一度全力で貴族社会の人々のご機嫌とりをしなさい」

ダンカンは大きくためいきをついた。もちろん、母親が全面的に正しい。

くそっ！

「とにかく」ダンカンは言った。「招待に応じる者など、たぶん一人もいませんよ――叔父やいとこが何人かくるだけでしょう」

これもまた虚しい期待だった。何日か前に、彼自身がマギーに言って聞かせたように。

母親は舌打ちをした。

「男って！」最大級の侮蔑をこめ、天井に視線を向けて言った。「人間の心理というものがまったくわかってないのね。一人残らず招待を受けるに決まってるでしょ。一人残らず！何があろうと、見逃したくないはずよ」

この意見は、翌日の朝刊のゴシップ欄で裏づけられた。目前に迫った式が〝この社交シーズン最大の婚礼〟になるだろうと書かれていた。ただし、シェリングフォード卿が当日逃げだして、ミス・ハクスタブルを祭壇の前にぽつんと立たせておくようなことがなければ、という条件つきで。

こうなったら、盛大な結婚式を受け入れるしかない――ダンカンは覚悟した。死刑囚が絞首台との約束を受け入れるしかないのと同じように。

運命の日の朝、ダンカンは着替えをしながら、ロンドンに戻ってから初めておおぜいの前にわが身をさらすことになるのを、痛いほどに意識した。

とんでもないことになったものだ！

「そんなにきつくするな」ネッククロスを彼の首に巻き、地味すぎも派手すぎもしない形に結びおえた従者のスミスに、ダンカンは不機嫌な声で言った。どこから見ても完璧な出来栄えだった。ただ一点をのぞいて。「ぼくを絞め殺す気か」

「緊張のあまり、そのような気がなさるだけですよ、旦那さま」スミスはネッククロスをそれ以上いじろうとせずに言った。「首に巻いたクロスがまわったりしては、旦那さまもおいやでしょう？　たとえ、かまわないとおっしゃっても、わたしが困ります。従者仲間に会ったとき、恥ずかしくて顔も上げられなくなってしまいます。さあ、お立ちになって、上着に仕上げのブラシをかけさせてください。糸くずをお召し物につけてくることにかけて、旦那さまはみごとな才能をお持ちですね。どこでつけてこられるのか、わたしにはさっぱりわかりません」

ダンカンがようやく暴君の支配から抜けだして階下におりると、何人かが玄関広間で彼を待っていた。サー・グレアムは退屈な一日を我慢することに決めた様子だった。もっとも、この日がすぎれば、義理の息子に住まいと食事を提供する義務から解放されるわけだ。母親は新調のドレスが型崩れしたり、ダンカンの上着にしわが寄ったりすると困るので、抱きしめるのはやめておく、みっともない泣き顔は見せたくないからぜったい泣かない、と宣言した。化粧崩れについては言おうとしなかったが、彩りも美しく丹念に化粧をしているのはたしかだった。しかし、教会へ向かう前に息子に投げキスをし、最後の瞬間に駆けよってさっと息子を抱きしめ、流れ落ちた涙を夫のポケットからひっぱりだした大きな白いハンカチで拭き、そのあとで、夫の先に立って屋敷を出ていった。

ダンカンは、花婿の付添い人をひきうけてくれたコン・ハクスタブルのほうを向いた。双方が眉を上げた。

「シェリー」コンが言った。「五年前に何があったのか、ぼくにはわからない。だが、聖ジョージ教会へ行く途中で逃げだそうと企んでいるなら、ぼくの身体を突き抜けていくしかないぞ」

「逃げる気はない」ダンカンはいらだたしげに断言した。

コンはうなずいた。

「どういう経緯でこんな事態になったのかも、ぼくにはわからない。マーガレットのことは昔から、分別ある女性だと思っていたのだが。しかし、まあ、現にこうなってしまった。というか、ぼくがきみを教会までひきずっていき、ぼくの身体を突き抜けるのを阻止すれば、そうなるわけだ。マーガレットを大切にしてくれるね？」

それは質問ではなかった。

「世の中にはわからないことがたくさんある」ダンカンは言った。「たとえば、ミス・ハクスタブルの幸せがなぜきみにとって重要なのか、ぼくにはわからない。五年前に彼女の一家がウォレン館に越してきて、きみを追いだしたというのに」

そう言われたとたん、コンは黒い目を伏せた。

「いろいろ事情があったんだ。父の死、それから、ジョンの死。恨みを抱き、それに溺れて一生を送るのは簡単だ、シェリー。ぼくもそうした。一家を恨んだ——というか、とにかくマートンを恨んだ。だが、人はときとして、誰それは本当に恨みを買うに値する人物だろうか、と自分の心に問いかけねばならない。マートンも姉たちも清純無垢だった。そんな相手を憎むのはとてもむずかしい。人はまた、憎しみによってもっとも傷つくのは誰なのかを自分に問いかけねばならない。こんな日に、そのような話をする必要があるのかい？」

「ない」ダンカンはそう答え、ネッククロスをひっぱりたい衝動を我慢した。「教会へ行かなくては。前のことがあるから、ぼくが遅刻しようものなら、蜂の巣をつついたような騒ぎになるだろう」

「では、出かけるとしよう」コンは陽気に言った。

今日はよく晴れた日で、おまけに、上流社会の結婚式ともなれば野次馬が押し寄せてくるから、マートン家の御者は聖ジョージ教会の前までくると、歩道から道路のほうへあふれでた人々を轢《ひ》いたりしないよう、慎重に馬車を進めなくてはならなかった。

スティーヴンが馬車をおり、ふりむいてマーガレットのほうへ手を差しだした瞬間、群衆から「おおっ」というどよめきが上がった。まるでスティーヴンが花婿だと思いこんだかのようだ。しかし、もちろん、スティーヴンはいつだって息を呑むほどハンサムだ。けさのような黒と白のフォーマルな装いでないときでさえ。

マーガレットは手袋をはめた手を弟の手に預けると、馬車のステップをおりて、彼の横に立った。スティーヴンに笑いかけると、弟も笑顔を返した。さきほど屋敷にいたときは、ヴァネッサとキャサリンがエリオットとジャスパーと一緒に出かけたあとで、スティーヴンは涙ぐんでしまい、マーガレットに気づかれなかったことを願いつつ、あわてて背を向けた。しかし、涙をためたまま、姉のほうに視線を戻した。

「メグ」そのとき、スティーヴンは言った。「ああ、メグはいつだって、どんな少年も大人の男も望みえないような、最高にすばらしい姉さんでいてくれた。今日という日がこんなに辛くて、同時にこんなに幸せだなんて、思いもしなかった。シェリングフォードはいい人だ。ぼくにはよくわかる。そして、姉さんは彼のことが好きなんだと思う。知りあってそんなに日はたってないけど」

スティーヴンは姉の両手をとってしっかり握りしめた。

「彼のことが好きだよね？」

しかし、マーガレット自身、いまにも涙があふれてきそうだったので、黙ってうなずいただけだった。

「向こうも姉さんのことが好きだよ。間違いない。いずれ、姉さんを愛するようになるだろう。自信を持って断言できる。姉さんに出会って愛さずにいられる者がどこにいる？」

「身びいきがすぎるんじゃない？」マーガレットは笑顔で言った。「ああ、スティーヴン、わたしもあなたたちみんなを心から愛してきたわ。いまも、これからもずっと愛していくわ。でも、そろそろ結婚式に出かけたい、遅刻はしたくない、と思っても許してくれるわね？」

スティーヴンはクスッと笑い、向きを変えて帽子をとると、腕を差しだした。

マーガレットが馬車からおりた瞬間、教会の外の群集がいっせいに歓声を上げた。たしかに、マーガレット自身も、いまの自分が最高に美しく見えることを知っていた。晴れの日にふさわしいと言ってレディ・カーリングが勧めてくれた華やかな色彩のものをすべて断わり、サテンとレースで仕立てたクリーム色のドレスを選んだ。ハイウエストのシンプルなデザインだが、すばらしい仕立てで、マーガレットの身体にぴったり合っている。麦わら帽子も新品で、飾りに使われているのは白いバラの蕾。

ジャスパーがさきほど屋敷を出る前に言った──メグが花嫁でよかった。さもないと、誰もが衣装に目を奪われて、哀れな花嫁自身のほうは見ようともしないだろう、と。そのあとで、ケイトのほうを向き、ニッと笑って片目をつぶってみせた。

ステイーヴンが腕を差しだし、マーガレットと二人で教会に入っていった。

マーガレットは不意に、さきほども感じたパニックに襲われた。もしあの人がきていなかったら？　遅刻のせいではないとしたら？　最後まで姿を見せなかったら？

でも、そんな不安は恥ずべきこと。わたしはあの人を信頼している。ここまできてわたしを裏切るような人ではない。マーガレットは教会に足を踏み入れる前に不安を払いのけた。

教会のなかは人で埋まっていた。不安な表情の者や、やたらと興奮している者は一人もいなかった。何十もの顔がマーガレットのほうを向き、身廊の突き当たりで牧師が片手で合図をすると、紳士が二人立ちあがった。二人がふりむいてマーガレットを見た。

一人はコンスタンティン。もう一人はシェリングフォード伯爵だった。

わたしの夫となる人。

マーガレットは息を吞み、ステイーヴンが身をかがめて彼女のドレスの裾を整え、それから腕を差しだすまでのあいだ、伯爵を見つめた。

あとは誰も目に入らなかった。いい思い出を作ることの大切さをケイトに言い聞かされていたにもかかわらず、式に付随する事柄はすべて些細なことに思われた。ここに十人ほどしかいなくても、二百人ぐらいいても、どちらでもよかった。わたしは結婚する。花婿がここに、祭壇の前にいて、こちらを向き、近づくわたしを見つめている。

そして、彼こそがわたしの望んだ花婿。マーガレットははっきりと悟った。幸福が湧きあがるのを感じ、彼に笑顔を見せた。

向こうも笑みを返してくれて、そのとき初めて、とてもハンサムな人だったのだとマーガレットは気がついた。長身で、浅黒くて、ほっそりしていて、真剣な眼差しと顔立ちは古代の彫刻のように端整というより、むしろ、剛健な感じだ。この人の笑顔はあまり見たことがなかった。微笑でその顔に優しさが加わった。本当は優しい人に違いない。虐待を受けていた哀れな女性は、みんなに秘密にしていたのに、彼にだけはそれを打ち明けた。窮地に陥ったとき、一緒に逃げてくれたのも彼だった。幼い息子をほかの誰のことより愛している。息子には、彼という人間が、そして、彼の与える愛情と安全が必要だからだ。

そうしたことを悟るには、なんとも妙な瞬間だった。

わたしは優しい男性と結婚するのね――マーガレットは実感した。

それで充分だった。希望を胸に、彼のほうへ歩を進めた。

それからほどなく、スティーヴンがマーガレットの手をシェリングフォード卿の手にのせ、新郎新婦はそろって牧師のほうを向いた。

教会のなかが静まりかえった。

貴族社会の半数が背後の信者席にすわっている――マーガレットは思った。さらに重要なことに、身内の者たちも顔をそろえている。でも、本当に大切なのはそれではない。わたしは自分が選んだ場所に立ち、自分が結婚したいと思った男性のそばにいる。この人はほぼ他人のようなものかもしれない。出会ったのはわずか二週間前のことかもしれない。でも、そんなことは問題ではない。

なぜか、これが正しいことに思われた。

どうか、どうか、正しいことでありますように。

「お集まりのみなさん」牧師が口を開いた。


こうまで人目にさらされると、怖くなるほどだった。式のあいだ、二人は参列者に背を向けて立っていたが、ダンカンには人々の存在が強く意識された。最低の評判の男と最高に名望のある女が結ばれるこの奇妙な結婚式に、誰もが貪欲な興味を向けている。人々は今後もひきつづき、何か不幸なことが起きるのを貪欲に待ちつづけることだろう。マーガレット・ハクスタブルはこれを運命と信じ、ダンカンのほうは、舞踏会のドアのところで衝突したあの一瞬に向かって自分の人生は進んでいたのだ、という奇妙な思いにとらわれていた。

しかし、彼女はいまも見知らぬ他人だ。

どうすれば彼女を幸せにできるのかわからない。

結婚を決めたのはトビーのためだった。トビーがいなければ、結婚しようとは思わなかっただろう。ロンドンから遠く離れた土地へ行き、働き口を探していただろう。自分のことだけ考えていればよかったのなら、ウッドバインを返してほしいと頼むためにロンドンに足を踏み入れることは、けっしてなかっただろう。

「父と子と聖霊の御名により、ここにあなたがたを夫婦と宣言します。アーメン」牧師が言っていた。これで式が終わった。

ダンカンはかつて、自分の結婚式をすっぽかした。だが、もう忘れればいいことだ。こうしてちゃんと結婚したのだから。相手はマーガレット・ハクスタブル――シェリングフォード伯爵夫人マーガレット・ペネソーン。

数分後、結婚証明書に署名をすませた新郎新婦は、親戚の微笑や涙に、そして、その他招待客の興味津々の視線に応えながら、二人で教会の身廊を戻っていった。ダンカンの目に入ったのは、涙で目を潤ませた母親と、二列目の席にすわった祖父だけだった。祖父はダンカンに向かってひどいしかめっ面をしていたが、それは、ポケットを探ってシリング銀貨を出そうとするときにいつも浮かべていた、あの表情だった。

やがて、陽光のもとへ、そして歓声をあげる群集のほうへ二人が出ていくと、教会の鐘が喜びに満ちた響きを奏ではじめた。

結婚を祝って。そう、結婚式が終わったのだ。

ダンカン自身の結婚式。

傍らの花嫁を見おろした。彼女に会うたびに、前回より美しくなったように思っていたが、今日の彼女はきわだって美しかった。

「さて、マギー」

「はい、シェリングフォード卿」

「それを直してくれないと。結婚したんだから、いつまでもシェリングフォード卿と呼ばれるわけにはいかないよ」

「ダンカン」

「行こう」

ダンカンはマーガレットを連れて、幌をたたんだバルーシュ型の馬車のほうへ向かった。今日のために、祖父が用意してくれたものだ。

そばまで行ったときに初めて、馬車があざやかな色のリボンに飾られ、古いブーツが一足、うしろに結びつけられているのが見えた。犯人たちが群集のなかに紛れこんでニッと笑い、手にのせたあふれんばかりの花びらを、通りすぎる新郎新婦に向かって大きな歓声と共に撒きちらした。

ダンカンのいとこたちだ——子供のころから青春時代まで、一緒に悪いことをし、騒ぎを起こした仲間たち。

では、こいつらの仲間として、ふたたび受け入れてもらえたわけか。

妙なことに、そして、照れくさいことに、喉の奥が痛くなり、涙がこみあげてきそうになった。

彼の手で馬車に乗せてもらうとき、花嫁は笑っていて、派手なリボンのあいだに腰をおろした。そして、となりにすわった彼のほうに顔を向けた。彼女の帽子にもドレスにも花びらが散っていた。ダンカンは傍らの座席に用意された硬貨の袋に手を伸ばすと、片手ですくっては群集のほうへ放り投げた。

参列者たちが教会から外に出てくるあいだに、馬車がガタンと揺れて歩道の縁から離れた――ブーツがひきずられるけたたましい音と共に。

マギーが彼の手のなかに片手をすべりこませた。無意識のうちにやっていた。

「ダンカン。ああ、ダンカン、何もかもすばらしかったと思わない？」

ダンカンは彼女の手を握りしめた。

彼女がすばらしかったと言うのなら、すばらしかったと答えておこう。彼女のために、せめてそれぐらいはしなくては。彼女を幸せにするのがぼくの務めだ。

「ほんとにそうだね」いとこやほかの連中が口笛を吹き、歓声を上げるなかで、ダンカンは言った。ブーツが立てる騒音は静まりそうもなかった。誰かがブーツ全体に釘を打ちつけたに違いない。「向こうにいるみんなに、熱々の話題を提供したほうがいいと思うよ。明日のゴシップ欄を飾るおいしい材料を」

そう言うと、ダンカンは彼女のほうへ身を寄せて、唇を重ねた。長々と続くキス。彼女のほうも避けようとせず、終わらせようともしなかった。しっかりと唇を合わせて、温かく押しつけてきた。

背後で上がる口笛が一段と派手になった。

17

この婚礼の一日は何から何まですばらしい――時間がめまぐるしくすぎていくなかで、マーガレットは思った。そう思ったことが自分でも意外だった。シェリングフォード伯爵との結婚を決めて以来、かならずうまくいくと自分に言い聞かせてこの日を楽しみに待ちつづけたのは事実だ。でも――すばらしいと思うなんて。

式そのものは完璧で、まさにあらゆる女性が夢に見る結婚式だった。式のあらゆる瞬間に、口にされたあらゆる言葉に、自分たちが立てたあらゆる誓いに、マーガレットは神経を集中した。自分の手を握ってくれる花婿の手の温かな力強さに、彼がはめてくれた指輪の対照的な冷たさに、彼のコロンの麝香《じゃこう》に似たかすかな香りに、神経を集中した。最初の一、二分がすぎると、背後に集まった人々のことまでがはっきりと意識された。今日のおごそかな儀式に欠くことのできない人々だ。両家の家族がそろっていた。貴族社会の半数もきていた。

そして、教会を出るさいには、這うようなのろさで身廊を進んだわけではないのに、あらゆる人の顔が目に焼きついた。にこやかに笑いかけるスティーヴン、笑顔のエリオット、彼のハンカチで目頭を押さえているヴァネッサ、涙に目を潤ませながら微笑するキャサリン、片目をつぶってみせるジャスパー、胸の前で両手を握りしめ下唇を嚙んでいるレディ・カーリング、いかめしい表情に似合わぬ目をしたクレイヴァーブルック侯爵……ああ、そして、その他すべての人々。一人ずつ順々に見ていったような気がする。ほとんどの人が笑顔を返してくれた。根っから意地悪な人なんていないのね。わたしの夫となったばかりの男性に、誰もが二度目のチャンスをくれようとしている。

教会の外に集まった多くの人々。雨のように降りそそぐ色とりどりの花びら、派手なリボンに飾られた優美な馬車、教会の鐘、馬車でマートン邸に戻るあいだじゅう背後で騒々しく音を立てていた釘だらけのブーツ。群衆の前でのキス。到着する招待客。披露宴会場となる舞踏室の入口での出迎え。延々と続く握手と、頰へのキスと、にこやかな祝いの言葉。二百名の客を迎える準備を整えた舞踏室。花で飾りたてられているため、慣れ親しんだ部屋がなんだか見慣れない感じになっている。でも、豪華絢爛だ。六皿からなる食事、乾杯、ケーキ入刀、すべてが終わったあとは客と歓談。急いで帰ろうとする者は一人もいなかった。

最初に辞去したのはクレイヴァーブルック侯爵だった。侯爵はステッキなしでやってきて、背筋をぴんと伸ばした誇らしげな姿で歩いていたが、疲れていることがマーガレットには一目瞭然だった。侯爵の腕をとり、新婚の夫とともに玄関まで付き添った。

「おじいさま、ぜひウッドバイン・パークにお越しくださいませ。ね、どうか約束してください」

不意に子供の存在を思いだしたが、たとえ招待を撤回できるとしても、そんなことをするつもりはなかった。みんなに子供のことを知られてならない理由はない。不義密通のことは誰もが知っていて、いまはそれを許そうとしているように見える。子供にはなんの罪もない。わたしがその子を自分の家庭に受け入れ、母親になると決めたのだから、ほかの人にとやかく言われる筋合いはない。

「ふむ」返事のかわりに侯爵はつぶやいた。これが口癖のようだ。しかし、いやだとは言わなかった。ほかに言うことがあった。

「シェリングフォード」馬車の扉をあけようとする従僕を待たせておいて、侯爵は言った。「おまえのことだから、手遅れになる前にかならず花嫁を見つけるものと思っていたし、とりあえずまあまあの相手であれば、祝福するつもりでいた。だが、これほど聡明な花嫁を見つけてこようとは思いもしなかった。この人を大切にするのだぞ」

シェリングフォード卿――ダンカン――は頭を下げた。「そのつもりでおります」

「ついでに思いだしてくれ。三十一歳の誕生日までに息子を作るという約束もしたことを」

マーガレットは眉を上げて夫を見た。

「その約束を守るべく、全力を尽くします」夫は言った。

もちろん、息子はすでにいる。しかし、老侯爵が言っているのはそれではない。マーガレットは微笑して、侯爵の頬にキスをし、従僕が馬車の扉をあけた。

「明日ロンドンを発つ前に、ご挨拶に伺います、おじいさま」マーガレットは言った。「お誕生日のお祝いを申しあげるために」

「ふむ。今日の乾杯だけでは足りなかったのか」

「ええ」ダンカンが言った。「とにかく伺います」

そして、二人は舞踏室に戻り、ふたたび客の相手をし、グループからグループへと移りながら歓談を続けたので、マーガレットはそのうち声が枯れそうになったが、うっとりする幸せに包まれていた。ついに大きく息を吸ってクリスピンに近づいたときでさえ、幸せは揺るがなかった。彼と話をするのは楽なことではなかった。今後もずっと心の隅に彼への未練が残るだろうと思っていた。生まれて初めて愛した人——そして、愛を交わした相手だ。彼とのあいだにいまや永遠の防壁が築かれたことを思って、多少心が乱れるのではないかと不安だったが、そうはならなかったのでホッとした。

クリスピンは弱い人間だし、信用できない。いまはもう、彼のそうした面を恨む気持ちはないが、自分の結婚相手にそのような男は選びたくない。

ダンカンは強くて信用できる。それに、けっして言い訳をしない。クリスピンとは大違いだ。

クリスピンはマーガレットの手をとってお辞儀をし、祝いの言葉を述べながら悲しげに微笑し、ほどなく、部屋の向こうで誰かが手招きしていると口実を作って離れていった。

客が少しずつ帰っていき、真夜中ごろには、マーガレットの家族と、ダンカンの母親と、サー・グレアムだけになった。全員で客間に移り、ケーキを食べ、お茶を飲んだ。

やがて、会話がとぎれがちになってきた。

「さて」ついにジャスパーが立ちあがった。「ほかのみんなはどうか知らないが、忙しい一日だったから、ぼくはそろそろ家に帰ってベッドに倒れこみたい。キャサリンは？」

「ええ、帰りましょう。目もあけてられないぐらい」

「グレアム」レディ・カーリングが言った。「先週、真珠をあしらったすてきなロケットを二人で見つけて、明日、買いに連れてってくれる約束だったでしょ。わたしが正午までに出かける支度をすませなかったら、あなた、ご機嫌斜めになるでしょうけど、午前零時になる前にベッドに入っておかないと、とうてい無理だわ。そろそろ帰らない？」

「仰せのままに、エセル」

エリオットが立ちあがった。無言だったが、マーガレットに笑みを向けていた。

「わたしたちも家に帰る時間だわ」ヴァネッサが言った。「一緒にくるでしょ、スティーヴン？」

「ぼくも早めに寝たほうがいいかもしれない」スティーヴンが言った。「ネシーに警告されたんだ。朝がきたら、子供たち二人がぼくのベッドの上で飛び跳ねて、叩き起こされることになるって」

「叔父さんが泊まりにくるのは」エリオットが言った。「子供たちにとって抵抗しがたい魅力なんだ、スティーヴン。このロンドンではとくにね。もちろん、寝室のドアノブの下に椅子を押しこんでおいてもかまわないよ。むしろ、そう勧めたいぐらいだ。うちの二人の子供は朝寝坊をしないから」

全員が帰っていくまでに、さらに十五分かかった。握手、抱擁、キス、涙、そして、レディ・カーリングの長たらしい挨拶。しゃべりすぎないよう気をつける、と最初に約束したにもかかわらず。

自分の屋敷を出ていくスティーヴンに手をふり、シェリングフォード伯爵と二人きりであとに残ると、マーガレットはなんだか不思議な気分になった。

見知らぬ他人。

わたしの夫。

ダンカン。

「客間に戻ろう」腕を差しだして、ダンカンが言った。

ホッとした。情けないことに、マーガレットはベッドへ行く心の準備がまだできていなかった。二人で言葉を交わす機会がほとんどなかったように思った。馬車のなか以外、二人だけの時間がまったくなかったし、その馬車でさえ、リボンとブーツのせいで、屋敷に着くまでずっと人々の注目の的だった。

客間に戻ると、ダンカンが酒の戸棚まで行って、二個のグラスにワインを注ぎ、ラブシートに運んだ。

「こちらにきてすわったら？」彼に言われて、マーガレットは自分がドアのすぐ内側に立っていたことに気づいた。自分の家なのに、突然、客になったような気がした。

ダンカンがラブシートに並んで腰かけ、マーガレットに片方のグラスを渡した。

「すばらしい一日だった？」彼女に訊いた。

マーガレットは彼の表情を探ったが、そこには何も浮かんでいなかった。ろうそくの光を受けて漆黒に見える目には、微笑のかけらもなかった。マーガレットに予想外の幸せをもたらしてくれたこの日も、彼にとってはたぶん、息子を育てるために自宅を失うまいとする手段にすぎなかったのだろう。

やはり、いまも見知らぬ他人だったのだ。

「あなたはどう？」マーガレットは質問に答えるかわりに、自分のほうから尋ねた。こちらが答えたときに、彼のほうからそれに見合う言葉が返ってこなかったら、きまりの悪い思いをすることになる。彼の返事に合わせるつもりだった。

「何もかも……すばらしかった」グラスを掲げて、ダンカンは言った。「最後の一滴に至るまで」

〝すばらしかった〟の前に一瞬沈黙があったことに、マーガレットは気づいた。まるで、この言葉を口にするのをためらったかのようだ。わたしを安心させたくてそう言っただけ？　わたしが尋ねなくても、自発的にそう言ってくれただろうか。

しかし、いまごろ思い悩んだところで無意味だった。二人はそれぞれの理由から結婚した。相手に対する甘い感情とは無縁の理由ばかりだった。そして、式を挙げた。夫婦になった。

死が二人を分かつまで。

ダンカンがワインをひと口飲んだ。マーガレットも同じようにした。

「だが、きみはまだ、ぼくの質問に答えてくれてない」

「たぶん、婚礼の日を迎えたほかのあらゆる女性と同じだと思うわ。花嫁になるって、何かすごく特別なことなのよ。注目を浴びるのが当然ですもの。めったにないことでしょ。一分一秒に至るまで思いきり楽しんだわ。全世界の人がわたしを見て、一緒に楽しんでくれればいいのにと思ったほど」

あら、いけない。最後の部分を削除できればいいのにと思った。しかし、すでに口にしてしまった。その事実を強調するかのように、あとに短い沈黙が続いた。

マーガレットはぎこちなくグラスをのぞきこみ、さらにまたワインを飲んだ。

「もちろん、あなたを愛してはいないけど」きっぱりと言った。「あなたと結婚できてとてもうれしい。ずっと願っていたの。結婚したい、自分の家庭を持ちたい、そして、できれば自分の――」

マーガレットはワインを飲んだ。ほんのひと口のつもりが、ゴクンと派手に飲んでしまった。

「たしか、ぼくが二十歳のときだったと思うが、祖父に約束したんだ。三十になるまでに結婚して、三十一までに息子を作るって。ずいぶん若かったから、そんな約束をしても十年先のことなら安心だと思っていた。はるか先のことだった。自分がいつか三十になるなんて、二十歳の若者に想像できるだろうか。あるいは四十に。あるいは八十に。それはともかく、最初の約束には少々遅れてしまったが、第二の約束を守る時間はまだ残っている。もちろん、かならず息子が生まれるという保証はないけどね。さらに言えば、子供ができるという保証もない。だが、努力はできる」

マーガレットはグラスのワインをまたもやゴクンと飲んだ。

「ワインで眠くなる者もいる。きみがそのタイプでないよう願いたい、マギー」

ダンカンは手を伸ばし、彼に視線を向けたマーガレットの手からグラスをとりあげた。いまのは冗談だったの？

眠くなるですって？　眠りをこれほど遠くに感じたのは、生まれて初めてなのに。

「あなたもね」マーガレットは言った。

彼が二人のグラスを脇に置きながら軽く微笑し、マーガレットは前と同じく、微笑が彼を一変させたことに啞然とした。以前は――あの事件以前は――よく笑う人だったの？　気苦労がなくて、無茶をするのが好きな若者だった、というレディ・カーリングの話からすると、たぶんそうだったのね。これからはもっと笑うようになるかしら。

「あなたが笑い方を思いだしてくれるよう、わたしも努力するつもりよ」

彼の微笑が凍りつき、やがて消えた。

「努力する？　ぼくが笑い方を忘れてしまったというのかい？」

「たぶんね。ごくまれに、何かでびっくりして思わず苦笑することはあるけど。笑顔になると、とってもハンサムよ」

「そして、笑顔でないときは醜い。きみにも好みがあったんだね、マギー。醜い夫よりハンサムな夫を見ているほうがいいのかな？」

「憂鬱そうな夫より、幸せそうな夫を見ているほうがいいわ」

「ぼくが不幸だというのかい？　憂鬱そうだと？」

マーガレットはうなずき、片手を上げて彼の頬を包んだ。

「たぶん、長いあいだ不幸だったのでしょうね。わたしがそれを変えてあげる」

大胆で軽率な言葉。彼に愛されてもいないのに。好意を持ってくれているかどうかもわからないのに。でも、愛について語るのはやめておこう。わたしが語るのは、好意と、親しさと、思いやりと……そして、愛。でも、ロマンティックな愛ではない。彼を愛していこう。わたし自身のためにも。愛してもいない人と暮らすなんて考えられない。

頭の上に彼の手が置かれ、マーガレットは息を呑んだ。

「ほんと？」ダンカンが言った。

マーガレットはうなずいた。

ふと気づくと、彼の顔がそばにあった。頬に彼の温かな息がかかった。

「どうやって？」ささやくような声で彼が言った。彼のそんな反応も意外ではなかった。不意に、部屋の空気の半分が消えてしまった。

「いえ……」マーガレットは息が詰まりそうだった。「その方面であなたを幸せにできるかどうかはわからない。過去のことをお話ししたから、わたしのことを経験豊かだと思ってらっしゃるかもしれないけど、ほんとは違うの。遠い昔のことだし、しかも――」

彼の唇が押しつけられた。開いたその唇から、マーガレットはすぐさま、温もりと潤いとワインの味を感じた。彼の頬を包んだ手が震えると、彼がしっかり支えてくれた。彼の顔が数センチ離れた。

「経験豊かな女がほしければ、マギー、娼館へ行けばすむことだ」

品のいい意見ではない。娼館などという言葉を、かつて人の口から聞いたことがあったかどうか、マーガレットにはわからなかった。でも、この人はクリスピンのような男とは違う。

「よく通ってたの？」思わず尋ねて、唇を噛んだ。その瞬間、彼の目に生気が戻り、目の奥に笑いが浮かんでいることに気づいて、マーガレットは驚いた。

結局はクリスピンと同じね。ああ……男なんて！　少しでもチャンスがあれば、孤独や欲求のことをべらべらしゃべりだし、女はそういうものを感じなくて幸いだと言いだすに決まっている。

マーガレットは質問に答えるチャンスを与えようとしなかった。

「でも、もう二度と行かないで。あなたがその気になるだけでも、ぜったい許せない」

ダンカンの目にはまだ笑いが浮かんでいた。そして、目の色が温かみのある茶色に変わっていた。カップに注がれた芳醇なホット・チョコレートの色。わずか数センチの距離からその目に見つめられるのは、ひどく心を乱されることだった。

「その必要はないと思うよ。そうだろう？　ぼくを幸せにすると、きみが約束してくれたんだから。経験不足のせいで少々不安ならば、きみの経験を豊かにするために二人で努力すればいい。違う？　早いに越したことはないだろ？」

まあ、なんてことを！

「ええ」マーガレットは答えた。咳払いをして、さっきよりきっぱりした口調で言った。「ああ、ずいぶん滑稽ね。わたし、どぎまぎしてるの。三十にもなってどきまぎするなんて。みんなが帰ったあとですぐ、二階へ行けばよかった。そしたら、いまごろすべて終わっていたでしょうに」

彼の目に浮かんだ笑いは、消えるどころか、さらに大きくなった。向きを変えてマーガレットのてのひらに唇をつけ、それから、その手を放した。

「すべて終わる？〝どこしえに。アーメン〟という感じ？」

「今度はどぎまぎするだけじゃなくて、照れくさくなってきたわ。自分でもいやになってしまう。ベッドに入ることにするわ。あなたの支度ができていても、いなくても」

マーガレットはきっぱりした態度で立ちあがり、婚礼衣装のひだを広げた。

「マギー」ダンカンも腰を上げ、彼女の前に立った。マーガレットの両手をとると、てのひらを自分の胸にあてがった。「家族が帰ったときは、まだきみの心の準備ができていなかった。じつのところ、二人ともそうだった。ワインと会話が少しだけ必要だった。両方ともすんだから、そろそろ、セックスの時間だな」

まあ、そんな言葉を使わないでくれればいいのに。レディの日常の語彙に含まれていないことを、この人は知らないのかしら。頬が熱くなった。腿の内側が疼き、身体の奥で何かがを彼の唇に這わせた。

「ええ」マーガレットは冷静な口調で言った。「そうね」

そして、顔を上げてダンカンの唇にキスをした。口を開いて、さほど急ぐことなく。舌先

を彼の唇に這わせた。

脈打っていたものが強い鼓動に変わった。

「おいで」ダンカンが言って、マーガレットに腕を差しだした。

不思議な気がした――そう、とても不思議だった――彼と上の階へ行き、自分の部屋の前で足を止め、彼にドアをあけてもらって、まず化粧室に入るというのは。大切な聖域、自分だけの世界。でも、もう自分だけの世界ではなくなった。今後、自分のための空間はどこにも存在しなくなる。この身体ですら、もはやわたしだけの聖域ではない。

婚礼の日が婚礼の夜に変わった。

「十五分したら戻ってくる」ダンカンはそう言うと、一歩下がってマーガレットを部屋に通し、彼女の背後でドアを閉めた。

スティーヴンから来客用の化粧室を使うように言われたので、彼の荷物はあらかじめそちらへ運ばれている。

わたしの部屋なのに、これまでとは違って見える――ドレスを脱ぎ、メイドにヘアピンを抜いてもらい、ブラシをかけてもらいながら、マーガレットは思った――室内のものは何ひ

とつ変わっていないのに。もちろん、ほとんど荷造りを終えたトランクとバッグ類が遠くの壁ぎわに置かれているが。

これがマートン邸を自宅と呼べる最後の晩。なのに、自分の部屋も自分だけのものではない。

マーガレットは花婿を待った。

結婚が完全なものになるのを待った。

ドキッとするほど露骨な彼の言葉を使うなら、〝セックス〟を待った。

約束の十五分まであと二、三分というころに、メイドを下がらせ、自分の寝室に入った。ベッドの左右のテーブルでろうそくが一本ずつ燃えていた。窓のカーテンは閉めてある。ふだんはあけたままにしておくのだが。ベッドカバーはめくってあった。

マーガレットはベッドの裾側の支柱を両手で握りしめ、そこに頰をつけた。

わたしは結婚した。シェリングフォード伯爵夫人マーガレット・ペネソーンになった。あと戻りはもうできない。

今日という日が——とてもすばらしい一日だった——わたしの人生を永遠に変えてしまった。

ああ、わたしの選んだ道が正しいものでありますように。

寝室のドアに軽くノックが響き、ドアが開いた。

18

すばらしい一日。

本当にそうだったのか？

もちろん、感動的な場面がいくつもあったことは、ダンカンも認めている。貴族社会での名声を完全にとりもどすのは無理としても、とりあえず、そこに復帰することだけは許された。今日、彼の結婚式に出席しておきながら、明日、彼をはねつけるようなことは、誰にもできるはずがない。

母親が喜んでくれたのはたしかだった。今日ほど幸せそうな母親は、これまで見たことがなかった。子供のころの彼は、父親が亡くなるまで、母親が無条件で溺愛してくれるのを当然のことと思っていたが、今日ふたたびその思いがよみがえった。子供時代の感覚のほうが正しくて、母親のことを虚栄心の強い軽薄なだけの女だと思うようになったのは、たぶん間違いだったのだろう。

そして、今日は祖父がクレイヴァーブルック邸から出てきてくれた。まるで昔の祖父に戻ったみたいだった。たしかに年をとったし、気むずかしい性格はあいかわらずだが、その目には、生き生きした輝きと言ってもよさそうな、何か名状しがたい表情が浮かんでいた。かつての祖父はけっして世捨て人ではなかった。ダンカンは不意に、自分がキャロラインを捨ててローラと逃げたせいで、祖父が隠遁生活を送るようになったのではないかと思った。もしかしたら、あのとき、祖父を失望させる以上のことをしたのかもしれない。祖父の気力を奪ってしまったのかもしれない。もしかしたら、祖父はやはりぼくを愛してくれていたのかもしれない。

明日の朝になったら、祖父の誕生日がきたら、例の駆け落ち事件について、少なくともマギーに打ち明けた部分だけは祖父に話すことにしよう。母親にも話すべきかもしれない。ローラと約束したのは事実だが、家族のことも――そして、ぼくを愛してくれた家族が傷ついたことも――考えなくては。

〝この人を大切にするのだぞ〟。帰りぎわに祖父が言った。

〝……大切に……〟

そこから彼の思いは最初に戻った――〝すばらしい一日〟。マギーを大切にしようと思って結婚したわけではない。彼女には結婚の動機をほぼ正直に伝えたが、それでももちろん、罪悪感は残っている。彼女に話さなかったこと――どうしても話せなかったこと――があるが、気にするのはもうやめよう。

だが、それでもやはり罪悪感があった。打ち明けるべき事実がまだ残っているからだ。しかも、マギーはぼくの妻だ。

〝全世界の人がわたしを見て、一緒に楽しんでくれればいいのにと思ったほど〟

この言葉に、ズキンと胸が痛んだ。

そして、いま、スミスの咳払いでギクッとした。

「寝間着がお入り用ですか、旦那さま」スミスが訊いた。「それとも、ガウンだけでよろしいでしょうか」

ダンカンはスミスに険悪な視線を向けた。寝間着も用意されているらしい。でなければ、スミスが尋ねるはずはない。ぼくの寝間着姿なんか、一度も見た覚えはないだろうに。

「ガウンだけでいい」ダンカンは言った。

「新しいのになさいますか」

「もちろん、新しいほうだ」ダンカンはそう言いながら立ちあがり、下顎に手をすべらせ、肌がなめらかになっているかどうかをたしかめた。もっとも、スミスに髭剃りをやらせれば、剃り残しなどあるはずはないが。「あのガウンを買ったのは、虫に食われるまで衣装だんすに入れておくためだと思っているのか」

ひどくいらだっている――ガウンに袖を通し、膝丈ズボンと下穿きを脱ぎながら、ダンカンは思った。いらだち、肉欲に苛まれている。いらだっているのは、肉欲に苛まれているからだ。困ったものだ。花嫁に対しては、単なる肉欲以上の気持ちを抱くべきなのに。

ぼくはどうなんだ？　優しい感情はないものかと、期待をこめて心のなかを探ってみた。そこに何かがあることを知って、安堵に近いものを感じた。彼女に対して、敬意はもちろんのこと、好意も持つようになっていた。努力すれば、たぶん好きになれるだろう。努力しなくてはならない。してみせる。

じつを言うと、マーガレットから〝全世界の人がわたしを見て、一緒に楽しんでくれればいいのにと思ったほど〟と言われたとき、喉の奥に熱くこみあげるものを感じた。両腕で彼女を抱きしめたくなった——ちょうど、トビーが遊びと悪さの合間に不安に襲われ、彼のズボンをひっぱって、〝ほんとに、ほんとに、ぼくのこと好き？〟と尋ねるたびに、抱きしめてやりたくなるのと同じように。

「では、明朝また」ダンカンはいらだちの残る声で唐突に従者に告げると、化粧室を出て廊下をひきかえし、マーガレットの寝室へ向かった。

肉欲を感じるのは当然のことだった。そこに罪悪感はなかった。ワインを飲む前からすでに、マーガレットは男心を甘くそそっていた。しかし、さきほど客間でワインを飲んだあとは、さらに妖しい魅力が加わった。彼にキスをして、彼の唇の合わせ目に舌先を這わせた瞬間、客間の絨毯の上に押し倒される寸前だったことに、本人はたぶん気づいてもいないだろう。

まさか、向こうからキスしてくるとは思わなかった。性的なことに関しては奥手で、つんと上品ぶる女だろうと、ずっと思っていた。完璧なる淑女の典型だと思っていた。ところが、客間で彼女のほうからキスしてきた。紛れもない誘惑のキスだった。

彼女がこの結婚を後悔することのないよう、ダンカンは強く願った。

後悔させないために、こちらが努力しなければ。それが彼女への思いやりというものだ。なんの努力もせずに円満な結婚生活が送れるとは、彼にはどうしても思えなかった。結婚する気がなかったのは事実だが、結婚した以上は、それに合わせて生きていくべきだ。

妙ないらだちと肉欲の混ざりあった思いを抱いたまま、彼女の寝室のドアをノックして、勝手に入っていった。ノックに応えて向こうがドアをあけてくれるのを待つのは、なんだか間が抜けているように思ったのだ。

マーガレットはベッドの裾のほうに立ち、支柱を握りしめていた。白いナイトガウンを着ていて、それがろうそくの光を受けてきらめき、どういうわけか、凝《こ》ったデザインの舞踏会のドレス以上に豪華に見えた。そして――ああ！――髪が背中にゆるく流れてヒップのあたりまで届いていた。濃い栗色で、ボリューム豊かで、つややかに光っている。そして、とてもおとなしいデザインなのに豪華に見えるナイトガウンの下に、さらに豪華な曲線が余すところなく見えていた。

ダンカンは早くも硬くなりそうなのを必死に抑えた。

「きみの手助けがないと、ベッドの天蓋が倒れてしまうのかい？」

マーガレットは一瞬、きょとんとした顔を彼に向け、握りしめていた支柱に目をやり、ベッドの上の天蓋を見あげてから、腕を脇におろしながら笑顔になった。やがて笑いだし、生き生きした美しさがいっそうきわだった。

「ううん、そんなことないわ。たぶん、わたしが支柱に助けてもらわないと、まっすぐ立っていられないのね。ワインをけっこう飲んだから」

「酔いがまわってぐっすり眠ってるのかと思った」

「あら」彼女がふたたび笑った。「そんなことないわ」

「よかった」

「ほんと？」

彼女が眠らずにいてくれたので、ベッドに誘えると思い、ダンカンは浮き浮きしてきた。もっとも、すでに寝ているだろうなどと本気で思ったわけではない。浮き浮きしているのは、ここにいる相手が妻だから？　生涯を共にすごすことになる女性だから？　肉欲が満たされて明日の朝を迎えたとき、そのまま彼女のもとを去って忘れてしまうのではなく、ウッドバインへ、そして、未来へ一緒に連れていけるから？

彼女を自由に忘れていい立場にいたとしても、果たして忘れることができるだろうか。じつに興味深い問題だ。

「どうしたの？」マーガレットに訊かれて、ダンカンは何分か無言で立ちつくしたまま彼女を見ていたことに気づいた。

「美しすぎて、手を触れるのがためらわれる」

マーガレットは眉を上げた。「あら、やめたりしないで」

「やめないほうがいい？」ダンカンはそう言うと、マーガレットに近づいて肩に手をかけ、腕をいっぱいに伸ばして彼女に視線を走らせた。「しかし、本当に美しい、マギー。ぼくは幸せ者だ」

頭を低くして、彼女の喉に唇をつけた。

マーガレットは頭をのけぞらせ、柔らかな吐息をついた。

「もうどぎまぎしてないわ。どぎまぎするなんて愚かだもの。そうでしょ? とても自然なことなんですもの。ほしいわ、ダンカン。この世の何よりもほしいと思ってる」

この言葉を口にするのにどれだけ勇気が必要だっただろうと、ダンカンは思った。しかし、彼女の身体がカッと熱くなったことからすると、どうやら本気のようだ。

ダンカンはナイトガウンの襟元に親指をすべりこませると、腕の途中まで押しさげた。むきだしの肩にキスをし、胸の膨らみに唇を這わせながら、さらにナイトガウンを下げていくと、乳首があらわになったので、軽く口に含んだ。舌先で蕾に触れたとたん、彼女の震えが伝わってきた。熱と共に。

少しうしろに下がり、ナイトガウンから手を放した。ナイトガウンはマーガレットが両手でみぞおちのあたりに押しつけていたから、彼女さえその気なら、そのままにしておくこともできたはずだ。だが、彼女が両腕を脇におろしたので、薄手のナイトガウンはすべり落ちて足もとに広がった。

彼女の頬が真っ赤に染まり、その視線が彼の目をとらえ――ダンカンはやがて、彼女の全身に目を向けた。

先端がバラ色に染まった豊かな乳房、細いウェスト、美しい曲線を描くヒップ、長くほっそりした形のいい脚。どこか不完全なところがあるとしても、ダンカンには見つけられなかった。あらゆる男の性的な夢を叶えてくれる女だった。

つぎに、マーガレットが片方の腕を上げて彼のガウンのサッシュベルトをひっぱり、やがて、ベルトがほどけた。ガウンの前が開くと、彼女がそれを彼の肩からすべらせたので、ガウンも同じく床に落ちた。

ダンカンは驚愕していた――裸になった彼女に。裸にされた自分に。彼が予想していたのは、もっと……なんだろう？　上品なもの？　思慮深いもの？　穏やかなもの？　彼女が処女でないのは事実だが、こちらの推測が正しければ――正しいほうに賭けてもいいが――かぎりなく処女に近いはずだ。

「一段と美しい」ダンカンはささやいた。

「ダンカン」マーガレットは彼の肩に両手を置くと、その手で彼の腕をなでながら、遠慮なく全身を見つめた。「あなたも美しいわ。そんな言い方はおかしいかしら。だったら、ごめんなさい。でも、ぴったりな気がするの。ほんとに美しい」

ああ、天国にいるようだ！

ダンカンは彼女の手をとって、自分の腰に持っていき、ぴったり抱きよせた。

唇を重ねると、彼女の口を開かせ、舌を奥深くまで差し入れた。彼女がうめき、身体を弓なりにそらせた。硬くなった男のものが彼女の腹部を圧迫した。

穏やかな分別はもういらない。

「横になってもいい？」ダンカンが舌をひっこめると、唇を重ねたままでマーガレットが訊いた。「もう立っていられそうにないの」

ダンカンは身をかがめて彼女を抱きあげ、ベッドまでの短い距離を運んだ。シーツに横たえて、ふたたび熱烈なキスに移った。彼女はいまもワインの味がした。ラベンダーの石鹸の香りがした。妖婦と淑女がひとつになっていた。

「ろうそくを消したほうがいいかな？」ダンカンは尋ねた。「できれば、このままにしておきたい。二人ですることを、この目で見たいんだ。だけど、きみの望みどおりにするよ」

自分たちの行為をろうそくの光で見るというのも、彼のもともとの計画にはなかったことだ。

マーガレットの目が開き、丸くなった。

「まあ。ぜひ、つけたままにしておきましょう」

ダンカンは傍らに身を横たえると、彼女の背中の下に腕を差し入れ、反対の手で軽い愛撫を始めた。身体の曲線をなぞり、肌の柔らかな温もりを感じ、ラベンダーとワインの香りを吸いこんだ。ペースを落とさなくては。片手で乳房をまさぐり、てのひらで持ちあげて、柔らかであると同時にひきしまった乳房の豊かな重みを感じながら、親指の腹で乳首をなで、頭を下げてふたたび口に含んだ。今度は強く吸った。

マーガレットはゆっくり大きく息を吸いこみ、彼の髪にしっかりと指をからめた。

「ああ、お願い」とつぶやいた。だが、それ以上は言わなかった。

ダンカンは彼女に覆いかぶさると、腿のあいだに自分の膝を押しこんで、膝が突けるぐらい大きく彼女の足を広げさせた。うっすら閉じた目で彼女を見おろした。向こうも彼を見つめ、肩と胸で髪が栗色の輝きを放っていた。

彼女の顔にろうそくの光が躍っていた。

マーガレットは両腕を上げると、彼の胸の上で手を広げ、ゆっくりと円を描きはじめた。指をそらして、てのひらで胸毛をひとつの方向にそろえ、ふたたび乱して逆方向へ持っていく。彼の顔を見つめかえして微笑した。

ダンカンは彼女の内腿の柔らかななめらかさを、自分の脚の外側で感じとった。ずっしり豊かな乳房を目にすることができた。ラベンダーとワインと女の香りに包まれた。

硬くなりすぎていて、早く彼女のなかに沈めないと、ひどくきまりの悪いことになりそうだ。

「すまない」ダンカンは頭を下げて、彼女の唇にキスをした。「これ以上待てそうもない」

「うれしいわ」笑みを湛《たた》えたまま、マーガレットが言った。「わたしも」

そこで彼女に身体を重ね、そのまま強引に行為に移ることもできただろう。美しい曲線を描く身体を自分の下に感じ、その感覚が彼の股間にさらに火をつけたことだろう。

彼女のほうも、準備ができていると言った。

しかし、二人の婚礼の日は彼女にとってすばらしいものだった。この夜こそが婚礼の日の頂点に位置するものだ。彼女を失望させるようなことがあってはならない。

それが彼にできるせめてものことだった。

ダンカンは自分の膝を広げると、マーガレットの脚を持ちあげて、自分の身体にかけさせた。それから、ヒップの下に両手をすべりこませ、腰を抱えてしっかり支えてから、秘めた部分の入口に彼自身をあてがい、いっきに押し入った。

マーガレットがゆっくり息を吸うのに耳を傾け、彼女のまぶたが震えて閉じるのを見守りながら、やがて、彼女のなかに深く自分を埋めた。そこで静止した。

なんと、マーガレットは熱く潤っていて、柔らかく彼を包みこみ、秘肉をからみつかせてきた。そして、彼は——。

彼はしばらくのあいだ歯を食いしばった。純然たる本能に押し流されるわけにはいかなかった。

マーガレットが目を開いて、彼を見あげた。ダンカンは彼女の身体の下になっていた手を抜くと、脇腹に這わせ、乳房の下に押しつけ、親指で乳首を軽くなでた。

「あっ、だめ」マーガレットが言った。「だめ、やりすぎよ、ダンカン。やりすぎだわ」

「そう？」ダンカンは彼女のヒップに手をあてがうと、いったん退いてから、ふたたび押し入り、退き、突き入れ、あっというまに果ててしまわないよう歯を食いしばって、深く安定したリズムを刻みはじめた。

視線を下へやって自分のしていることを見守った。顔を上げると、彼女もやはり見守っていた。まぶたを伏せ、唇を開いて——やがて、ゆっくりとまぶたが閉じ、両脇に置かれていた手がマットレスに食いこみ、枕の上で頭がのけぞり、身体の奥の筋肉が強烈に彼を締めつけ、息遣いが苦しげになった。

ダンカンは彼女の両手をとって頭の上へやってから、自分の脚をまっすぐにし、彼女に全体重をかけた。動きを速め、深め、激しく腰を使うと、やがて彼女が叫びを上げて、彼にまとわりついた部分を痙攣させ、彼の下でぐったりと力を抜いた。

彼女の手がほてり、汗に濡れていた。身体の残りの部分もそうだった。

ダンカンの体内を熱い血が駆けめぐって、耳のなかでドクドク音を立て、胸のなかで轟き、硬くなった状態を耐えがたい苦悶に変えた。激しい律動をくりかえすうちに、やがて絶頂に達し、彼女の顔の横で大きく息を吐いて全身の力を抜いた。

心臓の鼓動が正常に戻るのに耳を傾けた。いつしか眠りの世界へ漂っていったようだ。自分の下になった彼女の感触に、そして、彼女が奔放な情熱を秘めた女であったことにうっとりしながら。

「ダンカン」彼女のささやき声がした。「起きてる？」

「ん？　うとうとしてた。重い？」

「ええ。でも、どかなくていいのよ。すてきだったわ。ありがとう」

つんとすました淑女に逆戻りだ。汗ばんだ裸体を男の下に横たえ、手足をからめているというのに。

ダンカンは身体を起こして頬杖を突き、マーガレットを見おろした。

「うん、すてきだった。ぼくこそ、ありがとうって言わなくては。だけど、毎回おたがいに礼を言わなくてはと思うのは、少々面倒かもしれない」

マーガレットは空いたほうの彼の頬に片手をあてた。

「わたし、後悔してないわ。あなたと結婚したことを。ほんとよ」

後悔するかもしれないと思っていたような口調だ。

デューのことがあるから？　披露宴の席であの男の姿を見たことが、ダンカンには少々気がかりだった。彼女がデューと話をするところを目にし、デューが彼女の手をとるところを見てしまった。

ダンカンは何か言おうと思って口を開いたが、そこで気が変わった。

「ぼくも後悔していない。だけど、婚礼のこの夜、さらに続きをするつもりなら、少し眠っておいたほうがいいと思う」

「まあ」マーガレットは言った——そして、微笑した。

ダンカンは身体を離して彼女の傍らに横たわると、布団をひきよせて自分たち二人にかけた。マーガレットに目をやり、彼女があっというまに眠りこんだことを知った。

そばに身を横たえて、しばらくその顔を見ているうちに、やがて彼も眠りに落ちた。

明日、二人でウッドバインへ向かい、生涯をそこで暮らす。数日中にトビーもやってくる。一緒に暮らすことになる。ごくふつうの子供のように。もちろん、トビーはふつうの子供だ。

これに関しては、マギーに永遠の感謝を捧げよう。

トビーに早く会いたくて、胸が痛くなるほどだった。

マーガレットが目をさましたとき、陽射しを受けた窓の明るい四角形がカーテン越しに透けて見えた。おずおずと伸びをして、すぐさまゆうべのことを思いだし――どうして忘れられて？――裸でシーツにくるまっているという不慣れな姿であることに気づいた。

淫らな女になった気分。そして、すてきな気分。〝淫ら〟なほうにワクワクした。

笑みを浮かべて首をまわした。ベッドの横は空っぽで、布団がめくられていた。

あの人が起きて部屋を出ていくあいだ、わたしは眠りつづけてたというの？ どうにも信じられなかった。いつも眠りが浅いし、早起きなのに。もちろん、めまぐるしい一夜だったけど。

けさは早めに出発する予定だった。ただ、マーガレットの家族とダンカンの母親が見送りにくるまで待つと約束してある。それに、クレイヴァーブルック邸を訪問することになっている。

今日はダンカンの祖父の八十歳の誕生日。

ああ、どうしよう。すでにみんなが階下にきていて、わたしが目をさまし、着替えをすませ、きちんと身支度するのを待っているとしたら？ みんなにどう思われることやら。みんな、わたしが婚礼の夜をどのようにすごしたと想像するだろう？

本当のことを推測するかしら。もちろん、するに決まっている。

いやだわ、恥ずかしくて死んでしまいそう。

もとどおりに布団をかぶろうとしたそのとき、ドアが開いた。

「ぼくが気の利くメイドだったら」ダンカンがトレイを手にして部屋に入ってきた。「きみが起きる瞬間を正確に予測して、湯気の立つチョコレートのカップをベッドの横に置き、カーテンをあけて、きみが目をあけたときにカップが目に入るようにしておいただろう。だが、気の利くメイドにはなれそうもない」

ダンカンはベッドの横のテーブルにトレイを置いた。ホット・チョコレートのカップが二個のっていて、甘いビスケットが四枚、皿に並べてあった。

「とりあえず雇ってあげるわ」マーガレットはそう言って、布団を顎までひきあげた。「でも、エレンが失業することになるし、彼女に会えなくなるのは寂しいわ。あなた、エレンのように上手に髪を結うことは、たぶんできないでしょうね」

ダンカンはベッドの端に腰をおろした。着替えをすませていたが、身につけているのはほんのわずかで、ズボンとシャツだけ。シャツも胸がはだけられ、うっすらとした胸毛がのぞいている。髪は湿っていた。髭は剃ったばかりだ。いかめしい表情を浮かべ、目は黒々として見える。でも、冗談を言ってくれた。そして、わたしも冗談を返した。それから、ホット・チョコレートとビスケットを運んできてくれた。

ほんの小さなことだが、結婚一日目のこの日、それがマーガレットの心を温めてくれた。

婚礼の日は終わった。婚礼の夜も。

「お昼まで寝すごしてしまったかと思ったわ」

「それなら、ぼくの技能に対する最高の賛辞になっただろうな。ところが、きみは目をさましてしまった。まだ早い時間なのに」

まあ、また冗談なんか言って。スティーヴンですらめったに足を踏み入れたことのないこの部屋に男性がいるというのが、ひどく奇妙な感じだった。

わたしの夫。それが今日の新たな現実。きのうの彼は花婿で、わたしは結婚を祝ってもらう幸せのなかで彼を見ていた。

今日の彼は単にわたしの夫というだけのこと。

ゆうべは休憩をはさみながら、三回も愛を交わした。二回目は一時間以上続いたに違いない。狂おしいほどの興奮に駆り立てられる部分が、女の身体にあんなにたくさんあるなんて、マーガレットには想像もつかなかったことだ。また、夫婦の行為が、前戯のキスと、挿入と、あっというまの絶頂——男の側の絶頂という意味——だけでなく、さらに多くのものから成り立っているのも、彼女の想像を超えることだった。

女にも絶頂の瞬間があるなんて、考えたこともなかった——すべてを忘れて身をゆだねる一瞬。そう……悦楽に。あの感覚を表現できる言葉はどこにもない。

「何をぼんやり考えてるんだい？」

「わたしが？　いえ、べつに」マーガレットは答えたが、頬が熱くなり、自分が赤面しているのを知った。二、三日もすれば、たぶん、平然としていられるようになるだろう。

「布団を顎までかけて、ずっとそこで横になったままだと、チョコレートが飲めないじゃないか、マギー。残念なことだ。おいしそうな匂いなのに。けさのきみは恥ずかしがり屋になったのかな？」

「ううん、そんなことないわ」

しかし、ダンカンが彼女を見つめて片方の眉を上げたため、マーガレットもいまの言葉を証明するために、乳房ぎりぎりのところまで布団をおろすしかなくなった。でも、そのまま身体を起こせば……。

そのとき、ゆうべの客間での光景が再現された。彼の目の奥に笑いが浮かんだのだ。いかめしい表情はそのままなのに。

マーガレットは布団をウエストまで下ろすと、トレイのほうを向いた。ホット・チョコレートはたしかにおいしそうな匂いだ。

「不公平だわ。あなたには着替える時間があったのに」

「きみにも同じだけ機会があったんだよ。だけど、その機会をつかもうとしなかった。きみの化粧室に入って、ガウンをとってこようか。たぶん、荷物に詰めてしまっただろうが。それとも、ぼくもシャツを脱ぐことにする？」

まあ、けさのダンカンは別人みたい。これが――たぶん、これが夫婦の親密さというものなのね。これからもたぶん、二人でこんなふうに暮らしていくのね。たぶん……。

「それから、ズボンも」マーガレットは言った。

ダンカンは頭からシャツを脱いで、ベッド脇の床に落とした。立ちあがり、腰のボタンに手を伸ばした。

「きみがその布団を足もとまでおろしてくれれば」

マーガレットは布団をはねのけ、ダンカンはズボンを落とし、つぎに下穿きも脱いだ。

まあ、どうしよう。

ほんとにどうしよう！

「こんな格好でチョコレートを飲むつもり？」マーガレットは訊いた。

ダンカンは両方の眉を上げた。

「スティーヴンが帰ってきたらどうするの？　ネシーとエリオットが訪ねてきたら？　あるいは、あなたのお母さまがいらしたら？」

「まだ朝の七時だよ、マギー。それに、そのなかの誰かがこんな非常識な時刻に押しかけてくる気になったとしても、いきなりきみの寝室に飛びこんでくるようなまねは、ぜったいしないと思う」

マーガレットは彼のほうへ腕を広げた。

そのあとのひとときは、息を呑むほどめまぐるしく、深い喜びに満ちていて、強烈だった。ゆっくり時間をかけたゆうべの交わりに劣らぬ満足をもたらしてくれた。

終わったとき、マーガレットはあの部分がヒリヒリしていることに気づいた。始める前からすでにヒリヒリしていたが、それで喜びが損なわれることはまったくなかった。

「賭けてもいいが」マーガレットの耳もとで彼が言った。「あのチョコレートはまだ温かいと思うよ。大急ぎですませたからね。たしかめてみる?」

そこで、二人は裸のままベッドに並んですわり、積み重ねた枕に背中を預けて、ビスケットを食べ、生ぬるいより多少ましな程度のチョコレートを呑んだ。

「婚礼の前日にきみに打ち明けたことを、この午前中に母に話しておこうと思う。母は秘密を守ってくれるだろうか」

「あなたがそうお頼みになれば、かならず守ってくださるわ、ダンカン。あなたを愛してらっしゃるんですもの」

「それから、祖父にも話すつもりだ。ローラが生きているあいだは、彼女の意志を大切にしてきたが、いまは自分の家族を大切にしたいと思う。賛成してくれる?」

「もちろん賛成よ。おじいさまもあなたを愛してらっしゃるのよ」

「うん。きっとそうだね。だが、祖父の愛情はまたしても試練にさらされることになるだろう」

マーガレットは彼の空いたほうの手をとり、指をからめた。ああ、結婚生活のこういう面って、とってもすてき。こんなふうにおしゃべりして、心を打ち明けあって、こんなふうに相手の助言を求めることができる。

「愛情はつねに試練にさらされるものだと思うわ。たわんでも、折れることはけっしてない。本物の愛情ならね。おじいさまも、お母さまも、心からあなたを愛してらっしゃるのよ」

そして、たぶん、このわたしも。

たぶん、もうじき。

「そろそろ」マーガレットは言った。「着替えをしに行かなきゃ」

「残念だな。ぼくはいまのきみの衣装が好きなんだが」

マーガレットはふりむいて、彼に笑いかけた。

19

二人は新しい馬車で旅をしていた。この馬車はクレイヴァーブルック侯爵からの結婚祝いだった。イングランドの道路を平坦にして旅を純粋に楽しめるようにするのは、どう考えても無理なことだが、それでも、柔らかな新しい座席を備え、新品の革の匂いがする、バネの効いた馬車に乗って旅をするのは、うっとりするほど贅沢なことだった。

出発して二日目の午後になっていた。もうじきウッドバイン・パークに到着する。

マーガレットは、結婚したときに、男よりも女のほうが幸福を感じるものなのかどうかを考えていた。女はべつの家へ移る。ときには——今回のように——生まれ育った場所からはるか遠く離れた、一度も見たことのない家へ。何もかもが新しく、馴染みがなく、それまでと違っているが、避けることはできない。妻が夫の家へ移るのが通常のことで、その逆ではない。まるで自分という人間の一部を失ってしまうかのようだ。それまでの名前すら、結婚によって失われてしまう。

その一方、何から何まで新しい人生を始めることには、ワクワクする刺激的なものがある。文字どおりの新しい人物になることはもちろんできないが、新しい名前と、新しい家と、新しい生活圏があれば、ふたたびスタートを切り、人生をあらゆる点で以前よりすばらしいものにし、幸せなものにする機会が生まれる。

と言っても、これまでの人生が不幸だったわけではない。ただ……そう、最高に幸せだったわけでもない。人生が自分のそばを通りすぎていくような気がしてならなかった。去年の冬が最悪だった。三十歳になって気が滅入っていた。でも、いまでは、最高にすばらしい年齢のような気がする。痛々しいほど若くて傷つきやすい年齢ではない。しかし、まだまだ若いから――。

「ぼくは昔、世界がここで始まり、ここで終わると思っていた」となりで彼女の夫が言った。「世界は二人の人間に支配され、その二人がぼくを愛していて、いつまでも守ってくれるものと思っていた」

マーガレットは夫のほうを見た。夫は馬車の窓から外を見ていた。

子供はみんな――幸せな子供なら――そんなふうに感じるものだと思った。裕福な家で何不自由なく育った子供でなくても。

「幸せな子供時代だったのね？」

「完璧だった」夫が彼女のほうを向いた。「もっとも、つねにその幸せを実感していたわけではないが。とくに、尻がヒリヒリして、しばらく腰を下ろせなくなったときとか。膝をすりむいたり、肘をどこかにぶつけたりしたときも。一度なんか、腕の骨を折ったこともあった。しかし、子供はやがて成長して少年になり、少年は大人の男になるのが待ちきれず、安全と愛情を疎ましく思うようになる。早く広い世界に出て、冒険と〝いついつまでも幸せに〟という儚い夢を追おうとして、うずうずするようになる。すでに与えられているものを追い求めて家を飛びだし、途中でそれを失ってしまう」

「家を出たあと、あなたは不幸だったの？」マーガレットは彼に訊いた。

「いや。楽しみを追うのに忙しくて、不幸になる暇がなかった」

マーガレットは微笑した。

「子供はみんな、大きくなったらようやく自由になり、なんでも好きなことができるようになると思っているのだろうか」

「男の子はたぶん、ほとんどがそうでしょうね」

「女の子は違うのかい？」ダンカンは尋ねた。

「あら、あるわ」マーガレットは笑顔で答えた。「女の子は完璧な結婚を夢に見るの。そして、完璧な夫を――ハンサムで、お金持ちで、魅力的で、思いやりがあって、優しくて、思慮深くて、情熱的で……何か言い忘れたものがあるかしら。そうそう、熱愛してくれる人。女の子が夢に見るのは愛とロマンス。だって、それ以外のものを夢に見ても意味がないから。でも、どんな女の子も、白馬の王子さまがやってくるのを待つあいだは、楽しい夢が見られるのよ」

違うだろうね。女の子が見られる夢はあまりない。自分で自分の質問に答えた。「うん、たぶん

男女間のもっとも基本的な相違について、マーガレットはこれまでとくに考えたことがな

かった。自由や冒険を夢に見ても意味がないため、ほとんどの女性が恋に憧れ、家庭と、優しく愛してくれる夫と、子供を生んで育てることを夢に見るようになるのだろうか。それとも、人類の保存を確実なものにするため、女性の根本的な部分に巣作りの本能が埋めこまれているのだろうか。

「そして、その王子さまがきみにとってはデューだったのかい？」

マーガレットの笑みが薄れ、膝でゆるく組んだ手に視線を落とした。馬車の窓の外をみずみずしい緑の田園地帯が通りすぎていく。

「そこが夢の厄介なところなの。あなたも家を出たあとでわかったでしょうけど。夢がすてきな現実に変わるとはかぎらない。でも、かわりに新しい夢がつぎつぎと出てくる。人間って、概して、永遠に希望を持ちつづける種族なんだわ」

マーガレットももちろん、うっとりするほどロマンティックなものではないが、新しい夢をいくつか持っていた。この結婚だって、あれこれ考えあわせてみると、そう悪くないスタートを切った。それに、希望もある……。

「かわいそうなマギー」ダンカンが二人のあいだの空間に片手を伸ばし、マーガレットの両手を包んだ。「きみが夢に見ていた完璧な結婚とはとうてい言えないね」

「そして、あなたが夢に見ていた冒険と自由からなる完璧な人生でもない。でも、あなたは幸福な子供時代をすごした故郷に戻ろうとしているし、わたしは尊敬し賞賛できる男性と結婚した。おたがい、そう悪くない人生だわ。未来を特別すてきなものにできるかどうかは、わたしたち次第なのよ」

マーガレットが彼に視線を戻すと、向こうはじっと考えこむ様子で彼女を見ていた。

「人は希望を持ちつづける種族なのかい？　それとも、われわれのごく一部が？　それとも、きみが？　きみはつねに楽天家だったの？」

「ええ、つねに。そうね、たいていそうだったわ。ときには大きな悲劇に見舞われて、しばらくのあいだ――あるいは長いあいだ――目に入るのは暗闇だけになり、闇の向こうに光があるなんて信じられなくなることもある。でも、かならず光があるのよ。たぶん、死の瞬間でさえ。いえ、とくにその瞬間に」

彼から返事がなかったので、マーガレットは向きを変えて景色をながめた。もうじき着くはずだ。馬を替えて午餐をとるために途中で休憩したとき、あと二時間ほどだと彼が言っていた。あれから、ほぼ二時間近く馬車で走ってきた。

「ウッドバインに最後に戻ったのはいつ？」

「六年前だ。キャロラインと結婚してここに連れてくる計画を立てたときに、あと一年待たなくてはならないと思った。一生にも匹敵する長さに思われた。ここに戻りたくてたまらなかった」

「ターナー夫人を連れて逃げたとき、あなたはきっと、ここには二度と戻れないと覚悟したのでしょうね」

「ああ」

マーガレットはその決断を想像してみた。暴力をふるう夫との結婚生活に耐えられなくなった女性を連れて逃げれば、すべてを犠牲にしなくてはならない——彼がそう悟ったときの気持ちを。二人の暮らしに安らぎはあったの？　息子が生まれたのなら、多少はあったに違いない。でも、彼の話だと、ターナー夫人を愛したことはなかったとか。五年間の彼の人生はどのようなものだったのだろう？　住まいを転々としていたとも、彼は言っていた。でも、ある程度の満足は見つけられたのかしら。さらには、幸せは？　女性のほうは？　トビーを生んだあと、鬱状態に陥ったそうだけど。ずっとそうだったの？　それとも、たまにそうなるだけだったの？

ターナー夫人が鬱状態だったことで、この人はどれほど辛い思いをしただろう！　夫人の死に打ちのめされたの？　それとも、ある種の解放感があったの？　でも、夫人はこの人の息子を生んだ人。亡くなったのはわずか四カ月ほど前のこと。つい最近だ。この人はいまもたぶん、悲しみに沈んでいるのだろう。

わたしからその五年間のことを訊くわけにはいかない。いまはまだ。もしかしたら永遠に。わたしのほうも、クリスピンのことをこの人に話せる日がくるとは思えない。人生には、自分の胸だけにしまっておくべきことがあるものだ。

「だけど、ようやく故郷に戻ろうとしている。たしかに、きみの言うとおりだね、マギー。闇の向こうにはつねに光がある」

「坊やはいつ到着するの？」

「明日だ。予定外の遅れが生じないかぎり」

マーガレットは彼の手に包まれた手の片方を表に返して、彼の手を握りしめた。

「じゃ、さらに多くの光が期待できるわね」

「そうだな」

子供のことを、マーガレットは自分の家族にまだ話していない。ダンカンがキャロラインとの結婚を控えた前夜にターナー夫人を連れて逃げた本当の理由を、彼から母親と祖父に説明したとき、マーガレットも同席したが、そのときも、子供の話は出なかった。

母親は彼を強く抱きしめて涙にむせんだ。ダンカンに約束した――誰にもひとことも言わないわ。だって、グレアムはいまわたしの横にいるから、すでに知ってるわけだし。ただ、今度ランドルフ・ターナーに会ったときに、罵倒してやりたいのを我慢するのも、キャロライン・ペネソーンに会ったときに、少々嫌みを言ってやりたいのを我慢するのも、すごくむずかしいでしょうね。

そのあとで二人が祖父を訪ねると、祖父はひどく険悪な形相になり、唇をすぼめて「ふむ」とつぶやき、ダンカンに「救いがたい愚か者だ」と言った。しかし、マーガレットは一瞬たりともだまされなかった。白いもじゃもじゃ眉毛の下の目が、うれしそうに輝いていた。

「村だ」いま、彼女の横でダンカンが静かに言った。彼女の手を握った手に力がこもった。

彼の側の窓から、道路が大きくカーブして川岸に沿って伸びているのと、カーブしたあたりに赤レンガのコテージが集まり、そのあいだから教会の尖塔がそびえているのが見えた。

川の両側が並木道になっている。

馬車がカーブを曲がると、建物がしばらく姿を消したが、やがて、コテージが立ち並ぶ村に入り、共有緑地が見えてきた。馬車は緑地の片側に沿って進んだ。

教会を通りすぎ、つぎに、となりに建つ藁葺《わらぶ》き屋根と漆喰壁のパブ付宿屋を通りすぎた。長い白エプロンを着けた宿の主人が外に立ち、箒《ほうき》で石段のゴミを掃いていた。不思議そうに馬車をのぞきこみ、誰が乗っているかを確認したあとで、片手を上げて挨拶した。緑地で遊んでいた三人の子供が足を止めて馬車に見とれ、三方向へべつべつに走り去った。たぶん、豪華な馬車が村を通っていったことを母親に知らせようというのだろう。

やがて、馬車は大きく開かれた錬鉄製の高い門のあいだを抜けて、木々が影を落とす馬車道に入った。ほどなく、車輪をガラガラいわせて、川にかかった橋を渡った。

マーガレットはダンカンのほうを見た。

ダンカンは背後を見ていた。目が暗く翳《かげ》り、不可解な表情が浮かんでいた。

ここに帰ってくるのは六年ぶりだ。帰る計画を立てていたこの四カ月のあいだ、妻を連れて帰ることになろうとは思ってもいなかった。しかし、この三週間のうちに予定が狂ってしまったのは、彼一人ではない。

不思議なもので、三週間前、二人はまだ出会ってもいなかった。三週間前には、マーガレットはアリンガム侯爵の求婚を受け入れるつもりでいた。

「安心なさるといいわ。オデュッセウスはトロイア戦争のあとで故郷のイタケーに戻るのに、二十八年ぐらいかかったのよ」

「ぼくなんか、まだまだだね」ダンカンは言った。彼の目の奥に、これまで何度か見てきたように、微笑が浮かんでいた。「そちらの窓をのぞいてごらん」

最初のうちは、老木の背の高い切株と、そのあいだに密生する下草が見えるだけだった。やがて、馬車が森を抜けると同時に、木々の点在する広い芝地が丘の上に立つ屋敷まで続いているのが見えた。柔らかな色合いの赤い石で造られた大きな屋敷で、縦長の窓に切妻屋根、柱廊式玄関、そして、両開きの玄関扉まで大理石の外階段らしきものがついている。屋敷の片側には、斜面を少し下りたところに廏《うまや》があり、反対側には花壇があって、華やかな色彩が斜面を彩り、ゆるやかに湾曲しながら丘と屋敷の裏手を流れる川まで続いている。

こんな可愛い家と庭園を見たのは初めて――マーガレットは思った。

ここがわが家なのね。

家に帰ってきた。二人で。

彼女の手を握ったダンカンの手に力がこもり、痛いほどだった。

二人とも無言だった。

最初の計画どおり、一人でここに帰っていれば――ダンカンは思った――屋敷のなかをまわって見慣れたものを探し、見慣れないものも探し、書斎で父親の存在を、居間で母親の存在を感じとろうとし、自分が昔使っていた寝室の窓辺に立って、川まで続く屋敷の裏手の急斜面を見おろしていたことだろう。川の対岸には、キングサリの茂みにふちどられた芝生の並木道がまっすぐ延びていて、突き当たりにサマーハウス（避暑用の別荘）があり、どの方向にも畑と牧草地と森の景色が広がっている。それから、たぶん、肖像画が飾られたギャラリーをゆっくり歩いて、一族の昔の肖像画を大人の目で鑑賞したことだろう。夜の時間は、客間の椅子にのんびりもたれてすごしたことだろう。いや、それよりたぶん、書斎で本を読んでいただろう。

本来の居場所である故郷に戻れた喜びに、しみじみ浸ったことだろう。ようやく。

長くわびしい流浪の日々だった——その多くは自ら招いたものであったが。若さにまかせて遊びまわるために故郷を離れ、若さゆえの放蕩の世界とその向こうに広がる不毛の地とを隔てる、目には見えないが現実に存在する境界線を踏み越えたため、故郷に戻れなくなってしまった。五年のあいだ、胸の痛くなるようななつかしさのなかで、ここに戻ることに焦がれていた。

もちろん、たまに戻ってくるぐらいならできたかもしれない。しかし、ローラを置き去りにするわけにはいかなかった。たとえ、ローラが馴染んで信頼しているハリス夫婦がついていても。ごくたまに、ひと晩かふた晩家を空けたこともあった。一人になれる時間がほしかったし、錯覚でもいいから、自分の人生を生きていると思いたかった。しかし、家に戻るたびに後悔した。ローラが文句を言うわけではない。そんなことはけっしてしない女だった。

いつも……ぼくを愛してくれた。そう、〝愛〟が正確な言葉だろう。ただ、もちろん、ロマンティックな愛ではなかった。ローラはぼくを必要としていた。ああ、どれほど強く必要としたことだろう！

必要とされるのは、本来ならうれしいはずだった。

だが、そうではなかった。

哀れなローラ。

ぼくもローラを愛していた。ロマンティックな愛でも、男女の愛でもなかったが。

こうして戻ってきたいま、ぼくはもう一人ではない。妻を連れている。

到着後、妻のために屋敷のなかを案内し、六年たってもほとんど変わっていないことに驚いた。きっと変わっていると思いこんでいたのはなぜだろう。何かを変える場合は、ぼくが命令を出すしかないのに——もしくは、ぼくの祖父が。

マギーのことはどうしても嫌いになれない。いずれ疎ましくなるような気がしていたのに。繊細で思いやりのある女だ。トビーを自分たちの家庭に迎えようと強く言ってくれた。まるでトビーがこの家の正式な跡継ぎであるかのように。

だが、じつを言うと、そうではない。

本当は……ああ、どう言えばいいのか、ぼくにもわからない。

「まだギャラリーを見せてなかったね」遅い夕食の席で、ダンカンは妻に言った。一人はダイニングルームのテーブルの端に、もう一人は反対端にすわっていたが、執事があらかじめ気を利かせて拡張用の板をはずしておいてくれたので、二人の距離はそれほど遠くなかった。

「昼間の光で見るのがいちばんいい。よかったら、明日案内してあげよう」

「一族の方すべての肖像画があるの?」

「興味深いギャラリーだよ。主要な肖像画は全部、祖父の田舎の本邸であるワイチェン・アビーのほうにある。だけど、過去七世代の侯爵が全員ここで大きくなったから——ちょうどぼくのようにね——ここのギャラリーには、その人たちの子供時代と青年時代の肖像画が飾ってあるんだ。もちろん、その家族の肖像画もある。楽しい場所だ。ぼくは一人っ子で、遊び友達がいないこともあった。もっとも、いとこたちがしょっちゅう遊びにきて、長いこと泊まっていったけどね。ぼくはギャラリーでずいぶん多くの時間をすごしたものだった。天気の悪い日はとくに。絵に描かれた先祖たちがぼくの遊び友達だった。その人たちとぼくを登場人物にして、お話を作ったものだった」

マーガレットは微笑していた。

「すてきでしょうね。先祖代々の屋敷で暮らせるというのは。自分のルーツがはっきりわかり、自分より前に生きていた人々とつながりが持てるんですもの」

「そうだね。祖父のすてきな肖像画もあるんだよ。十五か十六ぐらいで、馬にまたがり、身をかがめて毛むくじゃらの小さな犬を抱きあげようとしている。それから、若いころの絵もある。祖母も一緒で、その膝にぼくの父が抱かれている」

マーガレットはテーブルの反対端から彼に笑いかけた。

「お薦めのその絵を見せてもらうのが楽しみだわ。ねえ、ダンカン、おじいさまはあなたをほんとに愛してらっしゃるのね。冬になる前に、ぜひとも遊びにきていただきたいわ」

「祖父は一度もここにきていない。父が亡くなってからずっと。もう十五年になる」

「だったら、もう一度きていただきましょう。悲しい思い出が幸せなものに換わるよう、わたしたちがお手伝いしましょうよ」

〝そうしたら、ぼくたちも幸せになれるだろうか？〟ダンカンは口に出しそうになった。

「祖父を説得することができたら、きみはまさに奇跡の人だ」

「見ててちょうだい」笑いながら、マーガレットは言った。「わたし、出ていきましょうか。あなたがポートワインをゆっくりお飲みになれるように」

客もいない二人だけの夜には、そんなしきたりを守る必要はないように、ダンカンには思われた。それに、一人ですわっている気になれなかった。おかしなことだ。一人でここに戻ることをずっと夢見てきたというのに。

「客間へ移ろう」ダンカンはそう言って立ちあがり、妻のために椅子をひいた。「そちらへお茶を運ばせることにしよう。それとも、コーヒーにする？」

「お茶がいいわ」マーガレットが言ったので、彼は執事のほうを見て眉を上げた。

「ごめん」彼の腕に手を通した妻を客間へ連れていきながら、ダンカンは言った。「ぼくも気の利かないことだった、マギー。お茶を命じる役はきみにまかせるべきだったね。きみは来客じゃないんだもの。ぼくの妻だ」

「不作法だと思われるでしょうね」ふたたび笑いながら、マーガレットは言った。「ただの来客がお茶を命じたりしたら。でも、お茶を注ぐ役はやらせていただくわ」

客間にトレイが運ばれてくるとすぐ、マーガレットはお茶を注ぎはじめた。ダンカンはその姿を見守った。落ち着きがあり、エレガントで、美しい。だが、いまも他人のような気がする。新婚のうちは仕方がないのだろうか。女性とひとつ屋根の下で親密に暮らす前に、相手について知ることはできないのだろうか。キャロラインのときは、数カ月の交際期間を経て求婚し、そのあとさらに数カ月の婚約期間があった。なのに、結婚式の直前まで彼女のことは何ひとつ知らないままだった。そのときでさえ、おそらく彼女のすべてを知ったわけではなかったのだろう。ただひとつの事実を知り、それで心が離れてしまった。

マギーとは、出会ってから三週間にもならないが、そんなことはたぶん関係ないのだろう。

「なんだか気詰まりね」二人でお茶をゆっくり飲んでいたとき、いささか長くなった沈黙のなかで、マーガレットが言った。

「沈黙が？」

「わたし、会話を続けることはできるわよ。あなたもそうでしょ。でも、永遠に続けるのは無理だわ。あなたはどういう話をするの、ダンカン？」

「きみは弟とどんな話をするんだい？　妹たちとは？」

マーガレットはまっすぐに彼を見た。

「さあ、よくわからない。知らない人や、顔見知り程度の人が相手なら、いくらでも会話を続けていけるわ。それも礼儀のうちだから。でも、家族と一緒のときは、無理に会話をしなくてもすむ。家族がしゃべり、わたしもしゃべる。無理に話題を見つける必要はない。つぎつぎと話題が出てくるもの」

「家族と一緒にいて、黙りこむこともある?」

マーガレットは考えこんだ。

「そうね、けっこうあるわ。黙っているというのも、心が安らぐものよ。親しい友人と一緒にいるときもそうだわ」

「すると、ぼくは家族でも親しい友人でもないってこと?」

マーガレットは彼を見つめかえした。

「家族であることはたしかね。ついでに、友人にもなってくれなきゃ。でも、友情って故意に生みだせるものかしら。あるいは、友情の心地よさは?」

正直に言うと、ダンカンはいささか戸惑っていた。沈黙を気詰まりに感じてはいなかった。もしそう感じたなら、何か話題を出して沈黙を埋めていただろう。たとえば、こちらに到着して以来、彼の屋敷と家族と子供時代についてずいぶん話をした。しかし、彼女自身の人生についてはまだ何も尋ねていなかった。それを話題にすれば、夜の残りの時間を埋めることができただろう。

だが、不意に気づいた——ぼくはわが家に帰ってきた。だが、マギーは違う。ここはまだ、彼女がわが家としてくつろげる場所ではない。ウッドバイン・パークはマギーにとって未知の場所だ。彼女がいささか気詰まりに感じているのは無理もない。

「ぼくたちは敵同士ではない」

「ええ」

「だったら、友達と言ってもいいんじゃないかな」

マーガレットは微笑した。

「愛を交わした者どうしだ」

「ええ」

「なのに、友達ではない？」

「あの……」マーガレットはカップと受け皿を置いて言った。「わたし、少し疲れたみたい」

「そして、少し落ちこんでる？」ダンカンは優しく訊いた。

「いいえ」マーガレットは言った。そして不意に笑いだした。「わたしはつねに楽天家だって、さっきあなたに言ったばかりなのに、なんだか矛盾してるわね。単に疲れてて、結婚は人生と同じく旅路だということを、一瞬忘れていただけなの。最初から完璧な結婚なんて期待しちゃいけないわね。もし完璧だったら、わたしたちはどこへも行けなくなってしまう。そうでしょ？」

「ぼくたちの結婚は完璧じゃないのかい？」

「ええ、もちろん違うわ」笑顔のままで、マーガレットは言った。「不完全な理由から結婚したんだし、婚礼からまだ二日ほどしかたってないのよ。わたしが求めているのは、満足、夫との幸福、家庭、そして、家族。あなたが求めているのは……そうね、わたしとの結婚を心配していたほど深く後悔せずにすむことだけ。叶えられない夢ではないわ。そうでしょ？　わたしたちのどちらにとっても」

ダンカンは彼女と出会って以来、その正直さに感心していた。いまも彼女は正直だった。無理な高望みはしていない。こちらへの要求も、無理なほど高くはない。

「ぼくは後悔していない」

ダンカンは不意に思った――一人でここにきていたら、たぶん孤独に陥っていただろう。たとえ、明日になればトビーがくるとしても。いまのぼくは孤独ではない。もしかしたら、少々いらだっているかもしれないが、孤独ではない。そして、不幸でもない。

「ありがとう。いつの日か、あなたはさらに自信を持って〝後悔していない〟と言えるようになるわ。約束します」

「そして、きみもいつの日か、ぼくに言うだろう」立ちあがりながら、ダンカンは言った。「結婚生活に満足しているだけでなく、幸せだと。約束しよう」

片手を差しだして彼女の手をとり、椅子から立たせた。

「そして、いつの日か、二人で黙って一時間すわっていても、きみに気詰まりな思いをさせずにすむようになるだろう」

マーガレットはふたたび笑った。

それから、握られた手をひっこめて、彼の首に両腕を巻きつけ、身を近づけて頬をすり寄せた。ダンカンはマーガレットを抱きしめた。

「ああ、どんなに憧れていたことか」マーガレットは言ったが、それきり長いあいだ黙りこんだので、あとを続ける気はなさそうだとダンカンは思った。しかし、そうではなかった。

「これまでずっと、どんなに憧れていたことか——自分の家、好意と敬意を持てる夫、親密さ、一体感、幸福が手の届くところにあるという思い。ダンカン、落ちこんでなんかいないわ。それより……」

マーガレットは頭をひいて、彼の顔を見つめた。途中で言葉を切った。

「欲情してるのかい？」

「まあ、いやな人！」マーガレットは叫んだ。「レディの語彙にそういう言葉が含まれていないことぐらい、よくご存じのくせに」

ダンカンは彼女を見つめかえすだけで、何も言わなかった。

「ええ」マーガレットは低く言った。「欲情してるわ。なんて甘く淫らな言葉かしら」

女というのは複雑な生きものだ——彼女にキスをしながら、ダンカンは思った——まさに今世紀最高の独創的考え！　女にとって、欲情というのは、ベッドでの最高の交わりを求めるだけのことではない。女の心のなかでは、結婚と家庭と好意と敬意とロマンスと愛がすべて混ざりあっている。

では、男にとっては？　自分にとっては？

ダンカンは熱烈なキスに移って、彼女の唇を開かせ、舌を深く差し入れながら、彼女のヒップに両手をあてがって、硬さを増す自分のもののほうへ彼女を抱きよせた。

ぼくもずっと憧れていた……。

女を腕に抱き、ベッドに入り、そして――

人生を共にすることに?

ハートを捧げることに?

答えはわからなかったし、答えを求めて頭を悩ませるつもりもなかった。だが、ずっと憧れていた。

切望していた。

「マギー」彼女の耳もとでささやいた。「ベッドへ行こう」

「ん……」マーガレットは長いためいきをついた。「ええ。それが結婚のすてきな部分ね」

「分析はやめることにしないか?」ダンカンはそう言って、彼女の手を自分の腕にかけさせた。「さあ、二人でやろう。そして、楽しもう」

マーガレットの唇の端が上がって微笑になり、目が楽しげにきらめいた。

「賛成よ。両方とも。あなたのせいで、わたし、淫らな女になりそう」

「いいことだ」

20

ウッドバイン・パークに到着した日の翌朝、自分の人生が新しく馴染みのないものばかりになったせいで、前の晩に怖気づいてしまったことを、マーガレットは恥ずかしく思った。客間で長い沈黙のなかに身を置いたとき、自分の家族を、マートン邸を、ウォレン館を、慣れ親しんだ日常生活を恋しく思っていることに気づいた。そして、すべてが永遠に変わってしまい、もうもとには戻れないと覚悟していることにも。

そんなふうに思うなんて愚かなこと。どうしてもとに戻りたいと願ったりするの？　家族を永遠に失ったわけでもないのに。この冬のあいだずっと求めていたものが手に入っただけなのに。

朝がくると、すべてが明るく見えた。文字どおりの意味でも。寝室の窓の外では、真っ青な空に太陽が輝いていて、屋敷の前に広がる庭園を見渡すことができた。屋敷が丘の上に建っているので、じつにみごとな眺望だった。芝地の向こうに目をやると、木立が庭園をとりかこみ、片側に川が流れ、村の家々の屋根と教会の尖塔が見え、農地が巨大なパッチワーク・キルトのように遠い地平線まで延びていた。

ゆうべの愛の行為で疲れているはずなのに、マーガレットは活力にあふれていた。いや、たぶん、そのおかげもあるのだろう。新生活はすばらしいものになりそうで、マーガレットの予想をはるかに超えていた。快適なものであることを期待していた。ところが……そう、それよりはるかにすばらしかった。

ダンカンは巧みな技を駆使し、ゆっくり時間をかけて、丹念に、情熱的に愛してくれた。マーガレットのほうも、それに応える情熱が自分のなかに潜んでいたことを知った。夫婦の営みをこんなに楽しむなんて、淑女にあるまじきことかもしれない。でも、それなら、淑女でなくてもかまわない――少なくとも、夜のあいだだけ。そして、寝室で二人になったときだけ。

午前中の少なくとも一部を、家政婦との、そして、できれば料理番との打ち合わせにあてるつもりでいた。ウッドバインの女主人としてやっていくためには、学ぶべきこと、計画すべきことがたくさんある。今回はさほど苦労せずにすむだろう。スティーヴンやケイトと一緒にウォレン館に移ったときは、それまでは村の小さなコテージを切り盛りしていただけだったのに、田舎の広大な貴族館を管理することになった。その二つのあいだには共通点がほとんどなかった。大いなる努力と決意が必要だった。

メイドのエレンがマーガレットの髪を結いおえる前に、ダンカンが彼女の化粧室に入ってきた。さきほど彼女が目をさましたときには、彼の姿はすでになかった。いまは乗馬服を着ていて、すでに遠乗りを楽しんできた様子だった。

鏡のなかで彼女の目をとらえて、ダンカンは言った。「きみが朝食の間へ行く途中で迷子になって、誰かに救出されるまで、屋敷のなかをあてもなくさまよい歩くことになるんじゃないかと思って」

「だから、エスコートにきてくださったの？」マーガレットは鏡のなかの彼に笑いかけた。彼女と同じく、彼も活力にあふれて見えた。なんだか若々しくなり、屈託がなく、ハンサムになった感じだった。都会より田舎のほうがずっとくつろげるのだろうと、マーガレットは気がついた。

「そうだよ」

ダンカンは彼女を待つためにドアのそばの椅子にすわり、ブーツをはいた片方の足を反対の膝にかけた。ええ、そうだわ、とても男っぽく見える。とても魅力的。

「朝のうちに家政婦に会っておきたいの」階下の朝食の間へ向かうあいだに、マーガレットは言った。「ダウリング夫人でしたっけ？　教えてもらいたいことがたくさんあるので、早く始めたいの」

「だが、今日はやめておこう」

「あなたのほうも、ずいぶん長く不在だったから、荘園の管理人に会う必要があるでしょう？」

「だが、今日はやめておこう」ダンカンはふたたび言った。「今日はまずギャラリー見学だ。もっとも、こんなにいい天気だから、ギャラリーに長時間いすわることはない。外に出て、きみに庭園を見せてあげよう」

義務はあとまわしにして、今日は遊んですごそうというの？　なんて無責任！　そして、なんて魅力的！

「ご命令ですの？」マーガレットは尋ね、彼のほうを見て微笑した。二人は階段をおり、朝食の間のほうへ曲がったところだった。

ダンカンが不意に足を止めた。彼女の目を見つめたとき、その顔に微笑はなかった。

「命令ではない。きみがぼくの口から命令を聞くことはけっしてない」

「じゃ、両方の希望に合わせて、今日は休日にしましょう」マーガレットは笑みを浮かべたまま、首を軽くかしげた。「ハネムーンのようなものね」

ダンカンは眉を上げた。

「そうだな。まさに。ただ、その言葉を耳にしたのは、生まれてから一度か二度しかなかったような気がする」

「あのね」マーガレットは説明した。「新婚生活を祝う休日のことなの」

「なるほど。わかった。結婚したばかりのカップルが自分たちの新たな関係に、そのう、熱い注意を向けるための時間のことだね」

「ええ。そのとおりよ」

ああ、いまのわたしは、とても淫らで、とても自由で、とても……幸せ？

というわけで、二人は朝食がすむと肖像画のギャラリーへ出向いた。ギャラリーは屋敷の最上階の東側にあり、端から端まで続いていて、三方の窓からふんだんに光が射しこんでいた。

ダンカンがゆうべ言っていたように、肖像画に描かれた人物はみな若くて陽気な表情だった。ダンカンは一人一人のことをよく知っていて、彼らに関する逸話を無数に語ることができた。

ダンカンが若いころの祖父と瓜二つなのを知って、マーガレットは驚いた。

「まあ、なんてハンサムな方だったのかしら。そして、あなたはおじいさまにそっくり」

「褒めてくれてるのかい？　たしか、ハンサムじゃないとか、とくにすてきとも言えないと、きみに言われたように記憶しているが」

わたし、ほんとにそんなことを言ったの？　でも、うっすらとそんな覚えも……。

「わたしが間違ってたわ。あなたが沈んだ顔をしていたせいよ。陰気と言ってもいいような顔だった。幸せそうな顔のほうが、人はすてきに見えるものよ」

「じゃ、いまのぼくは幸せなのかな？」

まあ、どうしてそうやって質問ばかりするの？

マーガレットはダンカンのほうを向くと、一歩近づき、片手を伸ばして彼の頬にあてがった。

「わからないわ。わたしに推測できるのは、あなたがこの五年間苦しんできたということだけよ、ダンカン。それから、ターナー夫人に先立たれたあと、孤独に浸りたがっていたに違いないということだけ。悲しみを受け入れて、喪失の悲しみから立ちなおり、わが子と楽しく暮らせるようになるために。でも、いまのあなたは、初めて会ったころに比べれば幸せそうだわ。故郷に戻ったからなのか、それとも、わたしも多少はお役に立てたのか、よくわからないけど」

「では、きみは？」彼女の手に自分の手を重ねて、ダンカンは言った。「きみは前より幸せになった？」

「あなたと出会ったときに比べて？」マーガレットは微笑した。「あのときのわたしは、クリスピンとアリンガム侯爵から、そして、冬のあいだずっと夢に見て計画していたことが無になってしまった現実から逃げだすところだったの。そして、あなたに出会った。ええ、いまのほうが幸せよ。あ、そうそう、あなたの容貌に関する第一印象は、結婚式の日にちゃんと訂正したわ。〝あなたも美しい〟って言ってあげたでしょ。覚えてる？」

彼の目の奥に微笑が生まれ、やがて唇の両端が上がり、顔全体が輝いた。

「あのときのぼくは裸だった。たぶん、顔より肉体のほうが美しいのだろう」

「でも、顔も肉体の一部よ」マーガレットが反論し、二人で笑った。

ああ、なんてすてきなのかしら――空いたほうの手を彼の肩に置いて、マーガレットは思った――こんなくだらないことで一緒に笑えるなんて。南側の窓から射しこむ陽光が二人を光と温もりで包んだ。

マーガレットは彼から離れて窓の外をながめた。彼もあとからついてきた。寝室から見たのとよく似た景色だった。東側の窓のほうへ移動すると、花壇を見おろすことができた。丘の斜面に低い石塀が続いて階段状になっており、そこに花壇が造られていた。バラが咲いていた。それから、パンジー、マリゴールド、ヒヤシンス、スイートピー、デイジーなど、マーガレットに思いつけるかぎりの花々が、さまざまな色彩と背丈と大きさと質感を華やかに競いあって咲き誇り、川のほうまで流れ落ちているように見えた。

誰かが庭園に野性と洗練の両方を望み、すばらしい成功を収めたのだ。花のあいだに錬鉄のベンチがいくつか置いてあるのが見えた。

「お母さまがお造りになったの？」

「祖母なんだ。ここで暮らした新婚のころに。正確な幾何学模様を描く整形式庭園より、こっちのほうがきれいだと、ぼくはいつも思っていた」

二人はギャラリーのなかをゆっくり歩いて北側の窓まで行った。すぐ下に石畳のテラスがあり、その先が急な斜面になっていて、川まで続いていた。斜面には低木がわずかに茂り、野の花があふれんばかりに咲いていた。左のほうを見ると、ボート小屋と短い桟橋があった。そして、川の向こうには、芝生の並木道が長く延びている。路面の芝生が短く刈りこまれていて、ローンボウリングに使えそうなほどだ。並木道の突き当たりに石の建物が見えた。建物の両側に木々が兵隊のごとく並んでいる。

「何もかもきれいね。とってもきれい」

ダンカンが彼女の手をとり、指と指をからませた。「外に出てみようか」

屋敷からそう遠くへは行かなかったが、それでも数時間ほど外ですごした。午餐をとるため屋敷に戻ることすらしなかった。いろいろなものをながめ、陽射しをふんだんに浴び、何種類もの花の香りを嗅ぎ、手を触れ、さまざまに異なる景色を楽しんだ。話すことがたくさんあった。小鳥のさえずりや目に見えない虫の音に満たされた短い沈黙を、何度も楽しんだ。最後は屋敷の下のほうを流れる川のほとりをゆっくり散策しながら、水中を泳ぐ魚をながめたり、そよ風が川面に小波を立てるのに見とれたりした。

大気はうっとうしいほど暑くはなく、心地よい暖かさだった。

「昔、このへんに誰も知らない小さな隠れ場所があったんだ。ボート小屋からそれほど遠くないところに。一人になりたいときは、よくそこに腰を下ろして空想にふけったり、いとこたちと暗黒の秘密クラブを作ったりしたものだった。あ、あったぞ。ここだ」

それは川岸にできた小さな入江で、一面に草が生え、周囲に丈の高い草が生い茂り、葉の密生した木々の陰になっていた。上の屋敷から見られることなく、腰を下ろすことのできる場所だった。

二人はそこに並んですわった。マーガレットは膝を抱えて、川面にきらめく光をながめた。

「ここに戻ってきてから、ぼく、ぼく、ぼくの連続だったな」沈黙が二、三分続いたあとで、ダンカンは言った。「ぼくの家、ぼくの庭園、ぼくの先祖、ぼくの思い出」

マーガレットは微笑した。「でも、わたしの家でもあるのよ。屋敷のことを、あなたのことを、できるかぎり知りたい」

「だけど、きみのことは？　きみはどういう人なんだ、マギー？　子供のころにどんな経験をして、いまのきみができあがったんだ？」

「ごく平凡な子供時代だったわ。スロックブリッジの牧師館で大きくなったの。小さな村の小さな家。裕福ではなかったけど、ひどく貧乏でもなかった。まあ、貧乏なほうだったでしょうけど、やりくり上手な母と、幸福とはお金や財産とほとんど関係のないものだと人に説き、自分でもそう信じていた父のおかげで、貧しさを意識せずにすんだのね」

「じゃ、きみは幸せだったんだ」

「それに、近所はいい人ばかりだった。ランドル・パークのデュー家の人々も含めて。ランドル・パークにも、村にも、あらゆる年齢の子供がどっさりいたわ。いつもみんなで遊んでたの」

「そして、やがてご両親が亡くなった」

「何年かあいだを置いてね。まず母が亡くなったの。家族全員が打ちのめされたわ。でも、わたしたちの暮らしにそれほど変化はなかった。ただし、父はべつだったでしょうけど。母の死後は、以前より悲しげな顔になり、口数も少なくなった」

「父上が亡くなられたとき、きみは何歳だったんだい？」

「十七よ」

「そして、父上に約束したんだね。みんなが一人前になって立派にやっていけるようになるまで、家族の世話をすると」

「ええ」

「父上が亡くならなければ」しばらくしてから、ダンカンは言った。「きみはデューと結婚したんだろうな」

「そうね。不思議だと思わない？　何年ものあいだ、彼と結婚していれば一生幸せに暮らせたのにって思ってたの。それだけがわたしの望み、わたしの夢だった」

「だが、いまは考えが変わった？」

「どんな人生を歩むことになったかは永遠にわからないけど、たぶん、最高の幸せは手に入らなかったでしょうね。たとえ、クリスピンが変わらぬ愛を捧げてくれたとしても――ずっと一緒にいれば、たぶんそうなったと思うけど――わたしは士官の妻になり、夫に従って戦地へ赴くことになり、腰を落ち着けて家庭を作ることはできなかったでしょうね。この先もずっと」

「そういう人生は楽しめない？」

「あのころは魅力的に思えたわ。そのあともずっと魅力的だと思ってた――最近まで。でも、わたしは冒険好きな人間じゃないのよね。弟と妹のいる家に残ることにしたとき、自分では必要からそうしたのだと思っていた。もちろん、それも理由の一部だった――いいえ、最大の理由だった。でも、家がわたしの本来の居場所なの。どこか特定の家や土地という意味ではないのよ。あなたのような愛着を持ったことは一度もなかった。でも、家がほしいの。どこかにね。どこかに腰を落ち着けて、自分の家を持ち、自分の家族と暮らし、好意と信頼を寄せることのできる隣人たちとつきあっていきたい。わたし自身のためだけでなく、身近な人々のためにも、どこかに家庭を作りたいの。わたし、流浪の暮らしには向いてないみたい」

そのあとに長い沈黙が続いた。少しも気詰まりではなかった。マーガレットは自分がいま言ったことを思いかえしていた。正直な気持ちだった。十七の年にクリスピンと結婚し、彼に従って戦地へ赴いていたら、その暮らしにやむをえず順応していた可能性もあるが、なんだかそうは思えなかった。

わたしは家庭を作りたい。

妹たちとスティーヴンのために家庭を作ることが、つねにわたしの幸せだった。ひとつだけ欠けていたのは、家庭の核となる愛情を共有できる相手だった。

クリスピンがその相手だと、ずっと思ってきた。

しかし、いまようやくわかったのだが、クリスピンが相手では無理だっただろう。最高の幸せは訪れなかっただろう。

〝……家庭の核となる愛情を共有できる相手〟

マーガレットは額を膝につけ、脚を抱えた腕に力をこめた。

いつかその相手が見つかるのかしら。この人がそうなの？　もしそうでないなら、永遠に見つからない。すでに夫のいる身だもの。

しばらくすると、彼の手が伸びてきて、マーガレットのうなじを温かく包んだ。

「マギー」そっと尋ねた。「どうしたんだ？」

「ううん、なんでもない」マーガレットは答えた。しかし、その声はかぼそく、うわずっていて、咳払いをしてふつうの声で先を続ける暇もないうちに、膝を抱えた彼女の手をダンカンがはずして、草の上に横向きに寝かせた。彼もそばに横たわり、片方の腕を彼女の頭の下に敷いた。

彼のハンカチで涙を拭いてくれた。

マーガレットは自分が泣いていたことに気づいていなかった。ひどくきまりが悪くなった。長年のあいだ、感情を表に出さないようにしてきた。どうやら、その自制心がゆるんでしまったようだ。

「どうしたんだ？」ダンカンがふたたびそっと訊いた。

〝孤独だったの〟マーガレットは思わず声に出しそうになった。〝とても、とても、孤独だったの。いまもひどく孤独なの〟

明るくてきぱきとふるまうのも、円満な結婚生活を送るために、そして、快適で温かくて不幸には無縁の家庭を築くために、あれこれ計画を立てるのも、大いにけっこう。

しかし、自分の心を欺きつづけることはできない。

〝ひどく孤独なの〟

みじめな言葉。自分勝手な言葉。情けない言葉。

わたしらしくもない。

「なんでもないわ」ふたたび、マーガレットは言った。

「マギー、きみにふさわしい求婚をするための時間があればよかったんだが。きみの愛を得るための時間が。恋に落ちるための時間が。あらゆることを正式におこなうための時間が。そうした時間があればよかったのにと思う。だが、余裕がなくて――」

マーガレットは彼の唇に指を二本あてた。

「時間なんてどこにもないのよ。ぶつかったときに、両方がそれぞれ違う理由で必死になっていなかったら、ばつの悪い思いであわてて謝って、そのまま別れてしまったでしょうね。時間は〝いま〟しかないのよ。〝いま〟が存在する唯一の時間なの」

「だったら、いまきみに求愛しよう」ダンカンが言った。彼の目が、とても深い、とても暗い色を帯びていた。「きみがぼくに恋をしてくれるよう努力しよう。そして、きみに恋をしよう」

「あら、わたしが涙を流したというだけで、そんな約束をなさる必要はないのよ、ダンカン。どうして泣いたのか、自分でもわからないの」

「きみは孤独なんだ」彼女の思いをダンカンがかわりに口にしたかのようだった。「長いあいだ孤独だった。ぼくも同じだ――長いあいだそうだった。一緒になれたんだから、孤独を感じるなんてばかげている」

「わたし、孤独じゃないわ」マーガレットは反論した。

「嘘つき」ダンカンが言って、彼女にキスをした。

マーガレットのなかに不意に激しい熱情が湧きあがって、彼にキスを返した。いまの自分はあらゆるものを手にしている。リストにすれば、とても長いものになり、幸せになるために女性が望む夢、あるいは、必要とする夢のほぼすべてがそこに含まれるだろう。ただ、自分という存在の核になるべき何かが欠けている。その何かをキスのなかに必死に捜すものの、そこにはないことがわかっていた。

意識的に恋に落ちることなんてできるの？　二人の人間にそれができるの？

「わたしはあなたを愛してるわ。わかるでしょ？」身体を離して、マーガレットは言った。

「ああ、よくわかってる。だが、それはきみが人生でやっていることだ、マギー。つねにやってきたことだ。つねに無私無欲で周囲の者を愛し、自分自身を捧げてきた。それでは充分とは言えない」

マーガレットは愕然として彼を見た。

「でも、あなたも与える人だったでしょ。ターナー夫人を守るためにすべてを犠牲にした。家族、友達、家、評判。あなたも愛を知らない人ではない。それが愛の役目なのよ」

「それでは充分とは言えないんだ」ふたたび、ダンカンは言った。「ぼくたちは恋に落ちなきゃいけない、マギー。恋に落ちるというのは、単純に愛することとはべつのものだ。与えると同時に、すなおに受けとる気持ちも必要で、きみもぼくもたぶん、与えるほうが得意なのだろう」

マーガレットは彼を見つめかえした。この人の言っていることが正しいの？

「愛に対して自分の心を開くというのは、自分を弱い立場に置くことでもある。傷つくかもしれない――またしても。残しておいた自分自身を、あるいは、もとどおりにくっつけておいた自分自身を、少しばかり失ってしまうかもしれない。しかし、愛を与えると同時に、自分の心を開いて愛を受け入れなくては、本当に幸せにはなれない。二人でその危険に挑むことにしないか？ それとも、満ち足りた暮らしだけで満足することにする？ おたがいに満足することはできると思う」

マーガレットは依然として言葉を見つけられずにいた。

ダンカンは頭をのけぞらせ、目を閉じた。彼女の頭の下に敷かれた彼の腕がこわばった。

マーガレットは思った――この人、つい衝動的に口走ってしまったのね。口にするまで、自分が何を言うのかわかっていなかったのね。

この人はすでに自分を弱い立場に置いてしまった。

愛することを恐れている。いえ、そうじゃない。愛されることを恐れている。

わたしは？ もちろん、恐れてなんかいない。しかし、ここでふと考えた。わたしはいつだって、自分の感情を、家族にさえ――いや、とくに家族に対して――隠してきた。強くて頼りになる人間だと思ってもらいたかったから。クリスピンがいなくなって、苦悩に心を苛まれつづけた年月のあいだも、明るく穏やかな態度をとりつづけた。彼の結婚を知ったときも、悲痛な心を隠しとおした。もっとも、みんな薄々気づいていたようだけど。この結婚に対しても、家族の暮らしに心を砕いたときと同じように、うまくいくようがんばるつもりだった——落ち着いた明るさを発揮して。もしくは、明るい落ち着きを発揮して。彼を愛しているのはたしかだ。愛していなかったら、生涯を共にできるはずがない。でも、彼の愛をすなおに受け入れることはできるだろうか。差しだされた愛に、強さや、深さや、献身や、情熱が足りなかったら？　彼がわたしのハートの中心を占める人にならなかったら？

だったら、かわりにわたしのハートをしっかり守ったほうがいい。

それとも、もっとすなおになる？

「どんなふうにすればいいの？」マーガレットは彼に訊いた。「どうすればできるの？」

しかし、ダンカンが答える暇もないうちに、屋敷の向こう側から、馬の蹄の音と砂利道に響く車輪の遠い音が聞こえてきた。

このために、一日じゅう屋敷からあまり離れないようにしていたのだと、マーガレットは気がついた。もっとも、どちらも口にしてはいなかったが。馬車が近づいてきたときに、聞こえる範囲内にいたかったのだ。

ダンカンがふたたび身をこわばらせて、耳をすませた。マーガレットも同じだった。しかし、間違いはなかった。

「馬車だ」

「ええ」

二人はあわてて起きあがると、小走りで急斜面をのぼってテラスまで行き、屋敷の西側へまわった。ダンカンが彼女の少し先を走っていた。

大型の旅行用馬車が柱廊式玄関の前で止まったところだった。御者が扉をあけ、ステップをおろす前に車内へ手を伸ばした。甲高い声で誰かがわめいていて、御者は声の主を抱きかかえて地面に下ろした。金色の巻毛がフワフワしている華奢な少年で、マーガレットはその子を目にして走るのをやめ、それまでよりゆっくりした歩調に変えた。

屋敷の横にダンカンが現われたのを、子供は目にしたに違いない。足が硬い地面につくなり、甲高い声を上げ、両腕を左右に広げて走ってきた。

「パパ！」叫びながら近づいた。「パパ！」

その子はそれほど走らずにすんだ。ダンカンのほうもペースを落としていなかった。身をかがめて子供を抱きあげると、ぐるっとまわして、強く抱きしめた。子供の腕がダンカンの首に巻きついていた。

マーガレットは少し離れたところで足を止めた。

「パパ」ダンカンの首にしがみついて、子供が何度も何度も言っていた。

ダンカンが子供のほうを向いてキスをした。

「ずっとここに着かないかと思ってた」甲高く響く声で子供が言った。「ぼく、ハリスおばちゃんにとって試練だったんだよ。おばちゃんにそう言われた。ハリスおじちゃんはずっと寝てたんだよ。いびきもかいてた。パパがここにいないかと思ってた。いないかもしれないって、ハリスおばちゃんが言うんだもん。パパがずっとこなくて、ぼく、二度とパパに会えなくて、ぼくにはパパって呼べる人がいなくなるのかと思ってた。けど、パパはちゃんとここにいる。いまから、ぼくがやった悪いことをハリスおばちゃんがぜーんぶパパに言いつけて、そしたら、パパは怖い顔して、悪い子だってぼくに言うんだ。ぼく、悲しい。怒らないで、パパ。お願いだから」

そして、子供は顔を上げると、小さな手をダンカンの頰の上で広げて、唇にキスをした。

「もうぜったい悪いことしないから」無邪気に目をみはり、甘えた口調で子供は言った。

「ここがぼくの家で、またパパと暮らせるんだよね」

「そうやってベラベラしゃべりつづけて、気の毒なハリスおばちゃんを気も狂わんばかりにさせたんだろうな。どうだ、腕白坊主？」

「うん、そう」子供は正直に答え、ダンカンの頰を軽く叩いたあとで、身をくねらせて下におりた。その目がマーガレットの上に止まった。「誰？」

「礼儀正しい質問とは言えないな、トビー」ダンカンが言って、子供の手をとった。「おまえがちょっと待ってくれれば、パパのほうから説明したのに。この人はレディ・シェリングフォード、パパの新しい奥さんだ。おまえの新しいママだよ」

「違う」子供はダンカンの脇に身をすりよせ、彼の脚のうしろに隠れようとした。「ぼくのママじゃないもん。ママなんかいらない。こんな人いらないよ、パパ。追いだして。いますぐ」

ダンカンが眉を寄せて何か言おうとしたとき、マーガレットが片手で軽く制した。

「もちろん、ママじゃないわ、トビー。わたしはパパの奥さん、それだけよ。ぼく、しばらく前に木から落ちて、おでこを打ったんですって? パパから聞いたわ。こぶはまだ残ってる?」

トビーはダンカンの脚にもたれて、一本の指で額をさすった。

「なくなったみたい。けど、卵ぐらいの大きさだったんだよ。卵二個」

「まあ、見たかったわ。わたしの弟も、ぼくぐらいの年か、もう少し大きくなったときに、馬から落ちたことがあるけど、頭にできたこぶはせいぜい卵一個分ぐらいしかなかったわ。いつも身体のあちこちに切り傷やあざを作ってる子だった。それから、かさぶたも」

「ぼく、膝にかさぶたできてるよ」トビーが言った。「見たい?」

「おいおい――」ダンカンが言いかけた。

「わあ、見たい」マーガレットは少年に近づいた。「どうしてかさぶたができたの?」

「レノックスのおばちゃんの猫をつかまえようとしたの」トビーはそう言いながら、身をかがめて膝丈ズボンをひっぱりあげ、靴下をおろして、膝を出した。「あのおばちゃん、猫をぜったい外に出さないんだけど、猫が勝手に逃げちゃうと、誰もつかまえられないの。よその人に馴れてないから。ぼく、両手で猫をつかんだんだけど、そのときおばちゃんが箒をさっと出したからね、それにつまずいちゃったの」

「まあ、ひどい」マーガレットは身をかがめて、子供の膝を覆っている乾いたかさぶたを見た。「血は出たの?」

「ズボンが血だらけだった。しかも、古いズボンじゃなかったんだよ。ハリスおばちゃんが血をきれいに落とそうとして、一時間もゴシゴシ洗わなきゃいけなかった。つぎに、穴があいたとこを修理しなきゃいけなかった。パパがいたらぼくのお尻をペンペンしただろうって、おばちゃんが言ってた」

「わたしには」子供が靴下を上げるために身をかがめると、マーガレットは一歩下がって言った。「お尻をペンペンされなきゃいけないのは、レノックスのおばちゃまのように思えるけど」

トビーは驚いたように甲高い笑い声を上げ、ふたたびダンカンの手を握った。

「ここがほんとにおうちなの、パパ？　ずっと、ずっと？　もう引っ越さなくていいの？」

「ほんとにおうちだよ、トビー」ダンカンが安心させた。

「パパもずっとどこへも行かない？」

「〝ずっと〟というのはずいぶん長い時間だよ」ダンカンは子供に言って聞かせた。「だけど、当分のあいだ、ここで暮らすことになる。おまえとパパと、そして――」ダンカンはマーガレットにちらっと目を向けたが、それ以上は言わなかった。「おいで。おまえの部屋を見に行こう。それから、きっと腹が減ってるだろうな。料理番がおまえだけのために特製ケーキを作ってくれてるぞ」

トビーは父親と並び、しっかり手をつないで外階段をのぼっていった。しかし、てっぺんに着く前に足を止めて、マーガレットのほうをふりかえった。

「よかったら、ぼくの友達になってもいいよ」

「わたしが？」マーガレットは訊いた。「よく考えて、明日かあさってお返事するわ」

「うん、わかった」トビーは言い、玄関の奥へ姿を消した。

浅黒くたくましい男のとなりに、金髪の華奢な少年。

おしゃべりで、活発で、いたずら好きな子供。誕生から幼児のころにかけて、不運な境遇にあったはずなのに、それがまったく影を落としていない。

その子がいまようやく、自分の家に腰を落ち着けた。

わたしたち全員が。

友達になってもいいと言ってくれた――ゆっくりと屋敷に入りながら、マーガレットは思った。子供はダンカンに連れられて、すでに上の階へ姿を消していた。

マーガレットは微笑した。何も言われないよりはましね。

そして、ダンカンとわたしは恋に落ちることにした。

うまくいくかしら。

21

ダンカンはその日の残りをトビーとすごした。一緒にお茶を飲み、子供部屋の一部として造られた勉強部屋と、ダンカン自身が子供のころに使っていたおもちゃと本を見せてやった。それから、外に出て、川と、屋敷の西側にある広い芝地へ連れていった。この芝地でクリケットをやったり、広いスペースが必要なその他のゲームを楽しんだりするのだ。厩のほうへも連れていき、馬や、いちばん端の馬房にいる何匹もの子犬を見せた。ボーダーコリーの子犬で、母犬が厳重に守っていた。だめだめ、子犬を家に連れて入るのは禁止――ダンカンはそう言ったものの、甘えた口調で頼みこまれれば、いずれ屋敷で一匹飼うことになるのは目に見えている。母犬からひきはなしても、子供部屋でひと晩じゅう鳴きつづけてみんなの睡眠を邪魔するようなことがなくなったら。

夕食はトビーと一緒に子供部屋でとることにし、トビーの新しい友達も仲間に入れてあげようと提案してみた。

「けど、まだぼくの友達じゃないよ」トビーは指摘した。「明日かあさって、返事するって言ってたもん。ぼくのこと、好きじゃないのかも。どう思う、パパ？」

「晩餐に招待すれば、おまえのことを少しは好きになってくれると思うよ。レディを相手にするときは、われわれ紳士は頭を使わなきゃ。いつも礼儀正しくして、思いやりを忘れず、いろんなことをするときに仲間に入れてあげれば、レディはたいてい友達になってくれるものだ」

「〝思いやり〟ってどういう意味?」トビーが訊いた。ダンカンが説明すると、トビーはうなずき、マギーをどうしても晩餐に招待しなくてはと言いだした。

食事がすむと、ダンカンは、トビーがおおげさに脚色して語る、危機一髪で助かったというハロゲートでの冒険物語に一時間ほど耳を傾け、つぎにいくつかお話を聞かせてやり、それからトビーをベッドに入れた。

「ぐっすりお休み」そう言って、子供の額にキスをした。「明日また一緒に遊ぼう」

「パパもここにいる? 約束する?」

「するとも」ダンカンはトビーの柔らかな金色の巻毛をそっとなでた。

「ぼくたち、ずっとここに住んでいいの? これからずっと? 約束する?」

「生涯ずっと住むことは、たぶんないだろう。こちらがそう望まないかぎり。だけど、これから長いあいだ、ここで暮らすんだよ。ここがわが家だ。遊んで大きくなるための場所。しばらくよそへ行ってても、かならず帰ってくる場所。ぼくたちのための場所だ」

「ぼくたちの家」トビーが言った。まぶたが重くなりつつあった。「パパとぼくの家」

「そうだね。おまえとパパ。ついでに、おまえの新しい友達も仲間に入れてあげよう。向こうが友達になろうと決めたらね。たぶん、なってくれると思うよ。晩餐に招待してもらって喜んでただろ？」

「呼んであげてよかったね。また招待しようよ」大きなあくびをして、目を閉じながら、トビーは言った。「ぼく、もう安全だよね、パパ？　誰もぼくを連れにきたりしないよね？ママがいつもそう言って心配してたけど」

「これ以上はないってぐらい安全だよ」ダンカンはトビーを安心させ、子供が寝入ったのをたしかめるまで、その場にじっとすわっていた。

いまの言葉が真実だったらいいのにと願った。くそっ、だが、ぼくはそう願っている。やはり、トビーの身元を極秘にしておくべきだったかもしれない。いや、だめだ、マギーが正しい。秘密にしておく時期は終わった。ただ、まだ明かしていない秘密がある。重大な秘密。打ち明けるべきだったかもしれない。しかし、ローラからいつも、トビーのために、そして彼女のために、真実をぜったい口外しないでほしいと強く言われていた。そして、ぼくのほうも、何度も彼女に約束し……。

約束というのは、相手が死んでも続くものなのだろうか。

新しい伴侶への忠誠こそ、ほかのすべてに勝るものではないだろうか。

彼の人生は、無限に続くかに思われた五年のあいだ、秘密と、そして、その秘密が明るみに出たときに起きるであろう悲劇とに縛られていた。その年月から自分を解放するのは簡単なことではない。どうするのが正しいのか、もしくは、間違っているのかを判断するのは、かならずしも簡単なことではない。

とくに、判断を誤った場合は、なんの罪もない子供が苦しむことになる。すでに判断を誤ってしまったのだろうか。

いますぐ階下に下りてマギーにすべての真実を打ち明けたら、どうなるだろう？　だが、どんな返事がくるかはすでにわかっていた。彼女のことだから、真実を率直に語るのが誰にとってもいいことだ、秘密とごまかしからはろくなものが生まれない、と言って、こちらを説得しようとするだろう。

自分の意見に同意してもらおうと説得に努める彼女の姿を想像しただけで、ダンカンの胃が不快に波立った。そこから生じる危険のほうが大きすぎる。

ためいきをついて立ちあがり、トビーの手に指を触れてから、その手を布団のなかに入れてやった。

トビーがハリス夫婦に連れられて到着する直前に川のほとりでマーガレットと交わした奇妙な会話を、ダンカンは忘れていなかった。それどころか、あれからずっと心にかかっていた。

どこからあんな言葉が出たのか、自分でもわからなかった。あるいは、その奥にどんな思いがあったのかも。恋に落ちるというのは、相手に思いを捧げると同時に、相手の思いも受けとること。そうだろう？　自分勝手な考えのような気もした。いや、違う。そんなことはない。その逆だ。相手の思いを受けとろうとしないのは、最高の贈物を拒否することだ。

ロマンティックな愛はもうたくさんだと思っていた。自分は救いがたい冷笑家になってしまったと思っていた。

だが、そうではなかったのだ。

心と理性を、そして、魂そのものを痛めつけられ、傷ついた人間にすぎなかったのだ。与える側に立つだけなら、いまも、これから先も、安全でいられる。なぜなら、与えるという行為は、ある程度まで自分で制御できるから。受けとる、もしくは、与えられるという行為には、はるかに大きな危険が伴う。

なぜなら、受けとるというのは、ふたたび心を開くことだから。

心を開けば、相手の拒絶にあうかもしれない。

幻滅するかもしれない。

苦しむかもしれない。

悲嘆に暮れることだってあるだろう。

どれも恐ろしく危険だ。

だが、どれもぜったいに必要なことだ。

そして、もちろん、相手を信頼しなくてはならない……。

マーガレットを捜すと、客間にいて刺繍をしていた。彼女のこんな姿を見るのは初めてだった。入ってきたダンカンを見て、マーガレットは顔を上げ、にっこり笑った。

「寝かせてきたの？」

ダンカンはうなずいた。

「マギー、申しわけない。到着するなり、あの子があんな行儀の悪い態度をとって」

「そんなことおっしゃらないで。わざと行儀悪くしたんじゃなくて、正直にふるまっただけよ。小さな子はみんなそう――それに、ひどく怯えてた。わたしを見て、あなたを奪われるんじゃないかと思ったのね。友達になってもいいってあの子が言ってくれたときは、感激だったわ」

「きみの返事はみごとだったね。しばらく考える必要がある、返事はあらためて、とトビーに言ったんだもの」

マーガレットは笑った。

「可愛い子ね」

「そして、やんちゃで困る。ここに着いて二時間もしないうちに、魚がいないかと川をのぞきこんで、危うく落ちるところだった。川岸から身を乗りだしちゃいけないと、ぼくが注意したあとだったのに」

マーガレットは笑った。

「だが、ここにきたのはトビーの話をするためではない」

マーガレットは刺繍針を持つ手を止めて、ダンカンを見あげた。彼女の目は大きく、ろうそくの光を受けて、底知れぬ深さを湛えていた。

「ぼくはこれから毎日、トビーの相手をしようと思っている。それがぼくの務めだし、そうしたいからだ。そして、もちろん、きみが屋敷の切り盛りをおこなうのと同じく、ぼくは荘園管理のために時間を割《さ》かなきゃいけない。近いうちに、何人も来客があるに決まっているし、こちらもお返しに訪問しなくてはならない。だけど、きみとぼくのための時間も必要だ」

マーガレットは刺繍に視線を落とし、針を持っていないほうの手で、絹糸で刺した花びらをなぞった。

「恋に落ちるために」

マーガレットは彼を見あげた。

「意図的にできることなの？」

「ほかにどんな方法がある？」ダンカンは訊きかえした。「〝恋に落ちる〟という言い方はやめよう。かわりに、求愛と呼ぶことにしよう。結婚前はその時間がなかったが、いまからでも遅すぎはしない。そうだろう？」

「でも、求愛って一方的なことだわ。男が女に求愛するって意味よ」

「だったら、ぼくらは反逆者になろう。ぼくがきみに求愛するから、きみもぼくに求愛するんだ、マギー。ぼくの恋心をかきたててくれ。ぼくもきみの恋心をかきたてよう。きっと魔法が生まれる」

「違うの？」

不意に、マーガレットの目に涙があふれた。うつむいて刺繡針を布に刺し、脇に置いた。

「ああ」彼女の声は少し震えていた。「そうよね。すばらしい夢。魔法が生まれる」マーガレットはふたたび彼を見あげた。「そうなのね？」

「もうじき満月だ。そして、空は澄みわたっている。星が無数のランプのようだ。ショールをとってきてあげるから、二人で外に出よう。愛を語るのにそれ以上ふさわしい場があるだろうか」

「ほんとね」マーガレットは優しく笑った。「じゃ、ショールをとってきてちょうだい」

十分後、二人は花壇の向こう端までおりて、川にかかるアーチ形の橋を渡っていた。半分渡ったところで足を止め、月光にきらめく水面を見おろした。マーガレットはショールの端を両手で押さえ、ダンカンは背中で手を組んでいた。

彼は三十歳。彼女も同い年。初々しい青春の輝きは、二人ともすでに失っている。ダンカンの場合は、二十五歳の誕生日の直前に青春が終わりを告げ、マーガレットのほうは、父親の死とクリスピンの旅立ちと彼の究極の裏切りによって青春が徐々に失われていった。

二人とも、ロマンスにはもう縁がないものとあきらめていた。

しかし、これほどロマンティックな場はほかにないだろう。夜の大気は冷えてきていたが、けっして寒くはなかった。ダンカンは花々の香りを感じ、橋の下を流れる水音を耳にした。しかも、生涯の伴侶であると同時に恋人でもある美女と一緒だ。

「こっちを向いてごらん」ダンカンは言った。

マーガレットは言われたとおりにした。二人でしばらく目を見つめあい、やがて両方が微笑した。

ダンカンは身をかがめ、鼻と鼻をすり寄せてから、そっと唇を重ねた。

「ぼくはもう一度スタートを切ることができると思っている。きみの意見はどう？　人生のスタートという意味だよ。経験を積み重ね、それを余分な荷物みたいに背負って、とんでもない重さに耐えながら、よろよろと中年になり、老年になっていくなんて、ぜったい間違っている。年をとり、賢明になるにつれて、骨と魂からすべての苦悩を追い払い、新たなスタートを切る準備を整えなくてはならない。そう思わないかい？」

「それは意志と自制心の問題だと思っていたわ。わたし、過去の重荷はとりのぞかれたと思っていたの——わたしの肩から、わたしの人生から。ところが、二、三カ月前にレディ・デューから手紙が届き、クリスピンが妻を亡くし、娘を連れてイングランドに戻ってきた、わたしの消息を尋ね、わたしと再会したがっている、と言われたの。以来、わたしはふたたび意志と自制心を働かせるようになった」

「だが、効果はなかった？」

「あなたと結婚したのにはいくつも理由があったけど、どれもクリスピンとはなんの関係もないと思ってた。でも、やはり、彼も理由のひとつだったのね。きれいさっぱり忘れたかった。クリスピンを愛するのをやめたかった。と言うよりむしろ、ふたたび彼を愛するようになるんじゃないかという不安を捨てたかったの。二度と愛したくない。苦しむのはもういや。

新たなスタートを切りたい。あなたを愛したい。いえ、すでに愛してるわ。でも、わたしが望んでいるのは……」

「魔法だね」

「ええ」

ダンカンは彼女の手をとると、指をからめあい、二人で橋を渡りきった。無言のまま並木道をゆっくり歩くうちに、マーガレットがゆうべのような気詰まりな思いをしていないことが、ダンカンにも伝わってきた。夜のひんやりした静けさや、月の光や、黒々とした影が二人の魂に流れこみ、癒してくれるのを感じた。

何分かしてから、ダンカンはマーガレットの手を放し、片方の腕を彼女のウェストにまわした。つぎの瞬間、彼女が腕をからめてきた。ついでに、彼の肩に頭をもたせかけた。

ダンカンの血管のなかで、彼女への欲望が心地よくざわめいた。

自分が安らぎに包まれていることを知った。

「ダンカン」頭をもたせかけたまま、マーガレットが言った。「たったいま思ったの。こんなに幸せなのは何年ぶりだろうって」

「ほんと？」

「こんなすてきな場所にいる。ここがわたしのいるべきところ。そして、尊敬できる大好きな男性がそばにいて、その人が……快楽を与えてくれる。わたしはその人と一緒に求愛を、ロマンスを始めようとしている」

「並木道の先にサマーハウスがある」ダンカンは言った。

「ええ。見えるわ」

「覚悟しておいてくれ。あそこに着いたら、思いきり熱烈にキスするから」

マーガレットは笑いだし、頭を上げると、楽しげに目をきらめかせて彼の顔をのぞきこんだ。

「してくれなかったら、きっとあなたに幻滅だわ。でも、あなたこそ覚悟なさい。わたしも同じだけお返ししてあげる」

そこでダンカンは頭をのけぞらせて笑いだし、こんな浮かれ気分になったのは何年ぶりのことだろうと思った。

おたがいの身体にまわしていた腕を離し、手をつないで指をからめあった。

サマーハウスには昔からランプが常備されているので、ダンカンはそれに火を入れるつもりでいた。しかし、五角形の建物の壁面すべてに窓があり、そこから充分な月光が射しこんでいるおかげで、人工の光は不要だった。

室内には革のソファと布張りの椅子二脚が置かれ、中央にテーブルが置いてあった。二人は椅子の片方に一緒にすわった。マーガレットがダンカンの膝に乗って彼の首に腕をまわし、彼のほうは彼女のウェストを両腕で抱いた。

「これこそまさに、あらゆる女の子の夢の世界だわ。月の光を浴びた可愛い建物に連れてってもらい、ハンサムな紳士と二人きりになれるなんて」

「女の子というのは、そういう淫らな夢を見るのかい?」彼女の鼻に自分の鼻をすり寄せて、ダンカンは言った。

「あら、淫らじゃないわ。ロマンティックなのよ。女の子というのはね、心臓の鼓動を速め、爪先が靴のなかでキュッと丸まってしまいそうなキスを夢見るものなの。二人の世界の中心で、楽園が完璧なバラのように花開くのを夢に見るの」

マーガレットは柔らかな笑い声を上げた。

「ほんと?」ダンカンは彼女の下唇に軽く歯を立てながら言った。

「そうよ」マーガレットは彼の唇にそっと自分の唇を押しつけた。「わたし、心のなかはいまも女の子のままなのよ、ダンカン。そして、いまも夢を見ているの」

「じゃ、ぼくはハンサムな紳士?」

マーガレットはふたたび笑ったが、その声は喉のどこか奥深くで生まれたものだった。

「きっとそうね。たしかに、わたしの心臓はドキドキしてるし、靴のなかで爪先が丸まってるわ。さあ、あとは楽園へ旅をするだけよ、ダンカン」

「一緒に連れてってくれる?」ダンカンは彼女の唇に向かってささやき、さらに深いキスに移った。

「ん……」マーガレットは長い吐息をついた。

彼自身も吐息でそれに応えたのかどうか、ダンカンにはわからなかった。

二人は長く熱いキスを続け、息継ぎのときだけささやきを交わしては、悦楽のひとときへと何度も戻っていった。なのに、キスのあいだ、性への狂おしい情熱にとらわれることはなかった。そういう気持ちになるのは、もっとあとのことだろう。屋敷に戻り、ベッドに入ってからだろう。いまここで大切なのはセックスではない。ロマンスだ。恋に落ちることだ。すべてがとても不思議だった――そして、妙に魅惑的だった。

セックスよりロマンスのほうが魅惑的？

完璧なバラの花の香りを嗅げるのかどうかも、ダンカンにはよくわからなかった。

マーガレットは翌日の午前中のほとんどを、家政婦のダウリング夫人とすごした。陶磁器、ガラス器、銀器、リネン類を調べ、腰をおろして、帳簿と注文帳に二人でじっくり目を通した。地階へ案内してもらって、厨房と食料貯蔵室と倉庫を見てまわり、厨房に残ってお茶を飲み、オーブンから出てきたばかりのビスケットを試食しながら、料理番のケタリング夫人を相手に、メニューと食事時間について相談した。

数多くの召使いに会い、午前中の時間を心ゆくまで楽しんだ。ウォレン館では一度もなかったことだが、ここが自分の家であり、みんなが自分の召使いであることを強く感じた。つくづく幸せだと思った。そして、夜のことを思いだすのも喜びではあったが――二回も愛を交わした。一回目はベッドに入ったとき、二回目はダンカンが早朝の乗馬に出かける前――記憶をたどったときに心に温かな光が宿るのは、きのうの夕暮れどきのことだった。

サマーハウスのなかで、二人はキスを続けた。愛が深まるのを感じながら、そして、屋敷に戻ったあとの情熱のひとときを予感しながら。しかし、そこには愛と情熱を超えた何かが存在していた。キスの合間に言葉を交わし、さらには、マーガレットが彼の肩に頭を預け、彼の指が彼女の髪を軽くもてあそんだまま、長いあいだ沈黙を続けることもあった。そして、二人でずいぶん笑った。

一緒に笑ったことで、マーガレットはなおさらダンカンに惹かれた。彼の笑い声を耳にしたことはこれまであまりなかったし、おもしろくもないくだらない冗談で彼が陽気に笑ったことなど、ほとんどなかった。それに、マーガレット自身、こんなに屈託のない笑い声を上げたのは久しぶりのことだった。

一緒に笑えば、おたがいへの信頼が生まれるものだ。

この結婚を愛あるものにしようとして、予想外に心を砕いている彼を、マーガレットは信頼した。彼のほうから心を開き、率直に接してくれている。こちらも信頼しなくては。ぜひそうする必要がある。

ダンカンも多忙だった。朝食は子供部屋でトビーととったが、午前中の残りは荘園管理人のラム氏とすごした。朝食をすませるとすぐ、二人一緒に馬で出かけていった。たぶん、自作農場を見てまわるのだろう。

ハネムーンもすてきだけど――マーガレットは思った――田舎ですごすときの日常生活のペースに身をゆだねるのも、それに劣らず心地よいことだ。トビーがまだ幼いから、少なくとも今後数年間は、ほとんどの時間を田舎ですごすことになるだろう。それに、しばらくしたら、子供部屋につぎの幼子を迎えるかもしれない。

ああ、そうであってほしい。

ダンカンは午後の時間をトビーとすごすことになっていた。気にするのはやめようと、マーガレットは自分に言い聞かせた。ダンカンは最初から、子供が最優先だと言っていたし、トビーはきのうこちらに着いたばかりだ。父親のそばですごす時間が必要だ。

ところが、午餐の少し前にマーガレットが化粧室で着替えをしていたら、ドアにノックが響いた。メイドのエレンがドアをあけた。

トビーが立っていた。そのうしろにダンカン。

「ここだったんだね」トビーはマーガレットに言った。「一階の大きな部屋をのぞいたけど、いなかったから。ぼくの友達になるかどうか、今日、言ってくれる約束だったでしょ」

「あら」マーガレットはつぶやき、ちらっとダンカンを見あげた。どういうわけか、急に膝の力が抜けてしまった。「忙しくて、あまり考えてる暇がなかったのよ。でも、お友達になってもいいかもしれない、トビー。ううん、ぜったいなりたい。約束の握手をしましょうね」

マーガレットはドアに近づき、トビーに片手を差しだした。

トビーがその手を握って上下にふった。

「よかった。ぼくのごはんがすんだら、外へ行くんだよ。クリケットをやるんだ。パパがボールを投げて、ぼくが打つの。ねえ、ボールをキャッチしてくれる？　やりたかったらだけど。たまにバットで打たせてあげるね」

「まあ、うれしいわ」マーガレットは言った。

「でね、そのあと湖へ出かけて、いい子にしてたら泳いでもいいってパパが言うんだ」

「湖があるの？」マーガレットは眉を上げてダンカンを見た。

「西側の芝地の向こうに」ダンカンは言った。「屋敷からだと、木立に邪魔されて見えないが」

「すてき」トビーを見て、マーガレットは言った。

「ねえ、なんて呼べばいいの？」トビーが彼女に訊いた。「ママなんて呼べないし」

「どっちにしても、それは変よね。だって、わたしはぼくのお母さんじゃないもの。ええと……パパからはマギーって呼ばれてるのよ。うちの家族みんなからはメグ。じゃ、〝メグおばちゃん〟はどう？　まあ、ほんとのおばさんではないけど」

「メグおばちゃん、お昼を食べたら支度しといたほうがいいよ。でないと、パパに置いてかれちゃうよ。パパ、そう言ってたもん」

「パパはおまえに言ったんだ、腕白坊主。さあ、食事に行っておいで。ハリスおばちゃんが子供部屋で待っている。部屋まで一人で行けるかな？」

「行けるよ」トビーはそう言って駆けだした。「もちろん行ける。四歳だもん」

「いずれ四十歳になる」トビーが声の届かないところへ去ったあとで、ダンカンは言った。

化粧室に入ってきた。エレンはすでに下がっている。「すまない、マギー。バットのふり方も知らなくてボールに命中させられない子供とクリケットをやるなんて、陽射しあふれる午後を楽しくすごす方法として、きみが思い浮かべるものではないだろうね」

「とんでもない。クリケットをやってて、いつもいちばん退屈なのは守備だったけど、今日は守備から離れて、トビーにボールの打ち方を指導すればいいんでしょ。できたてほやほやの友達のわたしに、トビーがそれを許可してくれればだけど」

両方で笑いだした。そして、視線をからめた。

「夕暮れからは」ダンカンが言った。「二人だけの時間だ。そして、ロマンスのための時間」

「ええ」マーガレットは手を伸ばして、両手で彼の顔をはさんだ。彼の唇に軽く短くキスをした。

「自分でも理解できない。花嫁を見つけて、急いで結婚し、ぼくの人生の端っこへ追いやっておけばいいと、ほんの一瞬でも考えていたなんて」

「三つのうち、二つは実現した。打率としては悪くないわね。ただし、そう考えたのは、わたしと出会う前、もしくは、わたしをよく知るようになる前のことでしょ。わたし、端っこに追いやられると、思いきりへそを曲げる人間なのよ」

ダンカンは笑いだし、同じく短いキスを返した。

「急いで下におりて食事をすませないと、トビーに置いてきぼりにされて、二人でおたがいを楽しませる以外、何もすることのない午後になってしまう」

「まあ、大変。何をして楽しめばいいのかしら」

ダンカンが眉を動かしただけだったので、マーガレットは噴きだした。

わたしの選んだ道は正しかった——彼の腕をとりながら思った。そう、彼との結婚を選んで正解だった。ティンデル家の舞踏室で衝突したのは運命の導きだったのだ。

マーガレットはすでに幸せな気分になっていた。

二人で恋に落ちようとしている。

そう決心したということは、たぶん、すでに恋に落ちているからだ——少なくとも、ある程度まで。

22

ダンカンの日々はさまざまな用事で忙しくすぎていった。過去五年間とは大違いだ。これまでは時間を持て余すことが多かった。いまでは、時間が足りないと思うことのほうが多い。六年ものあいだ不在だったので、まず、荘園と自作農場の点検から始めることにした。それで午前中はすべてつぶれ、午後まで作業が食いこむこともしばしばだった。午後はできるかぎりトビーの相手をするようにしていた。夏が終わったら、トビーのために女性か男性の家庭教師を見つける予定だが、そのあとも日に二、三時間はこの子とすごすつもりだった。また、隣人が訪ねてくれれば歓迎しなくてはならず、結局は、何日かのあいだに一人残らずやってきた。真心のこもった訪問もあったが、あとはたぶん、単なる好奇心からだろう。だが、それも気にならなかった。ダンカンはすべての相手を礼儀正しく迎え、マーガレットのほうはつねに真心をこめて温かくもてなした。そして、トビーのことを包み隠さず話した。眉をひそめた者がいるかどうかはわからないが、マードック家が末息子の誕生会にトビーを招いてくれ、その翌日、この家の小さな子供四人が遊びにきた。

隣人たちの訪問にはお返しをしなくてはならない。そこでマーガレットは、晩餐会と、園遊会と、クリスマスには大人のための舞踏会と子供のための午後のパーティを開くことを、夫と隣人たちにすでに約束していた。

夕暮れどきになると、トビーに寝る前のお話を聞かせて、ベッドに入れ、おやすみのキスをし、そのあとに求愛の時間が待っていた。ほぼ毎晩のように、手をつなぎ、指をからめて、二人で外を散策した。雨の日はギャラリーでダンスをした。伴奏の音楽は自分たちで用意した。息を切らしながら、さほど音楽的とは言えない声でハミングし、笑いころげることがしょっちゅうだった。

最後はいつもキスと抱擁。そのあとの寝室で何が起きるかを考えれば、それは不思議なほど慎み深いもので、性の情熱がまったく感じられなかった。二人が睡眠不足で虚ろな目をすることも、やつれてしまうこともないのは、まさに驚きだった。

しかし、夕暮れの散策も、夜のベッドに劣らず二人をうっとり酔わせてくれた。

ダンカンは自分が恋に落ちたことに気づいた。彼女のことが好きだし、尊敬しているし、一緒にいるのも、おしゃべりをするのも楽しい。彼女への肉体的な飢えは満たされることがない。しかし、好きという気持ちと肉欲のあいだで、マーガレットへの信頼が芽生えはじめていた。彼とトビーを愛してくれるマーガレットを信頼するようになっていた。彼女に恋をしていた。もっとも、心のなかではそれを言葉にしないよう自分を抑えていたし、口に出したことは一度もなかった。まだ信頼が充分ではないのかもしれない。毎日、花壇で摘んだ花を彼女に届け、彼女はいつも、そのなかのバラを一本、ドレスにつけている。

トビーにも優しくしてくれる。強引に遊び相手になることも、うるさく世話を焼くこともないが、トビーが望めばどちらにもすぐ応じてくれる。みんなでクリケットや、ドッジボールや、かくれんぼや、その他の遊びに興じるときは、トビーの友達という立場で満足している。トビーが湖で泳いだり、木登りをしたり、つかまえた蛙や蝶々を放してやる前にマーガレットに見せたくて目の前に突きだしたりすれば、喜んで見物する。どんなに高くまで登れたか、水中に沈む前にどれだけ泳げたかを見てもらいたくて、トビーがマーガレットに声をかければ、マーガレットはいつも感嘆と賞賛の言葉を返してくれる。マードック家の誕生会に招かれた日は、ダンカンが午後からずっと忙しかったので、マーガレットが村はずれの家までトビーを送っていき、ふたたび家に連れて帰るために誕生会が終わるまで待っていた。また、トビーは毎日少なくとも一回はこぶや打撲傷やすり傷をこしらえる子で、そのたびに、マーガレットが慰め、元気づけていた。ボールをキャッチしようとしてトビーが親指をひねってしまったときは、マーガレットがそこにキスすると、キャーキャー笑いだし、痛みも忘れて、ふたたび遊ぶために駆けだしていった。

こんなふうにして、忙しくとも心弾む日々がすぎていった。必要なものはあとひとつだけ——ダンカンが差しだすべきものだ。完璧な信頼への最後の一歩。その一歩を踏みだすのをダンカンは恐れていたが、近いうちにそうしようと自分に言い聞かせていた。あいにく、待つ期間がいささか長くなってしまったが、それが起きた夜は、その前触れとなるようなものはいっさいなかった。もっとも、〝起きた〟というのは誤った表現かもしれない。

日中はことのほか暑かった。夜になってもまだ暑さが残っていた。完全に涼しくなることのない、そんな一夜だった。

マーガレットは玄関広間で彼と落ちあうため、軽いショールを肩にかけて、階段を小走りでおりた。

「トビーは眠った？」彼に近づきながら尋ねた。

「うん」

そのとき、彼が丸めて小脇に抱えているものを目にして、マーガレットはその場で足を止めた。

「なんなの、それ？」もっとも、答えは明々白々だったが。

「タオルだよ。いまから二人で泳ぎに行くんだ」

「泳ぎに？」マーガレットは顔を上げて彼の目を見つめ、笑いだした。

「泳ぎに」ダンカンはくりかえした。「今日の午後も、二、三日前も、ぼくはトビーと水に入った。残されたきみは岸辺に腰をおろして、まるで一幅の絵のようだった。そして、今日の午後は、残念そうな顔をしていた」

「そんなことないわ」マーガレットは反論した。

「嘘つき」ダンカンはニッと笑いかけた。「一緒に飛びこみたくて、うずうずしてたくせに」

「してません」

「泳げる？」ダンカンが訊いた。

「子供のころ、よく泳いだものよ。ここ何年かは水に入ったこともないけど。湖に飛びこむなんて、ずいぶんはしたないことだわ、ダンカン」

ダンカンは微笑しただけで、何も言わなかった。

「でも、ああ、とても楽しいでしょうね」

「楽しいとも」ダンカンは保証した。「〝でしょうね〟じゃなくて」

マーガレットはそれ以上反論せずに、彼の空いたほうの腕に手をかけ、二人で屋敷を出て、西側の芝地を横切り、木立を抜けて、湖までの長い道を歩きはじめた。湖に着いたときには、太陽はもう湖の向こうに沈んでいたが、空はまだオレンジ色と紫色に染まっていた。湖面も同じだった。

「わあ、何もかもすごくきれい。この岸辺に腰を下ろして、すばらしい景色を楽しんだほうがいいんじゃない？」

「へーえ、きみは臆病なんだね」

「ドレスが台無しになってしまうわ」

「水に飛びこむ前に、もちろん、ドレスを脱ぐんだ」

「シュミーズ一枚になるのね」

「それも脱ぐ」

「ダンカン！」マーガレットは愕然として彼を見た。「できないわ。湖に――」

「裸で飛びこむなんて？」ダンカンが言った。「どうして？」

マーガレットはあたりに目をやった。興味津々の野次馬の大群が通りかかるのを予期しているような表情だった。

「きみの裸なら、毎晩見てるけどな」ダンカンは指摘した。

「それとこれとは違うわ」

マーガレットがときたま見せる上品ぶった淑女らしさを、ダンカンは愛していた。夜のベッドでの乱れようや情熱と甘美な対比をなしている。

「約束しよう。きみが顎まで水に浸からないかぎり、ぜったい見ないと」

マーガレットが笑いだし、彼も釣られて笑った。

「泳ぎ方が思いだせないかもしれない。石みたいに沈んでしまうかも」

ダンカンは彼女に向かって眉を上下させた。

「そうなれば、ぼくがヒーローを演じるチャンス到来だ。水に飛びこんできみを救助する」

「まあ、ダンカンったら」マーガレットは首を軽くかしげた。「わたしたちの夕暮れどきは、求愛と、ロマンスと、恋に落ちるための時間なのよ。それなのに――」

ダンカンも彼女と同じほうへ首をかしげた。

マーガレットはためいきをつき、彼に背中を向けた。

「ボタンをはずしてくれる？」ショールを肩からすべらせながら、マーガレットは言った。

「やっぱり楽しいかもしれないわね」

ダンカンはタオル類を草の上に落とした。

「楽しいとも」ドレスの上のボタン二個をはずしたあとで、彼女のうなじに唇をつけて、ダンカンは約束した。ヒップのところまでボタンをはずしてから、両手を前のほうへすべらせ、シュミーズの上から彼女の乳房にあてがった。しかし、そこで手を止めるのはやめておいた。何よりもロマンティックな雰囲気を大切にしなくては。

ひざまずいて絹のストッキングをおろし、彼女が靴を脱ぎ捨てたところで、爪先からストッキングをひきぬいた。シュミーズの裾をつかむと、ふたたび立ちあがり、両腕を上げた彼女の頭からシュミーズを脱がせた。彼女がヘアピンをはずした。

昼間トビーと一緒に泳いだときのダンカンは、下穿きをはいたままだった。今夜は脱ぐことにした。

マーガレットが頭をふると、髪が背中に流れ落ちた。

ダンカンは向きを変えて水に飛びこみ、水面に浮かびあがり、顔についた水滴を払ってからマーガレットのほうへ両手を差しだした。

「思いきって飛びこむのがいちばんだ。片足ずつそろそろと入るんじゃなくて」

「それぐらいは覚えてるわ。下がってて」

そう言うと、マーガレットは助走をつけて足から飛びこみ、大きな水しぶきを上げた。浮かびあがると水を吐きだし、目をきつく閉じたまま、あえぎながら口を開いた。

「もうっ」両手で顔の水滴を拭い、髪をなでつけながら言った。「水が冷たいことを警告してくれなかったわね」

「最初の一瞬だけさ」

マーガレットは岸の近くに立っていた。そこだと水が胸までしかこない。ダンカンは水面に両手を広げて立ち泳ぎをしながら、マーガレットを見つめていた。

髪を濡らした彼女を見るのは初めてだった。髪の色が黒ずみ、頭にぴったり張りついている。いつもより若々しく、屈託がないように見える。もちろん、濃い夕闇を透して彼女を見ているにすぎないが。二人が飛びこんだせいで、水面の光が粉々に砕けていた。

「おいで」ダンカンはそう言うと、ゆったりしたクロールで湖岸から離れていった。

しばらくして、うしろを見てみた。マーガレットがついてきていた。脚をばたつかせ、顔は水面から上げたままだ。腕の動きがぎこちない。しかし、彼が見ているうちに、ストロークがどんどんなめらかになり、やがて、水に顔をつけ、首をまわして息継ぎをするようになった。紫と金銀の小波のなかで、彼女の身体は黒みを帯びてなめらかだった。

ダンカンがその場でじっとしていると、やがて、彼女が横に並び、彼に気づいて頭を上げた。

「ああ」息を切らしながら言った。「世の中には、ぜったい忘れないものがあるのね。ここまでくると、足をつけようとしても、足の下にはもう水しかないんでしょ？」

ダンカンは彼女を連れて、かなりの水深のところまで行った。この湖には浅い場所もあって、いつもはそこへトビーを連れていくのだが、けっこう距離がある。

「疲れた？」ダンカンは訊いた。

「息切れしてるだけ」マーガレットが答え、濃さを増す夕闇のなかに彼女の歯が白くきらめいた。「練習不足ね。ああ、少女時代に戻ったような気がするわ、ダンカン」

「仰向けに浮かんでごらん」

マーガレットは言われたとおりにして、水面に腕を広げ、頭を水に預けて目を閉じた。ダンカンは背後にまわって、彼女の下に身体をすべりこませ、腕をまわして彼女を支えると、背泳ぎで進みはじめた。

マーガレットは目をあけ、頭をのけぞらせて彼を見つめ、微笑した。軽いバタ足で推進力を増そうとした。

夕焼けの空が徐々に色を失い、あとに残されたのは、闇、月光、星明かり、二人が通ったあとの波立つ水面、そして、木々の樹液の香りだけとなった。

二人は一時間以上泳ぎつづけた。ときには一緒に、ときには横に並んで。ときには仰向けに浮かんでいるだけのこともあった。星空をながめて、星の名前を思いだそうとし、最後にはついに、星には本当の名前などなくて、人間が勝手につけた名前があるだけだということで、二人の意見が一致した。

「もちろん、木々や花についても同じことが言える。そうだろう?」

「それから、小鳥や動物についても」マーガレットは言った。

「それから、人間についても。誰も本当の名前なんてないんだと思う。親がつけてくれた名前があるだけ」

「いいことだわ。さもないと、おたがいに注意を惹こうと思ったら、〝ヘイ、きみ〟と呼ぶしかないでしょ。〝ヘイ、きみ〟って人が世界じゅうに何千人もあふれることになるわ」

「何百万人もだ。しかも、さまざまな言語で」

「ずいぶんややこしいことになりそうね」マーガレットが言って、二人で笑った。

他愛のない話をして笑いころげるなど、ダンカンには何年ぶりかのことに思われた。

そう、何年ぶりかだ。

ようやく二人は水から出て、タオルを一枚ずつ使って身体を拭いた。彼が持ってきたタオルは全部で三枚、あとで乾いたタオルが使えるようにとの配慮だった。それを敷いて二人ですわり、背を向けた彼女の髪をダンカンがタオルで拭いた。どちらもまだ服を着ていなかった。

「こんな日々はとっくに終わったと思ってた」膝を抱きかかえて、マーガレットは言った。

「湖で泳いで、夜のこんな時間に岸辺に腰をおろし、笑って……」

「少女のころから笑わなくなってしまったのかい？」

「そんなことないわ」マーガレットは反論した。「もちろん、笑ったわよ。悲惨な人生を送ってきたわけじゃないのよ。でも、ほんとに久しぶりだったの。こんな……ああ、言葉が見つからない」

「歓喜？」ダンカンは言ってみた。

「〝屈託なさ〟とでも言うのかしら。あら、そんな言葉はないわよね？　うーん、そうね、歓喜。ぴったりの言葉だわ。屈託のない歓喜」

ダンカンはタオルを脇へ投げると、指でマーガレットの髪を梳《す》き、もつれた部分をそっとほぐした。

「櫛がないと無理よ」マーガレットは彼のほうを向いて言うと、タオルの上に寝ころんで、ふたたび星空を見あげた。「でも、いいの。あとでブラッシングするから」

ダンカンも彼女の横に寝ころがり、手を握った。おたがいの指をからめた。

歓喜。

そう、人生はいまも歓喜を与えてくれる。それも、思いがけないところで。彼自身の家で。彼自身の妻と一緒にいるときに。

つくづく幸せだと思った。

片肘を突いて身を起こし、彼女に顔を寄せた。星空に向いていたマーガレットの視線が彼のほうに戻った。片手の指で彼の頬をなでた。

ダンカンが顔を近づけてキスすると、彼女のほうも温かい唇を押しつけてきた。

「愛しあいたい」ダンカンは言った。

「えっ？」マーガレットの目が丸くなった。「ここで？」

「ここで」

マーガレットは深く息を吸って、ゆっくり吐きだした。

「わたしも愛してほしい。これ以上ロマンティックな舞台はないわ。そうでしょ？」

とは言え、ベッドのマットレスに比べると、地面は硬く、彼女の背中が痛くなるかもしれない。

ダンカンが彼女を抱きあげて自分にまたがらせると、マーガレットは彼の腰の左右に膝を突いて腿ではさみこみ、そのあいだも、おたがいの身体をまさぐりつづけた。目を見つめあって微笑したところで、彼がマーガレットのヒップに両手をかけて硬く屹立したもののほうへ導き、彼女の身体をひきよせ、やがて、彼自身を完全に埋めこんだ。

「あ……」

「そんな色っぽい言い方、ぼくには無理だな」

マーガレットは彼の肩に両手を突いて支えにすると、軽く身体を浮かせ、上下に動きはじめた。それと同時に、ゆっくりと、怠惰と言ってもよさそうなリズムでヒップをくねらせたため、快感と苦痛の甘く混ざりあった感覚が生まれ、やがて彼もその動きに加わって律動をくりかえし、ついに、二人同時にクライマックスに達した。そのあとに安らぎが訪れた。至福のひとときで、まさに――

歓喜そのものだった。

二人は並んで横たわり、ふたたび手をつなぎ、指をからみあわせて、長いあいだじっとしていた。

ダンカンは思わず口にしそうになった――愛している、きみに恋をしている――しかし、結局、何も言わなかった。

翌日、ふと気づいた。求愛期間中は、屋敷に戻ってベッドに入るまでキスとロマンティックな雰囲気だけで満足しようと決めていたのに、愛の行為に走ってそのルールを破ってしまったことに。

しかし、気にすることはないだろう。

運命の女神は、そんなことには目を留めもしないだろう。

いずれにしろ、単に〝愛している〟と言うよりも、ほかに言わなくてはならないことがあった。たとえば、〝まだ、きみにすべてを正直に打ち明けたとは言えない。きみを信頼しきれずにいるんだ。いまでも不安だ……ああ、不安でたまらない〟と。

愛しているのに信頼できないということがあるのだろうか。結局は彼女を愛していないのかもしれない。しかし、そう思っただけで泣きたくなり、喉の奥が痛くなった。

さて、二人はさらに三十分ほどのんびり星空を見あげたり、まどろんだりしたのちに、服を着て、タオルを丸め、手をつないで屋敷への道をゆっくり戻っていった。

「うっとりするような夜だったわ」

「最高だった」ダンカンは言った。もっとも、求愛期間中の夜はいつも、そのたびに最高だと思っているのだが。

「無条件で最高ね。あ、あなたと表現を張りあうつもりはないのよ」

「だったら、すなおに受け入れよう。無条件で完璧に最高の夜だった」

くだらないやりとりに思わず噴きだしながら、彼がマーガレットの肩を抱き、彼女は彼の腰に腕をまわした。

そして、明日は――ダンカンは自信たっぷりに思った――もっといい一日になる。明日こそ、すべてを包み隠さず打ち明けよう。古い格言がいかに真実を突いているかを思うと、不思議な気がする――気をつけないと、話というのはつい針小棒大になってしまう。もっとも、彼が打ち明けようとしている話は、針とはなんの関係もないのだが。

頭を下げて彼女にキスをすると、彼女も温かくキスを返してくれた。

屋敷の南側に広がる庭園は三方が森になっていて、木々のあいだをどこまで歩いても、途中で一度馬車道を横切るだけで、それ以外は開けた場所に出ることが一度もない。

まさに子供の楽園だ。

湖で泳いだ翌日の午後、二人はトビーと一緒に森のなかを忍び足で歩いていた。ジャングルを探検しているつもりになって、人肉をむさぼる獰猛な獣や、槍で襲いかかってくる凶悪な部族民がいないかどうか、油断なく目を光らせていた。

マーガレットの心の半分は、二、三日前に思いついて、その夜さっそくダンカンに相談した計画に向けられていた。森の一部に自然歩道を造ろうというのだった。もちろん、人の手を加えすぎて自然の美をこわしてしまうのではなく、美をひきたてなくてはならない。天気のいい日に散策を楽しんだり、腰を下ろしたりするための、すてきな場所にするのだ。人を案内するのにぴったりのすてきな場所。ダンカンの祖母が花壇を造ったように、彼女もこうして庭園の美に貢献することができる。

彼女の心のあと半分は、無限の活力と想像力を備えたトビーのことと、舞踏室でぶつかってからそれほど日がたっていないのに、いまでは別人のように思われるダンカンのことで占められていた。あのときの、暗く、憂鬱そうな、むっつりした紳士は消え去った。いまの彼はのびやかで、陽気で、満ち足りている。

ああ、わたしも満ち足りている。それだけではない。幸せにあふれている。彼を愛し、そして、彼の愛をすなおに受け入れている。まだひとことも口にしてはいないが、言葉は必要言葉は必要ない。いえ、本当は必要なのかもしれない。口にするのをためらっているのは、おたがいを完全に信頼するには至っていないせいかもしれない。

いずれ近いうちに、わたしからその言葉を口にしよう。向こうもきっと同じ言葉を返してくれるはず。

近いうちに。

たぶん、今夜。

トビーが腹ペコのライオンから逃げようとして、木によじのぼっていた。どうやら、ダンカンがライオン役らしい。指を曲げて鉤爪のようにし、すさまじい声でうなった。

トビーが悲鳴を上げた。

「ねえ、メグおばちゃんは部族の親切な女の人だよ」トビーはマーガレットに呼びかけ、自分で自分の運命を演出した。「でね、槍を持ってぼくを助けにきて、ライオンを追い払うの。

だけど、殺しちゃだめだよ。このライオンはね、お母さんライオンが子供の世話をしてるあいだ、子供にあげる餌を探してるだけなんだ。お父さんライオンって、みんなそうなんだよ」

ダンカンが鉤爪を突きだして突進すると、トビーはふたたび悲鳴を上げた。マーガレットはこの一週間に何度もやったように、興奮で真っ赤になったトビーの顔を見あげ、ダンカンに似たところを見つけようとした。トビーが小首をかしげたり、ある表情を浮かべたりしたときに、ほんの一瞬、ダンカンの面差しを見たように思うこともあった。だが、いつも、どこが似ているかをはっきりつかむ前に面差しは消え失せ、戦士の心と父親の良心を持つ、小柄で華奢な金髪の少年に戻ってしまうのだった。

〝お父さんライオンって、みんなそうなんだよ〟

ダンカンがふたたび突進し、トビーが悲鳴と笑い声を上げるのに合わせて、マーガレットはわざとらしく忍び足で進みでた。つぎに、架空の槍でダンカンの背中を突き、大げさな驚愕と恐怖の表情でふりむいた彼を、血も凍るような叫び声を上げて追い払った。

「さあ」マーガレットは腕を伸ばして、子供を抱えおろした。「ライオンの頭をなでても大丈夫よ。ライオンさんはね、トビーも自分の子供と同じように小さい子なんだ、違うのは人間という点だけだって気がついたの。もう襲ってくることはないわ」

ダンカンはうなり声を上げ、それから喉をゴロゴロ鳴らした。

トビーはうれしそうに笑った。

数分後、三人とも地面に腰を下ろしていた。マーガレットは木の幹にもたれ、ダンカンはあぐらをかき、トビーはその膝にもぐりこんで両手で顎を支え、足を宙でぶらぶらさせていた。

「トビー」ダンカンが手を伸ばして子供の髪をくしゃくしゃにした。「パパは年をとりすぎて、こうやって遊ぶのが大変になってきた。夏が終わったら、おまえのために家庭教師の先生を見つけることにしよう」

「あら」マーガレットは言った。「家庭教師をつけるには小さすぎるんじゃない？　まだ四歳でしょ」

「四歳半だよ」憤慨の口調でトビーが言った。「クリスマスがすんだら五歳になるんだ。その先生、読み方を教えてくれるかなあ、パパ。そしたら、ぼくがベッドに入るとき、パパにお話を読んであげられるよ」

「そして、パパを寝かしつけてくれるのかい？　おまえのベッドに、パパの寝る場所があるかな」

「ぼくがどくよ。それから、その先生、算数も教えてくれる？　二足す二はできるよ。四でしょ。三足す三もできるし、四足す四から十足す十まで全部できるよ。聞きたい、メグおばちゃん？」

「もちろん。十足す十は二十一？」

「二十だよ」

しく思っただけだった。

「あら、わたしってバカね」

〝四歳半〟 幼く見られたくなくてトビーが正確に 〝半〟 までつけたことを、最初は微笑ましく思っただけだった。

〝クリスマスがすんだら〟

ターナー夫人が夫のもとを去り、ダンカンと一緒に逃げたあとのクリスマスに、トビーは生まれたわけだ。そして、逃げたのは社交シーズン中のことだった。マーガレット自身がスティーヴンや妹たちと一緒に初めてロンドンに出てくる直前の出来事だ。

駆け落ちしたとき、夫人のおなかにはすでに子供がいたことになる。

つまり、それ以前からダンカンと関係を持っていたに違いない。

ならば、すべてが変わってしまう。

すべてが。

ダンカンは嘘をついていた。

自分をよく見せるために。勇敢なヒーローを装うために。そして、わたしはその嘘を家族に伝え、彼は結婚式のあとで母親と祖父にその嘘をくりかえした。

みんなに尊敬してもらい、許してもらい、わたしにふさわしい夫だと認めてもらいたくて。

あるいは……。

ああ、まさか……。これにもべつの説明がつくのかもしれない。

しかし、それはあまりにも恐ろしくて、マーガレットは考えまいとした。

最初の説明ですべてが変わったとすれば、今度の説明でも……。

ああ、神さま。ああ、どうしよう。

トビーのおしゃべりにどうにか耳を傾け、じかに話しかけられたときは返事までするあいだも、考えたくもないことがマーガレットの頭のなかを駆けめぐっていた。こわばった唇でトビーに笑いかけた。頭から血がひいてしまったように感じた。

「疲れた顔だね」しばらくしてから、ダンカンが言った。

「ちょっとね」

ダンカンはふたたびトビーの髪をくしゃっと乱した。

「トビーとパパのせいで、メグおばちゃんが疲れてしまったみたいだ。家に戻っておばちゃんを休ませてあげないと。そのあとで、前から約束してた遠乗りに出かけよう」

「わーい!」トビーが叫んで、さっと立ちあがった。「ぼくが手綱を持っていい?」

「そりゃ無理だ。近いうちにポニーを買ってやろう。そしたら乗馬の練習ができるぞ」

トビーは興奮して飛び跳ね、それから、木々のあいだを一人で先に駆けていった。

「ぼくの腕につかまるといい」ダンカンは腕を差しだした。「ゆうべ、きみをろくに寝かせなかったからな」

マーガレットにニッと笑いかけた。

「助けは必要ないわ、せっかくだけど」マーガレットは言った。彼の顔から見る見る笑いが消えていくのに気づいた。

「どうしたんだ？」

マーガレットは唾を呑みこんだ。

「なんでもないわ」

臆病者のわたしはこの数分間を消し去って、トビーの言葉——〝四歳半だよ〟——を聞く以前に戻りたいと願っている。何も知らずにいられたら……

「〝なんでもない〟と言いながら、大いに問題ありと言っているように聞こえるけどな」ダンカンが彼女のほうを向き、しげしげと見つめた。

マーガレットは返事をしようとして口を開いた。言葉を口にしないまま、ふたたび口を閉じた。

質問したところで、ホッとできる返事はもらえない。そうよね？ どちらにころんでも、すべてが変わってしまう。そして、最悪の恐怖が現実のものになった場合は、すべてを変えなくてはならない。

ああ、神さま、そうではありませんように。どうか、そうではありませんように。

「マギー」ダンカンの声は優しく、感情の高ぶりのせいか震えていた。「話しておきたいことが——」

「ダンカン」同時にマーガレットも言っていた。「お願いだから、本当の——」

しかし、相手にしゃべらせようとして二人が同時に黙りこんだとき、トビーが大声でわめきながら駆けもどってきた。

「早く、パパ。馬に乗りに行きたい」

そして、ダンカンたちのあいだに割りこむと、二人の手を握って、興奮の口調でしゃべり散らしながら、二人をひっぱって小道の残りを小走りで進んだ。

卑怯だと思いつつ、マーガレットは胸をなでおろした。知りたくなかった。真実を問いただす必要があり、そうするつもりでいる。そうしなくてはならない。でも、ああ、神さま、お許しください。わたしは知りたくない。

なぜなら、真実がどのようなものであっても、それですべてが変わってしまう。彼を見損なっていたと思うようになる。なんらかの行動が必要になる。なんらかの葛藤が生じることになる。何も変えたくない。このままにしておきたい——未来も変えたくない。

ようやく恋をして……。

いいえ、それは忘れよう。

トビーが年齢のことで言いかえしたとき、その意味に気づかないまま聞き流すことが、どうしてできなかったの？

求愛は終わりを告げるかもしれない。

どうして続けられて？　もし……。

わたしは嘘つき男と結婚してしまったの？　いいえ、もしかしたら、それよりさらにまずい事態なの？

たぶん、結婚も事実上終わりを告げるだろう。

真実を聞かせてくれるよう、食い下がるしかない──やはり。
マーガレットは狼狽を抑えこんだ。

23

そうか、マギーも気づいたんだな。トビーが四歳半なら、クリスマスのすぐあとで生まれたのなら、ローラは同じ年の春にみごもったことになる――ロンドンを離れる前に。

もちろん、いずれマーガレットに真実を知られるのは、避けようのないことだった。彼から告白せざるをえなくなるまで、彼女が狼狽と困惑に襲われていかにもありそうな結論に飛びつくまで、ぐずぐずと先延ばしにしていた自分が愚かだったのだ。

夜になり、トビーを寝かしつけてから客間におりていったときも、マーガレットは依然として沈みこんでいた。それまでずっと彼を避けつづけていたので、客間にもいないのではないかと、ダンカンは薄々心配していた。たぶん、そう願っていたのかもしれない。その場合、彼女を捜しに出かけただろうか。それとも、対決を明日まで延ばしただろうか。マーガレットは火の入っていない暖炉のそばに腰をおろし、刺繍に余念がなかった。

顔を上げもしなければ、針の運びを止めようともしなかった。

日々の求愛を待ち受けている女には見えなかった。今日の午後のことが自分の思いすごしではなかったことを、ダンカンは疑いの余地なく悟らされた。

「駆け落ちする前から、そういう関係になってたの？」刺繍針を布からひきぬき、緑色の絹糸を垂らしながら、マーガレットは訊いた。

「違うんだ。マギー——」

「じゃ、そのときすでに夫の子を身ごもっていたのね」マーガレットは言った。刺繍を続けようとしたが、手が震えていた。刺繍布に手を預けた。針の先端が上を向いたままだった。

「ランドルフ・ターナーの子を」

「違う」ダンカンは言った。「マギー——」

そこで彼女は顔を上げた。いまにも涙があふれそうだった。

「そのどちらかしかないでしょ、ダンカン。両方ともなんてありえないけど、どちらでもないってこともありえない。どちらか一方が真実でしょ。あなたたち二人はそういう関係にあり、子供ができたことを知って駆け落ちした。もしくは、あなたと逃げたとき、夫人のおなかには夫の子供がいた。いずれにしても、あなたはこの五年間、嫡子を父親から奪っていたことになる。どちらなの、ダンカン？」

「どちらでもない」

ダンカンはけわしい形相で彼女を見つめた。

マーガレットは刺繍枠を脇へどけて立ちあがった。両脇におろした手を握りしめ、青ざめた顔で彼に一歩詰め寄った。

「追い詰められたときでさえ、本当のことが言えない人なの？　あなたが嘘をついた陰には少なくとも崇高な理由があるはずだと、わたしは自分に言い聞かせようとしているのよ——トビーを愛するあまり、本当の父親に返すことを考えただけで耐えられないのだろうって。でも、どう弁解しようと許されることではないわ。もうひとつのほうならいいのに。あなたと夫人は恋人どうしで、一緒に逃げだし、弁解のために暴力と虐待の話をでっちあげた。卑劣なことには変わりないけど、そのほうがまだ納得できる。どっちなの？」

こんな事態を招いたのは自分の責任だ。ダンカンはそう悟った。それでも、心に怒りが湧きあがるのを感じた。数センチしか離れていないところに彼女の顔があった。

「どちらでもない」ダンカンはぶっきらぼうに答えた。

「じゃ、たぶん、夫人にはほかに恋人がいて、その男は一緒に逃げてくれなかったってことなのね。あなたはなんて気高い人なの！　それに、死者にはなんの申し開きもできない。そうでしょ？」

「説明させてくれ」

しかし、いまではマーガレット自身も怒りにとらわれ、逆上していた。それはダンカンの目にも明らかだった。両手で耳をふさいでいた。いつもの彼女からは考えられない態度だった。

「あなたの説明にはもううんざり。あなたの嘘にもうんざり。これ以上耳を貸すつもりはありません。そして、ほかの何にも増して、とくに許せない点がひとつある。あなたは真実を隠したまま、わたしをここに連れてきて、わたしはトビーを愛するようになってしまった。

そして、トビーをこの幸福な家族の一員にしておくために、わたしまでが、真実を永遠に隠しとおしたい誘惑に駆られている。それだけでも、けっしてあなたを許すことはできないわ」

そう言うなり、耳をふさいだまま部屋を飛びだしていった。ドアをあけるときに片手を耳から放しただけだった。

くそ――ダンカンは思った。

くそっ！

マギーは話を聞こうともしない。それを責めるわけにはいかない。だが、マギーですら話を聞くのを拒むなら、世間の人々が果たして耳を貸してくれるだろうか。世間にわかってもらえるはずがないと、ローラと同じようにいつも怯えていた自分が、やはり正しかったのだろうか。

マギーはこれからどうするつもりだ？　口を閉ざす？　みんなに話す？

強引に話を聞いてもらうべきだろうか。

二人のあいだに恋心が芽生えつつあった。ダンカンはそう思っていた。ふたたび人生を信頼し、ふたたび愛を信頼し、おたがいを信頼することを学びつつあった。

ところが、こちらが正直でなかったばかりに、彼女の信頼を失ってしまった。自分を責めるしかない。すべてを打ち明けるのが怖かった。彼女からどんな助言がくるのか、どんな行動を強いられるのかと思うと怖かった。彼も心のなかでは、どうすべきかわかっていたのだが。

大きなためいきをついて部屋を出た。妻はおそらく上の階へ行っただろうが、ダンカンはあとを追うかわりに外に出て、大股で廏のほうへ向かった。馬を走らせようと思った。

それから一週間、マーガレットは忙しい日々をすごした。屋敷の切り盛りについてさらに多くを学び、晩餐会やパーティに近隣の人々を招待するために計画を練り、焼き菓子を手土産に持って作男たちの妻を訪問し、庭園を散歩し、朝のあいだダンカンが忙しくしている日はしばしばトビーも一緒に連れていき、家族と友人に手紙を書き、刺繡に精を出した。

先日知ったばかりのことについては、そのままになっていた。いや、知ったと言っても、まだ疑惑の段階にすぎないし、疑惑だけをもとに行動に出るのは賢明なことではない。自分にそう言い聞かせていた。ダンカンは彼女の質問には答えようとせず、説明させてほしいと言った――罪ある者がかならず使う手だ。でも、とりあえず、話だけ聞くべきだったかもしれない。

そう、ぜったい聞くべきだった。こちらから質問し、答えも自分で出した。答えはふたつにひとつしかないと思ったからだ――いまもそう思っている。どちらも好ましいものではない。

それ以外の説明があったのだろうか。

ほかに説明がつくとは思えない。でも、やはり耳を傾けるべきだ。これまでずっと、自分が理性的な人間であることと、誰に対しても疑わしきは罰せずの精神で接することを、誇りにしてきたのだから。

しかし、二人の仲が気まずくなっているため、ふたたびその問題を持ちだすのはひどく困難なことだった。先延ばしにするしかなかった。それは、自分でもときどき認めるように、卑怯な態度を体裁よく表現したものだった。あわただしく日々を送り、ダンカンとの個人的な会話を避けていれば、世界が爆発して無数の破片になってしまうのを防ぐことができる、と信じているかのようだった。

一方、ダンカンのほうは冷淡に距離を置き、傲慢と言ってもいい態度をとるようになった。例外はトビーと一緒にいるときだけだった。夜になると、マーガレットと一週間を共にした寝室のとなりの部屋で眠った。

求愛もロマンスも消えてしまった。

夫婦の営みも。

マーガレットのトビーに対する愛は、しばらく前に芽生えたばかりだが、いまでは苦しみに近いものになっていた。トビーはどんなときでも自然に屈託なくなついてくれるが、トビーといると、ときたま、これまで以上に胸の痛くなることがあった。たとえば、ある朝、マーガレットが川岸に腰をおろし、トビーがあたりを走りまわって、一人で遊びに夢中になっていたことがあった。しばらくすると、スキップでマーガレットのところにやってきた。デイジーとキンポウゲとクローバーの花束を片手で握りしめて。

「これ、メグおばちゃんに」と言って、花束を押しつけ、唇をとがらせてマーガレットの頬に軽くキスした。

そして、マーガレットがちゃんとお礼を言う暇もないうちにスキップで去っていき、遊びに戻った。

これ以外にも、マーガレットの心に重くのしかかっていることがあった。結婚して一カ月近くになるが、婚礼の日以来、月のものがきていない。三日遅れている。わずか三日、たしかにそうだ。しかし、いつもはとても規則正しい。

遅れていることに意味があるのを期待しているのか、恐れているのか、自分でもわからなかった。

さて、ダンカンと口論してから八日後の午後の半ば、マーガレットは客間に活けるつもりで切った花を両手に抱えて、傾斜した花壇をのぼってきた。ダンカンがトビーを連れて厩から出てくるのが見えた。トビーはダンカンと手をつなぎ、夢中で何かしゃべっている。馬を走らせてきたのだろう。マーガレットは二人を待たずに屋敷に入ることにした。

だが、外階段のいちばん下の段に足をかけたところでふりむき、馬車道のほうへ視線を向けた。ダンカンもすでに足を止めて、同じようにしていた。馬に乗った男が近づいてくる。もっとも、まだ遠すぎて誰なのかわからないが。

やがて、男の背後にさらに多くの馬があらわれた。馬は全部で四頭。エレガントな旅行用馬車をひいている。距離があるにもかかわらず、マーガレットは誰の馬車かを見分けることができた。

エリオットとヴァネッサが訪ねてきたの？　スティーヴンも？　不意に、馬上の男が誰なのかもわかった。

「見て、メグおばちゃん」トビーが横で飛び跳ね、腕をそちらへ向けて叫んだ。「誰かくるよ。誰なの？　近所の人じゃないってパパが言ってる」

「メグおばちゃんの弟よ」マーガレットは微笑した。「それから、たぶん、妹とその夫」

ああ、どうか、馬車のなかにネシーがいますように。それから、子供たちも。マーガレットは馬車に向かって駆けだしたいという急激な衝動を抑えこんだ。花を抱えたまま立ちつくし、近づいてきて横に立ったダンカンにちらっと目を向けた。

「スティーヴンよ」必要もないのに言った。ずいぶん近くまできていて、もう顔が見分けられる。「それから、エリオットの馬車よ」

「スティーヴン」馬の蹄の音がテラスに響いた瞬間、マーガレットは叫んだ。花を外階段に置いて、微笑と涙を同時に浮かべながら、弟のほうへ両腕を差しだした。

スティーヴンはひらりと流れるような動きで馬をおりると、マーガレットを腕に包みこんだ。無言で強く抱きしめた。

「メグ」ささやきかけて、腕を離した。二人が馬車を通すために脇へどくと、馬車は外階段の下で止まった。

やがて、マーガレットは喜びのなかで妹を抱きしめていた。エリオットとも抱擁を交わそうとして、そちらを向いた。

そして、徐々にではあるが、あることに気づいた。

誰も笑みを浮かべていない。マーガレットの名前を呼んだだけで、あとは沈黙したままだ。

何かあったんだわ。

ケイト！　子供たちの誰か。ネシーとエリオットのそばには子供が一人もいない。この夫婦が子供を置いて出かけることはけっしてないのに。

マーガレットは一歩下がると、恐怖のなかで三人を順々に見た。自分の顔から血の気がひくのを感じた。

「姉さんに警告するために、大急ぎでやってきたんだ」マーガレットからダンカンに視線を移して、スティーヴンが言った。

「スティーヴン！」ヴァネッサが叫んだ。「ター――」「その子！」

「あ」マーガレットはトビーを見おろした。トビーはダンカンの脚にしがみつき、その陰に身を半分隠している。ああ、そうだった。この子のことをまだ打ち明けていなかった。近隣の人々にトビーの存在を知らせることには、ダンカンもしぶしぶ同意したが、それ以外の者には隠しておきたいというのが彼の願いだった――両方の家族も含めて。

「トビアスよ」マーガレットはそう言って、子供に笑顔を見せた。「トビー。この子……この子はダンカンの息子なの」

「こんにちは、トビー」ヴァネッサが子供に笑いかけた。「会えてとってもうれしいわ」

トビーは身体を半分隠したままだった。

「さて」ダンカンが子供の頭に手をかけて言った。「そろそろ屋敷に入ったほうがいいでしょう。マギーが客間へご案内しますから、泊まっていただく部屋の用意ができるまで、そちらでお待ちください。ぼくはトビーを子供部屋へ連れていってから、そちらへ行きます」

表情がこわばっていた。

みんなの表情もこわばっていた。

マーガレットは花を拾うと、みんなの先に立って外階段をのぼった。玄関広間で従僕に花を渡し、一同を客間へ案内した。そして、信じられないことに、客間に入ってからダンカンがやってくるまでの十分のあいだ、全員が礼儀正しく言葉を交わした。マーガレットが子供たちのことを尋ね、ヴァネッサが返事をした。マーガレットが道中のことを尋ね、エリオットが返事をした。マーガレットがスティーヴンの夏の計画について尋ね、スティーヴンが返事をした。

惨事が迫っていることに誰もまだ気づいていないような、そんな雰囲気だった。ケイトのことでも、子供たちのことでもないのだと、マーガレットは悟った。それなら、すぐさま話してくれただろう。

マーガレットがお茶を注いでいるところにダンカンが入ってきて、背後のドアを静かに閉めた。

まだ注いでいないカップがひとつ残っていたが、マーガレットはティーポットを置いた。お茶の入ったカップをまわすために腰を上げる者は一人もいなかった。

「姉さんに警告しにきたんだ」短い沈黙ののちに、スティーヴンが言った。「幸い、ぼくたち三人はまだロンドンに残っていた。モンティとケイトはすでに田舎に帰ったあとだったけどね。噂が流れてるんだ、シェリングフォード。あなたがこちらに子供を隠しているという噂が」

「たしかに、ぼくの息子がここで一緒に暮らしている」部屋のなかに進みでて、ダンカンは言った。ただ、腰をおろそうとはしなかった。じつを言うと、男性は誰一人すわっていなかった。エリオットはサイドボードの横に、スティーヴンは窓辺に立っていた。「マギーは結婚前に子供のことを知り、どこかよそに隠しておくことにはぜったい反対だと言った」

「わたし、あの子を愛してるの」マーガレットは言った。「実の子供みたいに」

彼女の耳のなかでかすかにワーンと音がしていた。

「あのね、メグ」ヴァネッサが急いで言った。「トビーはダンカンの子じゃなくて、ランドルフ・ターナーの子供だと、みんなが噂しているの。年齢的にぴったりだし、顔立ちもターナー氏に似ているわ」

「ローラも金髪で華奢なタイプだった」ダンカンが言った。奇妙に抑揚を欠いた声だった。

「その方のことは存じあげないけど」ヴァネッサは言った。「もちろん、あなたのおっしゃるとおりでしょうね。あなたがよその男の子供を連れて逃げまわるなんて考えられませんもの。そんなことするはずがないのはわかってるわ、ダンカン。ただ——」

「ただ、ターナー自身は自分の子供だと信じている」エリオットが言った。片手でブランディのデカンターをもてあそんでいるが、グラスに注ごうとはしなかった。「ペネソーン夫人もだ。ノーマン・ペネソーンは怒りに震えている。みんなでこちらに押しかけるつもりらしい。子供を連れていくために」

「トビーはぼくの子だ」ダンカンは言った。「誰にもどこへも連れていかせはしない」

「たぶん、ほんとにあなたの子なんでしょうね」スティーヴンが言った。「あなたを嘘つき呼ばわりするつもりはないし、自分の子でないのなら、そばに置いておこうとする理由はないはずだもの。なにしろ、母親はもう亡くなったわけだし」

「まあ、スティーヴン」ヴァネッサが叫んだ。「親の気持ちというのが、なんにもわかってないのね。ちょっと待って……」

「論点がずれてるぞ、ヴァネッサ」エリオットが言った。「重要なのは、本当の父親が誰にせよ、ターナーの妻が生んだ子供だということだ。それも、シェリングフォードと逃げてから九カ月もしないうちに。少年は法的にターナーの子供だ。イングランドのどの裁判所もターナーに不利な裁定を下すことはないだろう」

「誰にも」ダンカンがふたたび言った。「トビーをこの屋敷から連れださせはしない。やるならやってみるがいい」

マーガレットは膝の上で両手を握りあわせ、無言ですわっていた。

ついに現実になってしまった。いまも現実になりつつある。わたしが判断することではなくなった。問題はすでにわたしの手を離れている。トビーがわたしたちのもとから連れ去られる。やはり、それが正しいことなのだろう。

一瞬、意識が遠くなりかけた。吐きそうだった。

不意に、あることを理解した。たぶん、この一週間、その考えを頭から無理に押しのけていたのだろう。トビーを見ていて、ときどき、どことなく誰かに似ているような気がしたのだが、その理由がいまわかった。自分が目にしたのはダンカンの面差しではなく、ランドルフ・ターナーのほうだったのだ。

トビーの父親。

ようやく、これまでの疑問に答えが出た。もはや疑いの余地はない。

トビーは嫡出子なのだ。ただ一人の息子。裕福な資産家の跡継ぎ。その資産家は十中八九、妻に暴力をふるったことなどなかったのだろう。おそらく、妻を愛していて、その妻を無惨にも寝とられてしまったのだろう。

ダンカンはその息子を五年近く奪い去っていたのだ。

トビーから相続権を奪ったのだ――もしくは、奪おうとしたのだ。

なぜローラ・ターナーと駆け落ちしたのかはわからない。もしかしたら、ほんとうに妻への虐待があったのかもしれない。でも、いまとなってはもう関係ない。トビーはランドルフ・ターナーの息子だ。

「ちょっと失礼」マーガレットはそう言って立ちあがると、お茶のトレイを押しやり、急いで部屋を出て階段をおり、屋敷の外に出た。サマーハウスへ続く並木道を半分ほど行ったところで歩調をゆるめた。あとを追ってくる者は誰もいなかった。

家族の者はきっと、いまは何を言っても慰めにならないことを知っているのだろう。

そして、ダンカンはくるつもりがないのだろう。

マーガレットだって、きてほしくなかった。

彼の顔など二度と見たくなかった。

あの子。ああ、かわいそうな子。


ダンカンが湖のほうへ行っていたら、時間をかなり無駄にすることになっただろう。しかし、幸いにも冷静さを失っていなかったので、廏の前庭でマートンの馬の手入れをしていた馬番の男に、レディ・シェリングフォードがそちらの方角へ行かなかったかどうか尋ねてみた。

行っていなかった。

ダンカンがつぎに思いついた場所はサマーハウスで、並木道を通ってそこに近づいたとき、推測が正しかったことを知った。サマーハウスのなかに彼女がすわっていた。近づく彼に目を向けてはいないが、気づいているに違いない。

ここにくるのは気が進まなかった。屋敷に残り、トビーをしっかり抱きしめていたかった。

トビーのことは、マギーの家族三人に守ってくれるよう頼んできた。自分が屋敷をあけているあいだに、法の番人たちが押し寄せてきたとしても。

「もちろんよ。まかせて」公爵夫人が答えた。涙が浮かんでいた。

「ああ、もちろん」マートンとモアランド公爵が異口同音に言った。

「メグのところへ行って」公爵夫人がつけくわえた。

こんなこと、したくないのに――サマーハウスに近づきながら、ダンカンは思った。この一週間、彼女に腹を立てていた。そして、自分では認めたくないほど傷ついていた。マギーの愛を得ることができたと思っていた。なのに、まだまだ信頼されていなくて、こちらが彼女の質問に答えようとしても耳も貸してくれず、向こうで勝手に質問の答えを出してしまった。

もちろん、責任の大半はこちらにある。彼女には当然知る権利があるのに、それを告げるのをぐずぐずと先延ばしにしていたのがいけなかったのだ。

ダンカンはサマーハウスに入り、ドアの脇の柱にもたれた。マーガレットは彼のほうを見ようともしなかった。

「あなたと同じ部屋にいるだけで吐き気がするわ」抑揚に欠ける声で、彼女は言った。

「ぼくのほうは、きみと同じ部屋にいるだけで腹が立ってくる。きみはいつだって、自分からあれこれ質問する。そうだろう？　そして、その質問のすべてに自分で答える。ずいぶん心地よいことだろうな！」

そこで初めて、マーガレットが彼のほうへ顔を上げた。敵意に満ちたまっすぐな視線だった。

「おっしゃるとおりよ。答えが最初からはっきりわかっているような質問なんて、するんじゃなかった」

ダンカンは胸の前で腕を組んだ。

「ずいぶんひどい男だと思われていただろうな。死んだ女性との厳粛な約束を、自分の妻に対する義務より優先すべきだと信じていたのだから。あるいは、真実を告げればどういう結果になるかが心配で、ぐずぐずと先延ばしにしてきたのだから。これまできみに打ち明けたことは、マギー、すべて真実だ。ただ、申しわけないことに、真実の一部しか話さなかった。それが大きな間違いだった。きみには、結婚に同意する前にすべてを知る権利があった」

「ええ、そうね。わたしもバカだったわ」

マーガレットは椅子に深くもたれると、横を向き、窓の外の景色をながめた。

「すると、ターナー夫人は暴力に苦しむ妻だったのね――あなたが本当に真実を語ってくれたのなら。あなたが夫人を連れて逃げたとき、おなかに赤ちゃんがいるのを知っていたのなら、あなたは夫人に対してひどい仕打ちをしたことになる。あとになって真実を知ったのなら、夫人を放そうとしなかったのは大きな過ちということになる。そして、夫人の命や精神状態が危険にさらされていると、あなたが本気で思ったために、とにかく夫人を放さなかったのだとしても、ターナー氏に息子の存在を知られまいとする夫人に同調したのはとんでもない間違いだわ。夫人に安らぎを与えたくてそうしたのだとしても、夫人が亡くなったあとまでもトビーの存在を実の父親から隠しつづけたのは、やはり大きな間違いだわ」

「いい加減にしてくれ、マギー」ダンカンはふたたび怒りに駆られた。「トビーはターナーの息子ではない」

マーガレットは彼に冷たい視線を向けた。

「嘘つき！　二人が似ているのを、わたしはこの目ではっきり見たわ。この午後、わたしの家族から話を聞くまでは、誰に似ているのかよくわからなかった。でも、さっきやっとわかった。トビーはターナー氏に似てるんだわ」

ダンカンは笑った。もっとも、まるっきり笑いたい気分ではなかったが。

「ほら、やっぱり。明白な真実を前にしては、もう否定しようがないでしょ。トビーを父親のもとに返すしかないのよ。あの子は心に測り知れない傷を受けることでしょう。神さまがあなたの魂を哀れんでくれますように、ダンカン」

「ほら、また。きみはすべての質問に自分で答えている。結婚して二週間近く、ぼくは幸福の幻影のなかで暮らしていたわけだ。きみのことを愛情豊かな人だと思っていた」

マーガレットの目に、頬に、キッと結んだ唇に、怒りが燃えあがった。

「父親から子供を奪い、その子に正当な身分と相続権を与えようとしない人間を愛することなんて、できないわ。本来いるべき場所に戻ったあともなお、その子の生涯はたぶんめちゃめちゃになってしまう。そんな事態を招いた人間を愛することはできません。トビーはあなたになついている。最高の父親だと思っている。悪魔の化身だなんて知りもしない。子供にはなんの罪もないのに」

マーガレットは嗚咽していた。涙を隠そうともしなかった。

ダンカンはドアの脇の柱にもたれ、腕組みをしたまま立っていた。彼の目にも涙があふれていた。

社会の掟を破った者への罰は永遠に終わりがないのだろうか。ようやく心の平安を得たと思っていたのに。さらには幸せまでも。だが、そうではなかった。パンドラの箱がいずれ開かれることは覚悟していた。こういう事態になることを覚悟していた。

マーガレットは手の甲で涙を拭い、ダンカンをにらみつけていた。やがて、じっと目を凝らした。たぶん、彼の涙に気づいたのだろう。

「先週、あなたが説明させてくれと言ったけど、わたしは耳を貸さなかった。嘘をつく以外に説明なんてできっこないと思ったから。でも、一応、話を聞くべきだったのね。あのとき何を言うつもりだったのか、いまここで話してちょうだい。でも、真実を話して。すべての真実を。体裁を繕うために嘘をつこうなんて思わないで。わたしはすでに最悪のことを知ったのだから。いえ、最悪のことを信じているのだから。真実を話してちょうだい」

「ランドルフ・ターナーには弟がいる」

「もう、やめて」マーガレットはとがった声で叫んだ。「わたしの知性を侮辱しないで、ダンカン。真実を話して!」

ダンカンに無表情に見つめられて、マーガレットはやがて腕を組んだ。

「よけいな口出しはもうやめるわ。あなたの話を聞かせて」

「ターナーは爵位こそ持っていないが、桁外れの金持ちだ。おそらく、イングランドで最高に裕福な一人と言っていいだろう。噂によると、一族の財産は奴隷貿易で築きあげたもので、不動産と手堅い投資にまわされているそうだ。多くの男と同じく、ターナーも財産を実の息子に譲りたいと願っている。ローラと結婚したのはそのためだった」

マーガレットは膝に置いた自分の手を見つめていた。しかし、彼女が話に耳を傾けていることを、ダンカンは信じていた。ゆっくり息を吸った。

「ぼくの見たところ、ターナーは女より男のほうを好んでいるようだ」

マーガレットはハッと視線を上げ、それからふたたび目を伏せた。

「もしくは、ほかに問題があるのかもしれない。原因がどこにあるにせよ、あの男は……ローラの前では不能だった。結婚して一年ほどは、いくらローラを抱こうとしても、欲求不満のまま彼女のベッドを去るだけで、その後しばらくは彼女に近づこうとしなかった。ところが、一年がすぎるころ、その欲求不満をもっと過激な形で表に出すようになった。自分の不能を妻のせいにした。妻に暴力をふるいはじめた」

マーガレットの手が膝の上できつく握りしめられていることに、ダンカンは気がついた。関節が白くなっていた。

「やがて、二年がすぎたころ、ターナーは従者をお払い箱にして、新しい従者を雇い入れた。

ターナーにそっくりで、双子と言ってもいいような男だった。ぼくも一度会ったことがあるが、こざかしい笑みを浮かべた横柄な男だった。じつは、ターナーの父親がよその女に生ませた息子で、召使い連中はずいぶんおもしろがっていた。もっとも、ターナーが弟を人前に出すことはあまりなかったが」

マーガレットは徐々に手を上げて口を覆い、恐怖の浮かぶ目でダンカンを見ていた。

「まさか、ターナー夫人がその人と浮気をしたなんて言うんじゃないでしょうね」

「それよりはるかにおぞましかった。その男はローラを妊娠させるために屋敷に連れてこられたんだ。おそらく、ひと財産になるぐらいの金が支払われたのだろう。半年近く続いた。ターナーが指図をした――そばで見ていたんだ。そして、終わるといつもローラを殴りつけ、ふしだら女と罵り、喜んでいたと言って非難した。そして、月のものの周期がめぐってきて、妊娠していないとわかると、さらにひどい暴力をふるった。あの男は狂気にとりつかれてるんだ、マギー」

マーガレットの手はいまや口と目の両方を覆っていた。

「やがて、ついに子供ができたが、最初の一カ月間、ローラはそれを隠していた。本当のことを言うより、殴られるほうがましだと思ったのだろう。二カ月目の終わりに、ぼくのところにやってきた。キャロラインとの挙式の前夜だった。暴力についてはそれ以前もローラから聞いていたが、残りの部分を聞かされたのはその夜が初めてだった。ぼくは一瞬たりとも疑わなかった。相手の男を見たことがあったからね。ローラを連れて逃げ、出産のあとは、彼女と子供——トビー——の両方を匿《かくま》いながら暮らした。ローラが亡くなるまでそれが続いた。きみの強い反対がなかったなら、トビーの存在を隠しつづけ、親を亡くしてハリス夫婦にひきとられた孫息子ということにして、大きくなるまでそれで押し通したことだろう。ただ、その点に関しては、きみの意見のほうが正しいと思う。子供を永遠に隠しておくわけにはいかない。ぼくがトビーの父親だ、マギー——そして、トビーはぼくの息子だ。いまもそうだし、今後もずっとそうだ。さあ、これですべて話した。悲惨な忌むべき真実のすべてを」

マーガレットは両手に顔を埋めたまま、椅子のなかで身体を前後に揺らしていた。

「トビー」ようやくつぶやいた。「ああ、かわいそうなトビー。でも、スティーヴンの言うとおりだわ。法的には、トビーはあの男の息子。ローラと離婚しなかったから。それに、たとえ離婚していたとしても、どうにもならない。ローラがみごもったのは、夫と暮らしていたときだったんですもの。ターナーはいつでも好きなときに押しかけてきて、トビーを連れ去ることができるのよ」

「命を賭けてもぼくが守る」ダンカンは静かに言った。

マーガレットは手をおろし、彼を見あげた。彼女の顔には血の気がまったくなかった。唇までが蒼白だった。

「ダンカン、許して。でも、なんて図々しいお願いかしら。わたしを許す気にはなれないでしょうね。あなたの話を聞こうともしなかった。あなたを信頼していなかった」

「無理もないよ。責任の大半はぼくにあるんだ、マギー。きみに真実を打ち明けようとしなかった。ターナーのもとで送った醜悪な人生については誰にも口外しないと、ローラに約束したから。そして、怖かったから」

「わたしがトビーを愛さなくなるのが？」

「いや、違う。すべてを公にするよう、きみがぼくの説得に努めるんじゃないかと思って。だが、そんな話を誰が信じる？　誰が信じる気になる？　ターナーの言葉がぼくに不利に働くだけだ。それに、ローラは亡くなるまでやつの妻だった。世間が真実を信じてくれたとしても、法的に言えば、トビーはやはりターナーの息子なんだ」

マーガレットは無言だった。

「マギー――」ダンカンはドアの脇の柱に頭をつけ、目を閉じた。

そこでマーガレットが立ちあがり、彼の両手を包んで自分の頬に持っていった。

「二人で考えましょう。トビーを救ってここで育てていくための方法を見つけなくては。ええ、そうよ。かならず見つけましょう。あなたはトビーの父親だし、わたしは……そう、メグおばちゃんですもの。おばさんというのは、手強い存在なのよ」

ダンカンはマーガレットの手に包まれていた手を抜くと、彼女に腕をまわして抱きよせた。彼女の肩に額をつけ、泣きくずれた自分にひどい驚きと困惑を感じた。

24

それから丸一日、恐ろしいことは何も起きなかった。もう大丈夫のような気がするほどだった。

ランドルフ・ターナーは押しかけてくる勇気がないんだわ——マーガレットは思った。とは言え、やはり押しかけてくる可能性は高いだろう。ターナーが望み、必死に策をめぐらし、悪魔のような手段で作った息子が、現実に存在しているのだ。正式な妻が夫のもとを去って九カ月もしないうちに、その妻から生まれた息子。しかも、今後ターナーが子供を作れる見込みはない。前と同じ手段を用いないかぎり。

ターナーはかならずやってくると、マーガレットは覚悟した。

全員が覚悟していた。

ダンカンはスティーヴンとエリオットにすべてを話した。ヴァネッサにはマーガレットから話した。秘密にしておく時期は、秘密にしておくという約束を守る時期は、過去のものとなった。

二日目、ピクニックのバスケットを持って、みんなで川のほとりの人目につかない場所へ出かけた。ただし、屋敷の正面部分がよく見えるところを選んだ。エリオットがトビーとしばらく釣りをして、つぎはスティーヴンがトビーを背負って駆けまわった。ダンカンは子供をぐるぐるまわして、ついには二人ともふらふらになった。ヴァネッサは自分の子供たちのことをトビーに話して聞かせ、今回は家に置いてきたので寂しくてたまらないと言った。

「みんな、ぼくのいとこなのよ」トビーの髪をなでながら、ヴァネッサは言った。「きっと仲良く遊べるわ」

マーガレットはトビーからおなかがペコペコと言われて、正式なお茶の時間がくる前にミートパイを食べさせた。

「とんでもなく甘やかされた子供になりそうね」トビーが男性陣の注意を惹くためにそちらへ駆けもどったあとで、マーガレットはヴァネッサに言った。

「ううん、大丈夫よ、メグ」姉の背中を軽く叩いて、ヴァネッサは答えた。「子供を愛して注意を向けるのは、甘やかすことじゃないわ。まさにその反対。きっとすべてがうまくいく。見ててごらんなさい」

マーガレットは涙を拭いた。このところ、やけに涙もろくなっている。

「ええ」と言って微笑した。「うまくいくわね、ネシー」そして、唐突に言った。「じつは、三、四日遅れてるの」

「まあ、メグ」ヴァネッサはあわてて姉を見た。「ダンカンは知ってるの？」

「ううん。まだ知らせるほどのことでもないし。とにかく、何もはっきりしてないのよ。なんでもないかもしれない」

ヴァネッサは姉の背中を優しくトントンと叩きつづけた。

しばらくしてから、ダンカンと二人で残りものをピクニック・バスケットに詰め、みんなと一緒に屋敷に戻る支度をしていたとき、マーガレットは用心しつつも明るい気分になっていた。いっときは警戒したが、杞憂に終わるかもしれない。身内の何人かが思いがけず訪ねてくれたことに、かえって感謝しなくてはならないほどだ。みんな、二日か三日ほど泊まっていくだろう。そのあとはまた、わたしとダンカンとトビーの三人だけになり、いつもの暮らしが戻ってくるだろう。

本当にそうなる？

そうできる？

この明るい気分は本物なの？　恐怖で胃がよじれそうなときに、どうしてそんな気分になれるの？　いまから何かが起きそうな気がする。

トビーがいつものようにスキップしながら、みんなの前を走っていった。男性陣はひとかたまりになって女性の前を歩き、ピクニック・バスケットはスティーヴンが小脇に抱えていた。

ほどなく、馬車道を近づいてくる大型の旅行用馬車が全員の目に入った。

「トビー」ダンカンが鋭く呼んだ。

だが、トビーにはその声が聞こえなかったようだ。もしくは、はしゃぎすぎていて、父親に呼ばれた理由をたしかめるために足を止めようとは思わなかったのだろう。そのままテラスのほうへ駆けて行き、ダンカンがあとを追った。

全員が小走りになった。

ダンカンが追いつく前に、トビーはテラスまで行っていた。馬車もテラスのところにきていた。扉が開くと、ステップがおろされるのを待とうともせず、誰かが飛びだしてきた。トビーをつかまえたが、子供は身をよじらせて逃れ、ダンカンのところに駆けもどった。ダンカンは身をかがめてトビーに何か言ってから、客を迎えるために大股で進みでた。

トビーはあとの者のところに駆けもどった。必死に走り、両腕を突きだし、大きな恐怖の表情を浮かべていた。

エリオットが抱きあげようとしたが、トビーは恐怖の叫びを上げながら、その横を走りすぎた。

「ママ」と叫んだ。「ママ、ママ」

マーガレットは身をかがめ、トビーを抱きよせて、ふたたび立ちあがった。

トビーはマーガレットの息が止まりそうになるほどきつく、彼女の首に腕を巻きつけ、できれば体内にもぐりこみたいと思っているかのように、思いきりしがみついた。

「ママ。悪い人だよ。悪い人がぼくを連れにきたの」

トビーの全身から恐怖と熱が発散されていた。

「シーッ」マーガレットは子供をそっと揺すった。「シーッ、いい子ね。誰にもどこへも連れていかせはしない。パパがついてるわ。それから、ママも。あなたには指一本触れさせない」

お願い、神さま、そのとおりになりますように。

「あれ、悪い人だよ」マーガレットの首に顔を押しつけ、胸を大きく上下させながら、トビーは言った。

「でも、パパと、エリオットおじちゃんと、スティーヴンおじちゃんはいい人よ。それから、ネシーおばちゃんとわたしはいい女の人。相手が誰だろうと、あなたを痛い目にあわせたり、連れ去ったりすることは、わたしたちが許さない」

ああ、神さま、これが本当のことでありますように。

マーガレットにすがりついていたトビーの身体の緊張が徐々にほぐれ、泣き声もやんだ。だが、いまもしがみついたままだった。

エリオットとスティーヴンはそのまま歩を進めて、ダンカンとともにテラスに立った。

馬車から飛びだしたのがノーマン・ペネソーンだったことが、マーガレットにもいまわかった。ペネソーンは妻に手を差しのべて馬車からおろし、そのすぐあとにランドルフ・ターナーが続いた。

奇妙なことに、三人の姿を見て、マーガレットは安堵に近いものを覚えた。この問題は決着を必要としている。これでようやく決着がつく。

マーガレットは汗で湿ったトビーの巻毛に唇をつけてから進みでた。

「あそこだわ」キャロライン・ペネソーンが叫び、テラスにのぼるマーガレットのほうを指さした。「ほら、あの子を見て、お兄さま。もう立派な少年よ。お兄さまはこれまで一度もあの子に会わせてもらえなかった。犯罪だわ。あなたは絞首刑でしょうね、シェリングフォード卿。わたくし、喜んで見物に出かけて、群衆と一緒に喝采を送ることにするわ。子供を誘拐すれば死刑ですもの。そうでしょ、ノーマン」

トビーはしがみついた手にふたたび力をこめ、マーガレットの首に顔を押しつけてべそをかいていた。痙攣でも起こしたみたいに全身を震わせていた。

「この償いはしてもらうぞ、シェリングフォード」ペネソーン氏が言った。「きみは――」

「ひとつ提案させてもらってもいいかな」ダンカンは噛みつくように言った。「この議論は客間で礼儀正しく進めることにしよう。召使いたちに聞かれずにすむように。そして、子供にも」

ランドルフ・ターナーは馬車のステップをおりたところに立ち、沈黙したまま、蒼白な顔でトビーに視線を据えていた。

「屋敷に入るつもりはいっさいない。きみがウッドバインの主人でいるあいだはな」ペネソーン氏が宣言した。「それももう長いことではなさそうだが。喜んでそう言わせてもらう」

「では、話は外でするとしよう」ダンカンは言った。「屋敷の裏の並木道で」橋のほうを身ぶりで示した。「悪いけど、トビーを子供部屋へ連れてってくれないか、マギー。ハリス夫人に、そばについててくれるよう頼んでほしい」

トビーが泣きじゃくり、マーガレットにさらに強くしがみついた。

「その子をわれわれの目の届かないところへやることは許さない」ペネソーン氏が言った。

「あとで迎えにきても、すでにどこかへ連れ去られているに決まっている」

「でしたら、ペネソーン夫人がお残りになって、汚らわしくお思いでしょうけど、わたしたちと一緒に屋敷に入っていただくしかありません」不意に冷たい怒りに駆られて、マーガレットは言った。「わたしは子供部屋でトビーについてるわ、ダンカン。この子にはわたしが必要なの。ネシーもたぶん残ってくれるでしょう」

いまから何が起きるのか、自分の目で見られないのは残念だった。あとで聞かせてもらうのを待つのは拷問に等しいだろう。しかし、トビーの世話を召使いにまかせることはできない。たとえ、ハリス夫人が、生まれたときからトビーを育ててくれた人だとしても。とにかく、トビーのことを最優先で考えなくては。それに、ついさっき、トビーがママと呼んでくれた。

「一歩たりとも入るつもりはありませんことよ」ペネソーン夫人が言った。「悪魔の巣窟になど。あなたと一緒に行くわ、ノーマン。そして、兄と一緒に」

それ以上の議論はなかった。

マーガレットは屋敷の外階段をのぼり、ヴァネッサがそのあとに続いた。トビーを子供部屋に連れて戻ると、ゆったりした椅子に腰をおろし、子供を膝にのせた。

ヴァネッサがしばらく姿を消したと思ったら、大きなウールの毛布を持って戻ってきて、それでトビーをくるんだ。暖かな日で、トビーの身体からはいまも熱が発散されていたのだが。

トビーはあっというまに眠りに落ちた。

ダンカンは橋をめざし、そして、その向こうにある芝生の並木道をめざして、大股で歩いていった。すぐあとにマートンとモアランドが続いた。あとの連中がついてくるかどうか、ふりむいて確認することはしなかった。ようやく足を止めたのは、並木道をかなり進んで、屋敷にも厩にも声が届く心配はないと判断してからだった。

最初にノーマンが発言した。

「きみは馬の鞭で打たれて当然だ、シェリングフォード。ぼくの手で鞭打つことができれば、このうえない喜びと言えるだろう。遺憾ながら、流刑か絞首刑だけで終わるかもしれないが。いくらきみでもこんな悪辣なことができるとは、ぼくには信じられなかった。真実を知って以来、キャロラインは身も世もなく嘆き悲しんでいるし、ランドルフは――」

「ノーマン」ダンカンは片手を上げた。「その演説をさらに続ける前に、ひとつ質問させてもらっていいかな。ぼくの叔母の夜会で顔を合わせたあと、ターナーは口が利けなくなったのかい？　いまの演説はターナーがすべきものだと思っていたが」

到着して以来、ターナーはひとこともしゃべっていなかった。しかし、いま、誰もが期待のこもった視線を彼に向けた。

ターナーは咳払いをした。

「きみはわたしの妻に手を貸して、息子をわたしから奪いとった。そして、妻の死後もなお、息子をわたしに渡すまいとしてきた。わたしはノーマンのような激しやすい人間ではない。もっと寛大な性格だ。息子を迎えにきたのだから、ここを去るときには一緒に連れていく。きみのことは、きみの良心に任せるとしよう」

「ランドルフ！」ノーマンが叫んだ。激怒していた。「まさか本気じゃ――」

ダンカンはふたたび片手を上げた。

「ああ、きみのことだから、そうするだろうと思っていた、ターナー。ぼくの推測は合ってるかい？　真相を知らないのは、このなかでノーマンだけなのかな？」

ターナーの顔がさらに青くなった。

「知っているとも――」ノーマンが言おうとした。

「おい、もう黙っててくれ」ターナーに尖った声で言われて、ノーマンは口を開いたまま黙りこんだ。言葉にならない驚きが顔に浮かんでいた。

「ぼくの義理の弟たちは真実を知っている」ダンカンは言った。「妻も知っている。妻の妹も知っている。秘密を守るべき時期は終わったから、その他の近親者もほどなく知ることになるだろう。真実が広まってもローラが傷つくことはもうない。ぼくの妻の一族はかなりの影響力を持っている。ぼくの祖父、母、母の再婚相手も。この人々の言葉なら、誰もが信用する。そして、口外しないように頼めば、この全員が秘密を守ってくれる。ローラの妊娠にまつわる事情を、ぼくの一族以外にどれだけの人々が知ることになるのか、いまここでそれを決めるのはきみだ——誰にも知られずにすむか、誰もが知ることになるか。どちらかを選んでくれ」

ターナーは相手を威嚇しようとした。

「きみが何を知ったつもりでいるのか、わたしにはわからない、シェリングフォード。妻がきみにどんな嘘をついたかも、わたしにはわからない。あまり正直な女ではなかったからな。あれはわたしの子供だ」

「お兄さまにそっくりですものね」キャロラインが言った。「あの子が馬車のほうに走ってきたとき、子供のころのお兄さまを見ているような気がしたわ。あの子を見れば、お兄さまの子供だという事実は誰にも否定できなくてよ」

「しかし、あの子はまた」このうえなく愛想のいい声で、マートンが言った。「あなたの母親違いの弟さんにも似ている。と言うか、そう聞いています。直接お目にかかったことはないのですが。だが、必要となれば、会いに行くつもりです。さぞかし楽しい訪問になることでしょう」

「ガレスのこと?」キャロラインが言った。

「そういう名前でしたか」マートンは頭を軽く下げた。「五年ほど前に、兄上の従者をやっていたそうですね。全員にとって都合のいい取決めだったわけだ。みなさん、その男のことがお気に入りだったに違いない」

「キャロライン、いったい何を――」ノーマンが言いかけた。

「どこに証拠がある、シェリングフォード？」不意に顔を真っ赤にして、ターナーが言った。脇におろした両手を開いたり閉じたりし、憤怒に顔をゆがめている。「よりにもよって、そのように汚れたことを。妻がきみにそう言ったのか。こうなったら――」

不意に黙りこんだターナーに向かって、ダンカンは両方の眉を上げた。

「きみを侮辱したぼくを、気を失うまでぶちのめそうというのか、ターナー。それは無理だな。ぼくのほうも殴りかえして、きみを気絶させるかもしれない。そういうのはきみの好みではないはずだ。そうだろう？ ここはひとつ理性と分別を働かせるとしよう。きみに提案がある」

「おい、シェリングフォード」ノーマンが言った。「そんなことを言える立場では――」

「もうっ、黙ってて」キャロラインが言った。

ノーマンは歯をカチッと言わせて口を閉じた。

「提案はこうだ」ダンカンは言った。「きみはロンドンに帰り、耳を貸してくれる相手がいれば――誰もが喜んで耳を貸すと思うが――どこへ行ってきたか、なぜそうしたかを、率直に包み隠さず話し、完全に自分の思い違いだった、トビーは自分の子供ではなく、ローラが駆け落ちする前からぼくと許されぬ仲になっていて、そのときにできた罪の子であることを疑いの余地なく確信するに至った、と断言するのだ。正式に子供との縁を切り、息子として受け入れることも、子供に対して責任を持つことも拒絶する。そうすれば、きみは今後、好きなように人生を送っていける」

「非常識きわまりない話だ、ランドルフ」ノーマンが叫んだ。「こんな男に――」

「唇をしっかり閉じておいたほうがいい、ペネソーン」モアランド公爵が言った。

「自分の息子との縁を切るなど、どうしてできる?」唇をなめて、ターナーが言った。「あれはわたしの息子だ、シェリングフォード。わたしは――」

「なんだ、ターナー?」ダンカンが訊いた。「ローラが受胎するのを見守っていたのか」

キャロラインが両手で口を覆った。

ノーマンは啞然とした。

ターナーはふたたび蒼白になった。

「陰できみを嘲笑う者たちが出てくるのは間違いない」ダンカンは言った。「ぼくがローラを連れて逃げる前から、彼女を寝とっていたということになれば。だが、ほとんどの者がすでにそう信じている。きみにはなんの被害も及ばない。ご婦人方がきみのために涙を流してくれるだろう。なんなら、ここにいたあいだに、ぼくの目に黒あざを作ってやったと吹聴してもかまわないぞ。ぼくはいっさい反論しないし、おそらく、義理の弟たちもそうだろう」

ターナーはダンカンを凝視するだけだった。

「どちらにするか、自分で決めろ」ダンカンは言った。「いやだと言うなら、上流社会全体がすべての真実を知ることになるだろう。たとえぼく一人の口から出たものであっても、ほとんどの者が話を信じるだろう。人間というのは、きみも気づいているかもしれないが、他人の最悪の部分を信じるのが好きだからね。だが、モアランド公爵、マートン伯爵、モントフォード男爵、クレイヴァーブルック侯爵、サー・グレアム・カーリング、それに加えてその妻たちといった、世間の尊敬を集めている人々までがぼくと声をそろえれば、当然の結果として、きみは嘲笑とスキャンダルの的になり、そこから逃れることのできる場所はイングランドのどこを探してもおそらく見つからないだろう。法律と教会はトビーをきみの息子として認めるかもしれないが、きみの人生はもうめちゃめちゃだ。どちらを選ぶかは、きみが決めることだ」

「誰かきちんと説明してくれ」ノーマンが言った。「いったいどういうことなのか。きみの主張には根拠がない、シェリングフォード。子供を誘拐した悪党のくせに。五年近くものあいだ、愛情あふれる正当なる父親に子供の存在を隠していたではないか」

誰もがノーマンを無視した。

ターナーがふたたび唇をなめた。

「あの子はわたしの息子だ」その声はつぶやきに近かった。

「だが、じつは違う。そうだろう?」ダンカンは言った。「どう考えても違う。どの点から見ても、ぼくの息子だ。名字だってぼくと同じだ。トビアス・ダンカン・ペネソーンとして洗礼を受けた。婚外子ではあるが、生涯にわたって、今後生まれるであろう嫡出子と同じように愛されていくだろう」

「そして、新しい母親も、叔父叔母たちも、心からトビーを愛していくし、すでにぼくの一族はトビーを温かく迎え入れている」マートンがつけくわえた。

「ランドルフ」ノーマンが言った。「黙ってないで——」

しかし、ターナーはすでにまわれ右をして、大股で屋敷のほうへ戻りはじめていた。

「キャロライン」ノーマンが言った。「黙ってないで——」

「もうっ、うるさいわね！」キャロラインは叫び、目をぎらつかせてノーマンに食ってかかった。「あの男が兄を脅迫していて、それを許すしか兄には選択の余地のないことが、あなたにはわからないの？　子供がほんとに兄の子だったら、ローラが逃げだすなんて信じられないことでしょ？　それに、あの子はシェリングフォード卿の子でもない。あのころ、シェリングフォード卿はわたくしに夢中だったのよ。ああ、ガレスをロンドンに呼ぶよう、兄に提案したのが間違いだった。それを実行に移したら、兄が嫉妬に狂い、ローラが死ぬほど怯えることぐらい、予期すべきだったんだわ。そして、ローラがシェリングフォード卿に助けを求め、彼がローラを連れて逃げ、わたくしをあなたに押しつけていくだろうということも、予期しておくべきだった。もうっ、バカみたいに口をぽかんとあけてないで、一緒にきてちょうだい。さもないと、兄に置き去りにされてしまうわよ」

そう言うなり、キャロラインは急いで並木道を戻っていった。モスリンのドレスの裾をひるがえして、女らしい繊細な足どりで。

珍しくも、ノーマンは絶句していた。ダンカンのほうを見て、唇を動かしたが声にはならず、やがて、あわてて妻を追いかけた。

「くそっ」向こうが声の届かないところまで遠ざかったあとで、マートンが言った。「あの二人ときたら、鼻の骨を折ってやる口実をぼくに与えてくれなかった。今後一週間、欲求不満でぼくの指の関節が疼くことだろう」

「女のやり方というのは、男の感覚からすると、どうにも満足できないものだ」モアランドがそう言ってためいきをついた。「ぼくはいまでも、きみが提案した最初の計画のほうが気に入っている。きみがターナーを殴りつけて血まみれにし、そのあいだに、スティーヴンとぼくがサイコロを投げて、どちらがペネソーンの鼻を折る楽しみを得るかを決めるつもりだったのに。だが、たしかに、マーガレットの計画のほうが効果的だった。ターナーは永遠の完敗を喫し、しかも、一滴の血も流さずにすんだ。くそっ！　ターナーのやつ、せめてきみに殴りかかってくれればよかったのに！」

「途中で一度」ダンカンは言った。「飛びかかってくる気だと、本気で思った。残念ながら、その寸前に臆病風に吹かれたようだ。マギーのおかげでトビーの安全が確保できたが、ぼくとしては、マギーが立てた計画に多少は暴力も含まれていればよかったのにと思う。いや、暴力ですべて解決できればもっとよかった」

モアランドがダンカンの肩を叩いた。

「そうそう、マーガレットで思いだしたが、どういう展開になったかを聞きたくて、ヴァネッサと二人でじりじりしながら待っていることだろう」

「そうだな」ダンカンは一瞬、目を閉じた。

本当にすべて終わったのか。こんなに簡単に？　マギーとトビーのところに戻り、ひとつの家族としてようやく安全に暮らせることになったと、二人を安心させてもいいのだろうか。

どこにいるのだろう？　子供部屋？

強力な援護をしてくれた義理の弟たちに礼を言うのも忘れて、ダンカンは屋敷へ急いだ。橋を渡るころには駆け足になっていた。

テラスに着いたときに目にした馬車は、すでに馬車道の彼方へ姿を消すところだった。

ダンカンは玄関に続く外階段を二段ずつ駆けのぼった。

マーガレットは子供部屋でトビーを抱いてすわったまま、椅子から一歩も動いていなかった。ヴァネッサは窓辺に立って外をながめていた。しかし、見るに値するようなものは何もない。子供部屋は屋敷の西翼にあり、廏と西側の芝地を見おろすだけだ。

マーガレットは努めて全身の力を抜き、眠っているトビーに彼女の不安が伝わらないよう気をつけた。しかし、ああ、待つのはひどく辛いことだった。

弱い者いじめをする人間は、たいてい臆病者だ。極端ないじめをする人間は、たぶん極端な臆病者だろう。そうであるよう、マーガレットは切に願った。彼女の計画全体がそれを土台にしていた。その計画に従うよう、ダンカンと弟とヴァネッサの夫を説得した。ヴァネッサに対しては説得の必要もなかった。

でも、もしわたしの見込み違いだったら？

対決が暴力に発展することのないよう、必死に願った。男たちはいつも、理性に訴えるよりこぶしを使うほうが簡単だと思いたがる。キャロライン・ペネソーンが一緒に行ってくれて、かえってよかったかもしれない。キャロラインがいれば、あの連中も仕方なく、こぶしを使うのを控えて話しあいで解決しようとするだろう。

マーガレットの理性的な心は、トビーの身は安全だ、こちらから提案した計画が功を奏するはずだ、と信じていた。しかし、多くのものが危険にさらされているときは、冷静な理性を信頼するのが困難になる。トビーの本当の父親が誰であれ、ランドルフ・ターナーにはトビーを連れていく法的権利がある。しかも、あのようにおぞましい計画を練るぐらい、息子を持ちたくて必死だったのだ。もしかしたら、人にどう思われようと気にしないかもしれない。もしかしたら……。

子供部屋のドアがそっと開いた。それでも、トビーが身じろぎをした。丸めた片手で目をこすり、一瞬マーガレットにさらに身を寄せたが、やがて首をまわし、近づいてくるダンカンを眠そうな目で見つめた。

ダンカンの表情は読めなかった。

ヴァネッサが窓辺でふりむいた。

「パパ」トビーが言った。「悪い人、いなくなった？」

ダンカンは一瞬、マーガレットと視線を合わせ、それから軽く身をかがめて子供の頭に手を置いた。

「ほんとは悪い人じゃないんだよ、トビー。ちょっと迷惑な男っていうだけさ。パパのいとこで、子供のころは、いつもパパにひどい嫌がらせをしたやつなんだ。いまもあいかわらずだが、べつに害はない。うん、いなくなったよ。一緒にきた二人の人と一緒に、パパが追い返してやった。もうここにはこないだろう。パパも招待するつもりはない。おまえはここで、パパとメグおばちゃんに守られて安全に暮らせるんだよ」

「メグおばちゃんじゃないよ」トビーがいった。「ぼくのおばちゃんじゃないもん。ママだもん。スティーヴンおじちゃんはどこ？　肩車してほしいな。ただのおんぶじゃなくて。してくれると思う？」

トビーは毛布を投げ捨てると、中断していた一日を再開しようとして、マーガレットの膝から飛びおりた。

マーガレットは喉にこみあげてきた熱いものを呑みこみ、部屋の向こうへ目をやった。ヴァネッサが笑いかけているのが見えた。正式に〝ママ〟になれたようね。

「そうだな」ダンカンがトビーに片手を差しだした。「一緒に行って頼んでみよう。だけど、どうしてパパじゃなくて、スティーヴンおじちゃんなんだ？」

「パパより背が高いからだよ、バカだね」トビーはそう言うと、ダンカンの手を無視してドアのほうへ駆けていった。

「あ、そうか、なるほど」椅子から立ちあがったマーガレットに、ダンカンは言った。「訊くだけ愚かだった」

マーガレットのほうを向き、一歩近づいて身を寄せると、彼女の唇に熱いキスをした。

「ネシーがいるのよ」頰を赤らめて、マーガレットは言った。

ダンカンはヴァネッサのほうを向き、ニッと笑った。

「ターナーは跡継ぎとなる息子を手に入れるより、自分の評判のほうを選んだ」

「よかった！」マーガレットは歓声を上げた。「きっとそうなると思ってた。トビーと正式に縁を切って、あなたの息子だと宣言したら、もう撤回できないわね。もっとも、撤回するとは思えないけど。スティーヴンとエリオットにすでに知られていて、もうじきジャスパーとあなたのおじいさまにも知られることになるのを、ターナーは承知している。自分が面倒をひきおこせば、真実を公表することをためらう者は一人もいないことも承知している」

「ターナーのやつ、臆病な根性をほんの少しでいいから、ひっこめてくれればよかったんだが。ほんの二秒ほどだが、あいつ、こぶしを固めて喧嘩腰になった。殴りかかってくるよう、ぼくは念じた。だが、残念ながら、そうはならなかった」

「たぶん、エリオットとスティーヴンも落胆したでしょうね」ヴァネッサが言った。「正直に言うと、じつはわたしも――少しばかり」

「格闘なんてできるわけないでしょ」マーガレットは言った。「キャロライン・ターナーも一緒だったんですもの」

「いや、マギー、すべてキャロラインの思いつきだったんだ」

「何が？」

「母親違いの弟を使ってターナーの跡継ぎを作ること。キャロラインが考えたんだ」

マーガレットは同じ部屋に妹がいるのも忘れて、ダンカンの腰に両腕ですがりついた。

「言われてみれば納得だわ」ヴァネッサが言った。「そこまで悪賢い残酷なことは、男には思いつけないもの。エリオットと話しに行ってくるわ。エリオットの反応に耳を傾けるのが楽しみよ」

ヴァネッサは笑いながら、さっと部屋を出ていった。

「あなたがそんな女と結婚するところだったなんて」

ダンカンはニヤッと笑った。「ぜったいそうはならなかったと思うよ。いかなるときも、ぼくは彼女から安全に守られてたんだ、マギー。運命が守ってくれていた。舞踏室のドアのところで、ぼくに向かって飛んでくる人とめぐりあえるように」

マーガレットは彼に唇を重ねた。

「下におりたほうがいいわね。わたしの哀れな弟を助けだしてやらなきゃ」

しかし、階段のてっぺんまで行ったとき、下の玄関広間からざわめきが聞こえてきた。マーガレットの胃が締めつけられた。ダンカンが彼女の腕を放し、先に立って階段を駆けおりた。

あの人たちが戻ってきたの？

やはりトビーを奪い去ることにしたの？

玄関広間まであと数段というところで、マーガレットは急に足を止めた。ダンカンがすでに広間におりていた。ヴァネッサ、エリオット、スティーヴンも。トビーがスティーヴンに肩車をされている。

そして、サー・グレアム、レディ・カーリング、クレイヴァーブルック侯爵もいた。

「ダンカン」レディ・カーリングが言っていた。「いったい何があったの？　この子がそうなの？　なんて愛らしい子かしら。まあ、あの巻毛を見て、グレアム！　ほんとに腹の立つ子ね、ダンカンったら。この子のことを実の母親にまで内緒にしてたなんて。事情が事情だから内緒にしてたのは当然だって、グレアムは言うんだけど、冗談じゃないわ。わたしはこの子の祖母なのよ。ただ、ロンドンの街にとんでもない噂が流れてるの。ランドルフ・ターナーがそれに耳を傾けて、信じこんだに違いない。でなきゃ、自分の目でたしかめるために、わざわざ出かけてはこなかったでしょうから。でも、ほんとにやってきたのね。村の向こう側で彼の馬車とすれちがったのよ。でも、こちらから手をふったのに、馬車を止めもしなきゃ、こちらを見ようともしなかったわ。わたしたちに気づかないことなんてありえないのに。どうして気づかずにいられて？　馬車には誰かほかにも乗ってたわ。きっと、キャロラインとノーマンね。でも、その二人もこちらを見ようとしなかった。ぜったい見るものかって感じだった。そうでしょ、グレアム。あの人たち、まさか、治安判事を呼びに行ったんじゃないでしょうね。ああ、何もかも話してちょうだい、ダンカン。誰も何も話してくれないんですもの。腹立たしいったらありゃしない」

そして、いきなりワッと泣きだした。

マーガレットは急いで階段をおりたが、すでにサー・グレアムが妻を腕に抱いていた。心配そうな顔だった。

「きみがシェリングフォードに話をさせてやれば」妻に言って聞かせた。「不安な気持ちが少しは早く解消するかもしれん」

マーガレットがふと見ると、トビーがスティーヴンの髪をつかんで、彼の頭のうしろに身を隠そうと必死になっていた。トビーの目にふたたび恐怖が浮かんでいた。

「あの連中はロンドンへ戻るつもりだと思います、お母さん」ダンカンが言った。「ま、どこへ行こうとぼくの知ったことではないが。トビーに会ってやってください——トビアス・ダンカン・ペネソーン。ぼくとマギーの息子です。くわしいことはあとでお話ししましょう。お母さんがひと休みして、軽くお茶を飲んでから」

「おじいさま」マーガレットは侯爵に言った。「お手をどうぞ」

侯爵はステッキによりかかっていた。いかめしい表情だが、疲労で顔が土気色になっている。

「ふむ」と言ってから、ひどいしかめっ面でトビーを見た。

トビーは小さな声でぐずっていて、スティーヴンが両手を上げて子供の腰を支えていた。

クレイヴァーブルック侯爵が空いたほうの手で上着のポケットを探った。

「わしのあばら骨に食いこんでおるのは、いったいなんだろうな？」誰にともなく問いかけた。

トビーの目が侯爵に釘付けになった。

侯爵はポケットから何かをとりだすと、親指と人差し指につまんでかざした。

「シリング銀貨だ。なんといまいましい。ほら、坊やにあげよう。おいしい菓子でも買うといい」

そう言って二、三歩近づき、トビーのほうへ差しだすと、トビーはほんの一瞬ためらってから、スティーヴンの髪をつかんでいた手を放し、銀貨を握りしめた。

「トビー?」ダンカンがそっと言った。

「ありがとう」トビーは言った。「お菓子買っていい、パパ?」

「明日な」ダンカンは言った。

マーガレットは侯爵の腕をとると、階段のほうへ案内した。

「客間へまいりましょう」サー・グレアムとレディ・カーリングにも誘いの声をかけた。

「飲みものをご用意しますので、そのあとでお部屋のほうへいらして、晩餐のための着替えをなさってください。ああ、お越しいただけて、どんなに喜んでおりますことか。いつまででもゆっくりご滞在くださいね」

「ふむ」侯爵が言った。

「お茶がいただけるなら、わたしの王国を差しだしても惜しくないわ」レディ・カーリングが言った。「もっとも、差しだせる王国はもちろん持っていないけど、喉がからからなの。

そうだわ、マーガレット、あの坊やも客間に連れてきてね。孫に夢中になりすぎるのはよくないってグレアムに言われても、わたしは気にしないわ。あの子のことをよく知って、可愛がって、徹底的に甘やかすつもりよ」

「公平を期すために言っておくが、エセル」サー・グレアムが言った。「その件についてわたしがさほど意見を言っていないことは、きみも認めなくてはならん。いまだ機会を与えてもらっていない」

マーガレットはダンカンをちらっと見て、微笑を交わした。

「お菓子、どれだけ買えるかなあ、エリオットおじちゃん」トビーが訊いていた。

「どっさり買えるぞ。きっと、ママと乳母から、高い棚にしまっておいてこれから一、二カ月のあいだ少しずつ渡してあげる、と言われるだろう。だが、誰もが知ってるように、お菓子はそんなふうに楽しむものではない。おじちゃんがトビーだったら、ママたちに見つかる前に秘密の場所に隠して、好きなときに食べるだろうな」

「だめだめ、エリオット！」ヴァネッサが文句を言った。「メグにここへの出入りを禁止されてしまうわよ」

トビーは甲高い声で笑いころげていた。恐怖を忘れ去ったようだ。もっとも、これからしばらくは悪夢のなかで恐怖がよみがえるだろうと、マーガレットは予想していた。ダンカンと二人で対処すればいい。トビーが永遠に婚外子であり、これから生まれてくる弟や妹とは違う立場に置かれるという事実に、二人で対処していくのと同じように。

そして、やがて、トビーは自分の力で人生に対処することを学ぶだろう。
人生はけっして完璧なものではない。
愛だけが完璧なのだ。

25

何事もなく数日がすぎ、一週間もすると、あの日の出来事は記憶からすっかり消えてしまった。また、大忙しの日もあって、わずか二十四時間に膨大な用事を詰めこめるのが信じられないこともあった。

今日はあとのほうだったと、一日の終わりにダンカンは思った。

夜になって、みんながそれぞれ寝室にひきとるころには、肉体的にも精神的にも疲れはてていた。マーガレットも同じだった。夕方からひどく疲れた様子だった。彼女の妹も、ダンカンの母親も、早めに寝るようマーガレットを説得した。ただし、効果はなかった。

そして、もうじき午前零時といういまも、マーガレットはまだベッドに入っていなかった。ダンカンも同じだった。それどころか、二人は屋敷のなかにさえいなかった。ダンカンとの口論や一連の騒ぎが起きる前によく出かけていた川のほとりに、二人で腰をおろしていた。

太い木の幹にもたれてすわっていた。暗い水面に小波を立てながら川が流れ、岸辺を洗っていた。頭上の木々の葉が涼しいそよ風に揺れていた。暑かった一日のあとで、この涼しさはありがたかった。どこか遠くでフクロウの鳴き声がした。

ダンカンは安らぎが骨の髄までしみこむのを感じた。いまの彼にとって、それは眠りに劣らず心地よいものだった。

トビーはもう安全だ。全員が安全だ。彼の家族も、マーガレットの家族も、すべての真実を知ったが、信じられないことに、この屋敷の子供部屋にトビーがいることを非難する者は一人もいなかった。ダンカンとはまったく血のつながりがなく、大人の醜悪な企みによって生まれた子だというのに。ダンカンの母親はこうした事実にもかかわらず、この子の祖母になろうと堅く決心していた。また、祖父は上着のポケットからシリング銀貨をとりだしてくれた。

あのとき、ダンカンはきまりの悪いことに、涙がこみあげそうになった。

夜の闇のなかで、マーガレットが彼のほうに手を伸ばし、彼の手を握りしめて言った。

「今回の件であなたがまた悪役にされてしまうのが残念だわ、ダンカン。あなたとターナー夫人が駆け落ちする前からすでに男女の仲だったなんて、世間の人たちが信じなきゃいいのにね」

「だけど、みんな、ずっとそう信じてきたに違いない。でなきゃ、どうしてぼくたちが駆け落ちなんかする？　何も変わってないんだよ。しかも、ずっと昔の話だ。最近になって、不義の子の存在が表沙汰になり、世間の連中は想像をかきたてられたに決まっている。とくに、ターナーの子供かもしれないと思われていたからね。だが、自分の子ではないとターナーが宣言すれば、その推測にもじきに終止符が打たれるだろう。あっというまに、すべて忘れ去られてしまうさ」

「最後にあなたの正しさが立証されればよかったのに。できれば、世間の人々に真実を知ってもらいたい」

「トビーのことで？」マーガレットのほうに顔を向けて、ダンカンは訊いた。

彼女はしばらく無言だった。

「あなたのことで」と言った。「でも、あなたの正しさを立証しようと思ったら、トビーに関する真実を公表するしかなくなるものね」

「人生は完璧ではない。人は三十年の人生を経て、ようやくそれを悟るんだ、マギー」

ダンカンは彼女が笑みを浮かべるのを見守った。

「そうね。人生は完璧じゃないわ。でも、トビーが一生を送るあいだ、真実を隠しとおすつもり？」

ダンカンはためいきをついた。

「いや。いずれ、あの子自身が真実を知るに決まっている。真相を知っている者がずいぶんいるからね。あの子に教えたほうがいいと思う者が、かならず出てくるだろう。トビーがある程度の年齢になり、きちんと対処できるようになったら、そして、ぼくときみの愛に包まれて安定した人格を築きあげ、何があっても自尊心を失う心配はないとわかったら、あの子の誕生の経緯を話してやろうと思っている。ぼくたちはトビーをいくらでも愛してやれる、マギー。だが、トビーの人生を生きることはトビーにしかできない。ぼくたちが自分の人生を生きていくのと同じように」

「おとぎ話みたいなハッピーエンドはないのね？」

「あったほうがいい？　それだと、人生が恐ろしく退屈にならないかな。ぼくは幸福を求めて努力するほうが好きだけど」

「幸福になれるの？」ふりむいて彼のほうを見ながら、マーガレットは尋ねた。「みんなから最低の男だと思われてても？」

「いや、みんなじゃないさ」ダンカンは反論した。「いちばん身近な、いちばん親しい人々は、ぼくがなぜああいう行動をとったかを知っている――五年前に、そして、今年ローラが亡くなったあとに。ときには犠牲が必要なこともあるんだ、マギー。そして、犠牲はときとして、そこから生じる苦しみよりもはるかに大きな祝福をもたらしてくれる。もしぼくがローラと駆け落ちして貴族社会を憤慨させることがなかったら、トビーに出会って可愛がることはできなかっただろう。そして、きみに出会うこともなかっただろう。たとえ出会ったとしても、すでに手遅れだっただろう。たぶん、キャロラインと結婚していただろうから」

「そんなに不幸なことだったかしら」静かな、ひどく沈んだ声で、マーガレットは訊いた。

「わたしに出会わなかったら、という意味だけど」

「そうだよ。この世の何よりも不幸なことだっただろう。人生でいちばん大切なものを逃してしまっただろう。ぼくの存在理由を見失っていただろう。最愛の人を得ることができなかっただろう。愛が何かを知ることはできたかもしれない。ぼくの人生には、ぼくが心から愛し、今後もずっと愛していく人々がたくさんいるからね。だが、誰かに恋をすることはなかっただろう。恋愛という魔法に出会うことも、ぼくのなかに欠けていた部分を見つけて自分を完全な存在にすることもなかっただろう」

「まあ」

「〝まあ〟だけ？」ダンカンは片手を上げると、指の甲をマーガレットの頬にそっとあてた。「愛してくれてるの？」マーガレットが彼に訊いた。「ほんとに愛してくれてるの？　わたしはかつて愛に裏切られ、そのあと、人生も若さもわたしの横を素通りしていった。わたしは人生の残骸と自分自身への愛を拾い集めようと必死になった。ほかの人に安らぎを与え、自分自身も安らぎを得たかったから。でも、かわりに愛を見つけたのかしら。安らぎが色褪せて見えるような愛を？」

「ぼくには答えられない」ダンカンはマーガレットと軽く唇を合わせて羽根のようになで、彼女の頬が涙で濡れていることを知った。「見つけたのかい？」

「自分に言っているの――あなたを愛している。なぜなら、人生を切りひらいてきたあなたの勇気を尊敬しているから。そして、あなたが哀れで無力な子供を無条件で溺愛しているから。そんなあなたを、わたしは心から愛してる。でも、ダンカン、あなたを愛する最大の理由は、あなたがここに存在しているからよ」マーガレットは片手で自分の心臓のあたりを軽く叩いた。「あなたに出会い、わたしのために用意された喜びを見つけることを、生まれたときから運命づけられていたからよ」

「ああ」

「〝ああ〟だけ?」マーガレットはひそやかな笑い声を上げようとし、かわりにしゃっくりのような声になってしまった。

ダンカンはキスをした。マーガレットのほうからも唇を押しつけてきたので、腕に抱きしめてさらに深いキスに移りながら、木のそばの草地に彼女を横たえた。

午前零時半に、そう暖かいとは言えない大気に包まれて、そう柔らかいとは言えない地面の上で、二人は愛を交わした。疲労でどちらの頭も朦朧としたままで。

人生は完璧ではない。

だが、ときたま完璧なこともある。

「ダンカン」愛の行為が終わると、木々の枝がそよ風に揺れるのに合わせて月光が光と影の模様を描きだすなかで、彼の腕に抱かれて横たわったまま、マーガレットは言った。「話したいことがあるの。ほんとは、もっとはっきりするまで言わないつもりだったんだけど。秘密を持ってはいけない日ですものね。あら、それって、きのうのことだったかしら。でも、今日も秘密を持ってはいけない日だわ。ひょっとすると――ほんとに、ひょっとするとだけど――赤ちゃんができたかもしれないの」

ダンカンは彼女の髪に顔を押しつけ、ゆっくりと息を吸った。こんなに早く? この四年半、父親をやってきた。だが、今度は――本当の父親に?

「まだ何日か遅れてるだけなのよ」マーガレットはそっと言った。「なんでもないのかもしれない」

「二十歳のとき、ぼくは祖父に約束した。三十になるまでに結婚し、三十一までに子供を作ると。跡継ぎとなる息子を。ついにそれが実現する？　それとも、女の子かな？　ああ、マギー、女の子だなんて！　人生にこれ以上すばらしい奇跡があるだろうか」

「まだはっきりしないのよ。子供ができたかどうかも。でも、できてるような気がする。男の子か女の子かわからないけど。ああ、たぶん、そうよ。一度も遅れたことがないんですもの」

ダンカンはさらに優しく彼女を抱きよせた。温かな女の香りを吸いこみ、目を閉じた。

「どっちでもいいさ。虚しい期待に終わったときは、さらにがんばる口実ができるから。ぼくはきみを愛してて、きみもぼくを愛してて、ぼくらは結婚してウッドバインで暮らし、両家の家族がいて、トビーもいる。それだけでも充分な幸せだ、マギー。子供ができてればうれしいが、だめだったとしても、あまり落胆しないことにしよう。いいね？」

「人生は完璧じゃないものね」マーガレットは優しく笑った。

「いまこの瞬間、完璧にかなり近い気がする」ダンカンは言った。

「ただし、木の根か何かがわたしのお尻に食いこんでるのと、足が氷みたいになってる点はべつよ」

二人はおたがいの腰に腕をまわして、屋敷のほうへ戻っていった。

「ぼくと同じぐらい疲れてる？」

「少なくとも、あなたの二倍ぐらい。当分こちらに滞在してくださるよう、おじいさまを説得しない？　おじいさまがお望みになるなら、一緒に暮らしてはどうかしら。それから、ネシーとエリオットが帰る前に、近隣の人々を何人か晩餐に招待しない？　それから――」

屋敷の前のテラスに上がったところで、ダンカンは身をかがめて彼女にキスをした。

「いいとも。だが、明日にしよう。いや、今日の遅い時間に。ずっと遅い時間に。いまはベッドへ行こうか。そして、眠ることにしようか」

「眠る？　まあ、すてき、ダンカン。一週間でも眠れそう。でも、あなたの腕のなかでなきゃだめだわ」

「ほかにどこがある？」ダンカンは彼女に尋ね、片方の腕で彼女のウェストをしっかり抱いて屋敷に続く外階段をのぼっていった。

「どこにもないわ、たぶん」

「そうだね」

マーガレットはあくびをして、頭をかしげて彼の肩にのせた。

恋をするのは――ダンカンは思った――最高にすばらしいことだ。

そう、世界で最高のこと。

訳者あとがき

『うたかたの誓いと春の花嫁』、『麗しのワルツは夏の香り』と続いて、読者の方々を夢の世界へ誘《いざな》ってきた〝ハクスタブル家〟シリーズが、三作目の刊行を迎えることとなった。今回はいよいよ、亡くなった母親にかわって妹二人と弟を育てあげ、青春のすべてを家族のために捧げた長女、マーガレットがヒロインとして登場する。

いかなる状況にあっても冷静さを忘れず、理性に従って行動し、家族から絶大な信頼を寄せられている、しっかり者のマーガレット。すばらしい美貌と知性ゆえに社交界の崇拝の的となっていて、とりわけ熱心な崇拝者のアリンガム侯爵からは、すでに三回も求婚されている。三回ともマーガレットのほうから断わったが、ふと気づけば、彼女もすでに三十歳。妹二人はそれぞれ愛する男性と結ばれ、弟も頼もしい若者に成長した。家族への責任はすでに充分に果たした。これからは自分のために生きていこう。三十一歳の誕生日までにはぜひとも結婚しよう――マーガレットはそう決心する。

今度またアリンガム侯爵から求婚されたら、すなおにイエスと答えよう。

ところが……ところが……運命とは皮肉なもの。社交シーズンたけなわの舞踏会で久しぶりに再会したものの、侯爵にはすでに若い婚約者がいた。愕然とするマーガレット。さらに厄介なことに、かつてマーガレットを裏切った不実な男がふたたび彼女の前にあらわれ、彼女の気を惹こうとする。

動揺のあまり舞踏室から逃げだそうとしたマーガレットは、その瞬間、ドアのところで誰かにぶつかってしまう。相手はいわくつきの過去を持つ、社交界のはみだし者のシェリングフォード伯爵だった。本来ならば、マーガレットが関わりを持つはずのない男だ。ところが、彼との出会いが彼女の人生を大きく変えることになる。

つねに感情よりも理性を優先させ、美徳の鑑のごとき生き方をしてきたマーガレットがいったいどんな恋をするのかと、訳者としてはシリーズの最初から興味津々だったが、なんとまあ、これまでの彼女のイメージから逸脱した思いもよらぬ展開になっていったので、新鮮な驚きに包まれた。

とはいえ、結婚に反対する周囲の人々を理路整然と説得したり、危機に見舞われてもつねに冷静沈着に対処したりするところは、やはりいつものマーガレットだ。シェリングフォード伯爵の頑固者の祖父を相手に、一歩もひくことなく丁々発止と渡りあう場面など、じつに痛快である。ただ、今回はそこに人間的な弱さと優しさが加わって、いっそう魅力的な女性になっている。

〈コーヒータイム・ロマンス&モア〉というサイトにこんな書評が出ていた――〝笑いと涙

にあふれた、うっとりするようなお伽話《とぎ》。ヒーローとヒロインに読者はきっと恋をしてしまうでしょう〟

そう、読者のみなさん、この二人に恋をして、そして、心の底から応援してあげてください！

次女、三女、長女をヒロインとして書き継がれてきたこのシリーズ、次回はいよいよ末っ子スティーヴンの登場となる。シリーズ愛読者の方々がすでにご存じのように、スティーヴンはとても性格のいいハンサムな若者だ。社交界の人気者で、令嬢たちの憧れの的だが、本人にはまだまだ結婚する気はなくて、愛人でも持とうかと考えている。そんな彼の前に現われたのが貴族の未亡人のレディ・パジェット。夫を殺したのではないかという黒い噂のつきまとう女性である。ミステリアスな展開が期待できそうだ。

二〇一五年二月

ライムブックス

春《はる》の予感《よかん》は突然《とつぜん》に

著　者　メアリ・バログ
訳　者　山本《やまもと》やよい

2015年3月20日　初版第一刷発行

発行人　成瀬雅人
発行所　株式会社原書房
〒160-0022東京都新宿区新宿1-25-13
電話・代表03-3354-0685　http://www.harashobo.co.jp
振替・00150-6-151594
カバーデザイン　松山はるみ
印刷所　図書印刷株式会社

落丁・乱丁本はお取替えいたします。
定価は、カバーに表示してあります。
 ISBN978-4-562-04468-9 Printed in Japan